Besessen

WILD MOUNTAIN SCOTS (Band 1)

JOLIE VINES

WWW.JOLIEVINES.COM

Übersetzen: Lisa Huber

Lektorat: Kay Habel

Cover-Design: Elle Thorpe

Cover Fotographie: Regina Wamba

www.reginawamba.com

Cover model: Steven Christensen Herausgeber

Jolie Vines (VAT no: GB 378 1858 47)

PO Box 1238, North Somerset, BS48 9DL, U.K.

Website: jolievines.com

Email: jolie@jolievines.com

KLAPPENTEXT

Er ist der Leiter des Bergrettung. Und sie muss vielleicht nur gerettet werden.

Lochie

Zu lange bin ich schon einsam. Es gibt nur mich und meine Tochter. Ihre Sicherheit ist das Allerwichtigste, und da kommt mir ein Job in den abgelegenen schottischen Highlands wie gerufen.

Mehr brauche ich eigentlich nicht.

Aber eine Frau lenkt mich zunehmend ab.

Cait McRae ist klug, hübsch und wohnt direkt nebenan, aber sie macht mir klar, dass sie nicht an mir interessiert ist.

Jeder verstohlene Blick erzählt eine andere Geschichte.

Ich kann mich nur schwer beherrschen, sie nicht über meine Schulter zu werfen und sie zu mir nach Hause zu nehmen.

Cait behauptet vielleicht, sie wolle es beim Körperlichen belassen, aber ich weiß, dass sie sich täuscht.

Sie gehört mir.

Vorausgesetzt, die Leute, die uns beide verfolgen, zerstören nicht, was wir beide gefunden haben.

Cait

Ich weiß schon immer, dass ich anders bin. Noch nie zuvor ist mir jemand ins Auge gestochen.

Bis ein großer, finster dreinblickender Mann nebenan einzieht. Er ist der neue Leiter des Bergrettungsdienstes und alleinerziehender Vater eines süßen kleinen Mädchens.

Es stellt sich heraus, dass ich ein Spätzünder bin, denn ich kann nur an Lochie denken.

Doch jemand hat es auf mich abgesehen.

Eine Reihe von seltsamen Ereignissen lässt nur einen Rückschluss zu. Ich habe einen Stalker, und die Gefahr, in der ich mich befinde, hat gerade erst begonnen.

--

Die Serie Wild Mountain Scots ist die Fortsetzung der Serie Wild Scots mit noch mehr deiner Lieblings-McRaes. Triff die grüblerischen, harten, beschützerischen Männer der Bergrettung und die schönen Frauen, die ihre Herzen zähmen.

Downloade jetzt Besessen!

BRIEF AN DIE LESER

Liebe Leser,

vielen Dank, dass du dich für Besessen, den ersten Teil meiner Serie über die Männer der Bergrettung, entschieden hast. Mach dich bereit, ins Schwärmen zu kommen!

Wenn dir mein Stil gefällt und du dich über mehr Übersetzungen meiner Bücher freuen würdest, lass es mich gern wissen! Du kannst dich hier für meinen Newsletter anmelden >>> https://www.jolievines.com/deutsch

Viel Spaß mit meinen heißen Schotten!

Jolie x

REZENSIONEN

Lob für Jolies Scots-Bücher

• Wenn dir Jolies Marry the Scot-Reihe gefallen hat, dann schnall dich an, denn diese neue Generation ist **heißer, schärfer und sexier** - Elle Thorpe, Autorin der Dirty Cowboy-Reihe

• Sehr empfehlenswert für alle, die einen **modernen Highlander zum Schwärmen** suchen - Viper, Goodreads-Rezensentin

• Ich schwöre, jedes Mal, wenn ich ein Buch von Jolie Vines in die Hand nehme, denke ich: Das ist er, mein Lieblingsheld, **niemand wird ihn übertreffen können.** Und dann lese ich das nächste Buch und der Prozess beginnt erneut - Chikap09, Goodreads-Rezensentin

• Jolie Vines ist für mich schnell zu einer **One-Click-Autorin** geworden - J. Saman, Bestsellerautorin

• Ich liebe dieses Buch! Es hatte alles, was ich von **heißen Schotten und weitläufigen Burgen** erwarten würde - Paula, Goodreads-Rezensentin

• Jolie Vines ist eine erstaunlich talentierte Autorin. Ich bin **völlig besessen von dieser Serie** und so wahnsinnig verliebt in die Charaktere. Wenn es gleich mit fünf Sternen losgeht? **Es gibt einfach nicht genug Sterne -** Carmen, Goodreads-Rezensentin

1

Lochinvar

Schon von Weitem sah ich das weiße Stück Papier unter dem Scheibenwischer meines Autos im Wind flattern, harmlos, obwohl es meinen Seelenfrieden störte.

Auf dem gefalteten Zettel stand Name – mein alter Name – geschrieben in fetter Schriftart.

Man hatte uns gefunden.

Mein Herz pochte, und Panik durchströmte mich. Ein langer Anreisetag lag hinter uns. Die wochenlange Planung dieser Reise war umsonst. Wir müssten uns wieder auf den Weg machen und Schottland verlassen. Ich grub mir die Finger ins Haar und unterdrückte einen frustrierten Schrei.

All die Vorbereitungen. All die sorgfältigen Vorbereitungen. Ruiniert.

Mit verkrampfter Miene blickte ich mich auf dem Parkplatz um und beobachtete die Leute, die in der Tankstelle ein- und ausgingen. Jemand beobachtete uns. Wir mussten gehen.

„Papa? Du zerquetschst mir die Hand." Isla riss ihre

Finger aus meiner Hand. „Sobald wir die Hütte erreichen, will ich meine Einhorn-Bettdecke auf mein neues Bett legen, und dann stelle ich alle meine Bücher ins Regal. Es wird doch ein Bücherregal geben, oder?"

Ich antwortete mit zusammengebissenen Zähnen: „Tut mir leid, mein Schatz. Wir können leider nicht dorthin."

Die Miene meiner kleinen Tochter verfinsterte sich. „Nein! Du hast es versprochen."

Ich hatte mehr als das versprochen, obwohl sie nie erfahren würde, wie viel genau. Ich ergriff erneut ihre Hand und wir gingen zurück zum Auto, auf der Hut vor einem Angriff.

Isla heulte auf und stampfte leicht mit den Füßen.

„Weißt du noch, was ich dir gesagt habe?", fragte ich sie. „Wir müssen in Sicherheit bleiben."

„Ich weiß. Deshalb heiße ich jetzt Isla Ross, und nicht mehr so wie früher. Deshalb sind wir hierhergekommen. Papa, bitte entscheide dich nicht um."

Wir erreichten meinen neu gekauften Geländewagen, und ich schnappte mir den Zettel von der Windschutzscheibe. „Es ist deswegen. Jemand ist uns gefolgt und hat das hier hingelegt. Wir müssen von hier weg. Jetzt sofort."

Unter ihrem blonden Lockenschopf weiteten sich Islas Augen. „Nein, Pap..."

„Ich weiß, dass du enttäuscht bist, aber wir haben uns, und das ist alles, was wir brauchen. Ich werde alles tun, um dich zu beschützen."

Tränen füllten ihre Augen, und ich unterdrückte mein

Bedürfnis zu schreien noch mehr. Das war nicht fair, nicht gegenüber der Sechsjährigen, die ein stabiles Zuhause brauchte. Nicht mir gegenüber, einem Mann, der vor Sorgen erschöpft war.

Wir konnten nirgendwo anders hin.

„Ich habe den Zettel geschrieben!", platzte Isla heraus.

Ich stoppte meine Gedankenspirale. „Was?"

„Er ist von mir. Ich habe ihn dahin gelegt, damit du ihn findest, wenn wir von der Toilette zurückkamen. Es tut mir leid." Sie brach in einer Flut von Tränen aus und schlang ihre Arme um meine Taille.

Die Angst wich, und ich starrte auf das zerknitterte Stück Papier in meiner Hand. *L. MacNeill,* stand da. Ich faltete es auf, und darin war ein rotes Herz mit Buntstiften gemalt.

Ich liebe dich, Papa. Von Isla, stand darunter gekritzelt.

Oh fuck. Oh verdammt.

Ich war in sechzig Sekunden offiziell um ein Jahr gealtert.

„Tut mir leid", schluchzte Isla.

Ich ging in die Hocke und nahm sie in den Arm. Es dauerte eine lange Minute, bis ich wieder sprechen konnte. „Mein Gott, Schätzchen. Nein, ich bin es, dem es leidtut. Ich habe voreilige Schlüsse gezogen."

„Ich habe es geschrieben, als wir unterwegs waren, mit den neuen Stiften, die mir Tante Blair geschenkt hat. Ich dachte, es würde dir gefallen. Meine Schrift ist so schön."

„Das stimmt. Vollkommen richtig." Ich beruhigte sie

und streichelte ihr blondes Haar, das sich so sehr von meinem dunklen unterschied.

Ich musste mich verdammt noch mal beruhigen.

Keiner wusste, wo wir waren. Nicht einmal meine Schwester kannte unsere neue Adresse. Isla war immer noch in Sicherheit. Wir konnten die Reise fortsetzen.

Mit einer weiteren Umarmung schnallte ich mein Mädchen wieder in ihren Autositz, küsste sie auf die Stirn und fuhr weiter.

Die letzten vierzig Minuten führten uns tief in die schottischen Highlands, zu einem abgelegenen Anwesen, wo ich einen neuen Job angenommen hatte und wir ein neues Heim beziehen würden. Eine Zeit lang würden wir uns verstecken und einfach nur glücklich sein können.

Doch der Schreck hallte noch immer in mir nach.

Ich fuhr mit erhöhter Geschwindigkeit, weil ich dieser Gefahr entkommen wollte.

Endlich angekommen, hielt ich vor unserer Hütte – eine von zweien, die an einen dichten Kiefernwald grenzte und ein gutes Stück von allen anderen Grundstücken entfernt war. Isla schaute nach vorne und spähte hinaus.

„Was macht diese Frau mit ihrer Tür? Bemalt sie diese mit Worten? Das ist aber nicht nett. Ich kann ein ‚S' sehen, dann ein ‚C', ein ‚H' und ein ‚L'. Oh, aber die Farbe verrinnt."

Unsere Nachbarin, eine Frau, mit der ich noch nicht gesprochen hatte, die mir aber versichert hatte, dass sie mir bei der Kinderbetreuung helfen würde, wenn ich beruflich länger wegbleiben müsste, starrte auf ihre Haustür und bemerkte uns nicht.

Dann sah ich das gemalte Schimpfwort.

Es war unmöglich, dass sie das selbst getan hatte.

Meine Wut kochte wieder hoch, denn ich hatte die Nase voll von Drohungen, Sorgen und Stress. Vierhundert Meilen zu fahren und daran zu denken, dass ich wieder zurückfahren müsste.

Was auch immer hier los war, ich hatte es mit einem verärgerten Schotten zu tun.

2

Cait

Die rote Farbe tropfte wie Blut von der Tür hinab, und ich starrte mit einem flauen Gefühl im Magen auf die Tür meiner Hütte.

Von allen Gefühlen, die man in einem anderen Menschen hervorrufen konnte, machte mir Besessenheit am meisten Angst. Diese Tat wies auf einen verletzten Liebhaber hin.. Aber das war wohl kaum der Fall.

Als junge Teenagerin war ich von Jungs umworben worden, die auf mein scheinbar perfektes Gesicht aufmerksam geworden wurden. Auch die darauffolgenden Jahre hatte ich scharenweise Verehrer gewonnen.

Bis sie mich besser kennen lernten. Dann hatten sie es aufgegeben.

Kein noch so gutes Aussehen konnte die Tatsache ersetzen, dass ich ihnen nichts bieten konnte. Oder sie mir. Null, zero, nada romantische Gefühle. Das war mir noch kein einziges Mal passiert, bei keinem Jungen, keinem Mann, keiner Frau. Es war allgemein bekannt geworden, dass Cait McRae einfach kein Interesse hatte.

Ich hatte immer noch Angst vor dieser Art von Aufmerksamkeit. Die Liebe, die meine leibliche Mutter für meinen Vater empfunden hatte und die zu den katastrophalen ersten Monaten meines Lebens geführt hatte.

Mit dreiundzwanzig hatte ich gehofft, dass die Tage der Schwärmereien vorbei wären.

Die Ereignisse der letzten Monate und das Wort, das an meinem Hauseingang prangte, erzählten eine andere Geschichte.

Schlampe, stand da.

Tja, vielen Dank, du Spinner.

Hinter mir knirschte Kies, und ich drehte mich um. Zwei Personen stiegen aus einem Auto aus. Ein Mann und ein kleines Mädchen.

Ich vermutete, dass es meine neuen Nachbarn waren, und mein Herz wurde schwer. Warum zum Teufel mussten sie ausgerechnet in diesem Moment eintreffen?

„Zurück ins Auto", brüllte der Mann seine Tochter an.

Sie tat wie ihr befohlen, und er ging zu mir hinüber.

„Was zum Teufel soll das?" Er starrte die Tür an, als wäre die Beleidigung gegen ihn gerichtet gewesen, nicht gegen mich.

Lochinvar. Das war sein Name. Mein Onkel hatte ihn als neuen Leiter der Bergrettung rekrutiert. Er sah auch dementsprechend aus. Dunkles Haar, ein kurz geschnittener Bart und gefährlich intelligent wirkende, fast schwarze Augen.

Er war auch riesig. Ein Berg von einem Mann. Breite Schultern spannten sein T-Shirt, große Muskeln waren deutlich zu sehen.

Instinktiv wich ich einen Schritt zurück. „Ich wohne hier. Ich bin Cait. Ich bin gerade nach Hause gekommen und fand es so vor."

Sein Blick schweifte über mich. „Sie waren noch nicht drinnen?"

„Noch nicht, nein."

„Machen Sie die Tür auf."

Ich sträubte mich gegen den Befehl, gehorchte aber trotzdem. Ich hatte genug Horrorfilme gesehen, um zu wissen, dass eine Frau niemals allein ein unheimliches Haus betreten sollte.

Nur war dies kein unheimliches Haus. Es war mein Zuhause, mein hübsches Häuschen, das ich dekoriert und eingerichtet hatte. Mein Zufluchtsort vor einem hektischen Leben. Der Ort, an dem ich eine Familie gründen wollte.

Außerdem war ich in diesem Szenario nicht auf mich allein gestellt.

Das Türschloss gab nach, und ich ging hinein, der Fremde direkt hinter mir. Seine schwere Hand landete auf meiner Schulter, und er hielt mich zurück, während er das Wohnzimmer mit scharfem Blick durchsuchte.

Ich knipste das Licht gegen die abendliche Dämmerung an und schaute mich um. Alles war an seinem Platz. Auf meinem Schreibtisch unter dem Fenster stapelten sich die Briefumschläge, genau dort, wo ich sie liegen gelassen hatte. Auf dem Steinboden am Rande des Teppichs standen meine Stiefel ungestört, und meine Sofadecke war in einem schrägen Winkel drapiert, so wie ich sie heute Morgen vor der Arbeit hingelegt hatte. Auf der linken Seite gab eine freie Sicht in die Küche Entwarnung.

„Ich glaube nicht, dass jemand hier drinnen war", hauchte ich.

Lochinvar stöhnte und ging in die entgegengesetzte Richtung zur geschlossenen Tür meines Schlafzimmers.

„Warten Sie!", sagte ich und folgte ihm hektisch.

Während der Rest meine winzige, einstöckige Hütte mit vier Zimmern ordentlich war, war mein Schlafzimmer das Gegenteil davon. Neben meinem Bett führte eine Terrassentür zu einem kleinen gepflasterten Bereich im hinteren Teil der Hütte, der durch eine niedrige Mauer vom Wald getrennt war, und den ich oft zum Trocknen meiner Wäsche auf einem Wäscheständer nutzte. Gestern Abend war ich nach dem Abendessen mit meiner Familie spät nach Hause gekommen und hatte den Wäscheständer mitgenommen, und heute Morgen hatte ich die Wäsche auf meine Bettdecke geworfen.

Unterwäsche. Alles davon.

Ausgefallene Spitzen-BHs. Tangas mit hauchdünnen Bändern und aufgestickten Blumen.

Mein neuer Nachbar steckte seinen Kopf in mein Schlafzimmer. „Heilige Scheiße", murmelte er. „Jemand war hier drin. Der Dreckskerl hat in Ihrer Unterwäsche gewühlt."

Eilig zwängte ich mich an seinem riesigen Körper vorbei und schlug die Decke um, um meine Unterwäsche zu verstecken. „Nö. Das ist mein Werk. Ich habe es so hinterlassen."

Zwei dunkle Augenbrauen hoben sich, dann ging

Lochinvar weiter zur letzten geschlossenen Tür – dem Badezimmer. „Alles ist in Ordnung", meinte er und ging zurück ins Wohnzimmer.

Ich schloss für einen Moment die Augen und versuchte, ein Muster in den jüngsten Vorkommnissen zu erkennen. Mein gestohlener Mantel. Meine E-Mails auf der Arbeit, die geöffnet wurden, bevor ich sie gelesen hatte. Ich hatte keine Ahnung, wer dahintersteckte.

Ich hatte auch nur sehr wenigen Leuten davon erzählt und hatte vor, es dabei zu belassen.

Dort, wo ich lebte, auf einem abgelegenen Anwesen in Schottland, war ich von meiner Familie umgeben, was sowohl wunderbar als auch leicht erdrückend war. Meine Eltern und Zwillingsbrüder respektierten meinen Freiraum, aber wenn sie davon erfuhren …

Eine Stimme kam von außerhalb der Hütte. „…. Farbe an der Tür. Irgendein Arschloch führt nichts Gutes im Schilde. Ich brauche Ihren Polizeikontakt, damit wir jemanden herschicken können."

Oh, verdammte Scheiße.

Ich stürzte hinaus und hob meine Hand. „Bitte nicht. Ich kann damit umgehen."

Lochinvar sah mich grimmig an und seine Augenbrauen bildeten eine solide Linie. Er steckte sich den Finger ins Ohr und wandte sich ab, um sich auf das Telefonat zu konzentrieren, von dem ich nur annehmen konnte, dass er es mit meinem Onkel führte, dem Mann, der ihn eingestellt hatte.

Es bestand keine Chance, dass Pa nicht in zwanzig Minuten hier sein würde.

„Aye, großartig. Das werde ich tun." Lochinvar legte auf und drehte sich wieder zu mir. „Wo liegt das Problem? Sie sollten Anzeige erstatten."

Verärgerung machte sich breit über die Anmaßung, ich könne das nicht selbst regeln. „Haben Sie das wirklich gerade meiner Familie erzählt? Wissen Sie eigentlich, was Sie getan haben? Die ganze Nachbarschaft wird es in wenigen Minuten herausfinden. Wie wäre es, wenn Sie sich um Ihre eigenen Angelegenheiten kümmern?"

Er schreckte zurück. Dann verengten sich seine Augen. „Wissen Sie, wer das getan haben könnte?"

Ich kämpfte gegen den Drang an, mit den Zähnen zu knirschen. „Nein, aber ich bin mehr als fähig, es selbst herauszufinden. Ich komme seit Monaten ganz gut zurecht."

Die Worte waren bereits aus meinem Mund, bevor ich sie zurückhalten konnte, und Lochinvar verfolgte diesen Informationsfetzen.

„Das ist schon mal passiert", schlussfolgerte er.

„Das habe ich nicht gesagt, und wagen Sie es nicht, es meinem Onkel, meinem Vater oder irgendeinem anderen Familienmitglied auf Besuch, zu erzählen."

Meine Brust hob sich, und ich starrte ihn an. Auch der Fremde starrte zurück, die Hände in die Hüften gestemmt, und atmete schwer.

Wir starrten uns an.

Warum zum Teufel war er so wütend? Ich war doch diejenige, die angegriffen worden war.

Das Aufspringen der Autotür beanspruchte unsere Aufmerksamkeit.

„Papa?", ertönte eine Stimme. „Ist es jetzt sicher?"

Lochinvar brach den Blickkontakt zu mir ab und drehte sich um, um seine Tochter zu holen: ein süßer kleiner Engel mit blonden Locken und großen Augen. Ich wollte sie auch kennenlernen – ein Teil der Abmachung für seinen Job hier, war, dass wir bei der Betreuung seines Kindes helfen würden, wenn er über Nacht Rettungseinsätze hatte. Ich hatte mich freiwillig dafür gemeldet, weil ich froh war, mich um ein kleines Kind kümmern zu können, bevor ich meine eigene Familie hatte.

Aber im Moment war ich so wütend auf ihren Vater, dass ich es nicht ertragen konnte.

Ich stapfte in die Hütte, zog mir alte Klamotten an und schnappte mir einen Eimer mit Seifenwasser und einen Schrubber. Wenn ich Glück hatte, konnte ich vielleicht die Beweise beseitigen, bevor jemand anderes sie sah.

3

Lochinvar

Vor den Pforten der kleinen Dorfschule richtete Isla ihren ängstlichen Blick auf mich, denn die grau-grüne Uniform, die wir in letzter Minute zusammengesucht hatten, war zu groß für ihren kleinen Körper. In den letzten Tagen hatte ich mir große Mühe gegeben, sie einzugewöhnen, und sie hatte die Veränderungen gut verkraftet.

Genau wie ich, kam sie gut damit zurecht.

„Wie heißt du?", fragte ich.

„Isla Ross", sagte sie, ohne zu zögern, wie wir es geprobt hatten. „Wirst du mich heute auch wieder abholen?"

„Das möchte ich. Ich hoffe, dass ich an meinem ersten Arbeitstag noch keinen Einsatz in den Bergen haben werde. Wir sehen uns heute Nachmittag." Ich beugte mich vor und umarmte sie fest, dann schickte ich sie los, um mit der freundlichen Lehrerin, die wir gestern kennengelernt hatten, nach drinnen zu huschen.

Normalerweise würde ich mich darauf verlassen, dass das Schulpersonal und die Einheimischen bei der Betreuung von Isla helfen würden, wenn ich einen Einsatz hatte. Aber nachdem, was nach unserer Ankunft passiert war, war ich nicht mehr so zuversichtlich, was den ursprünglichen Plan betraf.

Es ärgerte mich, dass meine Nachbarin nicht gegen den Scheißkerl vorgehen wollte, der Schimpfwörter an ihre Tür geschrieben hatte. Ich vermutete, dass es ein Freund war, mit dem sie sich gestritten hatte, was die Sache nur noch schlimmer machte. Wenn sie sich nicht wehrte, würde er es beim nächsten Mal nur noch mehr übertreiben.

Ich wollte auf keinen Fall, dass sich das auf meine Tochter auswirkte, wenn sie zufällig in der Hütte war.

Verärgert schwang ich meinen Hintern in mein Auto und trat aufs Gaspedal.

Die Straße führte um den See herum, wo der Herbstwind das graue Wasser aufwirbelte.

Es war ein hübscher Ort, der Cairngorms-Nationalpark, und er erinnerte mich an den Ort, an dem ich den größten Teil meiner Kindheit verbracht hatte – Torridon, weit im Nordwesten. Ich hatte den Nationalpark zwar besucht, um die Berge zu besteigen, aber ich habe nie hier gelebt oder gearbeitet. Der Charme dieses abgelegenen und wilden Ortes lag in den isolierten, kleinen Gemeinden und der Tatsache, dass Isla und ich uns hier verstecken konnten, während ich immer noch genug zum Leben verdiente.

Es fühlte sich an wie ein Zuhause.

Ich hatte den Ort sorgfältig recherchiert, bevor ich die Stelle annahm, aber es gab auch Grenzen für einen Mann in meiner Situation.

Ich kam an einer Burg vorbei und fuhr dann auf ein höher gelegenes Gelände und in ein Moor hinaus. In der Ferne zeichnete sich ein großer Flugzeughangar ab. Mein Arbeitsplatz.

Ein Mann wartete auf dem Parkplatz. Als ich ausstieg, begrüßte er mich.

„Lochinvar Ross?"

„Korrekt. Freut mich, Sie kennenzulernen, Mr. McRae." Bislang hatten wir nur am Telefon miteinander gesprochen. Ich schritt zu ihm hinüber, schüttelte seine Hand, betrachtete seinen blauen Overall und sein freundliches Lächeln.

„Bitte nenn mich Gordain. Wir sind hier alle per Du. Komm rein, ich zeige dir alles."

Im Inneren des Hangars, dessen riesige Türen zur Betonfläche draußen geöffnet waren, kamen wir an einigen Hubschraubern mit Besatzung und einer Klasse vorbei, als gerade ein Ausbilder an einem Whiteboard stand. Der Geruch von Öl und Treibstoff lag in der Luft und erinnerte mich an die Militärbasis, die ich verlassen hatte.

Gordain wies mit einer Geste auf die Menschenmenge. „Flugschule und Hubschrauberverleih auf dieser Seite. Der Rettungsdienst arbeitet hier drüben."

Wir gingen weiter zu einem abgetrennten Teil des weitläufigen Areals. Mein Blick fiel sofort auf die blitzblanken Helikopter, die sich von den kommerziellen Modellen abhoben. Das erste Modell, die S-92, war für mich ein vertrauter Anblick, aber das zweite war mir weniger vertraut. Ich wandte mich der Sea King zu und strich über den Unterboden.

„Mit so einem Modell habe ich nicht gerechnet", sagte

ich.

„Ich habe sie behalten. Wahrscheinlich aus emotionalen Gründen."

Ich richtete meinen Blick wieder auf Gordain. „Ex-Militär?"

„Aye, ich war Pilot bei der Royal Air Force. Du warst in der Such- und Rettungsmission, die ich angestrebt habe."

Er wies mit einer Geste auf das Einsatzbüro, und ich folgte ihm hinein und nickte, als er mir einen Kaffee anbot.

Gordain schenkte uns beiden dampfend heißen Kaffee in eine Tasse, und wir setzten uns an einen Konferenztisch. Um uns herum säumten Landkarten die Wände. Auf einem Aufsteller hingen Aufzeichnungen der letzten Einsätze. Die Tür zu einem Ausrüstungslager stand einen Spalt weit offen, und an den Spindtüren hingen deutlich sichtbare rote Overalls.

Die Ausrüstung für meinen Beruf.

Mir juckte es in den Fingern, loszulegen.

Gordain deutete auf die Notizen, die an einer der Tafeln hingen. „Wir hatten gestern Abend einen Anruf. Sechs Stunden, um einen jungen Mann vom Berg zu retten. Ein Zwanzigjähriger bei einer dieser Challenges."

Ich schnaubte missbilligend und wusste genau, was er meinte. Die Leute kamen in die Berge, um sich selbst zu testen, aber auch um zu prahlen, um Spenden für wohltätige Zwecke zu sammeln. Sie erklommen die höchsten Berge des Landes innerhalb eines bestimmten Zeitlimits.

„Niemand sollte einen Berg besteigen, wenn er unter

Zeitdruck steht. Da ist der Ärger vorprogrammiert.“

„Aye, er war zumindest gut ausgerüstet, aber es gab einen Wetterumschwung.“

Ich konnte die Nachtluft fast riechen. Ich spürte die Kälte auf meiner Haut. Ich war wie geschaffen für das hier. Für den Anruf. „Ich wünschte, ich hätte helfen können.“

„Ich wollte dich nicht dabei stören, dich einzuleben. Außerdem wirst du nicht lange warten müssen. Anrufe gibt es zu jeder Zeit, und schon bald wirst du dafür verantwortlich sein, sie zu bearbeiten. Diesen Monat ist es ruhiger, aber in den nächsten Monaten werden es durchschnittlich zwei Anrufe pro Tag sein, vor allem an den Wochenenden. Hast du schon mit Cait über die Kinderbetreuung gesprochen?“

Ich nahm einen Schluck von dem heißen Getränk, um meine plötzliche Unbeholfenheit zu überspielen.

Cait, meine Nachbarin, hatte nicht mit mir gesprochen.

Sobald ihre Tür abgeschrubbt war, hatte sie sich vor Isla hingehockt und sich ihr vorgestellt. Seitdem hatte sie meiner Tochter jedes Mal gewunken, mir aber die kalte Schulter gezeigt.

Wie Cait vorausgesagt hatte, hatte meine Intervention dazu geführt, dass ihre Familie zu ihrer Hütte gestürmt war. Als ich das Gepäck in Islas und meine Hütte brachte, konnte ich nicht verhindern, dass ich Zeuge ihrer Frustration über dieses Drama wurde. Ihr Vater war herumgestampft, hatte mit den Armen herumgefuchtelt und einen Aufstand gemacht. Cait hatte mir jedes Mal, wenn wir Blickkontakt hatten, einen finsteren Blick zugeworfen, auch heute Morgen von ihrem Schreibtisch am Fenster aus, aber ich habe es nicht bereut der Familie von den Vorkommnissen zu erzählen.

Wer auch immer es auf sie abgesehen hatte, würde es sich zweimal überlegen, wenn er zugesehen hätte.

Andererseits hatte sie angedeutet, dass dies eine Dauersituation war.

Der Drang überkam mich, mehr herauszufinden. Später würde ich es versuchen.

„Nein, noch nicht. Ich werde heute mit ihr reden."

„Prima. Ich bringe dich zum Schloss der McRaes, um dich deiner Verstärkung vorzustellen, falls Cait nicht verfügbar sein sollte, aber du kannst dein Mädchen auch hierher in den Hangar bringen, dann kann sie auf dich warten. Wir sind eine große Familie und kümmern uns um die Unsrigen."

Wir tranken unseren Kaffee, und Gordain informierte mich über die Position, die ich übernommen hatte. Mein Zuständigkeitsbereich erstreckte sich über ein großes Gebiet außerhalb des Nationalparks. Ich hatte sechzig Leute unter meinem Kommando, größtenteils Freiwillige, die an verschiedenen Orten stationiert waren, und ein breites Spektrum an Verbindungen zu anderen Rettungsdiensten. Wir verbrachten den Vormittag damit, die Grundlagen zu besprechen und mich mit den Abläufen vertraut zu machen.

Als wir gerade dabei waren, die Zusammenfassungen der letzten Vorfälle durchzugehen, ertönte ein Alarm.

Gordain drehte sich um und schnappte sich ein Telefon. Nachdem er aufmerksam zugehört hatte, stellte er eine Reihe von Fragen, auf die ich automatisch die Antworten wissen wollte. Ort, Alter und Status des Opfers.

Mein Puls beschleunigte sich.

Ich hatte geahnt, dass ich vor meinem ersten Einsatz kaum Zeit haben würde, mich zu akklimatisieren, und diese Fokussierung war genau das, was ich brauchte.

Gordain legte auf, griff zum Funkgerät und wies jemanden an, die Bereitschaftsliste zusammenzustellen. Während er sprach, fasste er mich an der Schulter und deutete auf das Ausrüstungslager. Wir traten ein, und er deutete auf eine bereits bereitliegende Ausrüstung. Ein Overall, Wetterschutzkleidung und ein Rucksack.

L. Ross stand auf dem Namensschild.

Auch die Erinnerung daran, wie ich meinen alten Namen auf einem Zettel geschrieben sah, der unsere Ankunft hier beinahe zum Scheitern gebracht hätte, hat mich kaum berührt. Ich war in meinem Element, und ich war bereit, den Kampf aufzunehmen.

Ich schlüpfte aus meiner Jeans und meiner Jacke, zog mich schnell an und folgte meinem Chef aus dem Hangar und zu einem Geländewagen.

Gordain fuhr uns vom Stützpunkt der Bergrettung weg, mit vollem Einsatz, aber in der entspannten Haltung eines Mannes, der sich in seiner Rolle wohlfühlt. „Eine Feuertaufe für dich, aye?"

„Erzähl mir mehr."

Er informierte mich in kurzen Sätzen. Eine Frau in den Fünfzigern, beim Wandern gestürzt. Ein häufiger Vorfall, selbst bei erfahrenen Bergwanderern. Ihr Mann war bei ihr, konnte sie aber nicht allein den Berg hinunterbringen. Gordain hatte eine medizinische Abholung veranlasst, und sechs von uns machten sich auf den Weg, um sie zu retten.

„Für heute gilt: Beobachten und lernen", sagte er. „Man benötigt Zeit auf dem Berg, um sich mit dem Ort vertraut zu machen, und das ist der beste Weg, um dies zu tun."

Wir fuhren schnell weiter. Ich betrachtete das Wetter – grau und mit schlechterer Sicht als vorhin – und versetzte mich in meine Kommandoposition. Bald würde Gordain die Zügel aus der Hand geben, und ich würde das alles allein bewältigen. Ich würde mich auf die Verstärkung verlassen, die ich noch kennenlernen würde.

„Wer ist heute Teil der Crew?"

„Cameron ist deine rechte Hand. Er führt das Vorauskommando direkt dorthin."

Ich rief mir die Liste der Namen in Erinnerung, die ich mir bereits gemerkt hatte. „Ist er dafür nicht zu jung?"

Gordain zuckte mit den Schultern. „Er ist zweiundzwanzig, aber er ist Teamleiter, Ausbilder und eines meiner wertvollsten Crew-Mitglieder. Außerdem ist er der Landverwalter für die beiden McRae-Anwesen und mein Neffe. Cameron ist ein äußerst fähiger Bursche. Er kommt bei fast jedem Anruf."

Ich hielt meine Zweifel daran zurück, dass ein so junger Mann stellvertretender Befehlshaber sein sollte. Im Alter von dreißig Jahren kannte ich meinen Verstand, aber hatte ich das auch vor acht Jahren schon getan? Ich war mir da nicht so sicher.

„Darf ich fragen, warum du das Militär verlassen hast?" Gordain bog in einen steilen Weg ein, der von der Hauptstraße abzweigte. Wir waren heute Morgen nur geschäftlich unterwegs gewesen und hatten keine persönlichen Informationen besprochen.

„Meine Tochter. Ich konnte mich nicht auf eine Mission festlegen und sie monatelang allein lassen. Ich hatte nur begrenzte Möglichkeiten, und meine Amtszeit war vorbei. Es war Zeit zu gehen."

„Wo ist ihre Mutter?"

Ich wusste, dass diese Frage kommen würde. Ich hatte mir eine Antwort zurechtgelegt, aber es widerstrebte mir, irgendwelche Details zu diesem Thema preiszugeben. „Meine Frau wird nicht nachkommen. Ich bin alles, was sie hat."

Gordain sah mich einen Moment lang an, bevor er seine Aufmerksamkeit wieder auf die Straße richtete. „Ich habe mir deinen Werdegang genau angesehen. Es war eine ungewöhnliche Bitte, die du an mich gerichtet hast, und ich musste sicher sein, wen ich in meine Dienste nehme."

Ein befreundeter Pilot hatte mir von diesem Job erzählt. Ich brauchte einen Ort, wo ich Isla unterbringen konnte, aber die Änderung unserer Namen brachte Schwierigkeiten mit meinen Referenzen mit sich. Ich war ein ehrlicher Mann, und die Täuschungsmanöver ärgerten mich.

Gordain kannte die Wahrheit.

Eine Wahrheit zuindest.

Er hatte uns mit der Antwort auf eine einzige Frage akzeptiert – hatte ich etwas Illegales oder Unmoralisches getan? Ich hatte ihm geantwortet, dass ich meine Tochter beschützen würde. Er hatte mir den Job angeboten.

„Du hast eine gute Wahl getroffen, als du mir vertraut hast," sagte ich.

„Ich bin sicher, dass ich das habe. Die Familie steht an

erster Stelle, und danach lebe ich. Ich gebe diesen Job für den Winter auf, weil ich meine Familie unterstützen muss. Viola, meine Tochter, ist seit kurzem schwanger. Was ein Geheimnis des Anwesens bleiben soll. Denn ihr Mann ist Musiker. Ein sehr berühmter."

Ich hatte keine Zeit, mich über Musik auf dem Laufenden zu halten, also bezweifelte ich, dass ich von seinem Schwiegersohn gehört hatte. „Glückwunsch. Du wirst Großvater. Das erste Mal?"

„Aye, Viola ist mein einziges Kind. Sie gehen für sechs Monate auf Tournee, und ich werde Leos Sicherheitsbeauftragter sein. Er hat in der Vergangenheit schlechte Erfahrungen mit Sicherheitspersonal gemacht, und ich werde weder sie noch das Kind einem Risiko aussetzen."

„Man kann niemandem so vertrauen wie seiner Familie", murmelte ich.

Eine Gänsehaut überkam mich und unterbrach vorübergehend meine Aufmerksamkeit für die bevorstehende Rettungsaktion. Mir fehlte die Familie, aber wenigstens hatte ich sie in meiner Kindheit gehabt. Isla verpasste das alles.

Ich konnte ihr alles geben, nur das nicht.

„Genau." Gordain fuhr die Strecke bis zum Ende des Weges, wo zwei weitere Fahrzeuge warteten, in denen vermutlich die heutige Belegschaft saß. „Mach dich bereit, deine neue Familie kennenzulernen, Lochinvar. Sie können es kaum erwarten, dich kennenzulernen. Kümmere dich zuerst um die Kinderbetreuung, solange wir noch Signal haben. Wir werden nicht rechtzeitig zum Ende des Schultages vom Berg sein."

Ich verzog das Gesicht und holte mein Handy heraus,

dessen Empfang allerdings durch die Höhe beeinträchtigt war.

Die Schule würde ein paar Stunden lang auf Isla aufpassen, dann würde meine Nachbarin die einzige Möglichkeit sein.

Cait mochte zwar immer noch unzufrieden mit mir sein, aber ich war auch nicht sonderlich beeindruckt von ihr. Aber im Moment hatte ich keine andere Wahl. Isla würde immer an erster Stelle stehen.

4

Cait

Draußen vor meinem Fenster nieselte der Regen, der über die offene Schlucht hinweggeisterte und den Übergang von Land zu Himmel verwischte. Wenn ich normalerweise von zu Hause aus arbeitete, was ich an drei Tagen in der Woche tat, fühlte ich mich an meinem Schreibtisch wohl und sicher. Aber dieses Gefühl der Unsicherheit beunruhigte mich.

Außerdem war ich verärgert.

Das Rätsel, wer meine Tür beschmiert hatte, blieb ungelöst.

Ich tippte mit einem Stift auf meine Lippe und starrte ins Leere. Es war nicht so, dass ich mit jemandem ausgegangen wäre, den ich hätte beleidigen können. Und es hatte mich schon ewig niemand mehr angesprochen ...

Warte mal.

Doch, da war etwas.

Ich schnappte mir mein Handy und scrollte durch meine Nachrichten. Vor drei Wochen hatte mir Jessica, eine alte Schulfreundin, im Namen ihres Bruders Jeremy eine SMS geschickt.

Er hatte wissen wollen, ob ich Single sei.

Ich hatte mit einem *Danke, aber nein danke* geantwortet.

Mir blieb der Mund offen. Könnte er es gewesen sein? Unser örtlicher Polizeibeamter hatte angedeutet, dass diese Tat auf verletzten Stolz hinwies.

Ich fand Jessicas Social-Media-Profile und dann die von Jeremy.

Ah, da war es.

Erst vor ein paar Wochen hatte er sich von seiner Freundin getrennt und seinen Job verloren. Ich schnaubte auf und warf einen Blick auf die folgenden Posts. Online-Streitereien gab es zuhauf. Wow, dieses Arschloch war nicht gerade diskret.

Ha! Er hatte früher bei einem Maler und Dekorateur gearbeitet. Er hatte also Zugang zu Farben.

Das musste er gewesen sein.

Oben auf der Seite las ich den letzten Beitrag. Es schien, als hätte Jeremy einen neuen Job angenommen, weit im Süden jenseits der englischen Grenze.

Ich atmete erleichtert aus und lehnte mich zurück. War das Problem gelöst? Theoretisch könnte es das sein. Allerdings konnte ich keine Verbindung zu den merkwürdigen Vorkommnissen bei der Arbeit herstellen, also lag es nahe, dass es sich um einen Mann aus der Gegend handelte, der ein Problem mit mir hatte.

Wenigstens wusste ich, dass es nichts wirklich Persönliches war. Jeremy war auf alle wütend gewesen.

Ich schaute auf meinen Laptop-Bildschirm, als ich

eine E-Mail erhielt. Mein Chef hatte eine Besprechungsanfrage geschickt.

Von: Rupert Gaskill

An: Cait McRae.

Cait, es gibt etwas, worüber ich mit dir sprechen muss. Es ist eine heikle Angelegenheit, aber es sollte nicht lange dauern. Ich möchte dir nicht die lange Anreise nach Inverness zumuten, wenn du von zu Hause aus arbeitest. Vielleicht könnte ich zu dir kommen?

R

Ich verzog vor dem Bildschirm das Gesicht und dachte über meine Antwort nach.

Ich hatte zwei Jahre lang an der University of the Highlands als wissenschaftliche Mitarbeiterin gearbeitet und die Entwicklung von Kursen für Studenten unterstützt – ein völlig langweiliger Job, der mich weder ausgelastet noch meine Fähigkeiten gefordert hat. Ich war verschiedenen Professoren und auch Rupert, dem Leiter der Verwaltung, unterstellt gewesen.

In all dieser Zeit haben Rupert und ich uns in der Regel alle vierzehn Tage getroffen. Gott sei Dank war er immer sehr professionell, aber bei den letzten Treffen hatte ich ein seltsames Gefühl bei ihm gehabt.

Sein Blick hatte einen Moment zu lange auf mir verharrt. Die persönlichen Fragen, die er mir gestellt hatte, von meiner Zeit an der Universität bis hin zu dem, was ich an den Wochenenden machte.

Und jetzt wollte er zu mir nach Hause kommen?

Ein Schauer lief mir über den Rücken.

Sicherlich war er nicht derjenige, der sich auf der

Arbeit an mich ranmachte. Wahrscheinlich bildete ich mir diese seltsame Stimmung nur ein. Manche Leute waren einfach von Natur aus gesprächig.

Ich antwortete ihm, indem ich in meiner Antwort einen sehr öffentlichen Besprechungsraum buchte. *Ja, natürlich, aber ich komme auch gerne zu dir,* schrieb ich.

Ich klappte meinen Laptop zu, griff nach meinem Telefon, ging durch den Raum in die Küche und rief auf dem Weg dorthin meine engste Freundin an.

Casey antwortete sofort: „Hallo!"

Ich öffnete den Kühlschrank und holte einen Salat heraus, den ich vorbereitet hatte. „Hattest du schon mal das Gefühl, dass du in der Twilight Zone lebst, wo seltsame Dinge passieren?"

„Oh-oh, das klingt nach einer spannenden Geschichte."

„Oh ja. Was machst du heute Abend? Ich könnte etwas Gesellschaft gebrauchen, wenn ihr kommen wollt."

„Sehr gerne! Brodie ist in seiner Werkstatt, und ich treibe mich zu Hause herum, also sind wir bereit, wann immer du uns brauchst. Blayne verspätet sich vielleicht."

„Das ist nicht schlimm. Wir können ihm einen Teller aufheben."

Mein Cousin, Blayne, hatte zwei Partner. Brodie, mit dem er seit Jahren befreundet gewesen war, bevor es zu mehr kam, und Casey, die Snowboardlehrerin im Snowboardzentrum auf dem Berg meiner Familie war. Sie hatten zu dritt geheiratet und erwarteten in ein paar Monaten ein Baby. Ihre unkonventionelle Beziehung funktionierte, und sie waren die glücklichsten Menschen, die ich kannte.

Ihr Kind würde so glücklich werden.

Ich habe mich von ihnen inspirieren lassen, dass nicht alle Familien gleich aussehen.

Auf dem Anwesen hatten wir bereits Archie, den Sohn von Isobel und Lennox, der im Frühjahr geboren worden war. Isobels Bruder Sebastian kam oft mit seiner Frau Rose und ihrem Baby Persephone zu Besuch. Und Viola, meine andere Cousine, war gerade schwanger.

Babys waren mir das Liebste auf der Welt, und ich wollte unbedingt dem Elternclub beitreten. Das wurde allerdings dadurch erschwert, dass ich keinen Partner hatte oder wollte.

Deshalb hatte ich mich an eine Kinderwunschagentur gewandt.

Heute Abend würde ich meinen Gästen alles darüber erzählen. Das war viel interessanter als die seltsamen Vorkommnisse in letzter Zeit.

„Vielleicht muss ich meine Neuigkeiten verkünden, bevor er hier ist. Ist sieben okay?" Mein Telefon klingelte an meinem Ohr. Ich warf einen Blick auf den Bildschirm. „Ups. Ich habe noch einen Anruf."

„Ich kann es kaum erwarten. Wir sehen uns um sieben."

Casey und ich legten auf, und ich lehnte mich an die Kücheninsel und nahm den neuen Anruf entgegen. „Cait McRae."

Am anderen Ende der Leitung war das Rauschen des Windes zu hören. „Cait? Hier ist Lochinvar Ross. Dein Nachbar."

Ich verdrehte die Augen. Wir hatten keinen guten

Start hingelegt, aber ich wusste, wer er war. Niemand konnte diesen großen, düsteren Mann verwechseln. „Lochinvar. Was gibt's denn?"

„Tut mir leid, dass ich das frage, bevor wir die Gelegenheit hatten, uns zu unterhalten. Ich bin zu einem Rettungseinsatz gerufen worden. Die Schule wird Isla bis fünf Uhr behalten, aber könntest du bitte auf sie aufpassen, falls ich später da sein sollte?"

Meine Eltern und Brüder waren oft mit der Bergrettung unterwegs. Das taten viele meiner Verwandten. Die Einsätze konnten sich über Stunden hinauszögern.

Ich war die Ausnahme unter ihnen – ich hasste das Wandern und hatte keinen Orientierungssinn. Ich hatte nie daran gedacht, beizutreten.

„Ich kann mich um sie kümmern. Ich habe Freunde zum Abendessen eingeladen, also kann sie mir beim Kochen helfen. Gibt es etwas Bestimmtes, das ich wissen muss? Ist sie pingelig beim Essen?"

Aber Lochinvars Antwort fiel dem schlechten Wetter zum Opfer. Der Anruf wurde unterbrochen, und ich schaute auf die Uhr. Ich musste mich beeilen, um die Arbeit früher zu beenden. Aber das war das Leben eines Elternteils, und daran musste ich mich gewöhnen, auch wenn ich im Moment nur so tat, als ob.

Irgendwann würde ich wirklich Kind und Karriere unter einen Hut bringen müssen. So wie Lochinvar es tat.

Ich brauchte die Übung.

*A*n der Straße jenseits der von Pfützen übersäten

Schottereinfahrt der Hütten kam rumpelnd der Schulbus zum Halt.

Ich ging hinaus und mein großer Regenschirm schützte mich vor dem strömenden Herbstregen. Una, die Schulleiterin, stieg aus dem Bus, Lochinvars kleines Mädchen hinter ihr.

Una war eine enge Freundin einer meiner Tanten und war auch meine Lehrerin gewesen. Sie winkte mir zu und umklammerte die Kapuze ihres Sweatshirts. „Cait, ist es dir recht, auf Isla aufzupassen?"

„Aye, ihr Vater hat angerufen. Bist du bereit, Isla?"

Isla schaute mich an, aber jeder Widerstand, den sie vielleicht hatte, löste sich in dem Wetter auf. Sie flitzte über das Grundstück und verschwand in meiner Hütte. Una winkte noch einmal und stieg wieder in den leeren Bus.

Ich folgte meinem Schützling.

Isla wartete im Wohnzimmer und von ihrer Kleidung tropfte Wasser auf den Teppich. „Hast du gesagt, dass Papa angerufen hat?"

„Das hat er vorhin. Er arbeitet, ist also noch nicht zu Hause. Du kannst bei mir warten, bis er zurück ist."

„Kann ich mit ihm sprechen?"

„Es könnte schwierig werden, ihn zu erreichen. Ich bin sicher, es dauert nicht lange."

Islas Miene verzog sich. Verdammt, ich wollte nicht, dass sie weinte.

„Ich ziehe dir den nassen Mantel aus, dann kannst du mir in der Küche helfen, bis es Zeit ist, nach Hause zu gehen. Willst du mir von deinem ersten Tag in der Schule erzählen?"

Ich zog ihr den durchnässten Regenmantel aus und hängte ihn an einen Haken neben meinen. Isla zog ihre Schuhe aus und ihre weißen Kniestrümpfe waren vom Wasser durchnässt. Das kleine Mädchen brachte kein Wort heraus.

„Deine Socken ziehe ich dir auch aus. Du kannst dir welche von mir leihen. Ich habe ein paar süße und flauschige mit Eulen drauf."

Immer noch nichts. Ich flitzte in mein Zimmer und holte die Kuschelsocken. Als ich zurückkam, hatte sich Isla nicht von der Stelle gerührt.

„Du magst Una bestimmt, oder? Sie war auch meine Lehrerin, als ich noch ein kleines Mädchen war."

Isla nahm die Socken widerwillig entgegen. Sie zog sie an, viel zu groß, aber besser als zu frieren, dann öffnete sie endlich den Mund. „Ist jemand auf dem Berg gestorben?"

Mir fiel die Kinnlade herunter, und einen Moment lang konnte ich mich nicht zu einer Antwort durchringen.

„Ist der Mann, der die Bergrettung geleitet hat, gestorben? Hat Papa deshalb den Job?", fügte sie hinzu.

Ich atmete tief durch und beugte mich auf ihre Höhe. „Oh, Süße, nein. Das ist mein Onkel, und ihm geht es gut. Deinem Papa wird es auch gut gehen. Er wird bald nach Hause kommen und dich ganz fest umarmen."

Das arme Mädchen. Sie musste mit einem neuen Zuhause, einer neuen Schule und einem neuen Leben zurechtkommen. Kein Wunder, dass sie sich Sorgen um ihren Vater machte.

Wo war ihre Mutter? Möglicherweise würde sie später nachkommen.

Ich klopfte mir die Hände ab. „Während wir warten, fangen wir mit dem Abendessen an. Du kannst mir nachher helfen, Kekse zu backen."

Mein liebstes Hobby war das Kochen und ich kochte häufig. Was ich als Hausfrau in den Bergen nicht hinbekam, machte ich mit einer Rührschüssel wieder wett.

Denn Kuchen und Kekse waren immer willkommen – ich brauchte meinen Brüdern nur eine SMS zu schicken, und einer der beiden würde einen Grund finden, vorbeizukommen und sich zu bedienen.

Als Erstes musste ich Isla etwas zu essen machen. Da ich sie nicht nach ihren Vorlieben gefragt hatte, holte ich das große Tablett mit Hähnchenfleisch heraus, das ich heute Abend zubereiten würde, und briet ihr ein paar Stücke an, die ich mit Nudeln, Erbsen und Tomatensoße vermischte und mit Käse garnierte.

Die ganze Zeit über schaute sie mir nur zu.

Aber sie aß. Sobald die Schüssel den Tisch berührte, an dem sie saß, stürzte sie sich darauf. Ich fuhr mit den Vorbereitungen für das Curry fort, das ich für meine Gäste kochen wollte, und versuchte, mein Erstaunen zu verbergen.

Als sie fertig war, kehrte die Farbe in ihre Wangen zurück. Sie trank ihr Glas Wasser, und ihre Augen leuchteten auf.

Sie hatte nur etwas zu essen gebraucht, das war alles. Erleichterung durchströmte mich.

„Mag dein Vater Curry?", fragte ich. „Ich denke, er

wird hungrig sein, wenn er mit der Arbeit fertig ist. Sollen wir ihm eine Schüssel aufheben?"

Sie dachte über die Frage nach. „Er mag selbstgekochtes Essen. Das sagt er oft. Als wir auf dem Stützpunkt wohnten, hatte er normalerweise keine Zeit zu kochen. Blair hat manchmal gekocht."

„Oh? Was hat sie denn gekocht, das dir geschmeckt hat?"

Isla hob eine Schulter. „Lasagne, aus der Tiefkühltruhe. Ich wünschte, sie hätte mit uns herkommen können."

Blair könnte Lochinvars Freundin gewesen sein, vermutete ich, denn Isla nannte sie nicht Mama. Am besten ließen wir diese Frage auch unbeantwortet. Ich wandte mich der anderen Frage zu, die mir in den Sinn kam.

„Auf dem Stützpunkt? War dein Papa beim Militär?" Lochinvar sah wie jemand aus, der beim Militär tätig war.

Einige meiner Verwandten waren beim Militär gewesen, und ich kannte die zielgerichtete, ernste Art, die man dort lernte.

Isla presste die Lippen zusammen und schlug sich mit großen Augen die Hand vor den Mund.

„Ich soll nicht darüber reden", sagte sie.

Ich blinzelte, jetzt völlig neugierig. „Okay. Warum hilfst du mir nicht stattdessen mit den Keksen?"

Sie hatte Tränen in den Augen, und sie drückte ihre Hand fester.

Irgendetwas stimmte hier nicht. Und zwar gewaltig.

Ich wischte mir die Hände an meiner Schürze ab, trat an sie heran, und setzte mich auf den Hocker neben sie.

„Du musst mir nichts erzählen. Du hast auch nichts falsch gemacht. Du bist hier unter Freunden."

Aber sie hatte sich wieder zurückgezogen. Ich machte die Kekse, während sie nur zusah, und in der nächsten Stunde gab sie keinen einzigen Pieps von sich.

Auch von ihrem Vater hörten wir nichts.

Ich kannte die Routine und hatte mir nie Sorgen um die Sicherheit meiner Familie bei einer Rettungsaktion gemacht, auch nicht im Dunkeln und bei strömendem Regen. Sie waren bestens ausgebildet. Andererseits war Lochinvar neu in dieser Gegend. Wenn er sich von der Crew entfernt hätte ...

Ich hörte auf zu überlegen und konzentrierte mich darauf, meinen Gast bei Laune zu halten und das Essen vorzubereiten.

Erst als meine Gäste eintrafen, wurde Isla wieder aufmerksam. Sie starrte Casey an, als ich sie vorstellte, und bewunderte ihren offensichtlichen Babybauch zusammen mit ihrem hübschen Gesicht und ihrem amerikanischen Akzent.

Brodie sah seine Frau hingebungsvoll an, während sie neben Isla am Küchentisch saß, und wandte sich dann an mich. „Blayne wird nicht lange brauchen. Er hat eine SMS geschickt, dass er bereits im Auto sitzt."

„Du sagtest, du hättest Neuigkeiten." Casey faltete ihre Hände. „Lass uns nicht damit warten."

Ich hob eine Schulter und warf einen Blick auf Isla. Ich schätzte, es würde keine Rolle spielen, ob sie es hörte. „Ich habe mich in einer Kinderwunschklinik angemeldet. Ich habe vor, selbst ein Kind zu bekommen."

Caseys Augen leuchteten auf. „Oh mein Gott! Das sind schöne Neuigkeiten. Wie lange musst du denn noch warten?"

In mir brodelte die Aufregung. „Sie müssen erst einige Tests machen, und sie haben mich gewarnt, dass es eine Weile dauern könnte, bis sie einen Termin für mich frei haben."

Isla rümpfte die Nase. „Bist du verheiratet?"

„Nö. Ich werde eine alleinerziehende Mutter sein, so wie du einen alleinerziehenden Vater hast."

„Mein Baby wird eine Mutter und zwei Väter haben", fügte Casey hinzu. „Es gibt viele Möglichkeiten, eine glückliche Familie zu sein. Jede ist so gut wie die andere."

Das kleine Mädchen blinzelte, sagte aber nichts weiter dazu. Ich servierte ihr das Abendessen und schaltete den Fernseher ein, aber sie blieb lieber in der Küche und naschte Kekse.

Wir waren mit dem Essen fertig, als draußen ein Motor aufheulte.

„Papa!" Isla sprang auf und rannte zur Tür.

Ich folgte ihr und spähte nach draußen.

Blayne kletterte aus seinem Auto, und Isla wurde sichtlich müde. Es war schon nach sieben, und ich hatte schon überlegt, ob ich ihr im Wohnzimmer ein Bett zurechtmachen sollte.

Instinktiv legte ich ihr eine Hand auf den Kopf, um sie zu beruhigen. Sie schmiegte sich kurz an mich und ging dann in die Hütte zurück. Ich wartete auf meinen Cousin, der mich vor der Tür umarmte.

Doch bevor ich ihn hereinbitten konnte, näherte

sich ein weiteres Fahrzeug, das unter seinen Reifen Kies aufwirbelte. Der Fahrer stieg aus, blickte Blayne finster an und konzentrierte sich auf den Arm meines Cousins über meiner Schulter.

Lochinvar war zu Hause, und wieder einmal war dieser Mann wütend.

5

Lochinvar

Ich ging zu Caits Hütte und starrte den Mann an, von dem ich annahm, dass er ihr Arschloch-Freund war.

„Warst du das mit der Farbe?", schnauzte ich.

Der Mann, der einige Zentimeter größer war als ich, neigte den Kopf. „Bitte was?"

Ich rühmte mich, ein vernünftiger Mensch zu sein, aber die Ereignisse des Nachmittags und des Abends hatten mich aus der Fassung gebracht. Die Rettungsaktion war anfangs gut verlaufen. Aber der idiotische Ehemann der Verunglückten hatte es sich nicht nehmen lassen, zu Fuß Hilfe zu holen. Er hatte angenommen, dass wir sie nicht finden würden.

Er hatte ihr einziges Telefon bei seiner verletzten Frau gelassen. Dann war der Mann ausgerutscht und hatte sich das Bein gebrochen. Schlimmer noch, er war in eine felsige Schlucht gestürzt und hatte sich nicht mehr selbst hochziehen können, um gesehen werden zu können.

Unsere einfache Bergung war zu einem fünfstündigen

Such- und Rettungseinsatz ausgeartet. Cameron, der junge stellvertretende Kommandeur, an dem ich gezweifelt hatte, hatte seinen Rettungshund geholt, und sein Team hatte den Mann schließlich gefunden. Bei Einbruch der Nacht war es die eifrige Spürnase des Hundes gewesen, die die Fährte aufgenommen hatte. Sonst wären wir immer noch da draußen.

Ich war zufrieden damit, wie meine ersten beiden Einsätze verlaufen waren, aber ich ärgerte mich sehr darüber, dass ich an Islas erstem Schultag nicht zu Hause gewesen war. Es war nicht meine Art, unvorbereitet zu sein. Aber ich war weder mit Isla in Caits Hütte gewesen, noch hatte ich die Gelegenheit, meine Tochter mit der Möglichkeit vertraut zu machen, dass sie dort Stunden verbringen würde, während ich arbeiten war.

Es war unangebracht, aber mir entglitt die Kontrolle über meine Wut.

„Du bist der Freund, ja? Hast du dich wie ein großer Macker gefühlt, als du so einen Scheiß an die Tür der Frau gemalt hast? Für wen hältst du dich, wenn du dich so benimmst?"

Cait fasste sich in den Nacken. „Nein. Lochinvar, hör auf."

„Warum? Männer benehmen sich nicht so. Jungs schon." Ich richtete meinen Blick auf Cait. „Ich hoffe, du lässt ihn nicht rein, so lange Isla bei dir ist."

Ihr Gesicht spannte sich an, aber Cait schien keine Worte zu finden. Ihre Augen glitzerten jedoch vor Wut.

Der große Mann sah Cait stirnrunzelnd an. „Hat jemand etwas an deine Tür geschrieben? Was hat er geschrieben?"

Ich hielt kurz inne und meine Wut verflog.

„Papa!" Isla drängte sich zwischen die beiden Menschen.

Ich umarmte sie und hob sie in meine Arme, wie ich es tat, als sie noch klein war.

„Du bist kalt. Geht es dir gut?", murmelte sie in meinen Nacken.

„Hast du dir Sorgen gemacht? Du weißt, dass ich immer zurückkomme." Ich hielt sie fest.

Cait tauchte in meinem Blickfeld auf, Islas Mantel und Schultasche in ihrer ausgestreckten Hand. „Gern geschehen, Lochinvar. Vielleicht hast du das nächste Mal, wenn ich kostenlos auf deine Tochter aufpasse, die guten Manieren, mir dafür zu danken. Und meine Gäste nicht zu beleidigen. Gute Nacht."

Sie zog den Mann in die Hütte und schlug die Tür zu. Einen Moment später, als ich den Schlüssel in unserem Schloss drehte, kam eine andere Frau mit einer abgedeckten Schüssel in der Hand heraus. Sie reichte sie mir.

„Das ist für dich, Cait hat etwas mehr gekocht", sagte sie mit amerikanischem Akzent. „Vielleicht bringst du die Schüssel an einem anderen Tag zurück, wenn sie sich nicht über dich aufregt?"

Sie schloss die Tür, und ich führte Isla in unsere Hütte.

Wir gingen unserer abendlichen Routine nach, und der Duft der Schüssel, die auf dem Küchentisch stand, machte mich hungrig. Ich hatte mir zwar auf dem Berg Proviant besorgt, aber an ein richtiges Abendessen hatte ich seit Abschluss der Rettungsaktion nicht mehr gedacht.

Ich hatte mit einem Tiefkühlgericht aus der Mikrowelle gerechnet, aber das hier musste tausendmal besser sein.

„Wer war die andere Frau?", fragte ich Isla, als ich meinen Kopf in ihr Zimmer steckte, wo sie nach ihrem Schlafanzug kramte.

„Das ist Casey. Sie bekommt ein Baby, und das Baby hat zwei Väter. Einer ist der Cousin von Cait. Wir haben Kekse gebacken. Hat Cait dir einen davon gegeben?"

Das hatte sie nicht, aber kein Wunder. Ich lehnte eine Schulter an den Türrahmen, und Erschöpfung machte sich bemerkbar.

Ich hatte mich zum Idioten gemacht, weil ich voreilige Schlüsse gezogen hatte.

Isla tauchte neben mir auf und schaute zu mir auf. Unser einstöckiges Häuschen war bereits warm, und meine Tochter lächelte entspannt und glücklich. Eigentlich sollte sie gleich ins Bett gehen, aber ich schickte sie auf das Sofa, während ich zwei Minuten duschte.

Als ich mich angezogen hatte, führte mich mein Hunger in die Küche. Ich nahm einen Löffel und nahm den Deckel von der Schüssel mit dem Essen ab, unter dem ein noch warmes Hühner- und Gemüsecurry mit gebratenem Reis zum Vorschein kam. Ich trug es zum Sofa und verschlang es.

Nur mit Mühe konnte ich verhindern, dass ich angesichts der schieren Köstlichkeit aufstöhnte. Meine Nachbarin wusste, wie man kocht, und ich musste sie um Entschuldigung bitten.

Isla kuschelte sich an meine Seite, den Blick auf die Zeichentrickserie gerichtet, die sie angeschaltet hatte.

Ihre Augenlider wurden schwer, aber ich brauchte diesen Moment mit ihr, um mich zu vergewissern, dass es ihr gut ging, und um mich an den Grund zu erinnern, warum ich unser Leben auf den Kopf gestellt hatte.

„Es tut mir leid wegen heute", sagte ich ihr.

Meine Tochter gähnte. „Es hat so viel Spaß gemacht. Brodie, einer der Väter, hat mir ein Kartenspiel beigebracht. Ich zeige es dir morgen."

„Einer der Väter?" Das hatte sie vorhin schon gesagt, aber es war mir nicht aufgefallen.

„Zwei Papas und eine Mama. Wenn Cait ihr Baby bekommt, wird sie alleine Mama sein, so wie ich nur dich habe."

„Cait bekommt ein Kind?" Warum hat sie das nicht erwähnt? Oder mein Chef, was das betrifft. Er hatte mir von seiner Tochter erzählt, also hätte ich erwartet, dass er auch seine Nichte in dem Gespräch erwähnt.

Aber Isla schloss die Augen. Ich aß die letzten Bissen des köstlichen Essens auf und hob mein Kind hoch, dessen Kopf sich an meine Schulter schmiegte.

Sie musste ins Bett, aber nach all den Ereignissen des Tages glaubte ich nicht, dass ich so leicht zur Ruhe kommen würde.

Am nächsten Morgen brachte ich Isla zur Schule und sprang dann in mein Auto. Ich hatte heute einen späteren Arbeitsstart, also würde ich die Zeit nutzen, um unsere Spuren zu überprüfen.

Ich fuhr eine Stunde lang in Richtung Süden, weit

weg von zu Hause, damit mich niemand irgendwie aufspüren könnte. In einem Supermarkt besorgte ich mir ein billiges Telefon und eine SIM-Karte und bezahlte mit Bargeld. Auf dem Parkplatz richtete ich es ein und rief eine Nummer an, die ich mir vor langer Zeit gemerkt hatte.

Es klingelte eine Weile, bevor sich eine weibliche Stimme meldete. „Ja?"

„Ich bin's", sagte ich.

„Lochie! Endlich."

Ich sackte förmlich in den Autositz, denn die Erleichterung, eine vertraute und geliebte Stimme zu hören, verunsicherte mich erneut.

„Aye, nun, ich konnte nicht weg, um dich anzurufen. Gib mir ein Update."

„Es gibt wenig zu berichten. Ein paar Leute haben gefragt, wo ihr beide hingegangen seid, aber ich habe jedem eine andere Antwort gegeben."

„Wer?"

Blair gab mir eine Liste mit Namen – alles Eltern von Islas Schulfreunden. Niemand, um den ich mir speziell Sorgen machen würde.

„Gut. Ich danke dir."

„Hast du Probleme in deinem neuen Leben?", fragte meine Schwester. Wie ich, hatte sie einen unverblümten Ton, den sie von unserer längst verstorbenen Mutter geerbt hatte.

Ich erinnerte mich kurz daran, wie ich diese Stimme bei meiner freundlichen Nachbarin benutzt hatte. Die wenigen Male, die ich mit Cait gesprochen hatte, war sie selbst in ihrer Verärgerung freundlich und warmherzig geblieben.

Ich kannte niemanden, der so war.

Außerdem war sie laut Isla schwanger. Ein Grund mehr, mich zu entschuldigen.

Vor dem Eingang des Supermarktes standen Blumensträuße in einer Auslage. Ja, das könnte mir helfen.

„Nichts Erwähnenswertes. Ich bin zuversichtlich, dass wir, den auf sechs Monate befristeten Vertrag zu Ende bringen werden."

„Und danach?"

„Irgendwo anders." Ich würde so lange weiterziehen, wie es nötig war.

„Pass gut auf das kleine Mädchen auf, Lochinvar", befahl Blair.

„Das werde ich. Wann fährst du los?"

„Morgen. Es wird eine lange Zeit dauern, bis ich euch beide wiedersehe."

„Mailt, wenn ihr könnt. Ich habe ein Bild von dir in Islas Zimmer gestellt. Sie wird ihre einzige Familie nicht vergessen."

„Nicht die einzige Familie, das ist das Schlimme."

„Sie wird diese Arschlöcher nie kennenlernen", sagte ich. „Nur über meine Leiche. Ich beschütze sie davor."

„Ich weiß. Wenn ich vom Einsatz zurückkomme, werde ich dich wieder unterstützen können."

Meine Schwester hatte schon genug getan. Wir beide hatten Isla großgezogen, und wir hatten beide Positionen im Militär. Blair war, wie ich, für diesen Job geschaffen. Sie hatte zugesehen, wie ihre Freunde im Einsatz waren, während sie einen einfachen Job annahm und sich die Elternzeit mit mir teilte.

Aufgrund der Gefahr, die Isla drohte, war es nur logisch, dass wir weggingen, um Blair die Möglichkeit zu geben, ihre Karriere voranzutreiben.

Isla vermisste ihre Tante, das wusste ich, aber gleichzeitig hatte Blair nie versucht, ihre Mutter zu sein. Meine Schwester hatte keinen einzigen mütterlichen Instinkt in ihrem Körper, so sehr sie ihre Nichte auch liebte.

Vielleicht würden wir eines Tages in Sicherheit sein und uns niederlassen können. Vielleicht würde ich eine Frau finden, die die Mutterrolle übernehmen wollte. Die mich jämmerlichen Lappen ertragen würde.

Bedauern machte sich in meiner Brust breit. Ich war noch nie verliebt gewesen, abgesehen von der Hingabe für Isla nach Ihrer Geburt. Aber ich bereute keine einzige Minute der vergangenen sechs Jahre. Ich würde alles sofort wieder so machen.

Alles, worum meine Frau gebeten hatte.

„Pass auf dich auf", sagte ich zu Blair.

„Genau das wollte ich auch zu dir sagen, Bruder. Gib Isla einen Kuss von mir, und wir sehen uns."

Als ich zu den Hütten zurückkam, war Caits Auto weg, also legte ich ihr den Blumenstrauß vor die Tür und machte mich auf den Weg zur Arbeit. Heute würde ich die Ausbildungspläne durchgehen und Isla dann um 16 Uhr von der Schule abholen – ein kurzer Tag, um den langen Einsatz von gestern Abend wettzumachen.

Ich würde später mit meiner Nachbarin sprechen.

So oder so würde ich das Ganze wieder in Ordnung bringen.

6

Cait

Ich ging durch den düsteren Innenkorridor von Patterson House, einem verfallenen College-Gebäude in Inverness, die Arme voll mit Papierkram und meinem Tablet. Rupert, mein Chef, hatte den Ort unserer Besprechung in sein privates Büro verlegt, und obwohl es erst Nachmittag war, war mir dabei unwohl.

Auf der Arbeit waren mehrere merkwürdige Dinge passiert, die Liste wurde immer länger. Mein gestohlener Mantel beunruhigte mich am meisten. Meine Mutter hatte ihn für mich gekauft, er war maßgeschneidert und hatte ein umwerfendes tiefes Lila. Niemand konnte ihn tragen, ohne dass ich es bemerken würde.

Andere, unbedeutendere Vorfälle, wie der Diebstahl meines Mittagessens, störten mich weniger. Vielleicht hatte sich jemand vertan. Dass meine E-Mails geöffnet wurden, bevor ich sie lesen konnte, könnte eine technische Störung gewesen sein.

Es könnte sich auch um ein Muster handeln.

Meine Nerven lagen blank und ich bekam eine

Gänsehaut. Ich atmete aus und ging weiter.

Hinter mir ertönte ein *Klacken*. Der fensterlose Korridor hinter mir tauchte in die Dunkelheit ein. Dieser Teil des Gebäudes war leer, da keine Studenten da waren. Aber die Bewegungsmelder sollten das Licht einschalten.

Polternde Schritte waren zu hören.

Ein Blick über meine Schulter offenbarte nichts, doch mein Puls beschleunigte sich.

Ich eilte schneller und meine Absätze klackten auf den Fliesen.

Auch die Beleuchtung über mir funktionierte nicht. Jetzt, in fast völliger Dunkelheit, drehte ich mich um. Weitere Schritte ertönten, laut, doch es war niemand zu sehen.

Jemand kam auf mich zu.

Die Haare in meinem Nacken stellten sich auf. Schweiß bildete sich auf meiner Stirn.

„Hallo?", rief ich.

Keine Antwort.

Ich holte tief Luft und ging weiter, vorbei an offenen, leeren Räumen. Mit jedem Schritt wuchs mein Misstrauen. Meine Schultern zogen sich automatisch zusammen, und ich konnte fast die Berührung eines Fremden aus der Dunkelheit spüren. Wie er mich mit einem brutalen Griff packte. Mich durch eine der Türen entlang des Ganges zerrte.

Gott, das machte mir Angst.

Meine Dokumente an die Brust gepresst, sah ich mich wieder um, ohne anzuhalten. Immer noch nichts außer dem Echo des Klackens.

Eine Tür wurde zugeschlagen.

Ich stieß einen Schrei aus, rannte los und lief zu dem schwachen Licht am Ende des Korridors. Energisch stürmte ich ins Treppenhaus und starrte zurück.

Ein leerer Flur lag vor mir.

Keiner verfolgte mich.

Mein Herz schlug mir gegen die Rippen und mir stockte der Atem. *Mist.* Was zum Teufel war das? Meine Einbildung oder Schlimmeres?

Ich verzog das Gesicht und schlug mit der Faust auf die manuellen Lichtschalter an diesem Ende des Ganges. Die Beleuchtung über mir erwachten zum Leben.

„Hey", rief ich in den leeren Raum und fühlte mich lächerlich. „Hältst du dich für witzig? Komm raus, wenn du dich traust."

Nichts rührte sich, und mein Mut schwand.

Ich drehte mich um und joggte die zwei Stockwerke zum Bürogebäude hinauf.

Jill, Ruperts Assistentin, wartete an ihrem Schreibtisch. Diese Frau hatte noch nie gelächelt und war nie freundlich zu mir gewesen, aber ich war froh, sie zu sehen. Sie sah auf und musterte mich. Ihr blonder Bob hatte den glänzenden Schimmer eines frischen Haarschnitts. Ich überlegte fast, ob ich ihr ein Kompliment machen sollte, aber sie hätte wahrscheinlich nur gespottet.

Die Angst in mir wich, und ich zwang mich, mich wieder auf das Wesentliche des Tages zu konzentrieren.

„Hallo, Jill. Ist Rupert da?", fragte ich eilig.

„Du hast dieses Treffen gebucht, nicht wahr? Mr. Gaskill wartet bereits."

Schon gut. Ich bedankte mich und trat in das Büro ein, wobei ich die Bürotür einen Spalt breit offen ließ.

Rupert wandte den Blick von seinem Bildschirm ab. „Caitriona. Danke, dass du gekommen bist."

„Einfach Cait, bitte." Das hatte ich ihm schon hundertmal gesagt. Nur wenige Leute benutzten meinen vollen Vornamen, und ich wollte nicht, dass er zu diesen Leuten gehörte.

Er deutete auf die Tür. „Könntest du die Tür bitte schließen? Was wir zu besprechen haben, ist möglicherweise ... vertraulich. Es ist besser, wenn niemand mithört."

Argh. Ich willigte ein und nahm Platz.

Rupert kam um den Schreibtisch herum und ließ sich auf dem Stuhl direkt neben mir nieder.

Sein Knie berührte meines und der glatte Stoff seiner braunen Anzughose streifte meine Strumpfhose.

So subtil ich konnte, wich ich zurück.

„Deine E-Mail von letzter Woche", begann er, und sein Birmingham-Akzent machte seine Worte freundlicher, als ich vermutet hatte. „Ich weiß, dass ich die Anfrage damals bestätigt habe, und natürlich hast du das Recht, diesen Weg weiterzuverfolgen, wenn du dich dafür entscheidest. Aber ich hätte nicht das Gefühl, dass ich meiner Pflicht als dein Arbeitgeber nachkomme, wenn ich dir nicht meinen besten Rat geben würde."

Oh Gott. Ich hatte Rupert, die anderen Manager und die Personalabteilung darüber informiert, dass ich eine Auszeit für Termine in der Kinderwunschklinik brauchen würde. Das war Teil der Mutterschaftsbedingungen, und ich hatte Anspruch auf diesen Urlaub.

Kein Teil meiner Nachricht lud zu einer Diskussion ein.

„Diese E-Mail war nur eine Benachrichtigung", sagte ich entschlossen.

„Ich verstehe das, und Elternschaft ist ein Segen, die man nicht auf die leichte Schulter nehmen sollte. Cait, wir kennen uns nun schon seit einigen Jahren. Du bist als frischgebackene Absolventin zu uns gekommen, und du bist noch sehr jung ..."

Er sprach den Satz nicht zu Ende, als sollte ich seinen Worten etwas abgewinnen.

„Entschuldigung, war das eine Frage?"

Rupert legte seine Hand auf die Armlehne meines Stuhls und rutschte ein Stück vor.

Verdammt.

Mein Unbehagen verstärkte sich, und die Angst, die ich vorhin verspürt hatte, kehrte in Windeseile zurück. Ich lehnte mich noch weiter zurück.

„Ich habe zwei Kinder", sagte er mit großen Augen. „Wunderschön. Ich bin stolz darauf, wie gut sie geraten sind."

Gut geraten? War das ein Ratschlag? Oder ... ein Angebot?

„Beide sind klug. Mein Sohn ist willensstark, aber pflichtbewusst. Meine Tochter bekommt immer Komplimente für ihr hübsches Gesicht und ihr schönes Haar."

„Warum erzählst du mir das?"

„Caitriona, es ist wichtig, dass du verstehst, dass du Optionen hast. Kinder entwickeln sich nicht immer so, wie man es erwartet, egal wie man es plant. Mein Bruder, zum

Beispiel –“

Ich hörte nicht länger zu, als ich das Wort „Optionen“ hörte.

Abrupt stand ich auf und ging an Rupert vorbei zur Tür.

Der Drang, mich zu entschuldigen, überkam mich, aber ich verdrängte ihn. Er hatte mir Unbehagen bereitet, und das war nicht meine Schuld.

„Wie ich schon sagte, die E-Mail war nur eine Benachrichtigung. Danke ...“ *Bedank dich nicht bei ihm.* „Ich muss los.“

Voller Panik sammelte ich meine Sachen ein und verließ den Raum. Von ihrem Schreibtisch aus starrte Jill zweifellos mein glühendes Gesicht an. Aber ich blieb nicht stehen. Weder für sie, noch für die andere Stimme, die mich beim Verlassen des Gebäudes rief.

Ob mein Chef nun mein Stalker war oder nicht, er hatte gerade ein ungesundes Maß an Interesse gezeigt.

Ich marschierte geradewegs zurück zu meinem Auto und fuhr nach Hause, wobei ich versuchte, nicht zu weinen.

Vor meiner Haustür lag ein Blumenstrauß, der an die Tür gelehnt war. Ich blieb davor stehen, zu erschrocken, um nach einem Zettel zu suchen.

Sind die von Rupert? Steckte er vielleicht sogar hinter den seltsamen Handlungen? Ich presste mir die Hände vor den Mund, mir war übel.

Auf einmal hörte ich Schritte und drehte mich um.

Lochinvar kam auf mich zu, eine Hand ausgestreckt. „Mein Gott, was ist los?"

Gott sei Dank.

Sofortige Erleichterung ersetzte die unzähligen anderen Gefühle. Was seltsam war, denn nach dem Drama, das er gestern Abend mit einem weiteren meiner Verwandten verursacht hatte, sollte ich eigentlich verärgert sein.

Stattdessen wärmte mich ein Gefühl der Sicherheit.

Ich verschränke meine Arme angesichts des Vorfalls. „Lochinvar. Ich wollte eh mit dir reden."

Er ließ seinen Blick über mich gleiten und verweilte auf meinem Bauch, bevor er sich die Finger in sein schwarzes Haar grub. „Aye, das wollte ich auch. Geh doch bitte kurz zur Seite, ja?"

„Was?"

Er deutete mir, zur Seite zu gehen, und als ich das tat, bückte er sich und nahm den Strauß in die Hand. „Die sind von mir. Und auch von Isla. Ein Dankeschön und eine Entschuldigung."

Er hielt mir den Strauß mit den hübschen, herbstlichen Blumen hin, und ich starrte ihn an.

„Die waren von dir? Dachtest du, es wäre eine gute Idee, sie vor die Tür zu legen, wenn man bedenkt, was ich letzte Woche vor meiner Hütte vorgefunden habe?"

Er blinzelte und seine Gesichtszüge verrieten, dass es ihm dämmerte.

Meine Empörung kehrte schlagartig zurück. Die Ereignisse des heutigen Tages hatten mir zugesetzt, und ich war bereit, alles herauszulassen. „Wenn wir schon über schlechte Manieren reden, was zum Teufel sollte das gestern Abend? Du hast meinen Cousin angepöbelt, warst unhöflich zu ihm und hast dich wieder einmal in meine Angelegenheiten eingemischt."

Der riesige Mann der Berge holte tief Luft. „Ich weiß."

„Weißt du das wirklich? Es scheint mir, dass du dich in jeder Situation so benimmst, wie es dir gefällt."

„Es war ein harter Abend, die Rettungsaktion war kompliziert. Nein, vergiss es. Ich habe dafür keine Ausrede."

Ich wollte nicht, dass er vernünftig war. Ich hatte die Nase voll, aber mehr noch, mein Blut kribbelte vor lauter Energie. Ein neues Gefühl, das ich nicht verstand, das mich aber dazu drängte, diesen Kampf fortzusetzen.

Der letzte Gedanke ließ mich zusammenzucken. Ich hatte keinen Grund, mit diesem Mann zu streiten. Überhaupt keinen. Durch sein verrücktes Verhalten gehörte er einfach zu der Kategorie von Menschen, mit denen ich nicht befreundet sein wollte. Ich schob die Schulter zurück.

„Ich verstehe, dass wir Nachbarn sein müssen, und ich passe gern auf deine Tochter auf, aber ich würde es begrüßen, wenn du mich von jetzt an in Ruhe lassen würdest."

Ich drückte den Rücken durch und Lochinvars Blick verfinsterte sich.

Es verging ein Moment zwischen uns, in dem die Spannung stieg, die spürbar und hitzig war. Ich ließ meinen Blick von Lochinvars strahlenden Augen zu seinem verbissenen Ausdruck gleiten. Die Art, wie er mich ansah ...

Er bot mir den Strauß noch einmal an, und ich biss die Zähne zusammen.

Ich hatte es so satt, dass Männer mir Dinge anboten, um die ich nicht gebeten hatte oder die ich nicht brauchte. Mein rationaler Verstand verließ mich völlig. „Weißt du, wohin du dir die Blumen stecken kannst?"

Lochinvars Augenbrauen hoben sich, und er brach in ein amüsiertes Kichern aus.

Er lachte? Oh verdammt, nein.

Ich drehte mich um, betrat meine Hütte und schlug die Tür hinter mir zu.

In den nächsten Tagen wurde mein Wunsch erfüllt. Wann immer ich Lochinvar vor den Hütten sah, nickte er zur Begrüßung, sprach aber nicht.

Die Intensität seines Blicks ließ jedoch nicht nach.

Blayne schickte mir eine SMS, in der er mir mitteilte, dass Lochinvar ihn ausfindig gemacht und sich bei ihm entschuldigt hatte. Mein Cousin war umgänglich, aber auch ein guter Menschenkenner. Seine Beschreibung meines Nachbarn als „zuverlässiger Kerl" blieb nicht unbemerkt.

Eines Abends brachte die Schule Isla zu mir. Es dauerte nur eine Stunde, bis ihr Vater aus den Bergen kam und den Geruch der wilden Natur mitbrachte.

Er führte Isla in ihre Hütte, hielt aber auf der Türschwelle inne.

Warum wartete ich noch? Ich blieb dennoch stehen.

„Ich weiß, dass du nicht willst, dass ich mit dir rede, aber wenn du jemals etwas brauchst, kannst du mich ruhig fragen. Du hast mir sehr geholfen, und ich kann das Gleiche für dich tun.“

Die Ruhe der letzten Tage hatte mich etwas beruhigt. Ich hatte keine Ahnung, was Lochinvar zu dieser Geste veranlasst hatte, aber sie war nett. Nachbarschaftlich.

„Das weiß ich zu schätzen. Danke für das Angebot.“ Ich schenkte ihm ein kurzes Lächeln. „Gute Nacht.“

Es kam keine Antwort, und ich wartete nicht länger auf eine.

7

Lochinvar

Die Morgendämmerung zog über die Landschaft und ein schwaches Licht schimmerte unter dem bedeckten Himmel. Ich stieg aus meinem Bergrettungs-Jeep aus und füllte meine Lungen mit kühler, frischer Luft. Der Schnee würde bald kommen, obwohl wir gerade einmal die Hälfte des Oktobers hinter uns hatten. Mit ihm würde die Komplexität meiner Arbeit zunehmen.

Winterliche Tage brachten eisige Temperaturen und dichten Nebel, der aus dem Nichts aufstieg. Da Gordain sich nun zurückzog, hatte ich eine Fülle von Aufgaben zu bewältigen. Planung. Ausbildung. Dienstpläne. Freiwillige und Fachleute, die ich noch treffen musste.

Warum zum Teufel dachte ich dann nur an die rätselhafte Cait McRae?

Unser letztes Gespräch außerhalb unserer Hütten war schon ein paar Wochen her, und auch danach hatten wir kaum miteinander gesprochen.

Alles an dieser Frau faszinierte mich.

Ihr Stil – geblümte Kleider mit Jeansjacke und braunen Stiefeln. Ihr blondes Haar war meist hochgesteckt. Ihre Freundlichkeit gegenüber jedem, der vorbeikam.

Der Duft von Gebackenem, der aus ihrer Wohnung wehte. Die Art und Weise, wie sie meine Tochter ins Herz schloss und uns das Einleben in unser neues Zuhause zehnmal erleichterte.

Die Tatsache, dass seit einem Monat kein Lebenspartner aufgetaucht war, obwohl Cait schwanger war.

Diese kleinen Details hatten angefangen, mich zu faszinieren. Das hätte ich nicht zulassen dürfen. Ich durfte mich nicht ablenken lassen.

Ich grummelte vor mich hin und ging die Bergstraße hinunter. Aus dem einzigen anderen Auto an diesem abgelegenen Ort bellte ein Hund.

Sein Besitzer öffnete die Tür, stieg aus und befreite sein Tier von seinem Hundegeschirr.

Der braun-weiße Collie, ein Mitglied unseres Teams, sprang auf mich zu und schoss dann davon, um sich neben die Tür des Gebäudes zu setzen, das wir uns ansehen wollten. Sie bellte noch einmal, und Cameron McRae neigte zur Begrüßung den Kopf.

„Lochinvar", sagte er. Dann deutete er auf seinen Hund. „Ellie will unbedingt hinein."

„Geh voran. Zeig mir das Haus", bat ich.

Cameron führte mich in das kleine Häuschen, das ich sehen wollte. Hill House war unbewohnt und wurde als Kommandozentrale genutzt. Hoch über einer Schlucht gelegen, bot es eine hervorragende Aussicht, war aber abgeschnitten. Über Hill House befand sich ein Felsvorsprung und darunter trafen dichte Wälder auf mit Heidekraut bewachsene Hänge.. Es war ein guter Ausgangspunkt für Rettungseinsätze in diesem Gebiet.

Ich bückte mich unter der Tür hindurch und steckte meinen Kopf in die schlichten Räume im Erdgeschoss. Cameron wies mich auf den Generator für die Stromversorgung, den Raum für die Zusammenkunft mehrerer Organisationen und die Vorräte zum Auffüllen der Lagerbestände hin. Es schien alles in Ordnung zu sein.

Er führte mich in den Raum, der ursprünglich das Wohnzimmer gewesen sein musste.

Ich wollte nicht nur das Haus sehen, sondern auch diesen jungen Mann kennenlernen. Trotz meiner Vorbehalte hatte er mich im letzten Monat beeindruckt, und wie Gordain bemerkt hatte, war Cameron zu fast jedem Einsatz erschienen. Er war ein wichtiger Bestandteil. Sein Tier auch.

Die Hündin war unter dem Tisch und beobachtete uns aufgeregt und mit der Aufmerksamkeit auf ihr Herrchen gerichtet.

Ich hob mein Kinn zu Cameron. „Wie lange hast du sie schon?"

„Drei Jahre."

„Sie hat eine gute Erfolgsbilanz."

„Aye. Genau wie ihr Besitzer." Er warf mir einen nachdenklichen Blick zu, ging aber nicht näher auf seine Aussage ein.

Das war auch einer der Gründe, warum ich Zeit mit ihm allein verbringen wollte. Ich hatte gesehen, wie er Anweisungen befolgte und andere mit ruhigen Worten leitete, meist mit einem ernsten Ausdruck in seinen blauen Augen, die sein Alter verrieten. Gordain hatte mir erzählt, dass Cameron bereits mit 13 Jahren 1,80 m groß gewesen und mit 16 Jahren dem Freiwilligenteam beigetreten war, obwohl er noch zu jung gewesen war, um bei Rettungsaktionen das Team auf den Berg zu begleiten. Er kannte die Gegend wie seine Westentasche und ließ sich durch nichts aus der Ruhe bringen. Er hatte nicht gejammert wie andere in seinem Alter, und seine Kompetenzen waren offensichtlich.

Jeder andere würde mir diese Laufbahn im Detail schildern, um mich zu beeindrucken. Cameron nicht.

Er erinnerte mich an mich selbst.

Ich mochte diesen stoischen jungen Mann. Im Moment war er ungefähr in dem Alter, in dem ich war, als mein Leben auf den Kopf gestellt worden war.

„Ich habe das Gebiet in den letzten Wochen gründlich erkundet", sagte ich. „Ich bin in den Regionen gewandert, die in den Vorfallmeldungen am häufigsten auftauchen."

Cameron nickte zustimmend mit dem Kopf.

„Auf dem Gipfel hinter dieser Hütte ist im Winter viel los. Kannst du mir sagen, warum?"

Er strich sich über sein kantiges Kinn und ließ seinen Blick zum Fenster schweifen. „Wenn der Boden mit Schnee bedeckt ist, ist die breite Schlucht mit der Zufahrtsstraße ein malerischer Spaziergang. Von hier aus kann man weiter in die Berge gehen, und in einer Stunde erreicht man einen versteckten Wasserfall. Der Empfang ist allerdings ziemlich schlecht, und das Wetter kann sich im Handumdrehen ändern. Der Windchill-Effekt

macht den Leuten zu schaffen. Die Kälte raubt ihnen

die Energie, und sie schaffen es nicht mehr zurück zu ihrem Auto. Und wenn der Schnee nicht klebrig ist, sind die Fußspuren schlecht zu erkennen. Bei Schneetreiben kann das eine Todesfalle sein."

Cameron erzählte mir von den Rettungsaktionen, an denen er schon teilgenommen hatte, und ich ging die Details der Berichte durch, die ich gelesen hatte. In der Regel handelte es sich um einfache Rettungsaktionen – bei denen eine unterkühlte oder verletzte Person mit einer Rolltrage zur medizinischen Versorgung gebracht wurde – obwohl es auch ein- oder zweimal einen Hubschraubereinsatz mit einer Seilwinde gegeben hatte.

Wir waren schon bei den Details angelangt, als sich seine Hündin aufsetzte und die Ohren spitzte. Sie bellte einmal.

Cameron stand auf und ging zum Fenster. Er spähte hinaus und ging dann zur Tür, um die Straße zu überprüfen. Als er zurückkam, hoben sich seine Augenbrauen. „Seltsam. Ellie hat mir signalisiert, dass jemand hier ist. Das hat sie auch vor ein paar Wochen getan, als wir Vorräte geholt haben, und sie irrt sich selten."

„Könnten es Spaziergänger sein?"

„Ja. Vielleicht sind sie außer Sichtweite." Er sah nicht überzeugt aus.

Ich hatte keine Ahnung, warum, aber Caits mit Graffiti beschmierte Tür kam mir in den Sinn. „An welchem Tag warst du denn hier?"

„Ich sehe mal nach." Cameron zog sein Handy aus der Jackentasche und auf dem Display erschien das Bild eines lächelnden Mädchens.

„Deine Freundin?", fragte ich.

Seine Wangen färbten sich rosa, und er stieß ein Lachen aus und wechselte schnell zu seiner Kalender-App. „Schön wär's."

Der Drang überkam mich, ihn zu warnen, er solle noch ein paar Jahre sein Leben genießen. Nicht, dass mich sein Leben etwas anginge, aber Beziehungen bedeuteten das Ende der Jugend. Die Freiheit wurde durch ständige Wachsamkeit und Sorge ersetzt. Ich würde mein Leben nie bereuen, denn Isla bedeutet mir alles, aber ich würde es auch niemand anderem wünschen.

„Hier." Cameron nannte mir das Datum: der Tag, an dem wir in den Highlands angekommen waren. Zur gleichen Zeit war Caits Tür bemalt worden.

Ein mulmiges Gefühl machte sich in mir breit. Dieses Mal wollte ich Caits Angelegenheiten nicht noch einem ihrer Verwandten gegenüber offenlegen. Ihr Cousin Blayne hatte meine Entschuldigung angenommen und zeigte sich sehr besorgt über das, was geschehen war. Wie es jeder tun würde. Ich wünschte, ich wüsste, welche Maßnahmen Cait ergriffen hatte. Ob sie etwas herausgefunden hatte.

Wenn es kein Einheimischer gewesen war, könnte sich der Täter dann hier draußen versteckt haben?

Der Hund bellte erneut. Cameron richtete sich auf.

„Bewohnt außer uns noch jemand dieses Gebäude?" Ich suchte die Räume erneut ab.

„Nein. Das sollte nicht der Fall sein." Er gestikulierte zu seiner Hündin. „Ellie, such."

Wie eine Rakete startete sie und huschte die Treppe hinauf, wobei ihre Krallen auf den Holzstufen klackten.

Wir liefen ihr hinterher.

Der Hund steuerte direkt auf eine Tür zu. In der Ecke eines Schlafzimmers lag ein zusammengerollter Schlafsack auf den Dielen. Sie setzte sich daneben und bellte einmal.

Cameron streichelte lobend das Fell auf Ellies Kopf. „Kein Wunder, dass sie gezittert hat. Ich habe ihr befohlen, sich zu beruhigen, aber sie war sehr aufgeregt."

Ich hob den Schlafsack auf und entdeckte leere Packungen mit Energieriegeln und eine plattgedrückte Getränkedose. Eine schnelle Untersuchung ergab keine weiteren Hinweise. Kein Namensschild, das auf das Eigentum eines Pfadfinders hinweisen würde. Keine roten Farbschmierereien, obwohl die Wahrscheinlichkeit dafür gering gewesen wäre.

„War der schon immer da?", fragte ich.

„Nein, letzten Monat war der Schlafsack noch nicht da, das weiß ich genau."

„Kannst du dir vorstellen, warum hier jemand übernachten würde?"

„Das war niemand von der Crew. Dafür ist es nicht ausgelegt. Wir würden die Besatzung wechseln und die Leute nach Hause schicken", fügte Cameron hinzu.

„Ich bringe den Schlafsack weg und entsorge ihn. Wir wollen niemanden ermutigen, zurückzukommen." Ich bündelte das Chaos und brachte es zu meinem Auto.

In der nächsten Stunde begleitete mich Cameron auf einem Rundgang um den Berg, bevor wir getrennte Wege gingen.

Ich fuhr wenige Kilometer zu meiner Hütte zurück,

während ich in meinen Gedanken Zusammenhänge herstellte.

Ich glaubte nicht an Zufälle, aber ich war mir nicht sicher, ob das Ganze mit Caits Problem zu tun hatte. Oder wie ich das herausfinden würde.

Caits Auto parkte an seinem üblichen Platz, direkt neben meinem Auto. Sie war zu Hause. Ich hatte noch eine Stunde Zeit, bis ich Isla abholen musste, also überlegte ich, ob ich mit meiner Nachbarin sprechen sollte. Doch eine euphorische Energie steckte mich an, und ich konnte sie nicht abschütteln. Ich musste sie loswerden, bevor ich der Frau gegenübertreten konnte, die mich um meinen Seelenfrieden gebracht hatte.

Ich wusste, dass mein Beschützerinstinkt stärker war als bei den meisten anderen.

Zu oft mussten Frauen und Kinder vor Männern beschützt werden. Es war Fakt, dass das Gesetz diesen Schutz nicht immer gewährleisten konnte. Manche Schurken konnten nur durch die Stärke und Aggressivität besserer Menschen davon abgehalten werden, ihre Untaten zu begehen. Das hatte man mir als Junge beigebracht, aus Angst vor meinem Vater, als ich mit meiner Mutter und Blair geflohen war, und ich glaubte es bis zum heutigen Tag.

Nicht, dass ich Frauen für schwach gehalten hätte. Ma war die stärkste Frau, die ich kannte, und sie hatte Blair und mich als Gleichberechtigte aufgezogen und endlose Stunden gearbeitet, um für uns zu sorgen. Aber die einfache Wahrheit war, dass Männer im Allgemeinen körperlich stärker waren.

Manchmal auch gewalttätig.

Cait lebte allein in ihrer Hütte. Selbst auf diesem abgelegenen Anwesen mit ihren Verwandten in der Nähe war sie verwundbar. Sie war bereits mit dem an ihre Tür geschriebenen Wort angegriffen worden.

Und sie war im Begriff, ein Kind zu bekommen.

Das versetzte jeden Alpha-Mann-Instinkt in mir in höchste Alarmbereitschaft.

Scheiße, ich wollte ihr fast befehlen, mir zuzuhören. Sie sollte mich an ihren täglichen Sorgen teilhaben lassen.

Wenn ich so angespannt und stur zu ihr ging, würden wir uns am Ende wieder streiten.

An der Rückseite der Hütten befand sich ein kurzer, ummauerter Innenhof, der den Wald auf Distanz hielt. Dahinter bot ein abgeholzter Hang einen guten Platz, um Holz für das Feuer zu hacken. Isla und ich hatten bereits einen gut gefüllten Vorrat, aber es war nicht verkehrt, ihn zu erweitern.

Ich hängte meine Jacke an die Mauer, schloss den Schuppen auf und schnappte mir eine Axt, die ich mir über die Schulter hievte, während ich zu einem bereitstehenden Baumstumpf auf der Lichtung ging. In kürzester Zeit spaltete ich ein dickes Kiefernstück in Stücke.

Der dumpfe Aufschlag der Axt hallte wider und prallte in der feuchten, nebeligen Luft ab.

Mir wurde heiß, und ich entledigte mich meines Pullovers und meines T-Shirts, sodass ich mit freiem Oberkörper dastand.

Schweiß überzog meine Haut. Ich schwang die Axt

und ließ meine Gefühle an dem Holz aus. Scheiß auf Leute, die andere bedrohen. Isla, Cait – sie waren beide Opfer gewesen.

Ich steckte mehr Kraft in meine Muskeln.

Das Holzstück brach in zwei und Stücke flogen davon.

Wie kann jemand es wagen, die Tür dieser Frau mit Farbe zu beschmieren? Was für ein hirnloses, feiges Arschloch. Wenn ich jemals herausfinden würde, wer das getan hatte …

Ich wurde durch eine kleine Bewegung bei den Hütten unterbrochen. Ich konzentrierte mich und entdeckte Cait vor dem Fenster. Sie starrte mich an. Ich starrte direkt zurück.

Gott, war sie hübsch.

An ihrer Schulter kuschelte ein kleines Kind. Eine weiche Gestalt in ihren Armen.

Mein Magen verkrampfte sich.

Ich hatte keine Ahnung, wessen Kind das war, aber es sah zufrieden aus. Ich holte tief Luft, völlig gefangen von dem Anblick, der sich mir bot. Auch Cait schien wie erstarrt. Ihr Blick schweifte über meine Gestalt, und ich richtete mich auf, sodass sie sich an mir satt sehen konnte.

Die Axt lag auf meinen Schultern, mein Arm darüber verschränkt, und ich wusste, welche Wirkung das auf meine Muskeln hatte.

Ihr Blick wanderte über meine breiten Schultern, meine Bauchmuskeln und über die schwarzen Haare auf meiner Brust. Sie folgte der Spur nach unten, wo sie unter meiner Hose verschwand. Ich spürte jeden Zentimeter ihrer Aufmerksamkeit, als würden ihre Finger über meine

Haut gleiten.

Ich hatte keinen Grund, mich auf diesen Moment einzulassen. Es gab überhaupt keinen Grund, mich von einer tiefen, rollenden Welle der Anziehung mitreißen zu lassen.

Ich konnte sie nicht aufhalten.

Abrupt wandte sich Cait ab, und ich erlöste mich. Doch, meine aufsteigenden Instinkte hatten das Ganze nur verschlimmert.

8

Cait

Ich trug Archie zum Sofa und setzte ihn auf meinen Schoß, damit ich sein Gesicht sehen konnte. Er rümpfte die Nase und fuchtelte mit den Armen und Beinen.

Wie auf Autopilot spielte ich mit seinen Händen und Füßen, aber meine Gedanken waren ganz woanders.

Ich war auf Lochinvar fixiert, halbnackt und animalisch.

Er hatte die Axt geschwungen, als hätten die Stämme ihn angegriffen. Als kämpfte er um sein Leben. Mächtige Schwünge. Tödliche Präzision. In alten Zeiten wäre er ein mächtiger Krieger gewesen.

Jeder Hieb schickte eine Schockwelle durch meinen Körper. Aber es war *sein* Körper, den ich nicht aus den Augen lassen konnte.

Er war wunderschön. Schlank, groß und muskulös, sein Bizeps so groß wie mein Kopf. Prall und so kräftig. Ich konnte meinen Blick nicht von ihm abwenden, auch nicht von dem dunklen Haar, das sich auf seiner Brust und abwärts fortsetzte.

Trotz meines Mangels an sexuellen Bedürfnissen hatte ich männliche Schönheit schon früh zu schätzen gewusst.

Dies war nichts dergleichen.

Ich hatte gewollt, dass er sich weiter auszieht.

Tief in meinem Bauch regten sich völlig neue Gefühle.

Was zum Teufel war das?

Zu heiß und völlig verwirrt warf ich einen Blick auf die Uhr an meiner Wand und seufzte erleichtert auf. Lennox würde bald nach Hause kommen. Ich hatte eine Ausrede, um wegzugehen.

„Es wird Zeit, dass ich dich zu deinem Vater zurückbringe", sagte ich zu Archie.

Innerhalb einer Minute hatte ich seine Sachen eingesammelt, ihn in seinen Autositz geschnallt und mich auf den Weg gemacht, ohne einen Blick auf die Nachbarhütte zu werfen.

Selbst während der Fahrt konnte ich dieses Gefühl in mir nicht abschütteln. Er hatte mich unter Strom gesetzt. Verbrannt.

Irgendetwas war plötzlich ganz anders.

Bei Isobel und Lennox angekommen trug ich ihren Sohn ins Haus, um ihn seinem Vater zurückzubringen. Mein Cousin und seine Frau kümmerten sich gemeinsam um Archie, und ich war immer gern bereit, beim Babysitten des sechs Monate alten Kindes auszuhelfen, so wie heute, als ich mir dafür den Nachmittag frei genommen hatte.

Lennox wedelte mit einer Hand vor meinem Gesicht herum. „Ich habe gefragt, ob er seine ganze Milch getrunken hat. Geht es dir gut?"

„Bestens." Ich riss meinen Kopf hoch und runzelte die Stirn. „Warum?"

„Du hast rote Wangen und bist abgelenkt."

„Bin ich nicht."

Mein Cousin grinste und erkannte meine Verzweiflung auf eine Weise, wie es nur enge Verwandte konnten. „Was ist denn los? Was hast du getrieben?"

Ich wich zur Tür zurück. „Nichts, was dich betrifft. Ich muss los. Tschüss."

Ich fuhr unruhig durch den stürmischen Nachmittag und stellte das Auto ab, wobei ich einen aufmerksamen Blick auf die Hütten warf. Da es noch zu früh war, um Isla abzuholen, war Lochinvar möglicherweise noch in der Hütte.

Konnte er mein seltsames Interesse durch die Wände hindurch spüren? Ich wollte nicht, dass er das tat.

Ein Gedanke kam mir in den Sinn.

Als ich ihn angestarrt hatte, hatte er sich nicht bewegt. Er war Zeuge meines Begehrens geworden und hatte es einfach zugelassen.

Ich wünschte, ich hätte seine Reaktion gesehen. Vielleicht wäre er entsetzt gewesen.

Dann erinnerte ich mich an seine Bewegungen, wie er sich aufrichtete, seine Axt hinter den Schultern hielt, sodass sein Bizeps hervortrat.

Vielleicht hatte er gefühlt, was ich gefühlt hatte. Diese seltsame ... Sache, die ich nicht erklären konnte.

Ohne eitel wirken zu wollen, wusste ich, wie ich aussah und wie das auf manche Leute wirkte.

Ich war schon immer hübsch gewesen.

Ich habe die Aufmerksamkeit der anderen noch nie genossen.

Aber zum ersten Mal wollte ich verzweifelt wissen, ob Lochinvar Ross mich attraktiv fand.

Mit aufsteigender Energie huschte ich in meine Hütte, wobei ich den Blick auf meine braunen Lederstiefel gerichtet hielt. Dann zog ich in meinem Schlafzimmer meine figurbetonte rosa-schwarze Yogakleidung an und ging nach draußen auf die Terrasse hinter meinem Häuschen.

Dort rollte ich meine Yogamatte aus, streckte mich und wärmte mich auf. Wie fast jeden Tag ging ich die Posen meiner täglichen Routine durch.

Der große Unterschied bestand darin, dass ich mich in der frischen und kühlen Herbstluft befand und nicht in meinem Wohnzimmer.

Erst als ich von der Downward Dog-Position in die Cobra-Position überging – vom hochgehobenen Gesäß in den Armstütz – wagte ich einen Blick auf Lochinvars Fenster.

Da war er.

Sein dunkler Blick klebte an meinem Körper.

Ha! Nun waren die Rollen vertauscht. Er hatte seine verborgenen Absichten offengelegt. Zufriedenheit erwärmte meine angespannten Muskeln.

Ich hielt die Pose und zitterte.

Ich wünschte, ich hätte den Anstand, ihm

zuzuzwinkern, aber stattdessen ging ich in die Plank-Position und versteckte mein gerötetes Gesicht.

Als ich einen weiteren Blick erhaschte, war Lochinvar schon weg.

*A*uf der anderen Seite des Wagens warf Casey mir einen neugierigen Blick zu. „Du wirkst nervös. Ist irgendetwas vorgefallen?"

„Das kann man wohl sagen." Ich holte tief Luft und konzentrierte mich auf die Straße und unsere Fahrt nach Inverness.

Tagelang hatten mich die aufgewühlten Gefühle beschäftigt, die ich erlebt hatte, obwohl ich Lochinvar nicht ein einziges Mal über den Weg gelaufen war. Er brachte Isla in die Schule und hatte keinen abendlichen Einsatz bei der Bergrettung. Ich musste zur Arbeit fahren und verpasste daher ihr Kommen und Gehen.

Und dennoch waren die Gefühle nicht verschwunden.

Heute Abend wollten Casey und ich uns mit Viola treffen, da sie Leo auf seiner Welttournee begleiten wird. Ich hatte vor, ihnen von meinem Erlebnis zu berichten.

Leo hatte eine Bandprobe in der Stadt, zu der Casey und ich gehen wollten, aber vorher hatten wir noch eine andere lästige Pflicht.

Meine Patentante wollte mich sehen.

Ich hatte den Besuch schon eine Weile vor mir hergeschoben.

Georgia Banks war die Cousine meiner leiblichen Mutter. In meiner Kindheit war sie die einzige Verbindung, die ich zu diesem Teil meiner Familie hatte. Dennoch scheute ich normalerweise davor zurück, mich mit ihr zu treffen. Etwas über die Person zu erfahren, von der die Hälfte meiner DNA stammte, ging mir sehr nahe, und Georgia hatte ein Händchen dafür, mich zu beunruhigen. Sie hatte sich in die Rolle einer Amateurpsychologin versetzt und brachte alles, was ich tat, dachte und fühlte, mit der Tatsache in Verbindung, dass meine leibliche Mutter ihre Schwangerschaft verschwiegen hatte und dann kurz nach meiner Geburt verstorben war.

Sie zu sehen, kostete mich Überwindung, aber wenigstens konnte ich mich auf einen schönen Abend freuen.

„Bringen wir erst einmal Georgia hinter uns, dann können wir uns unterhalten", sagte ich zu Casey.

Sie stimmte zu, drehte die Musik auf und wir fuhren weiter.

Wir erreichten Georgias Haus am Rande von Inverness um achtzehn Uhr. Meine Tante empfing uns mit Umarmungen und einer herzlichen Begrüßung.

Ich hatte es mir zur Gewohnheit gemacht, Casey als eine Art persönliches Schutzschild immer mitzubringen, und meine Freundin ließ sich auf einem Stuhl nieder und nahm eine Tasse Tee entgegen, während sie über ihre Schwangerschaft plauderte.

„Cait, es gibt einen Grund, weshalb ich dich heute eingeladen habe." Georgia griff nach einer Tasche, die neben der Couch stand. „Seit du mir gesagt hast, dass du ein Baby willst, hatte ich vor, dir das hier zu schenken."

Sie reichte mir ihr Geschenk.

Ich nahm die weiße Strickdecke entgegen und strich über die Wolle. „Die ist wunderschön. Hast du die Decke selbst gestrickt?"

„Ja, allerdings schon vor fast dreißig Jahren für meine beiden Kinder. Sie haben sie beide bekommen, und du hättest sie als Neugeborenes auch bekommen, wenn deine Mutter mir von deiner Existenz erzählt hätte. Aber als wir von dir erfuhren, warst du schon zu alt dafür."

Ich rang mir ein Lächeln ab. „Mein zukünftiges Baby dankt dir für die liebe Geste. Sie ist wunderschön." Dann fuhr ich eilig fort, um zu verhindern, dass Georgia auf den letzten Teil ihrer Aussage zurückkommt. „Ich habe mich in einer Kinderwunschklinik angemeldet. Sie haben eine lange Warteliste, aber ich stehe drauf. Meine Eltern freuen sich sehr darauf, Großeltern zu werden. Du weißt ja, dass Pa es nicht mag, von seinen älteren Brüdern übertrumpft zu werden, und die sind alle schon Großväter oder werden es bald."

Georgia stieß einen wehmütigen Seufzer aus. „Deine Mutter sich darüber freuen, wie glücklich deine Familie ist. Wenn nur ihr Herz nicht versagt hätte, wäre sie jetzt noch bei uns."

Casey warf mir einen wissenden Blick zu. „Ich glaube – ", setzte sie an.

„Natürlich", unterbrach Georgia, „würdest du den Weg der alleinerziehenden Mutter nicht wählen, wenn sie nicht verstorben wäre."

Oh Mann.

Ihr Blick distanzierte sich, als würde sie eine längst vergangene Szene noch einmal durchleben. „Ich kann nicht anders, als mit Frustration auf das zurückzublicken, was Kaylee getan hat. Ihre Faszination für deinen Vater, die Tatsache, dass sie mit Absicht schwanger wurde und dich vor ihm versteckt hat. Vor uns allen. Kein Wunder, dass du keinen Mann willst. Sie hat eine Menge Mist gebaut."

Ich bin ihrer Logik diesbezüglich nie gefolgt. Meine mentale Verfassung hatten nichts mit meinem Start ins Leben zu tun. Papa hatte mich zu sich geholt, als ich nur wenige Monate alt war, und ich kannte nur ihn und Scarlet, meine Stiefmutter, obwohl ich sie nie anders genannt hatte als Mama.

Doch jedes Mal, wenn ich sie sah, stocherte Georgia in der Wunde herum.

„Cait wird eine tolle Mutter", sagte Casey.

„Das wird sie auch. Es ist nur so eine Schande. Habe ich dir erzählt, wie ich das alles erfahren habe? Mein Gott, das war ein Schock! Kaylee wurde gesagt, dass sie nicht schwanger werden könnte und so."

Ich zuckte zusammen und starrte sie an. „Ihr wurde gesagt, dass sie nicht schwanger werden kann?"

„Ja. Das habe ich dir doch sicher erzählt?"

„Noch nie."

„Ich kann mich nicht mehr genau erinnern, aber sie wusste es schon als Teenager. Es hatte sicher etwas mit ihrem Herzen zu tun."

Die Herzprobleme von Kaylee führten zu ihrem frühen Lebensende, und ich hatte mich als Kind untersuchen lassen, um sicherzugehen, dass ich die Krankheit nicht geerbt hatte, aber was, wenn es noch etwas anderes gab? Papa würde es nicht wissen. Er und Kaylee waren Freunde gewesen, aber mehr nicht.

„Georgia, das ist wirklich wichtig für mich. Kannst du bitte versuchen, dich genau daran zu erinnern, was Kaylee dir erzählt hat?"

„Hmm? Oh je, das ist schon so lange her. Ich bin mir nicht sicher. Es ist auch egal, wenn man bedenkt, welchen Weg du wählst und welchen Aufwand die Ärzte dafür betreiben. Zurück zu der Zeit, als ich das erste Mal von dir hörte."

Das Gespräch ging noch eine Stunde so weiter, bis wir uns höflich verabschieden konnten.

Ich gab Georgia einen Abschiedskuss, bedankte mich noch einmal für die Decke, startete den Motor und fuhr aus ihrer Einfahrt.

„Argh", stieß ich hervor und schlug gegen das Lenkrad.

„Heilige Scheiße", murmelte Casey. „Wie kommt sie darauf, dass diese Art von Konversation hilfreich ist?"

„Ich habe keinen Schimmer. Was sollte diese neue durchtriebene Bemerkung? Kaylee wurde gesagt, sie könne nicht schwanger werden?"

„Sie könnte sich irren."

„Vielleicht. Es gibt immer etwas, weswegen sie beunruhigt ist, und es ist jedes Mal das Gleiche: Ich bin mein Leben lang durch die Handlungen meiner Mutter verletzt. Sie macht Papa wahnsinnig. Nach ihren Besuchen auf dem Anwesen hat er sich mit mir zusammengesetzt und jede ihrer Aussagen durchgesprochen. Er widerlegte ‚Fakten', die sie mir einzutrichtern versuchte."

„Welche Fakten?"

„Sie hat im Internet über Stress in der Schwangerschaft recherchiert und mich darüber belehrt, wie er sich auf Babys auswirken kann. Sie glaubt auch, dass es mich geschädigt hat, dass Kaylee da war und dann verschwunden ist. Aber du kennst ja meine Mutter. Sie ist eine wunderbare Frau. Ich hätte mir keine bessere wünschen können."

Casey streichelte mir den Arm, aber es gab nichts mehr zu sagen. Georgia hatte eine neue Geschichte aufgetischt, über die ich mir Sorgen machte, und ich konnte nichts dagegen tun.

Wir fuhren in die Stadt und zu dem Veranstaltungsort, wo wir Viola treffen wollten. Ein stämmiger Mann öffnete die Tür des geschlossenen Konzertlokals und ließ uns eintreten, nachdem ich unsere Namen genannt und unsere Ausweise vorgezeigt hatte.

Drinnen wartete ein kleines Publikum vor der leeren Bühne.

Viola winkte von einem Tisch aus, und wir gingen hinüber, um uns zu umarmen.

„Ich bin so froh, dass ihr beide hier seid", sagte die ehemalige Snowboarderin und balancierte auf der Krücke, auf die sie sich stützte, seit ein schwerer Unfall vor ein paar Jahren ihre Karriere beendet hatte.

Ich gestikulierte in die Menge. „Wer sind all diese Leute?"

„Leos Plattenfirma und ihre Familien. Familienangehörige seiner Band. Er hat ein paar offizielle Konzerte zum Warm-up, aber das hier ist nur für die Leute aus der Branche. Oh, Pa ist auch hier, irgendwo. Er wird rüberkommen, wenn er euch sieht. Ich habe ihm gesagt, er soll aufhören, so zu tun, als würde ich demnächst sterben."

Casey ließ sich in ihrem Sitz nieder und lächelte. „Es ist schön, dass er sich so sehr um dich kümmert. Ich wünschte, mein Vater würde sich einen Dreck um mich scheren. Nein, eigentlich möchte ich das nicht. Es ist viel schöner, von meiner Familie getrennt zu sein, als sich tagein, tagaus mit ihrem Drama herumzuschlagen."

Wir kicherten alle.

Viola deutete auf die Bar auf der anderen Seite des Flurs, wo ein Barkeeper wartete. „Mocktails? Ich bestelle welche."

Casey stand auf. „Lasst mich. Ich muss sowieso pinkeln. Ihr beide könnt euch schon mal darauf freuen, wenn ihr hochschwanger seid und alle dreißig Minuten pinkeln müsst."

Wir gaben unsere Bestellungen auf, und sie verschwand.

Als ich mit Viola allein war, konnte ich mich endlich entspannen.

„Wie war es mit Georgia?", fragte meine Cousine.

„Wir sprachen über ihr Lieblingsthema, dass ich für immer Single bleibe, weil ich gebrandmarkt bin, und dann deutete sie an, dass meine leibliche Mutter Probleme hatte, schwanger zu werden. Aus heiterem Himmel und ohne weitere Informationen. Was soll ich denn jetzt damit anfangen?"

„Meine Güte. Die Frau ist eine Unruhestifterin. Wenn man bedenkt, dass du existierst, war das möglicherweise nicht wahr."

Ich hauchte ihr einen Kuss zu. „Ich werde versuchen, das zu glauben. Erzähl mir von den Tourplänen. Zuerst

Edinburgh, richtig?"

Viola steckte ihre dunklen Locken in eine Haarklammer und erzählte von ihrer geplanten Europareise. Zwischen Leos Rockshow-Auftritten würden sie einige großartige Touristenausflüge machen. Ihr Vater würde für ihre Sicherheit sorgen, und wir lachten darüber, wie heftig er sich gegen jeden begeisterten Fan wehren würde, der ihnen zu nahekam.

Casey kam zurück, und wir waren mitten in einem Gespräch über ihre Reise, als Leo auf der Bühne erschien. Das Publikum applaudierte, und Casey und ich riefen und pfiffen ihm zu.

Viola starrte ihn nur an, und ihr Gesichtsausdruck war von äußerster Hingabe geprägt. Ich mochte ihren Mann sehr, und er passte perfekt zu ihr.

Es war schwer, sie nicht um ihr Glück zu beneiden.

Für ihre Überraschungshochzeit hatte er ein ganzes Mini-Festival mit Familie und Freunden geplant und dann ein Lied vorgetragen, in dem er sie gefragt hatte, ob sie ihn an Ort und Stelle heiraten wolle. Es war die romantischste und süßeste Geste. Ihre Liebe war so einfach und vollkommen.

Ich hatte mich damit abgefunden, ein liebloses Leben zu führen, aber manchmal tat es weh, dass ich anders war. Vielleicht hatte Georgia recht, und ich war einfach nur gebrochen.

Aber ich liebte meine Familie und meine Freunde. Hatte mein Defekt denn nur etwas mit Sex und Begehren zu tun?

Meine Gedanken schweiften zurück *zu dem,* was ich erlebt hatte, als ich Lochinvar beobachtet hatte.

Ich testete mich selbst. Aye, es war real. Ich konnte es immer noch fühlen.

Er hatte Gefühle in mir geweckt, die niemand sonst je zum Vorschein gebracht hatte. Es war unwahrscheinlich, dass es an die Art von Gefühlen heranreichte, die Casey und Viola für ihre Männer empfanden, aber es war geschehen.

„Cait?“ Meine Cousine winkte mir zu. „Was ist los mit dir?“

Leos Lied war zu Ende, und der Kellner kam mit unseren Getränken. Ich blinzelte und nahm mein Getränk entgegen, wobei meine Wangen heiß wurden.

„Tut mir leid, ich war abgelenkt. Kann ich euch etwas fragen?“

Sie tauschten einen Blick aus und beugten sich vor.

„Wie alt wart ihr, als ihr angefangen habt, euch für Jungs zu interessieren?“

„Acht oder neun“, antwortete Casey. „Frühreif.“

„Bei mir war es etwas später. Vielleicht mit elf? Allerdings habe ich mich erst ein paar Jahre später wirklich für sie interessiert“, fügte Viola hinzu.

„Und wie hat sich das angefühlt?“

Caseys sah mich misstrauisch an. „Warm und lebendig. Ein Bedürfnis. Es waren keine erotischen Gefühle im Spiel, bis ich ein Teenager war, aber ich wurde davon angezogen. Warum fragst du? Hat das mit dem zu tun, was du im Auto gesagt hast?“

Viola neigte den Kopf. „Was hat sie im Auto gesagt?“

Casey grinste. „Nicht viel. Sie war sehr geheimnisvoll.“

Ich blickte mich um und sank tiefer in meinen Stuhl. „Vor ein paar Tagen habe ich mich dabei ertappt, wie ich einen halbnackten Mann beim Holzhacken angestarrt habe. Er war wunderschön, und ich glaube, das hat etwas in mir geweckt.“

Beiden fielen die Kinnladen herunter.

„Ein sexuelles Verlangen?“, fragte Casey.

Ich schluckte. „Ich weiß es nicht. Möglicherweise?“

Viola neigte den Kopf zur Seite und musterte mich eindringlich. „War es wegen dem Mann, oder ist es einfach zufällig passiert?“

„Ich bin mir nicht sicher.“

Unauffällig deutete sie auf die Bar. „Der Barkeeper sieht gut aus. Passiert irgendetwas, wenn du ihn ansiehst?“

Ich ließ meinen Blick über den schlanken Mann schweifen, der die Getränke einschenkte. Sein breiter Mund verzog sich zu einem Grinsen, als er hörte, was sein Kunde ihm erzählte, und seine Augen funkelten unter einer Strähne hellbrauner Haare.

Er war niedlich, aber er löste in mir keinen Funken aus.

„Nö. Aber ich weiß nicht, ob es an dem Mann lag, oder eher an der Aktion.“

„Das Holzhacken? Oh, Bergmänner gefallen dir. Kräftig. Ein bisschen wild. Das ist auch genau mein Typ.“ Casey nippte an ihrem Getränk, die Hand auf ihrem runden Bauch.

Ich grübelte darüber nach. „Ich bin mit Bergmännern aufgewachsen, also weiß ich nicht so recht.“

Casey schnaubte. „Aber das sind deine Verwandten.

Vermutlich ist Mr. Mystery ein neuer Mann in der Stadt."

Viola hob einen Finger und zog damit unsere beiden Blicke auf sich. „Über wen reden wir?"

Die Hitze in mir stieg, mehr aus Verlegenheit als alles andere. Ich kam mir vor wie ein Teenager, der zum ersten Mal verknallt ist. Vielleicht war ich das auch. Nur, dass ich in meinen Zwanzigern war.

Es war einfacher gewesen, als ich noch nichts empfunden hatte.

„Lochinvar. Mein Nachbar."

Leo zupfte die Saiten seiner Gitarre und begann ein weiteres Lied zu spielen, dieses Mal ein akustisches, sodass wir uns noch unterhalten konnten.

Der Blick meiner Cousine wurde sanfter. „Wenigstens ist er ein sicheres Ziel."

„Was meinst du damit?"

„Er ist ein verheirateter Mann."

Ich starrte und hustete, um es zu verbergen. „Er ist verheiratet?"

„Seine Frau ist nicht mit ihm hier, aber es gibt sie. Er hat mit meinem Pa über sie gesprochen. Ich kenne die Einzelheiten nicht, aber er hat nicht ‚Ex' gesagt. Das ist ein deutlicher Hinweis darauf, dass er noch verheiratet ist." Sie blickte sich um. „Ich rufe Papa an. Er kann uns mehr sagen."

„Nein!" Ich quietschte und stellte mir das Gesicht meines Onkels vor. Ich war die einzige alleinstehende Frau unter uns, und es würde offensichtlich sein, warum sie fragte.

Dann überkam mich das Entsetzen. „Oh Gott, dann

habe ich etwas gleichermaßen Schlimmes und Dummes getan.“

Ich erzählte ihnen von meiner Yoga-Pose und wie ich Lochinvars Reaktion darauf getestet hatte.

„Ich muss schon sagen, ob er nun mit seiner Frau zusammen ist oder nicht, die meisten Männer würden dich wahrscheinlich anstarren.“ Casey grinste.

„Das hätte er nicht tun sollen. Ich hasse es, dass er es getan hat.“ Ich sackte auf meine Arme, die Euphorie meiner Offenbarung war nun getrübt.

Wenn das erst der Anfang war, hatte ich noch viel zu lernen.

„Ach, Schätzchen. Lass dich davon nicht entmutigen. Was dir passiert ist, ist wundervoll, und es gibt viele tolle Männer da draußen. Hab ein Date, mach einen Selbstversuch“, sagte Caseye ermutigend. „Sieh, wohin dich das führt.“

Ein Kreischen kam aus dem hinteren Teil des Flurs. „Leo, ich liebe dich!“ Eine Frau trat aus dem Schatten hervor und rannte durch den Raum.

Noch bevor sie die Bühne erreichte, stellte sich Onkel Gordain vor Leo, als ein riesiger Bodyguard den Fan abfing. Mit einem leichten Ruck hob der Bodyguard sie hoch. Mit kräftigen Armen trug er sie aus dem Saal, während die Frau ihre Liebesbekundungen schrie.

„Oh Gott.“ Viola ließ ihren Kopf zurückfallen und starrte an die Decke. „Warum passiert das jedes Mal? Pa wird so damit nerven.“

Sie und Casey lachten, aber meine Gedanken hatten sich auf eine Sache fixiert.

Oh Gott.

Die Vorstellung, dass Lochinvar mich so dominant packen würde, jagte ein Kribbeln durch mein Nervensystem. Er hätte kein Problem damit, mich über seine Schulter zu werfen. Mich in seine Höhle zu entführen.

Mein Atem stockte, und ich war verwirrt.

Vielleicht war die Sache mit dem Bergmann ja doch wahr.

9

Lochinvar

Um mich herum marschierte das Bergrettungsteam den sumpfigen Pfad hinauf und bahnte sich einen Weg die steile Bergschlucht hinauf zu unserem Ziel. Ihre roten Overalls hoben sich deutlich von der tristen grün-braunen Landschaft ab. Ich hatte die jüngeren Mitglieder der Crew zu einer Trainingseinheit eingeladen. Die waren eine enge Einheit und kamen gut miteinander aus.

Während Cameron die Führung übernahm, bildete ich das Schlusslicht und hatte vor, heute zuzusehen.

In den vergangenen zwei Wochen war ich die meisten Tage nicht bei der Bergrettungsstation gewesen, sondern hatte Teams in weiter entfernten Orten besucht, war früh losgefahren und kam gerade rechtzeitig zurückgekommen, um Isla von der Schule abzuholen. Ich war stundenlang auf der Straße gefahren, hatte zahlreiche Gipfel erklommen und Dutzende von Freiwilligen getroffen.

Trotz des hohen Arbeitspensums, das ich mir selbst auferlegt hatte, war mein Interesse an meiner Lieblingsbeschäftigung ungebrochen.

Cait war ständig in meinen Gedanken.

Außerdem war ich verdammt geil – ein Bedürfnis, das ich nicht loswurde, egal was ich tat.

Doch der Hauch von Interesse, den ich in Cait gesehen hatte, war erloschen. Seit ich sie dabei erwischt hatte, wie sie mich beobachtete, begegnete sie mir mit kühler Gleichgültigkeit, und das nervte mich gewaltig.

Ich musste wissen, was passiert war. Was sich verändert hatte.

Ich konnte sie nicht fragen.

Es war wohl zu ihrem Besten, dass sie das Interesse verloren hatte. Ich musste nur das Gleiche tun.

Vor uns ertönte ein Schrei. Wir hatten unser Ziel erreicht.

Mürrisch schritt ich zu Cameron. „Der Verunglückte ist gefunden worden. Was tust du jetzt?"

Die heutige Übung war eine komplizierte Angelegenheit. Das Opfer – eine gefesselte Schaufensterpuppe – saß auf einem Felsvorsprung auf halber Höhe eines Wasserfalls. Von unserer Position am Hang aus war das Wasser größtenteils nicht zu sehen, da der Fluss unter dem Hügel hindurchfloss und dichtes braunes Gestrüpp die Felsen verdeckte, an denen er hervortrat. Das Rauschen des Wasserfalls, das auf den Boden unter uns aufschlug, war die einzige Warnung, die wir bekamen.

Unter einer Schneedecke wäre der Wasserfall fast nicht sichtbar.

Ich hatte die Übung aufgrund tatsächlicher Ereignisse geplant. Im letzten Winter hatte sich ein Mann beim Sturz in die Felsspalte ein Bein gebrochen. Es war nur eine Frage der Zeit, bis sich so etwas wiederholen würde. Persönliche Sicherheit wurde ignoriert, vor allem, wenn es ein Foto zu schießen gab.

Cameron hielt einen Moment lang inne und nickte dann. Er schritt davon und forderte ein Team auf, die Seile zu befestigen, um eine Rettungslast tragen zu können. Zwei der älteren Teammitglieder hatten eine fortgeschrittene Ausbildung für die Rettung durch begleitetes Abseilen mit dem Rig, und sie näherten sich der Schlucht vorsichtig, während sie den Vorgang besprachen.

Ich hielt mich zurück und überließ Cameron das Kommando. Sein Gesicht war durch den leichten Regen feucht, und er befahl der Mannschaft selbstbewusst, sich an den Hängen entlangzubewegen.

Einige waren seine Verwandten, darunter die neunzehnjährigen rothaarigen Zwillingsbrüder Max und Maddock McRae. Ich war von ihnen noch nicht so beeindruckt wie von ihrem Cousin, aber ich hatte wenig Zeit mit ihnen verbracht. Ich nahm an, dass sie arbeiteten oder auf der Universität waren, aber vor allem sah ich sie oft auf dem Weg zu Caits Hütte.

„Max und Maddock, zu mir", befahl ich.

Beide unterbrachen das Beobachten der Bergung, die über den Wasserfällen aufgebaut wurde, und kamen zu mir.

„Was sind unsere wichtigsten Methoden, um den Verunglückten nach einer Meldung zu finden?", fragte ich.

„Scheiße", murmelte einer. „Gut, dass du dich auf einen Übungseinsatz vorbereitet hast."

Sein Bruder zuckte nicht mit der Wimper. „Der Ausgangspunkt der Meldung ist am besten, gefolgt von

Phonefind oder What3words, wenn die hilfsbedürftige Person ein funktionierendes Handy hat. Ein lokales Teammitglied wäre eine weitere gute Anlaufstelle."

Ich bestätigte seine korrekte Antwort und sah zwischen den beiden hin und her. Sie waren völlig identisch. Dieselben dunkelroten Haare, dieselben grünen Augen und dieselbe blasse, sommersprossige Haut. Ich vermutete, dass ihre Mutter sie auseinanderhalten konnte, aber ich hatte keine Chance. Ich fragte mich, wie eng sie mit Cait verwandt waren – sie hatten wenig Ähnlichkeit mit ihr.

„Welcher Zwilling bist du?", fragte ich den hilfsbereiten Bruder.

Er grinste. „Maddock."

Der andere Mann stieß ein sarkastisches Lachen aus und richtete seinen Blick auf die weite Schlucht unter ihm, als wolle er irgendwo anders sein als hier.

Das ärgerte mich.

Ich konnte keine Zuschauer in meiner Crew gebrauchen. Er war entweder hier, um zu arbeiten, oder er war raus aus dem Team.

„Dann musst du Max sein", schnauzte ich und mein Geduldsfaden war bereits sehr kurz.

„Warum sagst du mir nicht, was du als Läufer tun würdest, wenn du heute vor der Gruppe am Einsatzort angekommen wärst?"

Er stieß einen Seufzer aus, als würde ich ihn nerven. Ich blickte ihn eindringlicher an.

„Lochinvar, kannst du mal herkommen?", rief Cameron.

Ich drehte mich um und stapfte davon.

„Rettung in letzter Sekunde", witzelte Max hinter mir.

Während ich meine Verärgerung beiseite schob, richtete ich mein Augenmerk auf die Bergungs-Crew. „Wie geht es voran?"

Cameron deutete auf die saubere Seilarbeit am Boden. „Großartig. Wir haben das Abseilen mit dem Rig getestet, und es funktioniert einwandfrei. Aber ich denke nicht, dass wir den Rest der Übung heute durchführen sollten."

Verdammt noch mal. „Warum nicht? Wir sind hier und bereit. Es ist Zeitverschwendung, wenn wir jetzt zusammenpacken."

Er hob sein Kinn und deutete hinter mich. „Der Nebel."

Ich drehte mich um und ließ die Aussicht auf mich wirken.

Oder das Fehlen einer solchen.

In meiner Ablenkung hatte ich völlig übersehen, wie sich der leichte Regen in eine dicke Wolke verwandelt hatte. Der Gipfel des Hügels war völlig verdunkelt, und die Talhänge wurden immer weniger sichtbar, während ich sie anstarrte.

Mist.

Die Mannschaft wartete auf mein Wort.

Ich drehte mich wieder zu ihnen, verärgerter als zuvor, aber immerhin bei Sinnen. Do konnte ich das Team nicht führen. Ich hatte den Fehler gemacht, und hatte die Wetterlage unterschätzt. „Gute Entscheidung. Packt zusammen. Wir versuchen es an einem anderen Tag noch einmal."

Cameron gab den Befehl, und ich ließ den Kopf zurückfallen, starrte in den weißen Himmel und sammelte meine Kräfte. Ich musste mich zusammenreißen, sonst würde ich wahnsinnig werden.

Ein wütender Schrei ertönte von links, und ich drehte mich um, um ihn zu lokalisieren. Die Zwillingsbrüder standen sich gegenüber, und ihre Mienen waren von Feindseligkeit gezeichnet. Dann murmelte Maddock, der hilfsbereitere der beiden, etwas Leises und Spöttisches. Max' Lippen verzogen sich, und er holte zu einem Schlag gegen seinen Bruder aus. Maddock wich aus und stieß Max hart in die Brust.

„Ah, verdammt, nicht schon wieder", murmelte Cameron.

Er joggte hinüber und stürzte sich ins Getümmel, schlug einen wütenden Max zur Seite und trennte die beiden Männer. Ein anderer Mann kam hinzu und zog Max weg.

Die übrigen Teammitglieder sammelten die Ausrüstung ein, packten sie weg und stiegen den Hügel hinunter zu unseren Autos. Ich suchte Cameron.

„Was zum Teufel ist mit diesen Zwillingen los?", fragte ich.

Er zuckte mit den Schultern. „Eine persönliche Angelegenheit. Sie haben sich schon immer geprügelt, aber normalerweise nicht auf diese Weise."

„Wir können keine Schlägereien im Dienst dulden", warnte ich. „Auch nicht mit Auszubildenden. Das ist riskant und unprofessionell."

„Einverstanden", sagte Cameron. „Es liegt an dir, ob du sie weitermachen lasst. Aber damit du es weißt, Maddock ist die meiste Zeit an der Universität, also sind sie normalerweise nicht zusammen auf Abruf."

Bei den Autos hielt ich inne. Ich war mit dem Jeep der Bergrettung zum Einsatzort gefahren, mein eigenes Auto stand zu Hause, aber jetzt brauchte ich nichts weiter als einen ausgiebigen Sparziergang.

Meine Muskeln schrien nach einer weiteren Bestrafung. Mein Körper sehnte sich danach. Die Wahrheit kam ans Licht.

Ach verdammt, ich wollte Sex.

Cait zu jagen und wieder diesen Blick in ihren Augen zu sehen. Die kecke blonde Frau unter mir zu haben, die meinen Namen stöhnt. *Oh Gott.*

„Ich finde schon allein zurück."

Cameron blinzelte mich an. „Bist du sicher? Es ist ein weiter Weg nach Hause. Man kann sich leicht verlaufen."

Und die Sicht war beschissen. Ich war ein verdammter Idiot, dass ich das überhaupt in Betracht zog.

„Gut, setz mich an der Straße ab. Ich muss noch etwas Energie verbrauchen." Ich stieg ein und sprach erst wieder, als wir den Hügel hinter uns gelassen hatten.

Cameron hielt an, um mich aussteigen zu lassen, dann war ich allein in dem nebligen Tal. Nur ich, und die leere, kurvenreiche Straße und meine sich drehenden Gedanken.

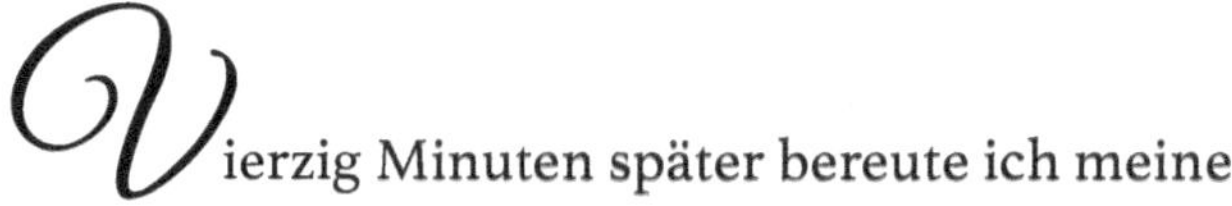

Vierzig Minuten später bereute ich meine

Entscheidung. Der Nebel hatte sich auf weniger als zehn Meter Sichtweite verdichtet, und feine Tröpfchen waren in meine wasserdichte Jacke gesickert. Ich konnte mich nicht verirren, denn die Straße führte direkt zur Hütte, aber ich sehnte mich nach meinem warmen Zuhause.

Fast so sehr, wie ich mich nach anderen Dingen sehnte.

Ein leises Rumpeln riss mich aus meinen Gedanken. Ich war bereits am Rande der Straße und wich zurück, auf der Hut vor idiotischen Fahrern, die trotz der Straßenverhältnisse zu schnell fuhren.

Orangefarbene Warnblinklichter blinkten auf und beleuchteten die nebelige Luft. Das Fahrzeug kam näher. Es fuhr langsam, mit leuchtenden Nebelscheinwerfern. Ich sah zu, wie es sich näherte.

Die Erkenntnis traf mich wie ein Schlag ins Gesicht.

Es war das Auto von Cait.

Sie saß vorne auf dem Fahrersitz und schaute hinaus, ohne mich am Fahrbahnrand zu erkennen. Das Auto fuhr vorbei.

So ein Mist. Ich musste mit ihr reden.

Ich beschleunigte und holte auf, dann klopfte ich auf den Kofferraum. Der Wagen kam ruckartig zum Stehen, aber das *Klicken* der Schlösser ertönte.

Kluge Frau.

Ich schritt zum vorderen Fenster und warf einen Blick hinein. „Cait, ich bin's."

Sie schlug sich erleichtert die Hand vor die Brust und drückte dann auf den Knopf, um das Fenster herunterzulassen. „Du hast mich erschreckt. Dieses Wetter ist der

Wahnsinn. Warum bist du bei dem Wetter draußen?"

„Ein schlecht überlegter Spaziergang."

Sie lachte laut los. „Deshalb gehe ich auch nie wandern. Das ist gefährlich. Soll ich dich mitnehmen?"

Ich nahm meinen Rucksack ab und stieg auf der Beifahrerseite ein. Ich war zu groß für ihr kleines Auto und zu aufgeregt, um zu sprechen.

Cait starrte mich an. „Geht es dir gut?"

„Nein, nicht wirklich."

Sie atmete aus, ihre Wangen rosa. „Lass uns nach Hause fahren. Du wirst dich besser fühlen, wenn du drinnen bist."

Sie war immer noch kühl zu mir. Ich konnte es nicht ertragen.

Je mehr wir uns den Hütten näherten, desto mehr kochten meine Gefühle hoch.

Als wir parkten, nahm Cait den Schlüssel aus dem Zündschloss und neigte den Kopf zu mir. „Steigst du aus?"

„Nein."

Sie runzelte die Stirn, wartete aber ab, um Zeugin meines Leidens zu sein.

Ich wischte mir mit der Hand über das Gesicht und war mir nur allzu sehr bewusst, wie komisch ich mich benahm. Doch ich konnte nicht anders. So sehr ich Caits Gesellschaft, ihren Duft und ihren halb-amüsierten Blick genoss, mein Verlangen verdrängte jede Vernunft.

„Du willst mich," sagte ich.

Verdammt, so wollte ich es nicht ausdrücken.

„Ich meine, ich will dich."

„Wollen?"

„Aye. Wollen. Begehren. Bewundern."

Cait ließ ihren Blick auf ihren Schoß fallen. „Oh. Tun wir das?"

Sie hätte es leugnen können. Mir sagen, ich sei verrückt. Mich aus dem Auto schmeißen. Aber Cait seufzte nur.

Dann kamen ihr die Worte über die Lippen. „Du bist verheiratet."

Völlige Erleichterung durchströmte meine Adern und wärmte mich von meiner feuchten Kleidung. Ich wollte lachen. „Geschieden. Schon vor langer Zeit."

Caits Mund öffnete sich, und ihr Blick wanderte zu mir.

Das Auto war erfüllt von einer intensiven, leidenschaftlichen Energie. Nur die Hälfte davon kam von mir.

Mein Handy klingelte.

Ich fluchte, holte es aber aus meiner Tasche.

„Die Schule", murmelte ich und nahm ab, wobei mein Herz aus zu vielen Gründen pochte.

„Mr. Ross, Una spricht. Wegen des schlechten Wetters findet heute keine Nachmittagsbetreuung statt. Ich kann meinen Mitarbeitern nicht zumuten, bei diesem Nebel länger zu bleiben. Das wäre nicht sicher. Können Sie Isla abholen oder soll ich sie zu Cait bringen?"

„Ich hole sie ab", antwortete ich, und mir schnürte sich die Kehle zu.

Wir legten auf, und ich richtete meine Aufmerksamkeit wieder auf Cait. Auch sie hob den Blick, als hätte sie mich gemustert.

„Ich muss meine Tochter abholen.“

„Okay.“

„Dieses Gespräch ist noch nicht zu Ende.“

Cait blinzelte, antwortete aber nicht. Sie stieg aus dem Auto und ging in ihre Hütte, und es kostete mich all meine Selbstbeherrschung, ihr nicht zu folgen.

Stattdessen setzte ich mich in meinen Geländewagen und machte mich wieder auf den Weg.

Isla brauchte mich, und sie würde immer meine erste Priorität sein.

10

Cait

Lochinvars Auto verschwand im Nebel, und ich ließ mich drinnen auf meine Couch fallen und legte den Arm über meine Augen.

Eine gute Viertelstunde lang lag ich einfach so da und grübelte über dieselben Punkte nach.

Er war *nicht* verheiratet.

Er wollte mich.

Casey hatte vorhin angerufen und gefragt, ob ich noch einmal über ein Date nachgedacht hätte. Sie war der Meinung, dass Daten der beste Test sei, aber mein Geist und mein Körper rebellierten gegen diese Idee.

Ich hatte von Lochinvar geträumt.

In diesem Traum hatte er mich verfolgt und mich in seine starken Arme gezogen. Er hatte mir die Kleider vom Leib gerissen, und ich hatte...ihn gewähren lassen.

Es hatte mir gefallen.

Ich war schweißgebadet aufgewacht.

Wenn das mein sexuelles Erwachen war, hatte es

verdammt lange auf sich warten lassen. Ich rollte mich zusammen und ging in mein Schlafzimmer, wo ich meinen Hosenanzug, mein Shirt und meine Unterwäsche auszog. Dann stürzte ich mich unter die heiße Dusche.

Das Wasser strömte über meinen Körper und traf auf Stellen, die ich vorher nie als so empfindlich wahrgenommen hatte. Jetzt war ich aufgedreht und ... wie nannten mich meine Freunde? Bedürftig?

Ja, genau das.

Ich ließ meine Hände über meine nackte Haut gleiten, verweilte über meinen Brustwarzen, bevor ich tiefer in Richtung Süden glitt. Mich selbst zu berühren, hatte noch nie auf meiner Tagesordnung gestanden. Ich konnte zwar zum Orgasmus kommen, aber es war nicht die große Sache, die alle anderen daraus machten.

Im Moment waren es nicht meine Hände, die ich dort haben wollte.

Lochinvars Gesicht erschien in meinem Kopf. Sein muskulöser Körper. Sein durchdringender Blick.

Sein Mund.

Ich blickte auf meine Klitoris und zischte bei dem Gefühl.

Verdammt. Das fühlte sich gut an.

Trotzdem ... ich wollte mich im Moment nicht selbst befriedigen.

Ich drehte das Wasser in der Dusche ab und trat heraus, wobei ich meinen Bademantel über meinen nassen Körper zog. Auf meinem Bett sitzend, trocknete ich mein Haar mit einem Handtuch, und dachte über die neuen Gedanken an meinen kräftigen Nachbarn nach.

Ein dumpfes Klopfen ertönte an meiner Haustür.

Ich zuckte zusammen, und Gänsehaut bildete sich auf meiner Haut. Unauffällig schlich ich zum Schlafzimmerfenster und spähte hinaus.

Lochinvars breiter Rücken zeichnete sich neben meiner Tür ab. Ich seufzte erleichtert auf und ging schnell zur Tür. In dem Moment, in dem ich das tat, kam Isla herein.

„Papa hat einen Anruf bekommen", verkündete sie.

Ich richtete meinen Blick auf ihren Vater. Er starrte mich an, und sein Blick sank auf mein Dekolleté und tiefer, bevor er wieder hochschnellte.

Ich zitterte.

„Isla hat recht. Ich muss gehen. Eine ganze Wandergruppe hat sich im Nebel verirrt, hoch über Glen Durie. Kommst du zurecht?"

Ich schluckte, und dieses lästige Verlangen stieg in mir hoch. „Wir kommen schon klar."

Er trat einen Schritt zurück. Dann noch einen.

„Warte", sagte ich. „Was soll ich tun, wenn du nicht zu Islas Schlafenszeit zurück bist?"

Sein Blick verfinsterte sich. Ohne ein Wort zu sagen, griff er nach seinem Schlüsselbund und zog den Schlüssel für seine Hütte ab. Ich nahm ihn entgegen, wobei seine Finger meine Handfläche streiften.

Ich war wie elektrisiert.

Lochinvar warf mir noch einen letzten brennenden, verlangenden Blick zu, dann ging er.

Im Laufe der zwei Monate, seit Lochinvar und Isla nebenan eingezogen waren, hatte sich das kleine Mädchen an mich gewöhnt. Sie war immer noch verschlossen, wenn ich sie versehentlich auf ihre Vergangenheit ansprach, aber im Großen und Ganzen hatte ich ein süßes, wenn auch etwas störrisches Kind kennengelernt.

Sie war die Tochter ihres Vaters, auch wenn sie äußerlich keine Ähnlichkeiten hatten.

Ich zog mich hastig an und ging zu ihr ins Wohnzimmer. „Hast du Hunger? Es ist noch früh, also können wir etwas kochen, das länger dauert. Vielleicht Lasagne?"

Isla strahlte und nickte, ihre hellen Locken wippten, und sie sprang von der Couch auf und folgte mir in die Küche. Es schien ihr mehr Spaß zu machen, beim Kochen zuzusehen, mehr als mitzuhelfen, und sie setze sich auf einen der beiden Hocker an der Kochinsel und stützte ihr Kinn auf die Hände.

Normalerweise würde ich mich unterhalten, aber mein Gehirn war wie Brei und meine Gedanken waren bei ihrem Vater. Stattdessen schaltete ich das Radio ein und tanzte, während ich das Hackfleisch mit Zwiebeln, Knoblauch, Kräutern und drei Tomatensorten angebriet. Ich ließ Isla die Béchamelsauce umrühren, damit sie nicht anbrannte, und dann half sie mir, den Käse zu reiben.

Ohne zu überlegen, zauberten wir eine riesige Lasagne, wobei ich im Geiste die größte Portion ihrem Vater zuteilte.

Isla lehnte es ab, beim Salat zu helfen, da ihre Schutzmauern wieder einmal hochgingen, aber sie probierte pflichtbewusst das ganze Gemüse, als unser Essen fertig war.

Wir aßen, arbeiteten an Islas Hausaufgaben in Rechtschreibung und setzten uns dann auf die Couch. Meine Wohnung war noch nicht kindgerecht, und ich hatte weder Spiele noch Bücher. Ich wollte sie nicht den ganzen Abend vor dem Fernseher sitzen lassen, also gab es nur eine Möglichkeit.

Die Höhle des Löwen.

In meinem Bauch brodelte es vor Freude.

Ich war mehr als neugierig auf diese kleine Familie. Noch mehr seit Lochinvars Geständnis. Sie standen sich so nahe. Er nahm Isla oft auf Wochenendwanderungen mit und kehrte dann mit seinem müden Mädchen auf der Schulter zurück. Es fehlte ihr an nichts, und es war, als wären sie schon immer eine Einheit gewesen. Es schien keineswegs so, als ob ihnen eine Mutter in ihrer Familie fehlen würde.

Ich fragte mich, ob Lochinvar irgendwo ein Foto von seiner Ex-Frau hatte.

Ich sollte mich um meine eigenen Angelegenheiten kümmern. Doch das Grübeln wollte nicht aufhören.

„Dein Vater hat mir den Schlüssel zu eurer Hütte gegeben", sagte ich. „Willst du rübergehen?"

„Aye!" Isla sprang auf.

Ich schlüpfte in meine Stiefel, während sie sich ihre Schuhe anzog.

„Du klingst schon viel schottischer." Ich verschwand in die Küche, um den abgedeckten Teller zu holen, den ich für Lochinvar vorbereitet hatte, und drehte mich dann um, um zu sehen, wie mich Isla finster anschaute.

„Ich bin schottisch." Sie stapfte nach draußen und wartete, bis ich abschloss, um dann ihre Eingangstür öffnete. „Ich habe bis jetzt nur noch nie hier gewohnt."

Ihre Aussage rief eine Frage hervor, aber meine Lippen waren versiegelt.

Wir betraten die Hütte, und Isla entledigte sich ihrer Tasche und ihrer Jacke und huschte in den Flur.

Ich schaltete eine Lampe ein und schaute mich im Wohnzimmer um. Diese Hütte war die größere von beiden. Wie meine, hatte sie ein großes Wohnzimmer, das die gesamte Breite des einstöckigen Hauses einnahm, mit der Küche auf der linken Seite. Ich hatte gesehen, wie die Hütte eingerichtet worden war, und es hatte sich nicht viel verändert. In einem Bücherregal standen Kindergeschichten und ein paar Krimis, aber keine gerahmten Bilder. An den Kleiderhaken hingen dünne Jacken, und darunter standen große Männer- und winzige Kinderschuhe.

Ich folgte Isla und blieb am Ende des Schlafzimmerflurs stehen. „Geht es dir gut?"

„Papa sagt, ich muss mich umziehen, wenn ich nach Hause komme. Kannst du mir helfen?"

Ich trat zu ihrer Tür und spähte hinein. Isla war schon halb in ihrem flauschigen Einhorn-Strampler. Die weite Kapuze war mit einem gedrehten Horn und rosa Satinohren versehen. Die Ärmel und Hosenbeine endeten in einem dunkleren Stoff, der Hufen nachahmte. Einer ihrer Ärmel war umgekrempelt, also griff ich danach, um ihn wieder zu richten.

„Du bist bezaubernd. Wusstest du, dass das Einhorn das Nationaltier von Schottland ist?"

Islas Augen weiteten sich. „Leben sie hier?"

„Nur in Mythen und Legenden", sagte ich. „Aber es gibt einen Einhorn-Pool am Fuße eines Wasserfalls. Ich werde dich eines Tages dorthin mitnehmen."

„Zu meinem Geburtstag?"

„Wann hast du denn Geburtstag?"

Sie zögerte und verschränkte ihre Hände hinter dem Rücken. „Im Dezember. Also nächsten Monat."

„Ich werde mit deinem Vater darüber sprechen."

Sie jauchzte ein wenig vor Begeisterung und hüpfte an mir vorbei ins Wohnzimmer.

Aber bevor ich ihr Zimmer verließ, fiel mein Blick auf einen Bilderrahmen neben Islas Bett. Eine Frau lächelte auf dem Bild mit einer viel jüngeren Isla im Arm. Ohne hinzugehen, um einen genaueren Blick darauf zu werfen, konnte ich nur ihr Grinsen sehen und es mit dem von Isla vergleichen. Aber sie sahen sich sehr ähnlich.

Das musste ihre Mutter sein. Vermutlich lebte die Frau noch, denn Lochinvar hatte sich nicht als Witwer bezeichnet. Nur als Geschiedener.

Gott, Isla musste sie vermissen.

Im Wohnzimmer hatte Isla ein Spiel für uns auf dem Teppich vorbereitet.

Mein Herz füllte sich mit Zuneigung. Ich fühlte mich zu Lochinvar hingezogen, und das Gleiche galt für seine Tochter. Ich wusste, dass sie nicht länger als bis zum Ende seines Vertrags bleiben würden. Denn Onkel Gordain würde Ende Februar zurückkehren und seinen Job wieder aufnehmen. Ich konnte mir nicht vorstellen, dass der Alpha-Mann Lochinvar eine niedrigere Position akzeptieren würde.

Sie würden diesen Ort auf jeden Fall verlassen.

Damit war klar, wie ich die Familie Ross sehen musste.

In dieser Zeit konnte ich für Isla eine Freundin sein. Mit ihrem Vater vielleicht etwas mehr. Aber nur von kurzer Dauer.

Also gut. Die Grenze war gesetzt.

Der Abend neigte sich dem Ende zu, und die Dunkelheit brach ein. Der Nebel hatte sich in Nieselregen verwandelt, doch Lochinvar war immer noch nicht aufgetaucht. Ich hatte Islas üppige blonde Locken geflochten und döste seitdem mit ihr auf der Couch. Eigentlich hätte sie schon ins Bett gehen sollen, aber sie hatte darum gefleht, auf ihren Vater warten zu dürfen.

Das Knarren der Tür weckte mich mit einem Ruck. Der Fernseher war auf einem „Siehst du noch zu?“-Bildschirm eingefroren, und Isla schnarchte, fest schlafend, eng an mich gekuschelt.

Lochinvar stand über uns und seine Gesichtszüge waren in dem schattigen Raum kaum zu erkennen.

Spannung kribbelte mir über die Haut.

Er gab einen leisen Laut von sich, dann schob er seine Arme unter Isla, wobei seine kalten Fingerknöchel meinen Arm berührten. Mit einer fließenden Bewegung hob er sie an seine Brust, wobei sie sich rührte und leise etwas vor sich hin murmelte, dann trug er sie aus dem Zimmer.

Ich setzte mich mit rasendem Puls auf. Sollte ich gehen? Zu bleiben fühlte sich ... gefährlich an.

Aber ich war kein Feigling.

Nach einer Minute tauchte der große Mann wieder auf. Ohne die Lampe einzuschalten, setzte er sich an das andere Ende des Sofas zu mir. Der Duft von ihm, von kühler, frischer Bergluft, breitete sich in meine Richtung aus.

„Wie ist es gelaufen?" Meine Stimme klang schüchtern. So kannte ich mich gar nicht.

Lochinvar musterte mich. „Gut. Vier Seelen gerettet. Bist du schwanger?"

Ich blinzelte angesichts des Themenwechsels. „Wie kommst du denn darauf?"

„Isla hat es mir gesagt."

Ich fügte Gespräche zusammen, die wir geführt hatten. Gott, das muss aus der Zeit stammen, als ich Casey und Brodie von meinen Babyplänen erzählt hatte. „Nein. Bin ich nicht."

Seine Augen funkelten.

Obwohl er sich nicht rührte, überkamen mich Verwirrung und Beunruhigung, die mir die Kehle zuschnürten. Ich war schon einmal in dieser Situation gewesen, als ein Mann so offensichtlich im Begriff gewesen war, sich an mich ranzumachen. Ich hasste diese Nervosität. Die Erwartung, die dieser Moment auslöste.

Das offensichtliche Versagen meinerseits, es zum Laufen zu bringen.

„Ich werde mit der Hilfe einer Kinderwunschklinik ein Baby bekommen", fügte ich schnell hinzu. „Mit Spendersamen."

Lochinvar legte den Kopf schief. „Du willst keinen Mann?"

„Ich war zuvor noch nie an jemanden interessiert."

Die Aussage fiel zwischen uns, voller Bedeutung.

„Vor mir."

„Vielleicht."

„Bist du noch Jungfrau?", fragte er, und sein Tonfall war weder neckisch noch anklagend, sondern von sanftem Interesse.

„Nein. An der Uni habe ich Sex ausprobiert."

„Aber es hat dir keinen Spaß gemacht", sagte er. „Oder die, mit denen du es ausprobiert hast, waren eher ahnungslos."

Schweiß brach mir auf der Stirn aus, aber ich brauchte seine Worte nicht zu bestätigen.

Lochinvar fragte weiter: „Was ist anders an mir?"

„Du bist rauer. Wilder."

Er fuhr mit seiner Analyse fort. „Hat das angefangen, als ich das Holz gehackt habe, oder schon vorher?"

„Das Holz. Die Axt."

„Du magst die härtere Seite. Die Gewalt."

Wieder keine Frage. Ich nickte dennoch langsam, und sprach dann meine Wahrheit aus: „Ich habe eine Fantasie von dir. Sie ist dunkel."

„Wenn du willst, kann ich meine Fantasie auch dunkel werden lassen."

Ich erschauderte bei diesem Versprechen. „Es geht darum, dass du mich verfolgst."

Das Eingeständnis tat weh. Ich hatte ihm Macht über mich gegeben. Macht, die er nutzen konnte, um mich zu demütigen oder zurückzuweisen.

Lochinvar hielt inne und überlegte, dann legte er eine Hand auf die Rückenlehne des Sofas und lehnte sich vor. Er war so groß, so breit gebaut.

Meine Haut kribbelte.

Angst machte sich breit und meine Muskeln spannten sich an.

Scheiße, er war im Begriff, mich zu küssen. Ich war noch nicht bereit. Wollte das nicht.

Er kam mit seinem Mund nahe an mein Ohr. „Steh auf."

„Was?"

„Geh zur Tür."

Ich gehorchte, denn meine verängstigte Seele brauchte seine Führung. Ich zog meine Schuhe an, ohne zu ahnen, was passierte.

Lochinvar trat an mich heran und packte mich an der Taille. Er wuchtete meinen steifen Körper aus dem Weg, dann entriegelte er die Tür und öffnete sie. Mit einem Finger deutete er nach draußen in die eiskalte Nacht.

Er ... war mich gerade raus?

„Was ...?", stammelte ich.

„Lauf, Cait."

Was zum Teufel tat er da? Und warum funktionierte es? Ich machte einen Satz nach hinten. Lochinvar machte mit verbissenem Gesicht einen langen Schritt auf mich zu.

Seine schwarzen Augen funkelten.

Ich sah ein Raubtier vor mir. Eine Bedrohung. Ein gefährliches Tier.

Aufgeregt drehte ich mich um und rannte los. Mein

Puls raste in die Höhe, und ich flog über den Boden. Alle Sinne waren auf die Gefahr in meinem Rücken ausgerichtet. Meine Wirbelsäule kribbelte, und die Angst mischte sich mit anderen Gefühlen. Das war nicht vergleichbar mit den Gefühlen, die ich in dem Flur bei der Arbeit empfunden hatte. Nein, das war ... berauschend.

Ich erreichte die Autos, als mich ein schwerer Arm festhielt.

Ein hilfloser Laut entrang sich meiner Kehle, und Lochinvar wirbelte mich herum. Er packte meinen Bizeps, damit ich nicht entkommen konnte, und drückte mich gegen sein Fahrzeug. Nur seine Hand verhinderte, dass ich mit dem Kopf gegen das Metall schlug.

Mit seiner riesigen Statur hielt er mich fest im Griff.

Ich keuchte, und jede Körperstelle, die er berührte, erwachte zu neuem Leben. Alles neu. Alles echt und lebendig.

Ich wehrte mich vergeblich.

Dann kam Lochinvar meinem Hals mit den Lippen näher.

Schockiert öffnete ich meinen Mund. Die Kraft, die hinter seinen beinahe-Küssen und beinahe-Bissen steckte, quälte mich, sein Bart kratze an meiner Haut. Aber der Schmerz war nichts im Vergleich zu der prickelnden Lust.

Ich versuchte, seine Lippen zu meinen zu bewegen, aber er rührte sich nicht. Ich konnte nur nehmen, was ich bekam. Sein Mund glitt bis unter mein Ohr und dann zu meinem Schlüsselbein, seine Zähne erforschten meine Haut.

Lochinvars Bein zwängte sich zwischen meine Beine,

sodass ich auf seinem Oberschenkel ritt und meine Füße kaum den Boden berührten. Ein Ausbruch von sexueller Leidenschaft breitete sich in meinem Inneren aus. Ich wand mich, um ihm zu entkommen, war aber kaum in der Lage, mich aus der Position zu bewegen, in der er mich gefangen hatte.

Dann ließ er mich los.

Lochinvar trat zurück und atmete schwer. Ich taumelte, fiel fast hin, und mein Brustkorb hob und senkte sich, ohne genügend Luft zu bekommen.

Keiner von uns beiden sagte etwas, aber das dunkle Licht in seinen Augen wurde nur noch intensiver.

Lochinvar gab ein Schnauben von sich, das nach Befriedung klang, dann drehte er sich um und schritt zu seiner Hütte. Seine Tür schlug zu, und ich wurde allein gelassen.

Die Nachtluft ließ meine Leidenschaft abkühlen, und ich starrte vor mich hin, ohne etwas wahrzunehmen.

Es war kein richtiger Kuss gewesen, weder sanft noch zärtlich.

Was zum Teufel war das gewesen? Und warum wollte ich nur noch mehr davo?

11

Lochinvar

Vom Fenster aus beobachtete ich Cait, bis sie sich wieder beruhigt hatte und in ihre Hütte zurückkehrte, wo sie sich sicher einschloss.

In all meinen dreißig Jahren hatte ich noch nie so etwas erlebt, wie in diesem Moment.

Ich war noch nie so grob gewesen.

So bedürftig, eine Frau zu dominieren.

Fuck, aber es hat mir gefallen.

Es gefiel mir zu wissen, dass ich sie erregt hatte, wie es sonst niemand konnte.

Mein harter Schwanz stimmte dem zu.

Doch ich wusste ohne jeden Zweifel, dass ich mich auch schützen musste – weshalb ich ihren süßen Mund nicht geküsst hatte. Es wäre zu einfach für mich, damit weiterzumachen und mir die Finger an ihr zu verbrennen.

Ich schloss mich im Badezimmer ein und stellte die Dusche an. Unter dem heißen Wasser nahm ich meinen Schwanz in die Hand und stützte einen Arm auf die

Fliesen. Die Lust stieg mit jedem Stoß weiter an. In meinem Kopf fickte ich Caits engen Körper, die Frau feucht und willig unter mir.

Sie würde wollen, dass ich hart zu ihr bin und ihr die wilde Bergmann-Erfahrung biete, die sie sich vorgestellt hatte. Die Version von mir, die sie erregte.

So wie es kein anderer Mann je getan hatte.

Oh Gott, das ging mir nicht mehr aus dem Kopf.

Es war zu lange her.

„Fuck", zischte ich, so leise wie es ging.

Noch eine Minute lang pumpte ich meine Hand auf und ab, dann spannten sich meine Eier an und ich kam.

Ausgelaugt ließ ich das Wasser auf mich herabregnen, um den Moment des Wahnsinns wegzuspülen.

Nicht, dass es mein Verlangen nach Cait gemindert hätte. Nein, das wurde immer stärker.

„Aye, Mädchen", murmelte ich. „Jetzt bist du am Zug."

Wie für jeden anderen Jäger auch, hieß es jetzt abwarten.

12

Cait

Es dauerte Tage, bis mein Selbstvertrauen zurückkehrte. Ich las Artikel über Anziehungskraft und ungewöhnliche sexuelle Vorlieben. Vielleicht war ich ja unterwürfig. Brauchte einen Partner, der den Ton angibt.

Das schien nicht ganz der Wahrheit zu entsprechen. Lochinvar hat mich nicht weiter beachtet, obwohl das Interesse von ihm ausging. Ich sollte also nach mehr verlangen, und das hatte ich auch vor. Nicht gerade unterwürfig von mir.

Ich heckte einen Plan aus. Eine Erweiterung meiner Fantasie.

Ich musste nur den Mut aufbringen, ihn darum bitten.

Am Freitagmorgen brachte er Isla zur Schule und kehrte dann nach Hause zurück, um in seinem Auto vor den Hütten zu telefonieren. Im Gegensatz zur Vorwoche war ein sonniger Tag angebrochen, wenn auch mit einer unterschwelligen Eiseskälte.

Ich wollte joggen gehen.

Oder gejagt werden.

In meiner Vorstellung würde Lochinvar mich fangen und zu Boden zwingen. Wir würden Sex haben und dann, wenn er mich um den Verstand gebracht hat, würde er mich gehen lassen. Nicht, dass ich wirklich gefangen wäre.

Ich atmete durch die Nase, erregt, aber unfähig, einen Weg zu finden, ihn zu bitten, mich zu verfolgen. Stattdessen zog ich mir meine Laufkleidung an und ging nach draußen.

Nach einem kurzen Moment des Wartens stieg Lochinvar aus seinem Geländewagen. Er ließ seinen Blick an meinem Körper hinuntergleiten, verweilte auf meinen Kurven, die von dem enganliegenden Stoff umhüllt waren.

„Wohin gehst du?"

„Joggen."

„Wohin?", fragte er.

„In den Wald. Musst du noch irgendwo hin?" Mein Herz pochte.

Lochinvars Blick verstärkte sich. Ich rührte mich nicht.

Dann stürmte er in seine Hütte, wobei er die Tür einen Spalt weit offen ließ.

Ich wartete einen Moment, dann lief ich los. Meine Turnschuhe zerdrückten das abgestorbene Gestrüpp, als ich die niedrige Mauer zum Wald hinter meinem Haus passierte. Eine Tierspur wies mir den Weg, und ich atmete frische Luft ein.

Das war seit Jahren meine Laufstrecke. Nur wenige andere kamen hierher, die Sicht war durch die dichten Bäume verdeckt.

Der perfekte Ort für einen ‚Überfall'.

Und ich war mir sicher, dass Lochinvar mir folgen würde.

Das Knacken von Ästen beschleunigte meinen ohnehin schon rasenden Puls.

Ich setzte meine Beine in Bewegung, sauste den Hügel hinauf und gelangte auf einen flacheren Weg. Dort, wo ich dichte Haufen gefallener Kiefernnadeln unter meinen Füßen zerdrückte, stieg der Duft von Kiefern auf. Waldtiere wichen mir aus dem Weg.

Ein Blick über meine Schulter zeigte mir eine schattenhafte Gestalt, die mich verfolgte. Ein großer, dunkler Mann.

Fuck. Er folgte mir.

Mein Atem stockte, aber ich hielt durch und joggte schneller. Mein Jäger wurde schneller. Der Abstand zwischen uns verringerte sich.

Derselbe Nervenkitzel der Jagd durchströmte mich.

Vor uns wartete ein immergrüner Baumbestand, genau dort, wo ich ihn vermutete. Ich verließ den Pfad und ging durch das dichte Geäst zu einer kleinen, versteckten Lichtung.

Fast im selben Moment griff eine Hand nach meinem Handgelenk.

„Ah!", quietschte ich und stolperte.

Ich landete auf dem weichen Boden.

Lochinvar fiel auf mich und ließ sich auf Händen und Knien über meinen Körper fallen. Eine Sekunde lang tat er nichts, als meinen Gesichtsausdruck zu beobachten.

Dann umfasste er meine Kehle mit einem leichten Druck. Seine andere Hand wanderte zu meiner Taille, und ohne Vorwarnung, zog er mir meine Laufshorts herunter.

Ich kniff die Augen zu, völlig überwältigt. Vor Lust, Angst und einer Unzahl anderer Gefühle.

Lochinvar streifte meine Shorts bis über die Knöchel ab und drückte dann meine Knie auseinander.

Ohne ein Wort oder eine weitere Pause landete sein Mund zwischen meinen Beinen.

Hitze schoss durch mich hindurch. Ich stöhnte auf, und er löste seine Finger von meiner Kehle, um mir den Mund zu bedecken. Zum Schweigen gebracht, wand ich mich unter seiner schweren Gestalt.

Lochinvar machte keine halben Sachen mit mir. Er leckte und saugte dann an meiner empfindlichen Klitoris. Ein animalischer Laut entwich ihm, und er hob meine Hüften und schob seine Zunge in mich.

In meinen Adern breitete sich trotz des eisigen Tages eine blühende Wärme aus. Der Wald, die Geräusche der Natur, all das trat in den Hintergrund, und ich spürte nur noch ihn. Nichts, was ich je mit mir selbst gemacht hatte, fühlte sich so gut an. Keiner hatte mit seinen Berührungen je diese Reaktion in mir ausgelöst.

Meine Brüste wurden schwerer in meinem Sport-BH. Meine Muskeln erwärmten sich, spannten sich an, bis sie schmerzten.

Dann führte er einen Finger in mich ein und fügte einen zweiten hinzu.

Ein magisches Gefühl explodierte in mir. Ich biss in die Hand über meinem Mund.

Lochinvar schob seine Finger in mich hinein und wieder hinaus.

Oh Gott.

Ob ich dabei laut stöhnte, konnte ich nicht sagen. Nur das Rauschen meines eigenen Blutes erfüllte meine Ohren.

Er saugte weiter, benutzte seinen ganzen Mund, um meinen Intimbereich zu befriedigen. Jeder Stoß berührte einen lustvollen Punkt meines Körpers. Mein Körper produzierte eine Menge köstlicher Chemikalien, die weitaus stärker waren als je zuvor bei meinen Soloabenteuern.

Ich wehrte mich. Er hielt mich fester.

Dann zog ich mich innerlich zusammen.

Lochinvar gab einen tiefen Laut des Verlangens von sich.

Irgendwie war das der Auslöser. Ich wimmerte, dann wölbte ich mich, krümmte meinen Rücken und stieß gegen Lochinvars Finger.

Und kam.

Ich explodierte, ein Durcheinander aus nichts als kraftvollen, orgasmischen Wellen. Sie brachen über meinen Geist herein, und ich schwebte im puren Himmel.

Aus der Ferne nahm ich wahr, wie Lochinvar mich bearbeitete. Er fluchte und sein Tonfall war absolut ehrfürchtig und köstlich. Der Druck, den er auf mich ausübte, ließ nach. Ich war erschöpft. Kraftlos. Außerstande, ein Auge zu öffnen.

In wenigen Minuten hatte er das getan, wofür ich allein eine Stunde brauchte, obwohl ich noch kein einziges Mal denselben Höhepunkt erreicht hatte.

Aber dann kam ich wieder zu mir. Plötzlich fröstelte ich, raffte mich auf und zog meine Shorts über meine Blöße.

Lochinvar lehnte sich zurück, seine Brust hob sich durch tiefe Atemzüge. Er wischte sich über den Mund, dann hob er den Blick zu mir.

Was sollte ich sagen? Danke? Das war großartig?

Doch dann deutete er mit einer Geste auf den Heimweg. Ich machte einen Schritt, und er ging mir aus dem Weg.

Ich joggte nach Hause und mein neuer Sexualpartner hielt einen Sicherheitsabstand, ohne eine einzige Forderung an mich zu stellen.

Wir kehrten zu unseren Hütten zurück, als ob nichts geschehen wäre.

Als ich schließlich unter der Dusche stand und die Kiefernnadeln entfernte, die an meiner Haut hafteten, wurde mir etwas klar. Das war großartig. Aufregend. Eine Sensation.

Und ich wollte es unbedingt noch einmal erleben.

13

Cait

Casey starrte mich von ihrem gemütlichen Sitzplatz im Wohnzimmer aus an, den Mund zu einem perfekten O geöffnet. Sie war vor einer Woche in ihr neues Haus eingezogen – welches von der Familie auf dem Grundstück einer alten Scheune gebaut wurde – und es wurde gerade eingerichtet. Die Küche, das Wohnzimmer und ein Schlafzimmer waren bereits fertig, das Kinderzimmer kam als nächstes dran. Sie lebten ihren Traum.

„Er hat dich gejagt? Und hat sich dann auf dich gestürzt?"

„Ja. Genau dort unter den Bäumen."

Viola gaffte mich an und wandte ihren Blick vom Bildschirm des iPads ab, auf dem im Hintergrund eine schicke Hotelsuite zu sehen war, ab. „Heilige Scheiße. Und er hat dich nicht geküsst?"

„Nö. Na ja, nicht auf den Mund. Er stürzte sich sofort ins Abenteuer und machte sich ans Werk."

„Ist er selbst gekommen?"

Ich zögerte und dachte zum ersten Mal darüber nach.

„Nein. Er hat sich nicht einmal selbst berührt, soweit ich es gesehen habe. Nur ich bin gekommen."

„Und war es gut?"

„Wahnsinnig gut."

Beide Frauen stießen einen doppelten Seufzer aus.

Casey wischte sich spöttisch über die Stirn. „Das ist extrem heiß, und ich werde ihm nie wieder in die Augen sehen können."

Ich grinste. „Hast du ihn schon richtig kennengelernt?"

„Das habe ich. Er war hier und hat mit Brodie darüber gesprochen, der Bergrettung beizutreten. Mit Blaynes neuem Job ist er zu viel unterwegs, um sich zu verpflichten, aber Brodie will beitreten. Ich vielleicht auch, wenn unser Baby älter ist." Sie betrachtete mich. „Ich mochte ihn. Er ist offen und ehrlich, und seine unverblümte Art passt zu dir."

Das mochte ich auch an ihm. Und auch viele andere Dinge. Eine Woche war seit unserer … Liebelei vergangen, aber kein Moment davon war meiner Erinnerung entflohen. Ich verzog mein Gesicht und versuchte meinen nächsten Satz zu formulieren. Ich brauchte die Meinung meiner Freunde. Sie waren so viel erfahrener als ich.

„Ich habe darüber nachgedacht, ihn um etwas anderes zu bitten. Eine weitere Runde, aber vielleicht mit einem Unterschied. Es reicht mir nicht, mich erst nach einer Verfolgung befreien zu können."

Viola schnaubte. „Das wäre doch eine lustige Beziehung."

„Tja, es kann keine Beziehung sein. Er mag zwar Single sein, aber er ist nur noch drei Monate hier."

„Also gut. Warum versucht ihr es nicht einfach mit direktem Sex? In einem Schlafzimmer, nicht auf dem kalten Boden", fragte Casey. „Ihn flachlegen, sozusagen die Zügel in die Hand nehmen und diejenige sein, die das Sagen hat."

Ich blinzelte und bewertete meine Reaktion. „Das hat mir in der Vergangenheit nie gefallen. Was ist, wenn es genauso ist und ich zurückschrecke?"

„Dann bittest du ihn, deine Hände zu fesseln und dir die Augen zu verbinden, und du bist wieder in deiner Komfortzone."

Viola stöhnte auf. „Oh Mann. Wo wir gerade von Zonen sprechen. Ich bin gerade mitten in einer Geilheitszone, und Leo kommt erst spät abends nach Hause. Ich habe mich dagegen entschieden, zu jedem Gig zu gehen, weil der Lärmpegel nicht gut für das Baby sein könnte, aber jetzt bereue ich meine Entscheidung."

Casey lachte. „Ich bin der Gegenpol. Ich kann mich kaum noch bewegen, also ist Sex kein minütliches Bedürfnis mehr."

Es war tatsächlich so. Mit acht Monaten war ihr Bauch schon riesig.

„Apropos", fügte Casey hinzu. „Irgendwelche Neuigkeiten zur Babyplanung, Cait? Hast du deine Idee mit der Kinderwunschklinik überdacht?"

Ich runzelte die Stirn. „Nein. Warum sollte ich?"

„Weil du jetzt dein Sexleben wieder in Schwung gebracht hast. Aus Sex kann Liebe werden, was bedeuten könnte, dass du irgendwann jemanden findest, mit dem du eine Familie gründen willst."

Ich folgte ihrer Logik. Es ergab Sinn. Und doch ...
„Das könnte passieren, oder auch nicht. Ich hatte noch nie Gefühle für einen Mann. Ich habe mich nicht Hals über Kopf in Lochinvar verliebt, weil er mich zum Orgasmus gebracht hat. Selbst wenn ich jemanden finden würde, könnte das Jahre dauern. Und weitere Jahre, um ihm zu vertrauen und zu wissen, dass er ein guter Vater sein würde."

„Gutes Argument", sagte Viola. „Ich kann mich erinnern, dass du mir mit siebzehn gesagt hast, dass du Mutter werden willst. Vielleicht sogar noch jünger."

„Ganz genau."

Casey schenkte mir ein sanftes Lächeln. „Ist das so? Ich wusste, dass ich in der Zukunft eine Familie haben wollte, aber noch nicht so früh. Ich bereue mein Baby nicht – ich liebe es so sehr, und es ist noch nicht einmal da – aber, ich hätte gerne mehr Zeit mit meinem Mann verbracht, um unsere Beziehung zu vertiefen."

Eine Option, die ich nicht haben würde.

Sie fuhr fort. „Wenn du in der Zukunft einen Partner findest, wird er dich als alleinerziehende Mutter akzeptieren. Wenn er das nicht tut, ist er nicht der Richtige."

Ich atmete meine leichte Besorgnis aus. Ich hatte einen Plan, und es war ein guter Plan. Sicher, es gab auch Nachteile, aber im Großen und Ganzen würde er gut sein. Es hatte sich nichts daran geändert, wer ich war oder was ich einem Kind zu bieten hatte. Es stellte sich immer noch die Frage, ob ich auch Probleme haben würde schwanger zu werden. Nein, mein Entschluss stand fest.

„Ich werde der Klinik noch einmal schreiben und

fragen, ob jemand einen Termin abgesagt hat.“

Ich nahm mein Handy, tippte die E-Mail ein und drückte auf „Senden“, um meine Verpflichtung erneut zu bestätigen.

Viola stellte Casey Fragen zur Schwangerschaft, und ich ließ das Wissen auf mich wirken. Bald würde ich das auch brauchen. Es würde passieren.

14

Lochinvar

„Papa, war Mamas Haar blond oder braun?", fragte Isla.

Ich stolperte. Wir waren nur noch wenige Meter von der Schule entfernt, wo sich andere Familien vor dem Tor tummelten. Ich nahm Islas kleine Hand und führte sie ein paar Meter weiter.

„Blond, wie du. Warum fragst du?"

„Wir hatten einen Kurs über Gen...Genik."

„Genetik?"

„Ja! Mama hatte wohl auch blaue Augen, aber eigentlich müssten meine braun sein, so wie deine." Sie blickte zu meinen schwarzen Haaren und dunklen Augen hoch.

„Hatte sie, ich meine, hat sie." Mein Herz pochte. Mein Mund wurde trocken.

Isla erinnerte sich nicht an ihre Mutter, was kaum verwunderlich war, und obwohl ich mit Fragen gerechnet hatte, war ich in keinster Weise darauf vorbereitet, sie zu beantworten. Sie war erst sechs Jahre alt. Nein, fast sieben.

Trotzdem hatte ich gedacht, dass ich mehr Zeit haben würde.

„Wir werden zu Hause darüber reden. Schau mal." Ich gestikulierte auf die Schule. „Alle gehen rein. Du solltest dich beeilen."

„Tschüss, Papa!" Sie schlang ihre Arme um mich und lief dann zum Ende der Reihe von Kindern aus ihrer Klasse.

Ich ging zum Tor und wartete einen Moment, um sie zu beobachten.

Isla sah genauso aus wie ihre Mutter. Sie hatte sogar ein oder zwei ihrer Eigenheiten, die nur von ihren Genen herrühren konnten. Die Familiengeschichte, die sie eines Tages verletzen könnte.

Die sie dazu bringen könnte, mich zu verachten.

Schuldgefühle erdrückten mich. Die ganze Schar der Kinder ging hinein, und ich stand einfach nur da.

„Mr Ross?"

Ich blickte zu Una, der Schulleiterin, die ein paar Meter entfernt stand.

„Wollten Sie mit mir sprechen?", fragte sie.

„Nein. Ich gehe. Passen Sie nur auf sie auf, ja?" Ich hatte keine Ahnung, woher die Bitte kam.

Das Gesicht der Lehrerin verzog sich vor Sorge. „Sicher? Ja, natürlich. Gibt es etwas, das ich wissen sollte?"

Islas Schule hatte verriegelte Türen, strenge Regeln und Passwörter für die Abholung der Kinder, und die Eingänge waren videoüberwacht. Ich hatte diese Schule schon einige Male überprüft.

Aber die heutige Gefahr kam von der Schule selbst. Es gab nichts, was ich tun konnte, um meine Tochter davor zu schützen.

„Ich...muss gehen." Ich murmelte eine Entschuldigung, senkte den Kopf und ging.

Zu Hause angekommen, hatte ich den Rest des Vormittags dienstfrei. In der Hütte gab es einiges zu tun, ein loses Regal in Islas Zimmer und einen Heizkörper, der nicht vernünftig heizte, also schnallte ich mir meinen Werkzeuggürtel um die Taille und machte mich an die Arbeit.

Eine Stunde später unterbrach ein leichtes Klopfen an meiner Tür meine Arbeit.

Ohne mich auch nur aus der Hocke zu erheben, erkannte ich die Identität des Klopfers.

Cait McRae hatte mich in meinen Gedanken mehr denn je heimgesucht. Ich hatte auf sie gewartet, aber dieses Bedürfnis in mir hatte wahnsinnige Ausmaße angenommen. Ich konnte es kaum unter Kontrolle halten und verließ mich auf meinen eisernen Willen, um nicht zu ihrer Hütte zu marschieren und nach mehr zu verlangen.

Ich hatte schon fast damit gerechnet, dass sie mit einem anderen Kerl nach Hause kommen und damit meine Schwärmerei zunichte machen würde.

Ich stand auf und streifte mein Hemd von meinem erhitzten Körper, aber ich ließ den Werkzeuggürtel aber über meiner Jeans. Dann schritt ich zur Tür und öffnete sie.

Cait sah mich an, die Hände in den Taschen ihres geblümten Kleides. Sie wollte etwas sagen, schluckte und versuchte es dann erneut, wobei ihr Blick auf meiner Brust haften blieb. Sie errötete leicht.

Frustration ließ meine Widerstandskraft schwinden, und ich griff nach ihr, zog sie ins Haus und schlug die Tür hinter uns zu. Dann ließ ich sie los und wartete mit verschränkten Armen.

„Du bist beschäftigt", sagte sie.

„Bin ich nicht."

„Ich sollte arbeiten, aber ..."

„Willst du etwas von mir?"

Sie räusperte sich. „Ja."

Der Raum drehte sich um mich herum. Alles, was ich sehen konnte, war Cait. So hübsch. Je mehr ich sie kannte, desto schöner wurde sie. Was auch immer sie brauchte, ich war bereit.

"Raus mit der Sprache, Frau. Stell deine Forderung und ich antworte."

Sie stieß mit den Füßen auf den Boden. "Können wir in dein Schlafzimmer gehen?"

Fuck. Ich legte überrascht den Kopf schief. „Du willst mich? In einem Bett?"

Jeder Wunsch, den ich in Bezug auf diese Frau hatte, war gerade in Erfüllung gegangen.

Ich fuhr fort, nicht mit der Absicht, es ihr noch schwerer zu machen, zumal ich bereits hart und mehr als bereit war, loszulegen. „Dann lass uns zu dir gehen"

„Warum nicht hier?“

„Ich würde dich danach riechen können und das würde mich verrückt machen.“

Ihre Wangen glühten, aber sie nickte und drehte sich um. In Sekundenschnelle waren wir in ihrer Hütte. Cait verschwand im Flur. Ich ging hinter ihr her und schloss uns in dem hellen Zimmer ein.

Sie saß auf der Kante ihres Bettes. Ihre Hände zitterten.

Oh Gott, sie war nervös.

Ich zog die hauchdünnen Vorhänge zu und ließ meinen Werkzeuggürtel mit einem dumpfen Schlag auf den Teppichboden fallen. Cait beobachtete mich, ohne den Versuch der Verführung, aber mit deutlicher Angst.

Ich wollte nicht, dass sie sich vor mir fürchtete.

Es gibt viele Möglichkeiten, wie ich das erreichen konnte. Sie auf den Rücken zu werfen und die Kontrolle zu übernehmen, wie im Wald. Oder sanft und langsam zum Sex überzugehen.

Vielleicht wollte sie weder das eine noch das andere.

Nach einem kurzen Augenblick setzte ich mich neben sie, lehnte mich zurück und legte mich mit geschlossenen Augen auf ihre Matratze.

Caits Atem stockte, und sie verlagerte ihr Gewicht. Ich stellte mir vor, wie sie mich betrachtete, meinen nackten Oberkörper, der für ihre Begutachtung bereit war, und meine Jeans, die durch meinen harten Schwanz spannte.

Sie sagte nichts, also erklärte ich es. Kein Grund für Missverständnisse.

„Ich nehme an, du hattest noch nie einen Mann in

deinem Bett. Ich werde meine Augen geschlossen halten", versprach ich. „Leg mir eine Augenbinde an. Mach mit mir, was du willst. Frag, was du willst."

Ein Rascheln ertönte, und sie bewegte sich auf dem Bett. Der Raum war warm, aber ich unterdrückte einen Schauder.

„Sprich mit mir, Cait."

„Kann ich dir wirklich die Augen verbinden?"

„Aye."

Ein weicher Stoff landete auf meinem Gesicht, ein Schal, wie ich vermutete, und ich hob den Kopf, damit sie ihn befestigen konnte.

„Darf ich dich anfassen?", fragte sie.

Ich wollte ihr sagen, dass ich verrückt werde, wenn sie es nicht tut. Aber in diesem neuen Szenario wollte sie nicht den Jäger. Sie wollte die Erlaubnis, mit dem wilden Tier zu spielen, das sie in mir sah.

Sie brauchte einen sicheren Ort.

Ich nickte einfach und hielt den Atem an.

Vorsichtige Fingerspitzen landeten auf meinem Unterarm und fuhren mir durch mein schwarzes Haar. Sie fuhren meinen Bizeps hinauf und umfassten den harten Muskel, um meine Kraft zu testen.

Ich verschränkte meine Arme hinter den Kopf und stützte sie auf Caits weiche Kissen.

Alle Nervenenden waren in Alarmbereitschaft und warteten auf die Berührungen dieser Frau. Mein Schwanz pochte, und die Vorfreude schmerzte.

Cait folgte meinen Armen zurück zu meinen verschränkten Händen, dann in mein Haar. Sie strich mir mit den Fingernägeln über die Kopfhaut. Ich zischte, weil ich das Gefühl viel zu sehr genoss.

Sie wanderte über meine Gesichtszüge, streichelte meinen Bart, dann landeten ihre beiden Hände auf meiner Brust. Mit der leichtesten Berührung drückte sie meine Brustwarze.

Purer Schock durchströmte mich.

Ich unterdrückte ein Stöhnen, aber meine Muskeln spannten sich an.

Cait stockte. „Ist das ...? Habe ich ...?"

„Nein. Es ist schön." Was für ein verdammt schwaches Wort.

Sie gab ein zufriedenes Geräusch von sich.

„Nimm deinen Mund", schlug ich vor.

Ihr Atem streifte über meine Haut, dann ersetzte Caits heißer Mund ihre Finger. Sie leckte mich und brummte dann. „Salzig."

Dort, wo ich geschwitzt hatte. Verdammt. „Ich kann duschen", murmelte ich.

„Nein."

Sie leckte mich wieder und das Ende ihrer Zunge glitt über meine Brustwarze. Und wieder. Diese winzige Empfindung wurde zu meiner Welt. Ich stöhnte, dieses Mal unverhohlen, und Cait verstärkte den Druck. Sie wechselte die Seite und bearbeitete mit ihrem Daumen die Brustwarze, die sie ausgespart hatte.

Ich hatte mir nie viel aus dem Vorspiel gemacht, daraus verwöhnt zu werden, aber Caits vorsichtige Erkundung war die erotischste Erfahrung meines Lebens.

Mein Atem stockte, aber ich blieb in meiner Position. Sie küsste meine Brust, während ich vor lauter Zurückhaltung langsam verrückt wurde.

Zum einen hatte ich keine Ahnung, was ich hier tat, außer für sie da zu sein. Ich war schon lange nicht mehr mit einer Frau zusammen gewesen. Cait war zu mir gekommen, um es ein zweites Mal zu versuchen, was uns von einer einmaligen Sache zu … etwas anderem machte.

Eigentlich sollte ich überglücklich sein, dass sie sich für mich entschieden hatte, aber in meinem Kopf ertönte immer noch eine leise Warnung.

Es war mir egal, dass ich benutzt wurde.

Ich musste nur meine Gefühle aus dem Spiel halten.

Sicherlich keine Herausforderung für einen Mann, der es gewohnt ist, über jeden Teil seines Lebens die Kontrolle zu haben.

Sie machte weiter, und mein Verlangen wuchs. Cait drehte meinen Kopf und drückte ihre Lippen auf meine Wange, um das Gleiche unterhalb meines Ohrs zu tun. Dann saugte sie an meinem Ohrläppchen.

„Fuck", stieß ich hervor, wobei mir fast schwindlig wurde.

„Habe ich dir wehgetan?"

„Nein. Ich hatte nur keine Ahnung, dass das eine erogene Zone ist."

„Das wusste ich auch nicht." Sie zog sich zurück und hielt inne. „Was soll ich jetzt tun?"

„Zieh dein Kleid aus."

„Das habe ich schon getan."

Oh Gott. Sie trug die gesamte Zeit über nur Unterwäsche? Mein Schwanz tropfte, schmerzhaft eingeschlossen in meiner Jeans.

„Zieh mich aus."

Ihre Hände glitten über meine Bauchmuskeln und an meinem Bauch hinunter zu meiner Taille, dann öffnete sie meine Knöpfe und den Reißverschluss. Mein Schwanz richtete sich auf, um sie zu begrüßen, und Cait brummte wieder.

„Kann ich dich komplett ausziehen?"

„Du bringst mich noch um. Aye, Frau."

Ihr musikalisches Lachen brachte mich dazu, meine Lippen zusammenzupressen, um nicht zu grinsen. Sex hatte noch nie so viel Spaß gemacht, und so weit waren wir noch nicht einmal gekommen.

Gott, ich hoffte, dass wir zu diesem Teil kommen würden.

Cait stieg vom Bett und zog mir Jeans und Boxershorts aus.

Ich lag da, nackt und stolz, und streckte mich ihr entgegen.

„Hast du Kondome?", fragte ich.

„Habe ich." Sie verließ das Bett wieder, und eine Schublade öffnete und schloss sich. Plastikfolie knisterte, und dann riss die Folie. „So etwas habe ich noch nie übergezogen."

„Rolle es nach unten, aber achte darauf, dass du am Ende eine Aussparung lässt."

Cait ergriff meinen Schwanz. Ich hatte die Berührung erwartet, aber nach all der Aufmerksamkeit, die sie dem

Rest meines Körpers geschenkt hatte, war ich unglaublich erregt. Ich zuckte zusammen, winkelte meine Beine an und drückte meine Fersen in ihre Bettdecke. Damit löste ich mich aus Caits Griff.

„Oh Gott." Ich stieß ein Lachen aus.

Sie kicherte. „Ich versuch's noch mal."

Dieses Mal hielt ich mich zurück.

Ich erwartete, dass das Kondom abgerollt wurde, aber stattdessen glitt Caits Zunge über meinen erregten Schwanz. „Fuck", schrie ich, umklammerte die Decke unter mir und drehte meinen Kopf. Hitze durchströmte meinen Körper.

Ich musste sie dabei sehen. Ich wollte sehen, wie ihr Mund mich auf diese Weise verwöhnte. Aber auch unter der Augenbinde hielt ich meine Augen geschlossen, denn die Dunkelheit verstärkte die erotische Szene noch.

Alles, was ich tun konnte, war zu fühlen. Ihre Finger, die meine Hüfte und meine Oberschenkel berührten. Ihre Haare, die meine Haut kitzelten. Die Wärme ihres zaghaften Blowjobs. Vielleicht ihr erster. Das Verlangen, ihren Mund zu ficken, überkam mich immer und immer wieder.

Mein Atem wurde rasend schnell.

Cait nahm mich tief in ihren Mund.

Meine Eier spannten sich an.

„Hör auf." Ich drückte mir die Handballen auf die Augen. „Noch mehr und ich komme. Das will ich noch nicht."

„Aber es hat dir gefallen, was ich gemacht habe?"

Was für eine Frage. Ich konnte mich nicht länger zurückhalten. Ich griff nach ihr, suchte blind ihre Hand.

Dann verschränkte ich unsere Finger und legte sie um meinen Schwanz und drückte fest zu.

„Fick mich, Cait", flehte ich.

Der längste Moment in der Geschichte der Zeit verging. Ich hatte einen Fehler gemacht. Es vermasselt. Hatte sie verängstigt.

Dann warf Cait ihr Bein über meines und kletterte auf mich.

15

Cait

Abgesehen von meinem BH war ich nackt, als ich Lochinvars dicke Oberschenkel spreizte und mich in Position brachte. Trotz meiner kurzen Liebesaffären an der Uni, hatte ich kaum etwas anderes ausprobiert als die Missionarsstellung.

Diese Erfahrung hatte mich bereits überwältigt.

Ich wollte Lochinvar unbedingt. Brauchte ihn in mir.

Ich griff zwischen uns und hielt seinen Schwanz fest, dann sank ich auf ihn hinunter.

Er gab einen tiefen Laut des Vergnügens von sich.

Ich versteifte mich und hielt still, stützte mich auf seine Brust.

Sein Stöhnen vorhin hatte mich erregt, und ich hatte es genossen, wie sich sein Körper anspannte, als ich ihn berührte, aber jetzt …

Die ungewohnte Dehnung durch seinen riesigen Schwanz beunruhigte mich. Es tat nicht weh, aber es war … merkwürdig. Keine Explosion der Lust milderte dieses

Gefühl. Es gab keine sexy Transformation, die etwas an dem änderte, was ich ohnehin schon wusste.

Ich mochte es nicht.

Früher, als ich diese Stellung ausprobiert hatte, hatte ich mich nicht im Stande gefühlt, meinen Liebhabern zu sagen, dass sie aufhören sollten, nur weil mir das, was wir taten, nicht gefiel. Ich hatte sie weitermachen lassen, bis sie gekommen waren. Dann hatte ich mich davongeschlichen und mich gehasst.

Lochinvar würde von mir erwarten, dass ich wie ein Pornostar stöhne. Und doch war ich hier und verhielt mich seltsam.

Ein kalter Schauer lief mir über den Rücken.

Alle guten Gefühle, die ich erlangt hatte, verflüchtigten sich.

„Cait?", fragte er. Er wiederholte sich, als ich nicht antwortete.

Tränen traten mir in die Augen.

Dann tat Lochinvar etwas Seltsames. Während all meiner Aktionen hatte er mich nur einmal berührt, um meine Hand zu seinem Schwanz zu führen. Gleich danach hatte er seine Finger hinter seinem Kopf verschränkt.

Jetzt löste er seine Finger aus dieser Position, griff nach mir und brachte mich dazu, mich auf ihn zu legen. Ich gehorchte und kuschelte mich an ihn, meine Knie um seine Hüften und meine Wange an seine Brust.

Er legte seine muskulösen Arme um mich und umarmte mich.

Wir waren immer noch verbunden, aber er beschwerte sich nicht.

„Es ist alles in Ordnung", flüsterte er.

„Es tut mir leid", erwiderte ich mit brüchiger Stimme.

„Was tut dir leid? Wir liegen doch nur hier."

Seine Finger strichen mir in beruhigenden Wiederholungen über die Wirbelsäule. Nach einer Minute verlangsamte sich mein Puls und ich atmete aus. Ich vertraute diesem Mann. Alles, was er tat, erfolgte zum Wohle anderer. Seiner Tochter. Meiner Familie. Verlorener oder verletzter Menschen in den Bergen.

Mir.

„Ich werde wahnsinnig", sagte ich.

Er antwortete nicht. Er wartete nur.

Augenblicke vergingen. Wir verharrten in dieser Pose.

Langsam, nach und nach ließ meine Panik nach.

Lochinvar richtete mich auf seiner Brust auf. Dadurch wurde ich auf seinen stahlharten Schwanz bewegt.

Wir hielten beide inne.

Dieses Mal fühlte es sich anders an. Seine kleine Bewegung traf etwas in mir. Eine erogene Zone. Ich stützte mich auf meine Handflächen und versuchte, die Stelle wiederzufinden. Ich hob meine Hüften an, ließ seinen Schwanz ein wenig aus mir und dann wieder in mich gleiten.

Ja! Da war es wieder.

Lochinvar presste seine Lippen zusammen und seine Nasenflügel weiteten sich.

Hmm. Ich schätze, das hatte ihm auch gefallen.

Ich ritt ihn noch ein paar Mal, wollte dieses Gefühl auskosten. Das solide Gewicht von ihm fühlte sich nicht mehr seltsam, sondern essenziell an. Keiner meiner früheren Liebhaber war so groß gewesen wie er. Bisher hatte niemand die Körperstellen berührt, an die er gelang.

Ein tiefer Schmerz wurde spürbar, aber der Hauch von Frustration war immer noch in mir. Das Ziel, mich auf diese Weise zum Orgasmus zu bringen, schien meilenweit entfernt zu sein.

„Brauchst du Hilfe?", fragte Lochinvar, mit tief grollender Stimme.

„Wie? Ich meine ja."

Langsam setzte er sich auf, bis wir uns gegenübersaßen, ich mit leuchtenden Augen und zu wach, während er unter der Augenbinde aus Seidenschal nichts sah. Dann berührte er mich, erst an den Schultern, dann an den Seiten. Er erkundete meinen Körper mit seinen Liebkosungen, bis er zu meinem BH-Verschluss kam.

„Darf ich dir den ausziehen?"

„Tu es."

Mein BH fiel zu Boden, und er ließ sich auf einen Arm zurückfallen, um mit der freien Hand meine Brust zu berühren. Er beugte sich vor und küsste die Wölbung der anderen Brust, bevor er meine Brustwarze in seinen Mund saugte.

„Oh", stieß ich hervor, als die Lust mich übermannte.

Lochinvar legte seinen Arm um mich und hob mich etwas hoch. Er widmete seine Aufmerksamkeit weiterhin meiner harten Brustwarze, aber unter mir wippte er mit seinen Hüften. Dieselbe Stelle in mir erblühte vor Vergnügen, nun allerdings doppelt so stark.

Ich schrie auf und er tat es wieder. Lochinvar bewegte sich gleichmäßig und liebkoste meine Brustwarze, während er mich fickte. Er traf die Stelle immer und immer wieder. Nach einem Moment kehrte die Wärme in meine Adern zurück. Ich gab einen Laut der Lust von mir und überraschte mich selbst.

„Halt dich an mir fest", bat Lochinvar.

Ich schlang meine Arme um ihn, und er löste sich von meinen Brüsten, und lehnte seinen Kopf gegen meinen. Dann presste er seine Lippen auf meine Wange.

Er hielt mich hoch und stieß in mich hinein. „Du brauchst nicht zu kommen. Ich werde auch nicht kommen. Fühle einfach. Mach dir keine Sorgen."

Er würde nicht kommen? Ich musste es nicht? Aber ich wollte es, und ich quälte mich selbst, weil ich nicht kommen konnte. Andererseits hatte ich vorher wenig bis kein sexuelles Interesse gehabt.

Meine Gedanken lösten sich auf, als Lochinvar das Tempo erhöhte. Er klammerte mich an sich und fickte mich mit zunehmender Kraft. Ich verbarg mein Gesicht in seinem Nacken, hielt mich fest und ließ zu, dass der Moment meine Gedanken beherrschte.

Jeder andere Gedanke flüchtete.

Jedes Aufeinanderprallen unserer Körper übte Druck auf meine Klitoris aus. Ohne nachzudenken, schob ich meine Hand zwischen uns und befriedigte mich. Lochinvar verschluckte sich an einem Laut des Verlangens.

Wie zuvor, löste sein unterdrückter Laut ein Feuerwerk in mir aus.

Er liebte das. Es funktionierte bei ihm. Ich hatte ihm dieses maskuline Stöhnen entlockt.

Irgendetwas setzte in meinem Kopf aus.

Oh Gott!

Atemlos verfolgte ich das Gefühl, rieb über meine Klitoris, während er mich fickte. Unsere Rhythmen vereinten sich zu einem perfekten Takt.

Dann, wie aus dem Nichts, durchbrach ich eine Wand der Lust.

Eine Art unterdrückter Schrei entwich mir, und ich pulsierte um seinen Schwanz und kam. Es gab keinen Raum für Gedanken. Keinen. Nur ein zitternder Rausch tiefer Befriedigung. Glänzende Funken tanzten in meinem Sichtfeld.

Ich umklammerte Lochinvar, der Schock kämpfte mit dem Bedürfnis, vor Freude zu lachen.

Er bewegte sich schneller. Mit versteinerter Miene kam ich auf den Boden der Tatsachen zurück.

Ich hatte es geschafft! Ich war gekommen.

Ich hatte Sex gehabt und es hatte mir gefallen.

Es wurde so viel Hitze freigesetzt, dass ich mich wunderte, dass die Fenster nicht beschlagen waren.

Dann brummte Lochinvar und änderte die Stellung. Sein Schwanz war immer noch so hart, als er seine Stirn an meine Schulter drückte. Sein Atem beschleunigte sich. Seine festen Muskeln zitterten.

Oh Gott, ich musste ihn auch zum Kommen bringen.

Ich hielt mich fest und animierte ihn leise. Mein Herzschlag raste, zu schnell und doch perfekt.

Lochinvar packte meinen Hintern. „Ich sagte, ich würde nicht kommen ..."

„Vergiss das. Ich brauche dich."

Er zog sich zurück und stieß hart in mich hinein.

Wir stöhnten beide auf.

Ein Klopfen rüttelte an der Eingangstür.

„Caitriona?", rief eine Stimme.

Lochinvar hielt inne und Schweiß rann an ihm herunter. „Da hat dich gerade wer gerufen."

„Oh mein Gott. Das ist meine Mutter."

Er lockerte seinen Griff, sein Mund stand offen, sein Körper war bereit, in meinen zu stoßen.

„Es tut mir so leid", murmelte ich. „Ich habe sie zum Mittagessen eingeladen. Sie ist früh dran."

Er biss die Zähne zusammen, die Augen immer noch zugebunden. Dann ließ er mich auf die Bettdecke. „Fuck." Er wischte sich mit einer Hand über das Gesicht. Sein Schwanz wippte, immer noch so hart. „Gib mir eine Sekunde."

Ich sprang vom Bett und schnappte mir meinen Morgenmantel aus dem Schrank, den ich mir eilig umlegte.

„Ma hat einen Schlüssel", erklärte ich. „Wenn ich die Tür nicht öffne, nimmt sie an, ich sei spazieren gegangen, und lässt sich selbst herein."

Als ich mich umdrehte, sah ich, wie Lochinvar das Kondom abzog und sich schließlich die Augenbinde abnahm. Licht flammte in seinen Augen auf Er stand auf ebenso wackligen Beinen wie ich und zog sich Boxershorts, Jeans und Socken an. Schließlich schnallte er sich seinen Werkzeuggürtel um und bot mir einen Anblick, den ich heute Nacht in meinen Träumen sehen würde.

„Ich kann dein T-Shirt nicht finden", quiekte ich.

„Ich hatte keins."

Oh, Scheiße, er hatte keins.

Ein Grinsen umspielte seine Lippen. Trotz der Tatsache, dass wir im entscheidenden Moment unterbrochen worden waren, fand er das irgendwie lustig.

„Ich kann nicht glauben, dass das passiert", stieß ich hervor.

Je mehr ich mich aufregte, desto mehr amüsierte er sich. „Bedauerst du mich schon? Das ist ein Schlag für mein Selbstwertgefühl."

„Nein!" Ich hielt mir die Hand vor den Mund, denn ich musste lachen. „Geh durch die Terrassentür hinaus."

„Aye, wie du willst."

Argh. Ich wollte es nicht. Ich wollte weitermachen.

Mama klopfte wieder, und ich schloss kurz die Augen. „Ich komme", rief ich durch die Schlafzimmertür.

„Okay", rief sie zurück.

„Ja, du bist gekommen", scherzte Lochinvar.

Ich fuhr mir mit den Fingern durch das Haar. Dann holte ich tief Luft. „Ich fühle mich wie ein Teenager."

„Tu das nicht. Du hast nichts falsch gemacht."

Stimmt, aber in Bezug auf die Sexualität war ich so im Rückstand, dass ich nicht anders konnte, als unbeholfen zu sein. Ich nahm einen weiteren beruhigenden Atemzug und ließ ein Lächeln zu.

„Es tut mir leid, dass du nicht ... gekommen bist." Ich fuchtelte mit einer Hand.

„Mir auch. Aber darum ging es ja auch nicht, oder?"

Er beugte sich vor, um Mama aus dem Fenster zu sehen, und seine Stirn legte sich in Falten. „Das ist deine Mutter? Scarlet McRae, aye? Ich habe sie bei einem Trainingstag kennengelernt. Sie ist eine ehrenamtlich engagierte Person.“

„Ja.“

„Die roten Haare ... Sind Max und Maddock deine Brüder?“

„Ja.“ Ich schloss die Terrassentür auf.

Lochinvar blieb still. „Wie kam es dazu, dass dir die Färbung entgangen ist?“

Ma hatte Sommersprossen und feuerrotes Haar, meine Brüder haben ein dunkleres Rotbraun. Jedoch, hatten sie und ich keine gemeinsamen Merkmale. Ich war blond, fünf Zentimeter größer, mein Gesicht runder und symmetrischer, meine Augen breiter und grüner als ihre blauen. Es würde niemand erkennen, dass wir verwandt waren.

Von jedem anderen würde mich Lochinvars Frage stören, aber nicht in diesem Moment. „Technisch gesehen sind sie meine Halbbrüder. Ma ist nicht meine leibliche Mutter. Das war jemand anderes. Aber Scarlet hat mich großgezogen. Gene machen nicht automatisch eine Familie aus, oder?“

Sein Blick wurde wie von einem Blitz durchkreuzt.

Ein Ausdruck des Erkennens, der Angst und des tiefen Unbehagens.

Bevor ich etwas fragen oder sagen konnte, drehte sich Lochinvar um, verließ mein Zimmer und schlich über den Innenhof zu seiner Hütte.

Ich fragte mich, was zum Teufel ich gerade gesagt hatte.

Ich ging rasch zur Tür, um sie Ma zu öffnen, und wir vereinbarten, dass ich noch schnell unter die Dusche springen würde, während sie in der Küche unser Mittagessen zubereitete.

Ich zog mich aus und duschte mich in Rekordzeit, mit allerlei interessanten Wehwehchen am Körper. Ich hatte kaum eine Chance, das Geschehene zu verarbeiten, aber während ich mich anzog, überkam mich blanker Stolz. Ich hatte richtigen Sex gehabt, mit einer Unterbrechung, bei der mein Hirn versagt hatte, aber Lochinvar hatte mir geholfen, das zu überstehen.

Ohne, dass er gekommen war.

Schon wieder.

Ich sollte ihm Blumen oder irgendetwas kaufen.

Ich kicherte vor mich hin und dachte an das, was Tante Georgia gesagt hatte. Wie sehr mich meine leibliche Mutter vermurkst hatte. Nimm das, Georgia.

Ich hatte bloß noch nicht angefangen gehabt.

16

Lochinvar

Im Lager der Hangar-Kommandozentrale stöberte ich herum und überprüfte das Inventar. Draußen im Hauptgebäude riefen sich die Besatzungsmitglieder gegenseitig etwas zu und das Klirren von Metall begleitete mich bei meiner Arbeit. Ich hatte neue Ausrüstung bestellt und einiges der alten entsorgt. Dann waren da noch Kisten, die auf einem hohen Regal standen, vermutlich aus gutem Grund.

Die Kisten störten mich – ein unordentliches Lager gefiel mir nicht. Oder offene Angelegenheiten, die noch nicht geklärt sind, wie mit der Frau, mit der ich reden wollte, wozu ich aber keine Gelegenheit gefunden hatte.

Eine Gestalt blieb in der Tür stehen. „Mr. Ross. Sie wollten mich sprechen."

Mein Blick fiel auf Max, von dem ich nun wusste, dass er Caits Bruder und der weniger hilfreiche der Zwillinge war.

In den letzten Wochen war er bei einigen Einsätzen anwesend gewesen, aber er hatte mir weniger widersprochen, als wenn er mit seinem Zwilling zusammen gewesen wäre. Seine mürrische Art hatte sich jedoch nicht verändert.

Es ging mehr vor sich, als ich verstand, und ich hatte vor, es herauszufinden. Ihm zuliebe, und nicht, weil ich seine Schwester mochte.

Ich warf dem Jungen einen kurzen Blick zu. „Nenn mich Lochinvar. Danke, dass du gekommen bist. Hier, hilf mir damit."

Er folgte meiner Andeutung zu der ersten der Kisten und trat dann mit seinem Stiefel auf die Bank, um sie aus dem Regal zu heben. „Wo soll ich sie hinstellen?"

„Auf den Tisch. Ich muss entscheiden, was wir behalten und was wir wegwerfen wollen."

Max trug die Kiste zum breiten Tisch, auf dem wir oft unsere Ausrüstung sortierten, und öffnete das Klebeband. Wir sahen alte, löchrige Overalls und kaputte Helme.

„Weißt du, wie sentimental dein Onkel Gordain ist?", fragte ich.

„Aye."

Ich grinste und führte eine innere Debatte mit mir selbst. Nach mehr als der Hälfte meiner Amtszeit hier hatte ich die Rolle des Dienstleiters übernommen und ich liebte es verdammt noch mal. Die Freiwilligen hörten auf mich, ich hatte die Arbeitsmethoden mit Erfolg optimiert, und unsere letzten Einsätze waren wie aus dem Lehrbuch gewesen.

Meine zweite Aufgabe, die Überwachung der Hangarzentrale, war kinderleicht, denn alles lief praktisch wie von selbst.

Ich war sogar mit einem der Piloten in der Sea King mitgeflogen und das Gefühl war nicht zu übertreffen.

Beinahe nicht zu übertreffen.

Hier zu bleiben, stand nicht auf meiner Agenda – es gab keine unbefristete Stelle für mich, die über Gordains Rückkehr hinausging, und das Ende meiner Amtszeit würde schnell genug kommen.

„Was hast du damit vor?", fragte Max.

„Vielleicht alles wegwerfen."

Er zuckte mit den Schultern. „Deine Entscheidung."

Das war es auch, aber es war nicht meine Aufgabe, diese Veränderung vorzunehmen. Ich war nur ein kleiner Teil der Geschichte dieses Ortes.

„Stell die Kiste zurück ins Regal", befahl ich. „Ich werde es für Gordain vormerken, damit er darüber entscheiden kann, wenn er zurückkommt."

Max war einverstanden und folgte mir anschließend in den Überwachungsraum. „Hast du mich deshalb herbestellt? Um die Kisten nicht auszuräumen?"

Ich war verärgert über diese freche Aussage. Ich hatte zwei Möglichkeiten, mit diesem Jungen umzugehen. Ich konnte sein Benehmen kritisieren oder ihm dabei helfen, es zu ändern.

Ich verschränkte meine Arme und sah ihn an. „Ich möchte dich als Ersthelfer einsetzen. Du wohnst in der Nähe und bist normalerweise als Erster hier."

Die Ersthelfer reagierten sofort auf den Notruf und waren noch vor dem Einsatzteam vor Ort. Sie stabilisierten eine verletzte oder unterkühlte Person, bis sie vom Berg geborgen werden konnte.

Ich hatte herausgefunden, dass Max ein Motorradfahrer war. Schnelligkeit gefiel ihm.

Der kräftige junge Mann blinzelte und warf sein rotbraunes Haar zurück. Zweifel erfüllten seinen Ausdruck. „Ich bin Max. Wolltest du Maddock fragen?"

„Nein."

Er dachte darüber nach. Offenbar hatte ich ihn damit überrumpelt.

„Ich werde dich und Cameron für die nächsten Einsätze dieser Art einteilen. Ihr seid beide schnell, habt einen scharfen Blick, seid in Erster Hilfe ausgebildet und kennt das Gebiet."

„Wirst du auch meinen Bruder fragen?"

„Das hatte ich nicht vor." Ich brauchte einen Kaffee, also ging ich an Max vorbei und klopfte dem jungen Mann auf die Schulter. „Du kannst jetzt antworten, oder später, wenn du darüber nachdenken willst."

Sein Stirnrunzeln verstärkte sich. „Aye, kein Grund zum Nachdenken. Ich mache das."

Innerlich wurde mir warm, aber ich behielt meine ernste Miene bei. „Gut. Ich werde mit Cameron sprechen."

„Ich werde ihn in den nächsten Tagen nach der Arbeit sehen. Beim Familienessen im Castle", erklärte er.

Ein Familienessen. Es gab so viele McRaes, dass ich mir nur vorstellen konnte, wie sie alle zusammen essen würden. Die gute Stimmung. Die lautstarken Gespräche.

Ein starker Schmerz überkam mich, als ich daran dachte, was ich verpasst hatte. Und was meine Tochter verpasste.

Gestern war ich in den Süden gefahren, um meine

Nachrichten abzurufen.

Von meiner Schwester war keine Nachricht eingegangen. Sie war nicht die Beste in Sachen Kommunikation, aber das war nicht ihre Art. Ich konnte nur vermuten, dass sie irgendwo im Einsatz war, wo es nur wenige Möglichkeiten gab, eine E-Mail zu schreiben.

Ich starrte auf meinen schwarzen Kaffee. Weihnachten würde schon bald vor der Tür stehen. Der Schnee hatte sich auf den höheren Gebieten niedergelassen. Islas Geburtstag war in einer Woche, und ich hatte keine Ahnung, wie ich ihn zu etwas Besonderem für sie machen konnte. Ohne eine Nachricht von ihrer Tante würde sie es schwer haben.

Ich hörte schwach, dass Max etwas sagte, aber ich war in Gedanken versunken.

Die Stimme von Cait, die sich zu seiner gesellte, holte mich schnell wieder auf den Boden der Tatsachen zurück.

Cait war hier.

„Maximus. Solltest du nicht arbeiten?", fragte sie ihren Bruder.

„Mittagspause, Caitriona." Er verzog das Gesicht. „Was machst du hier?"

Kah-tree-nah. So ein verdammt hübscher Name.

Unter den hellen Lichtern der Einsatzzentrale funkelten Caits Augen. „Das geht dich nichts an. Gehst du zu Onkel Callums Abendessen?"

„Aye. Er wird sich nur beschweren, wenn jemand nicht auftaucht." Er wandte seinen Blick zu mir. „Brauchst du mich noch für etwas anderes, Chef?"

„Nein, gerade nicht. Danke fürs Vorbeikommen."

Max ging. Ich starrte Cait verwundert an. In all den Monaten, in denen ich schon hier war, hatte sie noch nie den Hangar betreten, und doch war sie hier.

Ihr Blick fiel auf meinen Overall. Auf das Öl an meinen Händen, da ich in einem der Helis herumgeschraubt hatte. Ihr Blick verweilte auf meinen Lippen.

Wir hatten uns noch nie geküsst, trotz allem, was wir sonst so gemacht hatten.

Ich wollte, dass sie sich auf mich stürzt. Dass sie ihre langen Beine um meine Taille schlingt und meinen Mund mit ihrem vereinigt. Alles, wovon ich seit unserem Vergnügen letzte Woche geträumt hatte.

Aber das war nicht Caits Art.

Es hatte sie viel Überwindung gekostet, Sex mit mir zu initiieren. Ich bewunderte ihren Mut und stellte mir vor, dass es nicht leicht für sie war, wenn man bedenkt, was sie mir erzählt hatte.

Jeder Teil in mir schrie: *Scheiß drauf, nimm sie in die Arme.* Aber ich konnte nicht.

Noch etwas länger mit dieser Frau und ich wäre in Schwierigkeiten.

Ein Kuss, und ich wäre verliebt.

Sie war so herzlich. Wenn ich mich in sie verlieben würde, wäre ich am Arsch. Bereits jetzt hatte sich etwas in mir festgesetzt. Etwas Tiefes und Zärtliches ... was? Sehnsucht. Wenn ich mich zu sehr darauf konzentrierte, raubte es mir den Atem. Ich konnte es mir nicht leisten, auf diese Luft zu verzichten. Lange Zeit hatte ich mich von reiner Energie leiten lassen, der innere Teil von mir eiskalt und unberührt. Caits Hitze würde das Eis schmelzen und mich schwach machen.

Die Schlussfolgerung tat weh, aber sie bestärkte mich nur in meiner Entschlossenheit. Ich mochte sie. Zu sehr. Also musste ich es jetzt beenden.

„Hallo", flüsterte sie.

„Hallo, Cait."

Sie legte ihren Kopf schief. „Wenn du willst, kannst du mich Caitriona nennen."

„Nennt dich deine Familie so?"

„Aye. Nur sie nennen mich so."

Oh Gott, sie hatte Salz in die Wunde gestreut, ohne es zu wissen.

„Wie nennt dich deine Familie?" Neugierde zierte ihren süßen Tonfall. Sie schlang ihre mit Fleece gefütterte Jeansjacke fester um sich.

„Lochie. Na ja, Blair nennt mich so. Meine Schwester. Sie ist die Einzige, die noch lebt."

„Das tut mir leid. Wo ist sie?"

„Im Einsatz."

In einem Augenblick hatte ich ihr mehr über mich erzählt, als irgendjemand sonst über mich wusste. Informationen, die in den falschen Händen gefährlich waren. Aber nicht in ihren. Ohne zu fragen, wusste ich, dass sie kein einziges Wort sagen würde.

Seit letzter Woche war ich mehr und mehr versucht, mich Cait anzuvertrauen. Ich brauchte einen Rat in Bezug auf meine Tochter, und bei Caits Situation, ihren besonderen familiären Verhältnissen, könnte sie sich besser in ihre Situation hineinversetzen als ich.

Vielleicht könnte ich das auch auf freundschaftlicher Ebene fragen.

Wenn ich nur die Sehnsucht überwinden könnte.

Ein Lachen ertönte von draußen aus dem Hangar, und wir drehten uns um, obwohl sich die spürbare Leidenschaft zwischen uns in keinerlei Aktion verwandelt hatte.

Cait atmete aus. „Ich bin hierhergekommen, um zwei Dinge zu tun. Erstens, um nach dir zu sehen und eine Frage zu stellen.“

„Nach mir sehen? Warum?“

„Letzte Woche bist du nicht ...“ Ihre Wangen röteten sich. „Gekommen. Das habe ich bedauert.“

„Ist schon gut, Schätzchen. Es hat mir nichts ausgemacht.“

Sie starrte auf den Boden. „Das nächstes Mal wird das nicht passieren.“

Hitze durchflutete mich. Ich krächzte hervor: „Nächstes Mal?“

„Ich möchte dir ein Angebot machen.“

„Cait, hör auf.“

Cait lachte. „Du kennst doch nicht einmal die Bedingungen.“

Ein Lächeln huschte über ihr Gesicht, als ob sie meinen Stimmungswechsel gespürt hätte. Dennoch fuhr sie fort.

„Ich möchte das, was wir gemacht haben, noch einmal versuchen. Ein paar verschiedene Szenarien ausprobieren, die ich mir überlegt habe. Wenn du einverstanden bist.“

Um mein augenblickliches Verlangen zu verbergen und zwang mich dazu, eine ruhige Miene zu wahren. „Es tut mir leid, ich kann nicht.“

„Warum?“

„Ich werde bald abreisen. Das ist keine gute Idee.“

Einen langen Moment lang starrten wir uns nur an. Ich widerstand dem Drang, sie auf den Boden des Einsatzraumes zu ziehen und sie hier zu nehmen, und sie betrachtete mich einfach.

Ihre Schultern sackten nach unten. „Dann kein Deal. Also gut. Ähm, die zweite Sache ist, dass ich eine Einladung ausspreche. Callum, Papas ältester Bruder und das Oberhaupt unseres Clans, lädt morgen zum Abendessen auf Castle McRae ein. Du und Isla seid auch eingeladen. Es ist sehr kurzfristig, vielleicht hast du schon etwas vor …“

„Keine Pläne. Wir werden da sein.“

Cait warf mir noch einmal einen tiefen Blick zu, und keiner von uns beiden bewegte sich oder sagte etwas. Eine grausame Spannung machte sich dort bemerkbar, wo ich standhaft bleiben wollte.

„Gut“, sagte sie schließlich. „Es findet um siebzehn Uhr dreißig statt, wegen der kleinen Kinder. Die Tochter von Callum und Mathilda, Skye, ist mit ihrer Familie zu Besuch. Sie hat zwei Kinder, die nicht viel älter sind als Isla, sodass sie jemanden zum Spielen haben wird.“

Wieder eine Pause. Erneut ein tiefer Blick.

„Caitriona“, fragte ich und benutzte ihren längeren Vornamen, ohne bewusst darüber nachzudenken.

„Ja?“

„Es tut mir leid wegen des Angebots.“

„Das tut es mir auch.“ Sie stellte sich auf die Zehenspitzen, küsste mich auf die Wange und ging.

17

Lochinvar

Ein Morgen verging, und ich bereute es. Nicht, dass ich meine Meinung über Caits Angebot geändert hätte, aber ich war in der Nacht aufgewacht und hatte die Frau jenseits der Hüttenmauern so deutlich wahrgenommen, dass ich beinahe den Verstand verloren hätte.

„Bereit?" Isla hüpfte auf der Stelle, und ihre Wanderschuhe warfen kleine Schlammklumpen auf die Steinstufen.

„Bereit, Captain", bestätigte ich. „Geh voran."

Isla trat hinaus in die Wintersonne und klopfte prompt an die Tür unserer Nachbarin.

Cait öffnete die Tür und hatte ein Lächeln für meine Tochter parat. Für mich gab es einen durchtriebenen Blick und ein leichtes Erröten zur Begrüßung.

„Wir machen einen Spaziergang", erklärte ich. „Du kommst mit."

Cait blinzelte. „Das ist sehr nett von euch, aber – "

„Du hasst Wandern. Das wissen wir. Also werden wir dafür sorgen, dass du es liebst."

Ich wollte Cait als gute Freundin und wollte ihre Ratschläge zu einem Thema, das ich mir nicht zutraute, also mussten wir von vorne anfangen.

Ihr schiefer Blick sagte mir alles, was ich wissen wollte.

Dominant, erwiderte sie mit einer hochgezogenen Augenbraue.

Absolut, antwortete ich ihr mit gehobenem Kinn.

„Bitte?", bettelte Isla. „Bitte, bitte, bitte komm mit uns."

Caits verwirrter Gesichtsausdruck verwandelte sich in Akzeptanz. „Gut, okay. Aber ich möchte nicht, dass ich den Weg vorgebe, sonst verirren wir uns furchtbar."

Sie verschwand wieder im Haus und tauchte mit festen Stiefeln und einer warmen Jacke wieder auf. Ausnahmsweise war uns das Wetter wohlgesonnen, und obwohl die Luft kühl war, schien die Sonne.

Unter Islas Führung brachen wir von den Hütten aus auf.

Noch nie hatte sich die Pracht der Highlands so schön gezeigt wie heute. Schon bald erreichten wir den Gipfel des Hügels, auf dem unsere Hütten standen, und wanderten auf der anderen Bergseite hinunter, wo in der Ferne ein wunderschöner See zu sehen war.

Cait hielt mit mir Schritt, ohne ein Wort zu sagen, obwohl sie mich beäugte, wenn sie dachte, ich würde es nicht sehen.

„Kommst du aus dem Norden?", fragte sie schließlich.

„Dein Akzent lässt das vermuten.“

„Aye. Zu meiner Geburt lebten meine Eltern in Aberdeen, dann nahm meine Mutter Blair und mich mit in ihre Heimatstadt Torridon, nördlich von hier.“

„Dein Vater kam nicht mit?“

Ich strich mir über den Bart. „Er war ein gewalttätiger Alkoholiker. Wir sind praktisch geflohen. Er ist uns nicht gefolgt, zumindest hat mir Ma davon nie erzählt. Sie starben beide, bevor ich zwanzig Jahre alt war.“

Cait antwortete nicht, und ich schaute zu ihr hinüber, um ihre großen Augen zu sehen.

„Gott, das ist ja furchtbar.“

Ich zuckte mit den Schultern. „Ma hat das einzig Richtige getan, indem sie uns von ihm weggebracht hat.“

Cait zitterte. „Du hast deinen Beschützerinstinkt also von ihr.“

Ich war stehen geblieben, um ihr über lose Steine zu helfen, aber sie starrte mich nur an.

„Die Bergrettung? Und du warst offensichtlich beim Militär.“

Sie legte ihre Hand in meine, und mich durchschoss eine Erkenntnis. Sie breitete sich dort aus, wo sich unsere Hände berührten.

„War ich das?“

„Ach, komm schon. Sicher, du bist sehr diskret, aber manche Dinge kann man nicht verbergen.“

Wir gingen weiter, und ich musste mich zwingen, ihre Finger loszulassen. Die Freude, die sich in mir ausbreitete, konnte ich jedoch nicht verleugnen.

„Und welche Anzeichen eines Soldaten gebe ich von mir?" Ich hob eine Augenbraue.

Verdammt, ich flirtete.

„Du bist gut organisiert, pünktlich, voller Energie, und wenn du sagst, dass du etwas tust, dann wird es auch getan. Ich habe Verwandte, die bei der Armee oder der Royal Air Force waren, also kenne ich diesen Schlag Mensch. Oh, und deine Schwester ist im Einsatz. Es ist nicht schwer, das zu erraten."

„Gut. du hast mich ertappt. Ich war bei der Royal Air Force."

Cait strahlte. „Das habe ich mir gedacht. Was für einen Job hattest du denn?"

„Die letzten Such- und Rettungsaktionen des Militärs. Jetzt werden sie meist von zivilen Auftragnehmern durchgeführt, wie die, die ich für Gordain leite."

„Es macht also Sinn, dass du hier bist."

„Was machst du denn beruflich?" Ich wechselte das Thema und erntete ein Lachen von Cait.

„Ich arbeite in einem unglaublich langweiligen Job an der Universität in Inverness, wo ich Kurse für Studenten aufbereite."

„Macht dir das keinen Spaß?"

„Nö. Aber ich hasse es auch nicht."

„Warum machst du es dann?"

„Ich habe ein regelmäßiges Einkommen, ich kann von zu Hause aus arbeiten, und es beansprucht nicht zu viele Gehirnzellen. Die brauche ich für andere Dinge."

Ich dachte einen Moment lang darüber nach. Ein

Schreibtischjob war für mich ein Mysterium. Ich konnte mir nicht vorstellen, so lange still zu sitzen.

Cait bemerkte mein Zögern. „Was? Findest du das nicht gut?"

„Das Leben ist zu kurz, um nicht das zu tun, was man liebt."

Sie starrte mich an, dann brachen wir beide in Gelächter aus. Das zu tun, was sie liebte, könnte Teil ihres Sex-Angebots gewesen sein, wenn man bedenkt, wie sehr sie diesen Akt mochte. Die Spannung in mir stieg, und ich atmete durch die Nase ein, viel zu verliebt in die hübsche Frau an meiner Seite.

„Die Wahrheit ist, dass ich nie etwas anderes sein wollte als eine Mutter. Scarlet hat eine erstaunliche Karriere als Geschäftsfrau, und viele meiner Tanten und Cousinen haben ihre eigenen Firmen. Ich wollte immer in der Nähe von zu Hause sein. Um Kinder großzuziehen. Das klingt vermutlich wenig ehrgeizig für dich."

Ich rieb meine Brust gegen einen anhaltenden Schmerz. „Es ist nicht leicht, der Mittelpunkt einer Familie zu sein. Es ist eine ehrenvolle Berufung."

„Meinst du?"

Wir tauschten einen weiteren Blick aus, und Cait schenkte mir ihr schönes Lächeln.

Isla schwirrte wieder herüber. „Worüber lacht ihr beiden?"

Sanft ergriff Cait Islas Hand, und sie spazierten Arme schwingend weiter.

„Dein Pa hat sich über mich lustig gemacht, weil ich bereits die Orientierung verloren habe und wir noch nicht einmal eine halbe Stunde von zu Hause entfernt sind."

Isla kicherte. „Ich wohne erst seit ein paar Monaten hier und finde mich schon ganz gut zurecht. Du bist erwachsen."

„Isla", sagte ich und kniff ihr sanft in die Wange.

Meine Tochter und Cait tauschten einen Blick aus und amüsierten sich gemeinsam über diese Situation.

Mein Herz setzte einen kleinen Schlag aus. Es war zu schön und zu einfach. Durch Caits Gesellschaft machte die Wanderung viel mehr Spaß als sonst. Isla und ich waren zu sehr aneinander gewöhnt. Sie brauchte jemanden, bei dem sie sich über mich beschweren konnte. Oder mit dem sie über mich lachen konnte.

Nach einer Weile schoss Isla voraus und ließ uns allein.

„Ich wollte dich um einen Gefallen bitten", sagte ich.

Eigentlich wollte ich sie küssen, aber das kam nicht in Frage.

„Kein Problem", sagte Cait mit einem Augenzwinkern.

Ich stieß einen bedauernden Seufzer aus. „Es geht um dein Familienessen im Castle. Ich kenne die Hälfte der Namen, aber die Verhältnisse sind mir nicht ganz klar."

„Willst du, dass ich alle aufzähle?"

„Bitte."

„Es gibt viele von uns McRaes. Mal sehen." Sie hob eine Hand. „Mein Vater ist einer von vier Brüdern. Der Älteste ist Callum. Er ist mit Mathilda verheiratet, und ihnen gehört das Castle McRae. Callum ist auch das Oberhaupt des Clans. Sie haben drei Kinder, Lennox, der mit Isobel verheiratet ist. Er leitet das Snowboardzentrum, sie betreibt eine Oldtimerwerkstatt. Sie haben ein Baby, Archie, der einfach nur niedlich ist. Dann Skye, er lebt mit Artair auf einer abgelegenen Insel auf den Inneren Hebriden, die übrigens Artair gehört. Sie haben einen Sohn, Mathe, und eine Tochter, Adaira. Lennox und Skyes jüngster Bruder ist Blayne. Er ist mit Brodie und Casey verheiratet, und sie erwarten in ein paar Wochen ein Kind."

Sie neigte ihren Kopf, um sich zu vergewissern, dass ich ihr folgen konnte.

„Erzähl ruhig weiter", sagte ich und aktualisierte währenddessen meine geistige Karte über die Familienverhältnisse.

„Ein weiterer Bruder ist Gordain. Er ist mit Ella verheiratet, und die gemeinsame Tochter heißt Viola. Vi hat letzten Sommer Leo geheiratet, und auch sie ist schwanger. Der Bruder von Tante Ella, James, ist mit Mathildas bester Freundin, Beth, verheiratet. Isobel ist ihre Tochter. Nicht zu vergessen, Sebastian, der mit Rose verheiratet ist und ein Baby namens Persephone hat."

„Ich glaube nicht, dass ich sie schon alle kennengelernt habe."

„Abgesehen von Isobel leben die Fitzroys alle in England in einer riesigen Villa. Also zurück zu den Schotten. Papa hat einen Zwillingsbruder, William. Beide Männer gehören zu deiner Crew."

„Aye, ich kenne viele dieser Namen, aber das hilft mir wirklich weiter."

„Gut. William nennen wir Wasp. Er ist mit Taylor verheiratet."

„Die Eltern von Cameron."

„Genau. Zu guter Letzt hat Papa Scarlet geheiratet, und sie bekamen mich, dann meine jüngeren Zwillingsbrüder Max und Maddock. Maddock ist an der Uni, und Max arbeitet in Isobels Werkstatt." Sie wischte sich im übertragenen Sinne den Staub von den Händen, um zu zeigen, dass sie ihre Aufgabe vollständig erledigt hat.

„Du hast so viele Verwandte."

„Ja. Wir machen unsere Stadt aus, mehr oder weniger. Ich kann es nicht mit dem Aufwachsen anderswo vergleichen, da ich immer nur hier war. Aber ich weiß, dass ich eine zauberhafte Kindheit hatte."

Ich starrte Isla an und wünschte mir nicht zum ersten Mal, ich könnte ihr etwas Ähnliches bieten. Brüder und Schwestern. Cousins und Cousinen, mit denen man spielen kann. Ein großes Familienessen, an denen man teilnehmen konnte.

„Ich habe Reibereien zwischen deinen Brüdern bemerkt", deutete ich an.

„Sie haben sich schon immer gestritten. Beide sind wetteifernde kleine Arschlöcher." Sie grinste. „Keiner von beiden will uns sagen, worum es bei dem neuesten Streit geht. Es ist, als hätten sie ihre eigene Zwillingswelt und streiten sich gern darüber. Wir mischen uns nur ein, wenn Blut fließt."

„Blaynes Beziehung ist seltsam", fuhr ich fort.

„Das ist sie, aber es funktioniert für sie."

„Ich habe noch nie eine Beziehung mit einer zweiten Person geführt. Drei Personen sind für mich unbegreiflich."

Cait verstummte. Ihre Stirn legte sich in Falten.

„Abgesehen von deiner Frau?“

Darauf gab es keine gute Antwort. Ich hielt meinen Mund und ging weiter.

In der Ferne ertönte ein hackendes Geräusch am Himmel, und kurz darauf kam ein Hubschrauber in Sicht. Ich beobachtete ihn und erkannte, dass es sich um einen Eurocopter aus dem Hangar von Gordain handelte.

„Fliegst du auch selbst?“ Cait drehte sich, um ihn vorbeifliegen zu sehen.

Erleichterung flackerte auf, und ich war froh, dass ich mich auf etwas anderes konzentrieren konnte. „Nee. Ich würde da jetzt an der Winde hängen und Unfallopfer in Sicherheit bringen.“

„Du würdest aus so einem Ding heraushängen? Mein Gott.“

Isla rannte los, um etwas zu unserer Linken zu untersuchen, und ich blieb stehen, während Cait das Gleiche tat.

„So schlimm ist es gar nicht. Es ist einfacher als Fliegen, das steht fest. Das einzige Mal, dass ich mir Sorgen gemacht habe, war, als wir bei einem Sturm über einem Fischerboot schwebten. Die Küstenwache hatte alle Hände voll zu tun, weil es eine verdammt stürmische Nacht war, und deshalb wurde die Royal Air Force gerufen.“

„Erzähl mir davon.“

Caits volle Aufmerksamkeit zu haben war wie Sonne auf der Haut. Ihr Blick hielt meinem Stand, ihr Fokus war auf mich gerichtet – da wollte ich ihn auch behalten. Den ganzen Vormittag über hatte ich schon das Gefühl, dass wir unser Verständnis füreinander vertieft hatten. Ich hatte mir vorgenommen, niemanden an mich heranzulassen, und doch habe hatte ich mühelose mit Cait über alles gesprochen.

Das Gefühl der Sicherheit, dass eine andere Seele mein Leben kannte, machte süchtig.

„Das Boot war ein paar Kilometer vor der Küste gekentert und die Besatzung hatte sich an den Bootrumpf geklammert. Ich flog hinaus und sammelte einen nach dem anderen ein. Der tobende Sturm schlug die ganze Zeit über auf uns ein, und die Hälfte der Zeit konnte ich kaum etwas sehen, weil der Regen in Strömen fiel und die Gischt wie eine Wand aus Wasser hochflog.“

Sie erschauderte. „Ich wette, du hast dabei nicht einmal gezögert.“

„Habe ich nie. So darf man nicht denken, wenn Leben in Gefahr sind.“

Caits Blick huschte von meinen Augen zu meinen Lippen. „Weißt du, Lochinvar. Wir haben großes Glück, dich hier zu haben.“

Die Chemie zwischen uns verstärkte sich noch mehr.

Ach du Scheiße. Ich wollte sie so sehr, dass es schmerzte. Ein akuter und körperlicher Schmerz tief in meinem Inneren.

„Lochie“, korrigierte ich sie.

Vorher hatte ich ihr meinen Spitznamen verraten, ihr aber nicht die Erlaubnis gegeben, ihn zu benutzen. Nun hatte sich etwas geändert, und ich wollte, dass sie diesen Namen benutzt.

„Wie ich schon sagte, Caitriona“, antwortete sie leise.

„Papa!“ Der Ruf von Isla unterbrach den Moment.

Wir eilten über den Hang, und ich hielt Caits Arm, damit sie nicht stürzte.

Isla starrte die Schlucht hinunter und hüpfte von einem auf den anderen Fuß. „Da drüben sind zwei Leute. Einer ist gerade einen Abhang hinuntergestürzt. Er ist noch nicht wieder aufgestanden, und die andere Person ruft nach Hilfe, und ihr Hund dreht durch. Sieh mal, kannst du sie sehen?"

Ich folgte ihrem Blick. Tatsächlich stand eine Frau oben am Hang und ihr Hund lief um sie herum. Unten lag eine weitere Person zusammengekauert auf einem felsigen Abhang.

Die zweite Person hob den Kopf. Im Gesicht der Person war rot sichtbar und auf den Felsen genauso.

Adrenalin durchflutete meinen Körper, und ich machte zwei Schritte, bevor ich mich zu Cait und Isla umdrehte. „Sie brauchen Hilfe. Ich habe mein Funkgerät dabei, also werde ich die Crew rufen, falls ich ein zweites Paar Hände brauche. Cait, kannst du Isla nach Hause bringen?"

Isla schnaubte. „Du meinst, ob ich Cait nach Hause bringen kann, Papa?"

Caits warmer Blick berührte mich. „Wir sind am helllichten Tag in einer geraden Linie gegangen. Sogar ich kann den Weg zurückfinden. Geh und rette sie. Wir backen währenddessen etwas für dich."

Mit einem Ruck riss ich mich los und ging, um dem Verletzten zu helfen. Wenn ich das nicht getan hätte, hätte ich wahrscheinlich etwas Dummes getan, wie Cait anzuflehen, mir ihr Angebot erneut zu unterbreiten.

Ich konnte meine Gefühle verbergen und sie nicht

mit etwas belasten, das sie nicht wollte. Ich hatte genug Selbstbeherrschung, um nach außen hin nichts zu zeigen. Gott weiß, ich hatte Übung darin, meine Gefühle zu kontrollieren.

Aye, ich könnte es aushalten und dabei überleben.

Ich ließ mich von der Energie meiner Aufgabe leiten und verdrängte die Gedanken an Caits Angebot aus meinem Kopf. Und daran, was ich tun würde, wenn sie mich erneut fragen würde.

18

Caitriona

Ich ging in meinem Wohnzimmer auf und ab. Mein Tagespensum war größtenteils schon erledigt, obwohl es noch nicht einmal Mittagszeit war. Nachdem Lochie gestern zu einem Einsatz gerufen worden war, waren Isla und ich zurückgekehrt, um Brownies zu backen. Ihr Vater war zwei Stunden später aufgetaucht, nach einem glücklichen Ausgang seines Einsatzes, denn der verletzte Mann war von seiner Freundin ins Krankenhaus gebracht worden.

Anschließend blieb die kleine Familie zu Tee und Kuchen.

Abgesehen davon, dass ich meine Lieblings-rührschüssel hatte fallen lassen und zerbrochen hatte, als Lochie zu dicht neben mir gestanden hatte, war es so schön gewesen.

Gott, ich wünschte, er hätte mich nicht gefriend-zoned.

Mein Telefon klingelte, und ich nahm es in die Hand. Vorhin hatte ich Viola und Casey eine Nachricht in den

Gruppenchat mit einer besonderen Bitte geschickt. Meine Nachricht stand ganz oben auf dem Bildschirm.

Cait: Nennt mir eure drei besten Sexstellungen. Sofort.

Viola: Sofort? Als ob du gleich Sex haben würdest? Leg dein Handy weg.

Cait: Nein, nein. Ich meine für zukünftige Ereignisse.

Casey: Ooh, mir gefällt dieses Spiel. Ähm, lass mich mal sehen. Wir reden hier über individuelle Situationen, also in keiner bestimmten Reihenfolge: der Kerl steht und trägt mich in seinen Armen, meine Beine um seine Taille; ich liege auf dem Rücken und darf meine Hände nicht benutzen (probier es aus und du wirst sehen); neunundsechzig, bis es einer von uns es nicht mehr aushält und die volle Kontrolle übernimmt.

Viola: In aufrechter Haltung, auf meinen Knien, Leo hinter mir

Casey: Das ist superheiß. Ich mache mir Notizen.

Viola: Meine Stellung ist heiß? Du hast einen ganzen Aufsatz geschrieben.

Casey: Das ist eines meiner Lieblingsthemen. Ich habe eine Menge Ideen.

Ich seufzte und war überwältigt. Es gab so viel, was ich nicht wusste. Wo zum Teufel sollte ich anfangen? Ich hatte zwar keinen Sexpartner in Sicht, aber dieses Wissen war wichtig.

Cait: Ich habe Lochinvar einen Sex-Deal angeboten. Er hat abgelehnt. Ich möchte aber trotzdem ein paar Ideen haben. Für den Fall, dass ich jemals einen anderen Mann finde, mit dem ich sie ausprobieren kann.

Viola: Lochinvar hat abgelehnt? Ist er sauer?

Cait: Ich glaube, ich habe ihn verschreckt. Ich hatte keine

Gelegenheit, ihm zu erklären, dass ich nicht nach mehr verlange. Er sagte, wir könnten nur Freunde sein, um wahrscheinlich um mich in die Schranken zu weisen.

Viola: Rede noch mal mit ihm. Ihr mögt euch offensichtlich, und ihr passt zueinander.

Cait: Weißt du, was noch beängstigender ist? Wenn er tatsächlich ja sagt.

Viola: Wenn er das tut, dann sage ihm, dass das schwierig für dich ist, und ich wette, er wird Wege finden, es dir zu erleichtern. Er hat wahrscheinlich schon viel darüber nachgedacht.

Casey: Stimmt. Du bist zu sehr auf die Feinheiten konzentriert, aber was du erforschst, ist die Anziehungskraft. Sie ist nicht greifbar und sollte Spaß machen. Sieh Lochinvar als einen Freund, wie er es möchte, und nicht als ein Objekt.

Eine Tür knallte, und ich spähte aus dem Fenster. Lochie stieg aus seinem Auto aus und ging auf seine Hütte zu, eine schwer aussehende Tasche in der Hand. Sein Blick fiel auf mich hinter der Glasscheibe. Er winkte mir freundlich zu.

Hitze durchflutete mich.

Dann ging Lochie weiter in seine Hütte.

Verdammt! Warum konnte das nicht einfacher sein?

Mit einem Stöhnen setzte ich mich auf die Couch. Sollte ich es ihm noch einmal anbieten? Er war schließlich einverstanden gewesen, bevor ich etwas über meinen dummen Deal gesagt hatte.

Wenn ich mich falsch ausgedrückt hatte, sollte ich das korrigieren. Dann konnte er die Situation voll und ganz einschätzen. Und vielleicht würde er seine Meinung ändern.

Gestärkt, aber immer noch nervös vor dem, was ich vorhatte, stand ich auf.

Ein Klopfen ertönte am Eingang zu meiner Hütte, und ich stand mit klopfendem Herzen auf.

Ich legte mein Handy beiseite, glättete mein Kleid und öffnete dann die Tür.

Auf der anderen Seite wartete der riesige Bergrettungsleiter.

Sein Blick schwankte zwischen Entschlossenheit und unverhohlener Not.

„Caitriona", sagte er.

„Lochie."

Ich ließ ihn eintreten und schloss uns ein, wobei meine Finger zitterten.

Er hielt die Tasche hoch. „Ich habe dir etwas mitgebracht."

Vorsichtig nahm ich sie und schaute hinein. Es war eine Rührschüssel. Eine hübsche, mit weißer Innenseite und blauen Blumen auf der Außenseite.

Lochie rührte sich nicht, seine Muskeln starr. „Du hast deine gestern zerbrochen. Ich dachte, du würdest sie vermissen, also habe ich dir eine neue gekauft."

Was für eine absolut freundschaftliche Geste.

„Danke, das ist wirklich nett." Umso erleichterter trat ich in die Küche und stellte die Schüssel auf den Tresen, bevor ich auch diese fallen lassen konnte.

Dann drehte ich mich langsam um und beobachtete meinen Nachbarn, der mit den Händen in den Taschen näher kam.

„Du bist nett zu meiner Tochter. Und zu mir."

Ich konnte nichts erwidern, so gefangen war ich von der Intensität seines Blicks.

„Ich habe einen Fehler gemacht." Seine Stimme wurde plötzlich rau.

„Was meinst du damit?"

„Nein zu deinem Angebot zu sagen. Seitdem kann ich an nichts anderes mehr denken."

Ein Schauer lief mir über den Rücken.

Wir atmeten beide tief ein. Mein Körper erwärmte sich und ich wurde feucht zwischen den Beinen.

„Anstatt eines Deals können wir das auch nur ein einziges Mal machen." Lochie trat einen Schritt nach vorne. „Wäre das okay für dich?"

Ich schloss die Augen und hielt mich mit der Hand am Tisch hinter mir fest. „Ja, wäre okay für mich. Meinst du jetzt?"

Er kam näher, und mir sträubten sich vor Schreck die Nackenhaare.

„Ja. Bist du nervös?", fragte er.

„Ich kann es nicht ändern. Obwohl es keinen Grund gibt, warum ich nervös sein sollte. Wir haben das schon mal gemacht."

„Das haben wir, aber das macht es nicht weniger außergewöhnlich. Darf ich dich etwas fragen?"

Ich blickte zu ihm, wobei mir heiß wurde und meine Haut kribbelte.

„Du hast Szenarien erwähnt. Gibt es etwas Bestimmtes, das du ausprobieren möchtest?"

Mir fiel keine einzige Stellung ein, die Casey und Viola mir empfohlen hatten. Mein Gehirn vernebelte sich, mein Mund war wie Watte.

Ich konnte nicht antworten, aber das hielt Lochie nicht auf.

Er ging einen weiteren Schritt auf mich zu. „Ich hätte da nämlich ein paar Ideen. Sie sind simpel, aber ich denke, sie werden dir gefallen."

Es folgte eine kurze Pause, dann umfasste er ohne Vorwarnung meine Taille und hob mich hoch, um mich auf die Kücheninsel zu setzen. Dann beugte er sich vor und presste mir die Lippen auf die Wange, sein kräftiger Körper zwischen meinen offenen Schenkel platziert.

„Soll ich die Führung übernehmen?", fragte er grob.

Oh Gott, das wollte ich. Diesmal war es keine Verlegenheit, die mich überkam, sondern die schlichte Überforderung. Es gab zu viele Möglichkeiten, wie dieser Mann den Schmerz tief in mir lindern konnte, und ich hatte keine Ahnung, wo ich anfangen sollte.

„Ja", sagte ich.

Lochie küsste mich unter dem Ohr und atmete dann ein. „Gestern Abend habe ich in meinem Bett an dich gedacht, und das nicht zum ersten Mal. Weißt du, wie verrückt es mich macht, dass ich dich errege, wie es sonst kein anderer Mann kann."

Er strich mir mit der Nasenspitze über die Wange, seine Lippen streiften meine, landeten aber erst auf der anderen Wange.

„Ich möchte sehen, wie gut diese Beziehung funktioniert. Was ist dir lieber – schneller und harter Sex, damit du direkt kommst, oder ein langsamer, sanfter Sex, der sich mit der Zeit aufbaut."

Ich stieß ein kleines, unwürdiges Stöhnen aus.

Lochie lächelte mit teuflischem Blick. „Was willst du zuerst ausprobieren?"

„Sowohl als auch."

„Gut. Warte."

Er hob mich hoch, richtete sich auf und drehte sich um, um mich aus der Küche zu tragen. Ich klammerte mich an ihn, meine Beine um seine Taille. In meinem Schlafzimmer setzte er mich auf das Bett, seine Knie auf der Matratze. Dann griff er nach hinten und zog sich sein langärmliges schwarzes T-Shirt über den Kopf.

Mir lief das Wasser im Mund zusammen, als ich die harten Muskeln, den enormen Bizeps und sein dunkles Brusthaar sah.

„Dir gefällt mein Körper", kommentierte er.

Ich starrte ihn wie gebannt an. „Ja."

„Es würde nicht schaden, wenn du es mir sagen würdest."

Ich blinzelte.

Oh!

Es war mir gar nicht in den Sinn gekommen, dass es ihn interessieren könnte, wie attraktiv ich ihn fand. Ein Mann wie er, so groß und selbstbewusst. So souverän.

Ich warf einen erneuten Blick auf ihn und sah über die Lust hinaus auf all die Körperstellen von Lochinvar, die meine Aufmerksamkeit erregt hatten.

„Du bist wunderschön", sagte ich, ganz ehrlich. „Nicht

nur dein Körper, sondern auch dein Inneres. Du bist stark und fähig, und dein Körper ist perfekt geformt. Ich fühle mich so sehr zu dir hingezogen."

Seine Finger glitten über meine Beine und zogen mein Kleid hoch, bis meine Unterwäsche zum Vorschein kam. Das letzte Mal, als wir in diesem Raum gewesen waren, hatte ich ihm die Augen verbunden.

Lochie starrte mich an und schnaubte. „Gibt es sonst noch etwas?"

Seine Hände wanderten weiter nach oben, über meine Taille und streichelten meine Brüste durch die Stoffschicht hindurch. Ich atmete aus und drückte mich gegen seine Berührung, aber er hörte auf und nahm die Träger meines Kleides in seine Finger.

„Du bist geduldig mit mir. Und großzügig. Es hat mich nie interessiert, was Männer über mich denken. Keiner hat mir je dieses Gefühl gegeben ..."

Er zog die Träger meines Kleides an meinen Armen hinunter.

Ich hatte darauf verzichtet, einen BH zu tragen, da ich von zu Hause aus arbeitete und mein Blazer meine Brust verdeckte, und Lochies Augen wurden größer.

Seine Lippen kräuselten sich in offensichtlicher Zufriedenheit. „Niemand hat dich bisher dazu gebracht, das zu fühlen, außer mir. Und ich habe vor, das noch weiter zu steigern. Jetzt zieh das Kleid aus, bevor ich es dir vom Leib reiße."

Mein Herz machte einen Sprung, und ich führte eilig seinen Befehl aus, indem ich den kurzen Reißverschluss an meiner Seite öffnete. Dann krümmte ich mich und zog mir mit Lochies Hilfe das Kleid über den Kopf.

Nur mit meinem feuchten Schlüpfer aus Spitze bekleidet, stützte ich mich auf die Ellbogen, und mein Brustkorb hob und senkte sich mit schnellen Atemzügen.

Lochies dunkler Blick saugte mich in sich auf. Früher hatte ich mir Sorgen gemacht, dass er mich nackt sehen könnte, aber jetzt liebte ich es. Sein Gesichtsausdruck war von tiefer Bewunderung geprägt.

Immer noch zwischen meinen Beinen kniend, senkte er seinen Kopf auf den meinen und gab mir einen sanften Kuss auf die Lippen.

Oh Gott. Oh Gott.

Ich hatte nicht damit gerechnet, weil ich angenommen hatte, dass er weiterhin vermeiden würde, mich zu küssen.

Es war unsere dritte sexuelle Erfahrung, aber unser erster Kuss.

Meine ganze Aufmerksamkeit konzentrierte sich auf diese Berührung. Lochie bewegte sich vorsichtig, obwohl er eindeutig von Lust und Verlangen angetrieben wurde. Sein warmer Mund erweckte meinen zum Leben.

Instinktiv öffnete ich meinen Mund, und meine zögernde Zunge traf auf seine.

Die Hitze verdrängte alle Sinne. Sein Geschmack machte mich wahnsinnig.

Er drückte mich gegen seinen viel größeren Körper. Er empfing mich, indem er seine Lippen sanft auf die meinen presste.

Schließlich wurde er langsamer und gab uns beiden Raum zum Atmen. Unsere Gesichter waren sich nahe, und er küsste mich auf die Wange, wobei er breit grinste.

„Wow", sagte ich.

Er wollte etwas sagen, überlegte es sich aber offenbar anders, denn er kam zurück und gab mir einen weiteren Kuss, und noch einen. Ich schloss wieder die Augen und konzentrierte mich auf das schiere Vergnügen, das ich allein durch seine Lippen empfing. Wie war das überhaupt möglich?

Ich hob meine Hand, um über seine kräftige Schulter zu streichen. Es hatte mich überrascht, wie hart sein Körper war. So anders als mein weicher weiblicher Körper. Seine Muskeln spannten sich unter meiner Berührung an.

„Genau so, mach dich mit mir vertraut", murmelte er.

„Wollen wir das wirklich nur einmal machen?", fragte ich.

„Frag mich in einer Minute. Ich werde dir nichts mehr abschlagen können."

Er verließ meinen Mund, um sich einen Weg zu meinen Brüsten zu küssen, leckte meine Brustwarze und saugte daran, während er seine Finger an meiner anderen Brust einsetzte. Ich schwelgte in dem Gefühl, liebte es, wie mein Körper sofort auf ihn reagierte. Meine Brustwarzen wurden hart und meine Haut war so empfindlich auf alles, was er tat.

Hitze füllte mich und der Schmerz in mir wurde stärker. Ich schob mein Bein über seinen Hintern, um ihn näher an mich heranzuziehen. „Zieh deine Jeans aus."

„Alles zu seiner Zeit." Er fuhr damit fort, meine Brustwarzen zu stimulieren, indem er sie abwechselnd mit seinem Mund liebkoste und seine Daumen benutzte, um sie etwas zu dehnen. „Du hast verdammt perfekte Brüste."

„Ach ja?"

„Deine Brüste, dein Körper, alles." Er blies auf meine Brustwarze, und wir sahen beide zu, wie sie noch härter wurde. Lochie sah mich an und hielt den Augenkontakt, als er sich senkte und weiter leckte.

Mit offenem Mund genoss ich den Moment. Denn der Druck, den ich vorher verspürt hatte, die Erwartung, übertrieben stöhnen zu müssen, war nicht mehr da. Wir wollten beide herausfinden, was ich mochte, und das hier kam dem Spaß, den meine Freunde vorgeschlagen hatten, so viel näher.

Lochie massierte meine Brust und legte mir im selben Moment eine Hand zwischen die Beine und biss mir leicht in die Brustwarze.

„Lochie!" Ich hob die Hüften, meine Sinne waren lebendig und sprudelnd.

Er berührte mich mit seinen Zähnen. Seine Hand bewegte sich nicht, sondern blieb fest über meiner knappen Unterwäsche und der Handballen drückte auf meine sensiblen Nerven. Er gab einen zustimmenden Laut von sich. „Härter", sagte er zu sich selbst, als ob er die Antwort auf eine Frage bestätigen würde.

Dann biss er wieder zu, fester, und testete seine Zähne. Aber gleichzeitig schob er meinen Slip beiseite und stieß einen Finger in mein feuchtes Inneres.

Ich stöhnte auf.

Lochie stieß seine Finger in mich hinein und küsste gleichzeitig die Stelle, an der er mich gebissen hatte. „So feucht und bereit für mich."

Meine Gedanken überschlugen sich. So stellte ich mir

andere Leute beim Sex vor, aber nicht mich. „Feucht und bereit" war in der Vergangenheit nie der Fall gewesen, aber mein Körper sehnte sich nach diesem Mann.

Abrupt zuckte er auf und stand auf. Er öffnete seine Jeans und zog sie sich von den langen Beinen, bevor er in seine Tasche griff und ein Kondom herausholte. Er hielt es in die Höhe, ohne den Blick von mir zu wenden.

Ich hob mein Kinn, mehr als erregt, weiterzumachen.

Sein harter Schwanz wippte, und ich starrte fasziniert darauf. Lochie zog sich aus, dann setzte er sich auf das Bett und umfasste meine Taille. Ohne Umschweife zog er mich auf seinen Schoß, sodass wir uns gegenübersaßen, und positionierte sich dann an meinem Eingang.

Er stieß in mich, während ich mich bemühte, meine Arme und Beine um ihn zu schlingen. Seine schiere Kraft bewirkte, dass ich nicht umkippte. Sein harter Schwanz verschwand in mir.

Mit einem Stöhnen vergrub ich mein Gesicht in seiner Schulter und hielt mich fest. Dieses Mal fühlte sich das Eindringen in mich nicht mehr so fremd an. Ich hatte mich auf das kommende Vergnügen gefreut.

Nein, es war schon da.

Ich klammerte mich fester an ihn, und jede kleine Bewegung verursachte ein Kribbeln in mir.

Lochie hielt mich fest, sein Atem war schnell.

Aber dann zog er sich zurück und duckte sich zu mir, um meinen Blick zu erwidern. Er machte Platz zwischen unseren Körpern und deutete nach unten. „Sieh zu."

Er hielt meinen Beine und schob seinen Schwanz in mich hinein und wieder heraus.

Wir starrten beide.

„Denk an das letzte Mal zurück. Was hat dir gefallen? Nicht so tief oder tief?“

„Ich weiß es nicht. Alles.“

Er ließ seine Hüften in mehreren aufeinander folgenden Stößen kreisen, die alle die gleiche Stelle trafen.

Ich gab einen unanständigen Laut von mir. Dann machte ich die Bewegung nach und drückte mich an ihn. Lochie stieß einen Atemzug aus, aber er ließ es mich versuchen.

„Es ist besser, wenn du es machst“, räumte ich ein.

„Natürlich ist es das, für dich.“

Er führte mich sanft in die Rückenlage und zog mein Bein über seine Schulter. „Und jetzt tief.“

Es folgten lange, ausgiebige Stöße. Ich schloss meine Augen, das Gefühl war atemberaubend. Lochie strich über meine Klitoris, während er in mich stieß.

Eine beklemmende Hitze entwickelte sich tief in mir.

„Gott“, rief ich.

Lochies Antwort war ein amüsiertes Grummeln. Er setzte seinen konstanten Rhythmus fort, fickte mich, langsam, aber mit starker Wirkung. Anders als zuvor war ich bereit für einen Orgasmus. Weder Zweifel noch Sorgen hemmten mich. Dieses Mal würde so einfach sein.

Ich keuchte bei einem festeren Stoß. „Können wir es jetzt hart und schnell versuchen?“

„Nee.“

Ich öffnete blinzelnd die Augen. „Was?“

Lochie grinste und die Wirkung war verheerend. Schweiß glänzte auf seiner breiten Brust. „Nächstes Mal."

Ich grummelte erfreut vor mich hin, schloss die Augen und ließ zu, dass er seinen Rhythmus fortsetzte. Trotz seiner Worte steigerte sich die Kraft hinter seinen Bewegungen. Jedes Mal, wenn er aus mir hinaus glitt, wimmerte ich. Jeder einzelne seiner Stöße ließ Hitze in mir auflodern.

Er zog meine Beine über seine Schultern und stieß in einem immer tiefer werdenden Winkel in mich.

Ich versank in einen Strudel der Gefühle.

Doch jedes Mal, wenn ich mich der süchtig machenden Erlösung näherte, ließ er wieder nach, seine geschickten Finger zogen sich von meiner Klitoris zurück, um mich etwas tiefer zu massieren oder über meine Brüste zu streichen.

Ich liebte die Aufmerksamkeit, das Ansteigen von Wärme und Spannung. Nichts hatte sich je so gut angefühlt.

Bald war ich ein einziges Durcheinander, mich windend und bereit ihn anzuflehen.

„Bitte", sagte ich, atemlos.

„Bitte was?"

„Mach, dass ich komme."

„Überrede mich."

Ich starrte ihn an und fragte mich, wie zum Teufel ich etwas tun konnte, was er nicht schon tat. Dann ließ ich meine Beine fallen, stützte mich auf einen Ellbogen und brachte sein Gesicht zu meinem. Lochie folgte meiner Berührung, und ich grub meine Finger in sein Haar und küsste ihn.

Wow, Küssen beim Sex erreichte neue Dimensionen.

Jetzt lagen unsere Körper gerade aufeinander, und der Winkel änderte sich erneut. Das Gewicht von ihm, obwohl er sich größtenteils selbst stützte, fügte dem Ganzen ein neues Element hinzu. Meine Haut kribbelte überall, wo wir uns berührten.

Er bearbeitete meinen Körper, aber ich wollte diesen Kuss für mich beanspruchen.

So wie ich mich nie für Sex interessiert hatte, stand auch das Küssen nicht ganz oben auf meiner Agenda. Mehr aus Instinkt als aus Übung neigte ich meinen Kopf, um unsere Verbundenheit zu verstärken. Er reagierte und öffnete seinen Mund, und ich strich mit meiner Zunge über seine.

Lochies Bewegungen stockten, und eine Euphorie überkam mich.

Ich hatte es geschafft. Ihn befriedigt. Ich, eine Frau, ohne Erfahrung.

Wieder umspielte ich seine Zunge mit meiner, und er verlangsamte seine Stöße noch mehr, seine Hüften schmiegten sich an meine. Ich küsste ihn, und er stieß in mich hinein, tief und mit Druck auf meine Klitoris durch seinen festen Körper.

Sein Herz schlug gegen meine Brust.

Gott, war das gut.

Ich war so damit beschäftigt, ihn mit meinem Mund zu verführen, dass ich mein eigenes Vergnügen aus den Augen verlor und mein Orgasmus mich überrollte. Eine Flut von guten Gefühlen entlud sich in einer Explosion, und ich schrie auf und krümmte mich in Lochie.

„Fuck, Caitriona!", knurrte er, wippte einmal mit den

Hüften und vergrub sich fest in mir.

Selbst in meinem weggetretenen, zitternden Zustand spürte ich seinen Schwanz pulsieren.

Sein Höhepunkt steigerte den meinen, und ich pochte um ihn herum, während mir schwindelig wurde und ich den Verstand verlor.

Völlige Erleichterung vermischte sich mit meinen anderen, heftigeren Gefühlen, und halb lachte ich vor Vergnügen halb stöhnte ich. Lochie fing die Laute mit einem neuen Kuss ein, diesmal fordernd und härter. Er rutschte von mir herunter, hielt mich aber an sich gedrückt.

Wir kamen runter, verwirrt und zufrieden.

Ein Lächeln umspielte meine Lippen, und ich warf einen Blick auf den Mann, der seinen Kopf an meinen gelegt hatte.

Er erwiderte meinen Blick mit einem zufriedenen, selbstgefälligen Gesichtsausdruck.

„Langsam und ruhig hat gut funktioniert", sagte ich.

„Ich wollte dich auf alle Viere drehen, aber dazu ist es nicht mehr gekommen."

„Etwas für das nächste Mal. Oder das Mal danach."

Lochies Blick wanderte über mein Gesicht und nahm jeden Teil meines Gesichtes in sich auf, als hätte er sich nie zuvor eine so genaue Betrachtung erlaubt. Ich entspannte mich und tat es ihm nach.

Er muss seinen Bart gestutzt haben, denn er war ordentlich und gut gepflegt, passte sich seiner Gesichtsform an und betonte seine Männlichkeit. Seine dunklen Augen zeugten von Intelligenz, das hatte ich bereits gesehen, aber sie strahlten auch Freundlichkeit und Entschlossenheit aus. Ich wettete, er konnte stur sein, wenn er es wollte. Eine kräftige Nase und Wangenknochen, eine breite Stirn mit einer Sorgenfalte ...

Ich streckte die Hand aus und legte meine Fingerspitze in diese Vertiefung.

Seine Lippen verzogen sich. „Man kann nicht dreißig Jahre als sein und ein Leben wie meines führen, ohne Schaden davon zu tragen."

„Du bist sieben Jahre älter als ich."

„Stört dich das?"

„Überhaupt nicht."

Ich sollte jetzt aufstehen. Ich war heute Morgen bei der Arbeit unproduktiv gewesen, und hatte aber einen Nachmittag mit Videogesprächen vor mir und morgen einen vollgepackten Vormittag mit Besprechungen in Inverness, auf die ich mich vorbereiten musste.

Dennoch blieb ich liegen, gemütlich in meinem Bett mit einem Mann, der meinen Körper mit Geschick verwöhnen konnte.

„Als wir es das erste Mal taten, dachte ich, ich hätte dich verschreckt", sagte er. „Ich war grob. Mehr als mir lieb war."

Ich zuckte mit den Schultern. „Ich wollte es so."

„Was war dir lieber, so", er gestikulierte zu uns hinunter, „oder mit einer Verfolgung?"

„So. Die Verfolgungsjagd hat definitiv Wirkung gezeigt. Vielleicht hat sie mich wachgerüttelt. Ich weiß es nicht. Aber heute war einfach ..."

„Unglaublich", murmelte Lochie, seine Aufmerksamkeit auf mich gerichtet.

Gott, es hatte ihm gefallen. Ich meine, man konnte es daran erkennen, dass er zum Höhepunkt gekommen war. Aber ich hatte eine Wissenslücke über dieses Thema und konnte keine Vermutungen anstellen.

„Dir hat es auch gefallen", sagte ich vorsichtig.

„Machst du Witze?" Er griff nach meiner Hand und legte sie über seinen bereits wieder harten Schwanz. „Du bist die schönste Frau, die ich je gesehen habe, Caitriona."

Ich erstarrte und wurde bei seinen Worten starr.

Lochie zog sich zurück, sein Blick noch eindringlicher. „Was ist los? Gefällt dir das Kompliment nicht?"

„Ich ... Nein."

„Warum?"

Ich hörte wieder auf meine Instinkte und hörte in mich hinein. Ich war eine rational denkende Frau, was also war die Ursache? Ich überlegte, was ich sagen sollte. „Ohne eitel klingen zu wollen, weiß ich, dass ich hübsch bin. Pa war in seiner Jugend ein Model, und als ich jünger war, haben die Leute immer nur das gesagt. Dass ich so schön sei, dass ich von einer Modelagentur angenommen werden würde. Nicht, dass meine Eltern das jemals erlauben würden. Aber das Aussehen meines Vaters hat meine leibliche Mutter dazu gebracht, von ihm besessen zu sein. Es gibt eine lange Geschichte, was sie getan hat, aber um es abzukürzen: Sie hat sich mit ihm angefreundet, wurde absichtlich schwanger und verheimlichte die Schwangerschaft."

Lochies Augenbrauen zogen sich zusammen. „Wo ist sie jetzt?"

„Sie starb nicht lange nach meiner Geburt."

Er stieß einen langen Atemzug aus. „Du machst dir Sorgen, dass ich von dir besessen sein könnte?"

Es klang so dumm, als er das sagte. „Nein. Das ist Gewohnheit, schätze ich. Als Teenager hatte ich eine beschissene Zeit mit Jungs, die sich mir gegenüber wie Arschlöcher verhielten, weil ich mich nicht mit ihnen verabreden wollte. Einige ihrer Verhaltensweisen könnte man als Besessenheit einstufen. Mein älterer Cousin musste sie mehr als einmal verwarnen. Als ich dann studieren ging und Sex ausprobierte, brach sich der erste Typ, Dean, die Hand und zertrümmerte meinen Badezimmerspiegel, nachdem ich ihm gesagt hatte, dass mir unsere Nacht nicht gefallen hatte. Der zweite, Ashley, verbreitete Gerüchte, ich sei lesbisch, weil er in seinem Stolz verletzt worden war. Der letzte, Jude, ein Schauspielstudent, aus meinem Wohnheim, war der Einzige, der nicht durchdrehte. Ich habe ihm ehrlich gesagt, warum ich es versuchen wollte, sodass er keine Erwartungen hatte. Die Situation auf der Arbeit in letzter Zeit und die Sache mit der Haustür ... ich glaube, ich löse etwas in den Leuten aus. Das ist schon immer passiert, und jetzt arbeite ich hart daran, es zu vermeiden. Ich habe nie einen Mann glauben lassen, dass ich interessiert sein könnte, bis ich es wieder mit dir versucht habe."

Lochie hörte mir zu und nahm meine Erklärung zur Kenntnis. Er hielt inne, seine Intelligenz überdachte meine Ausführungen. „Diese Jungs waren Schwachköpfe so wie sie dich behandelt haben. Keine Frau sollte sich beschimpfen lassen müssen, weil sie ein Mann nicht haben will."

Ich zitterte, und er griff nach der Bettdecke und zog

sie über mich.

„Aber ich bin kein Junge mehr", fuhr er fort. „Ich kann dir garantieren, dass ich der Mann sein werde, den du haben willst."

„Du wirst mich auch verlassen", sagte ich leise. „Ich denke, das trägt dazu bei, dass ich mich in dieser Sache sicher fühle. Im Februar wirst du gehen."

„Ja."

Stille erfüllte den Raum, und meine Gedanken schweiften ab.

„Erzählst du mir, was bei der Arbeit passiert ist?", fragte Lochie. „Das mit der Tür weiß ich, aber du hast angedeutet, dass da noch mehr war."

Ich fuchtelte mit einer Hand. „Die Sache mit der Tür habe ich geklärt. Das war nur ein abgewiesener Verehrer aus der Gegend, der Dampf abgelassen hat. Er ist schon lange nicht mehr hier."

Ein trillerndes Geräusch kam aus dem Wohnzimmer.

„Das ist mein Laptop. Scheiße, wie spät ist es?" Ich sprang auf.

„Viertel vor eins."

Ich wickelte meinen Morgenmantel um meinen Körper und stapfte hinaus, um einen Blick auf den Bildschirm auf meinem Schreibtisch zu werfen. Rupert rief an. Ich fluchte und kehrte ins Schlafzimmer zurück.

„Es ist mein Chef. Wir haben in einer halben Stunde eine Videobesprechung. Er ist früh dran."

„Ist er eines deiner Probleme?"

Ich ging im Zimmer auf und ab und ließ den Anruf

ertönen, obwohl mich das Klingeln nevös machte. „Ja, eigentlich schon. Ist er.“

Lochie packte mich im Vorbeigehen und zog mich auf seinen Schoß. Er presste seinen Mund auf meinen. Sein Kuss verscheuchte meine gegenwärtige Angst.

„Heute war unglaublich. Ich werde dich erst wieder schön nennen, wenn du darum bittest. Ich kann es verdammt noch mal nicht erwarten, das wieder zu tun.“

Mein Angebot war ein Streitpunkt. Was auch immer seine Meinung geändert hatte, spielte keine Rolle mehr. Wir hatten Grenzen gesetzt und wussten beide, was Sache war.

Sofort kam Begierde auf, selbst nach allem, was wir gerade getan hatten, sofort.

Ich erwiderte seinen Kuss und verlor mich für einige Minuten in seinen Lippen. Widerstrebend zog ich mich von ihm zurück.

„Ich brauche eine Dusche, dann muss ich weiterarbeiten.“

„Nur zu.“

Lochie lehnte sich auf meinem Bett zurück und grinste selbstbewusst über seinen prachtvollen Anblick.

Ich duschte mich, kehrte zurück und schlüpfte in mein schickes, aber bequemes Kleid und meinen Blazer. Lochie relaxte und beobachtete jede meiner Bewegungen, wobei sich sein Lächeln nicht veränderte.

Ich war bereit und hatte noch zehn Minuten Zeit, bis zur Videokonferenz mit Rupert. Lochie machte nicht den Eindruck, als ob er irgendwo hingehen würde.

„Du kannst hier ein Nickerchen machen, während ich

arbeite, wenn du willst.", sagte ich.

Er atmete ein, wobei sich seine mächtige Brust anhob und mir gleichzeitig einen Schauer über den Rücken jagte. „Ich habe selbst zu tun, aber danke für das Angebot."

Er stand auf und zog sich seine Sachen an.

Mein Laptop klingelte erneut und unterbrach mich dabei, ihn ausgelassen zu betrachten..

„Diesmal gehe ich besser ran."

„Ich habe eine Idee", sagte Lochie. „Der Typ stört also deine Mittagspause, aye? Nimm den Anruf entgegen."

Ich sah ihn skeptisch an. „Was hast du vor?"

„Mein Gesicht zeigen. Ihn abschrecken. Das ist die einzige Sprache, die manche Männer verstehen."

Ich war schon so lange unabhängig, dass mich das eigentlich stören müsste. Doch ich wusste, dass er in gewisser Weise recht hatte. Es gab eine bestimmte Art von Männern, die ein Nein nicht akzeptierten, und ich wollte nicht herausfinden, ob Rupert zu ihnen gehörte.

„Gut", murmelte ich und ging ins Wohnzimmer und zu meinem Schreibtisch.

Ruperts Gesicht strahlte, als ich den Anruf mit einem Klick annahm. „Cait! Ich hoffe, es macht dir nichts aus, dass ich dich beim Mittagessen störe."

„Ich hatte zu tun, aber ich bin gerade fertig geworden."

Lochie tauchte hinter mir auf, sichtbar auf dem Bildschirm. Er berührte oder küsste mich nicht, aber er machte eine offensichtliche Andeutung, indem er sein T-Shirt in seine Jeans steckte. Sein schwarzes Haar war immer noch zerzaust an der Stelle, an der ich es mit meinen

Fingern durcheinandergebracht hatte.

„Caitriona", grummelte er. „Ich gehe dann mal."

„Bis heute Abend."

Als er nicht mehr in Sichtweite der Kamera war, blickte er mich anzüglich an, zwinkerte mir zu und ging zur Tür hinaus.

Auf meinem Laptop schimpfte Rupert etwas, aber ich hörte kaum zu. Ich schaltete mich erst wieder in das Gespräch ein, als er zu dem Punkt kam, den wir zu besprechen hatten.

Meine Aufmerksamkeit war ganz auf mein neues Ich gerichtet, das sich gerade entwickelte, nicht zuletzt dank des gutaussehenden Bergrettungsleiters, der mit meinem Körper umgehen konnte, als gehöhrte er ihm.

19

Caits Stalker

Die Beleuchtung der Universitätsbüros erlosch um mich herum und tauchte mich in Dunkelheit. Zorn und Wut brodelten unter meiner Hautoberfläche, glühend und unersättlich. Es wurde immer schwieriger, es zu kontrollieren.

Ich brauchte eine Erinnerung an die guten Dinge, an Caits maßvolle, freundliche Worte, und öffnete ihre E-Mail mit zitternden Fingerspitzen. Es war schon eine Weile her, dass ich einen Blick in ihre Angelegenheiten geworfen hatte. Sie hatte versucht, ein Spiel daraus zu machen, aber sie hatte eine so schreckliche Auswahl an Passwörtern. Es hatte kaum einen Abend gedauert, um dieses herauszufinden. Ein Lächeln umspielte meine Lippen, als ich erkannte, wie sie mit mir spielte.

Dann überflog ich ihren Posteingang, und eine Nachricht stach mir ins Auge.

Ich las sie.

Noch einmal.

Noch einmal.

Oh, mein süßes Mädchen. Sie hatte sich für eine Kinderwunschbehandlung angemeldet.

Sie wollte, dass wir ein Baby bekommen.

Ich klopfte mit den Fingernägeln auf den Schreibtisch. Meine Wut ließ ein wenig nach, jetzt wo ich mich an meine Pläne erinnern konnte.

Wenn ich ihr erst einmal die Wahrheit offenbart hatte, würde sie so glücklich sein. Ich würde der beste Co-Elternteil für ihre Kinder sein, und natürlich würde sie zustimmen.

Aber zuerst mussten wir tanzen.

20

Caitriona

Lochies Name leuchtete am frühen Nachmittag des nächsten Tages auf meinem Handy auf. „Caitriona", begrüßte er mich. „Ich habe einen Anruf erhalten. Kannst du nach der Schule auf Isla aufpassen? Ich weiß, dass du in der Stadt bist, also kein Problem, wenn nicht."

Ich warf einen Blick auf meine Liste mit Terminen und rechnete aus, wie lange jeder einzelne dauern würde. „Ja, kann ich machen. Heute findet das Abendessen im Castle McRae statt. Hast du daran gedacht?"

„Aye. Wahrscheinlich werde ich mich verspäten, aber die Hälfte meines Teams ist eingeladen, also werden sie härter arbeiten, um schneller fertig zu werden."

Ich gluckste. „Ich gehe mit Isla hin, und wir sehen uns, wenn du fertig bist."

„Großartig."

Ich legte auf, nachdem wir uns verabschiedet hatten und lächelte vor mich hin. Das Treffen heute Abend würde ein schöner Abschluss für einen beschissenen Tag sein. Erneut waren meine E-Mails geöffnet worden, bevor ich sie gelesen hatte. Darunter auch eine Mail von der Kinderwunschklinik, die meine Anmeldung bestätigte. Ich hatte zwei Stunden mit einem IT-Mitarbeiter verbracht, der darauf beharrt hatte, dass niemand sonst Zugriffsrechte hatte, obwohl es schon zum zweiten Mal passiert war. Er deutete an, dass es mein Fehler war, der Idiot.

Es machte den Anschein, dass es sich weniger um eine Störung als vielmehr um ein gewisses Muster handelte.

„Cait?", unterbrach eine Stimme meine Gedanken.

Ich blickte auf und sah Jill, Ruperts Assistentin, auf der anderen Seite des Großraumbüros, wo ich meinen Schreibtisch für den Tag eingerichtet hatte.

„Hallo." Ich rieb mir die Augen.

Jills Mund bildete einen grimmigen, festen Ausdruck. Sie hatte spitze gemachte Nägel und strich sich über ihren Rock. „Ich muss mit dir über die Arbeitsbedingungen sprechen. Mr. Gaskill überdenkt die Anwesenheitspolitik im Büro. Dein derzeitiges Muster, einen Tag pro Woche mit Kollegen zu verbringen, ist nicht ausreichend."

Ich legte den Kopf schief. „Ich arbeite jeden Tag mit Kollegen zusammen, nicht nur an einem. Dass ich von zu Hause aus arbeite, gehört zu den Bedingungen meiner Anstellung an der Universität. Rupert hat darauf keinen Einfluss."

Technisch gesehen wurde ich von der Fakultät angestellt und nicht von Rupert, dessen Aufgabe es war, das nicht lehrende Personal zu koordinieren.

Jill schüttelte einmal den Kopf, wobei ihr scharf geschnittener Bob durch die Luft schwang. „Rupert beaufsichtigt deine tägliche Arbeit und hat seine Entscheidung getroffen."

Dann verstand ich, was los war. Er hatte Lochie in meinem Haus gesehen hatte. Ich zuckte zusammen, Verlegenheit und Verärgerung brachten mein Blut zum Kochen.

„Warum?"

„Wie bitte?"

„Auf welcher Grundlage hat er diese Entscheidung getroffen?"

Sie blinzelte einige Male. „Ich bin sicher, er ist nicht verpflichtet, sich vor uns zu rechtfertigen – "

„Das ist er durchaus. Wenn Rupert eine Änderung meiner Arbeitsweise wünscht, kann er dies schriftlich formulieren und bei Abigail Grant beantragen. Dann kann der Antrag über die Personalabteilung zur Konsultation gehen."

Zusammen mit Rupert hatte Abigail mich für meine Stelle interviewt, und es war ihr Budget, das meine Stelle finanzierte. Ich sah sie selten, aber wir hatten uns erst kürzlich getroffen, um über meine Familienpläne zu sprechen. Sie würde mir den Rücken freihalten.

Jill zögerte, und ich zwang mich, ruhig zu atmen.

„Wenn das alles ist? Ich muss mich um meine Arbeit kümmern."

Wie schon zuvor schweifte der Blick von Jill über mich hinweg. Sie betrachtete mein hübsches, aber elegantes geblümtes Kleid und die halb gefüllte Kaffeetasse auf dem Tisch, dann drehte sie sich um und ließ mich allein.

Meine Hand zitterte, als ich versuchte, wieder auf die

E-Mail zuzugreifen, die ich gerade getippt hatte. Ich war immer stolz auf meine mentale Stärke gewesen und darauf, dass ich mich von niemandem herumschubsen ließ, aber das war nie angenehm gewesen.

Zu meinem Glück verging der Rest des Tages ohne weitere Zwischenfälle.

Um sechzehn Uhr brach ich auf, da ich Isla rechtzeitig abholen musste.

Ich ging durch die große Halle am Eingang der Universität und lächelte den Leuten zu, die ich wiedererkannte. Vor mir fiel mir ein bekannter Blondschopf auf. Nach ein paar Schritten hatte ich ihn eingeholt.

„Jude?", sagte ich.

Der Mann drehte sich um. „Oh mein Gott! Cait?" Er grinste breit und breitete seine Arme aus, um mich zu umarmen. „Es ist so lange her. Wie geht es dir?"

Jude war ein Freund aus der Studienzeit und einer der Kerle, mit denen ich geschlafen hatte. Ich hatte auf Social Media gesehen, wie er im letzten Jahr um die Welt gereist war.

„Mir geht's gut. Was machst du in Schottland?"

„Ich besuche meinen Onkel und ..." Er hob eine Hand und fuchtelte mit ihr herum. „Dann treffe ich meine Verlobte. Hm, das funktioniert als Mann nicht so gut. Kein auffälliger Ring zum Vorzeigen."

Ich lächelte fröhlich. „Du bist verlobt? Das ist ja toll. Kenne ich sie?"

„Chelle Brooks? Ich glaube nicht, dass ihr gemeinsame Vorlesungen hattet, aber ihr seid euch bestimmt schon mal begegnet."

Ich erinnerte mich an eine bescheidene, blonde, nerdige Frau. Sie hatte sich hinter ihrer Brille versteckt und nicht viel gesprochen, aber ich stellte mir vor, wie sie im Café der Studentenvereinigung Kaffee servierte, ein Band-T-Shirt unter ihrer Schürze. Sie könnte nicht unterschiedlicher sein als Judes athletischer, sportlicher Typ, aber Gegensätze ziehen sich eben an.

„Ich erinnere mich an sie. Herzlichen Glückwunsch. Wann ist die Hochzeit?"

Ein Schatten fiel auf uns. Ich blickte auf und sah Rupert neben Jude stehen.

Oh, wie konnte ich das nur vergessen? Sie waren verwandt. Rupert war der Onkel, auf den Jude wartete. Tatsächlich war Jude derjenige gewesen, der mir von dem Job an der Uni erzählt hatte.

„Hochzeit?", stimmte Rupert ein.

Meine gute Laune verflog. Ich hob mein Kinn und drehte mich wieder zu Jude um. Er blickte zwischen mir und seinem Onkel hin und her, und seine Augen weiteten sich.

„Ich muss jetzt gehen", sagte ich, „aber ich würde mich freuen, wenn du und Chelle mal zum Abendessen kommen würdet. Wir können uns gegenseitig auf den neuesten Stand bringen."

„Das wäre großartig. In den nächsten paar Tagen, wenn wir in der Stadt sind?"

„Perfekt. Freitag um sieben?"

„Abgemacht."

Er reichte mir die Hand, um mir ein High Five zu geben, dann ging ich zielstrebig davon und schenkte Rupert keinen weiteren Blick.

Mit meinem Auto raste ich in den Nationalpark und nach Hause. Etwa zu früh kam ich an der Schule an und stellte mich der Empfangsdame vor, wobei ich ihr das Abholpasswort nannte, obwohl ich kein Fremder war.

„Ah, Cait, ich hole Isla für dich", sagte die nette Dame, die schon länger dort arbeitete, als ich mir vorstellen konnte.

Einen Moment später kam sie zurück, und Isla hüpfte neben ihr her.

„Cait!" Sie stürmte nach vorne und umarmte mich. „Gefällt dir, was ich gemacht habe? Es ist eine Collage."

Ich betrachtete das klebrige Bild mit seinen juwelenfarbenen Formen. „Du kluges Mädchen, es ist wunderschön."

Sie blickte zu Boden, plötzlich schüchtern. „Ich habe es für dich gemacht. Papa hat gesagt, ich darf das."

Mir wurde warm ums Herz, und der Stress des Tages verflog. „Ich liebe es. Wenn wir zu Hause sind, hängen wir es an den Kühlschrank."

Sie wechselte sofort wieder in den Tigger-Modus und hüpfte mit, als wir die Schule verließen. „Können wir Kekse backen?"

„Heute nicht. Wir ziehen uns um, dann gehen wir zum Abendessen ins Castle. Da sind noch andere Kinder, und dein Papa kommt auch dahin."

Sie legte ihre Hand in meine. „Darf ich mich zu dir setzen?"

„Aye, sehr gerne."

Ich staunte nicht schlecht über den Wandel, der in

Isla vorging. Ihre Persönlichkeit hatte sich in den letzten Monaten hier herauskristallisiert. Es war eine Freude, in ihrer Nähe zu sein. Sonnig und lieb.

Bei den Hütten angekommen, nahm ich den Schlüssel, den Lochie mir zuvor überlassen hatte, und ließ Isla eintreten, um sich umzuziehen, während ich in meine eigene Hütte ging. Wir trafen uns draußen wieder, und ich grinste über ihren rosa-lila Einhorn- Onesie.

„Ist dir damit warm genug? In Castle McRae zieht es manchmal ganz schön."

„Keine Sorge, ich war schon einmal dort, das weiß ich noch. Ich habe Leggings und einen Pulli darunter an."

So ein kluges Mädchen. Ich umarmte sie, und wir machten uns wieder auf den Weg.

Am Castle angekommen, führte uns Tante Mathilda hinein. Der Weihnachtsschmuck glitzerte überall, obwohl der große Baum draußen noch nicht aufgestellt worden war. Die Hälfte meiner Verwandten war bereits anwesend, aber wie Lochie bemerkt hatte, waren einige abwesend und auf einem Rettungseinsatz, darunter meine beiden Eltern. Ich stellte Isla den Kindern meiner Cousine Skye vor und ließ sie dann mit der Kinderschar im Castle frei herumlaufen.

Ich gesellte mich zu Casey, die im neunten Monat schwanger war und Unterhaltung gebrauchen konnte. Das Essen wurde in Buffetform serviert, sodass ich bereits bestens versorgt war, als sich die Türen öffneten, um das Team der Bergrettung einzulassen.

Noch nie hatte ich zu den Leuten gehört, die auf ihre zweite Hälfte warteten. Lochie gehörte nicht zu mir, nicht wirklich, aber ich starrte begierig auf den riesigen Mann, der die Crew anführte, die durch die Tür strömte. Sie trugen immer noch ihre Overalls und dem breiten Lächeln und der Kameradschaftlichkeit der Crew zufolge, hatten sie offensichtlich ein gutes Ergebnis bei der Operation erzielt. Brodie gesellte sich zu Casey und Blayne und küsste beide. Meine Eltern begrüßten alle und machten sich dann auf den Weg zum Buffet.

Lochie begrüßte seine Tochter mit einer Umarmung.

Dann kam er auf mich zu.

Ich wollte ihn so sehr küssen, dass es wehtat.

Stattdessen kaute ich auf meiner Lippe. Er tat es mir gleich.

„Ist alles gut gelaufen?"

„Aye."

„Wir haben schon gegessen. Isla hat fröhlich mit den anderen Kindern herumgetobt."

Er antwortete nicht, aber sein Blick verfinsterte sich.

Mein Inneres zog sich zusammen, und der Raum verengte sich. Mir stockte der Atem. Ich brauchte ihn. Jetzt, oder zumindest heute Nacht.

Seine geweiteten Pupillen sagten mir, dass er damit einverstanden war.

Ein Klatschen unterbrach unsere intensiven Blicke.

Onkel Callum stellte sich in die Mitte des Raumes. „Ich brauche einen Moment lang eure Aufmerksamkeit, bevor ich euch alle an das Essen und die Plauderei verliere. Ich möchte dieses Abendessen unterbrechen, um meinem Sohn die Möglichkeit zu geben, eine Ankündigung zu machen. Lennox?"

Mein Cousin ergriff das Wort.

Ah, ich wusste, worum es ging. Isobel hatte mir gesagt, dass sie es gleich mit Baby Nummer zwei versuchen würden, obwohl Archie noch nicht einmal ein Jahr alt war. Ich hatte die Vorwarnung zu schätzen gewusst, denn früher waren Babyankündigungen für mich ein Schlag ins Gesicht gewesen.

Diesmal würde es nicht so sein. Nicht jetzt, wo ich meine Pläne hatte.

Ich setzte mein geübtes Lächeln auf.

„Danke, Pa. Wo ist Isobel? Ah, komm her, Schatz. Wir freuen uns, ankündigen zu dürfen, dass wir wieder Nachwuchs erwarten. Archie wird im späten Frühjahr ein kleines Schwesterchen bekommen." Er strahlte, und Isobel schmiegte sich unter seinen Arm, zierlich neben ihm, aber sichtlich glücklich, und mit Archie plapperte auf ihrer Schulter vor sich hin.

Es gab Beifall, Pfiffe und Glückwünsche.

„Konntest du der Frau keine Pause gönnen?", rief jemand, und alle lachten.

„Ganz im Gegenteil", witzelte Isobel und löste damit einen Tumult von Buhrufen aus.

Die Party ging mit dem Essen weiter, welches für die Mitglieder des Rettungsteams serviert wurde. Mein Vater gesellte sich zu mir und Lochie und gestikulierte etwas besorgt an seiner Seite. Lochie ließ die Frage meines Vaters unbeantwortet und wechselte das Thema.

In meinem Kopf kam ich immer wieder auf Lennox und Isobel zurück.

Der erwartete Schmerz blieb zwar aus, aber ein neuer,

hässlicher kam zum Vorschein. Ihr Zustand als glückliches Paar ließ mich vor Neid erblassen. Wenn ich an der Reihe war, meine Ankündigung zu machen, würde meine Familie überglücklich sein, so wie sie es jetzt für Lennox und Isobel waren, aber ich würde es allein tun.

An dieser Tatsache hatte sich nichts geändert. Trotz meiner neuen sexuellen Entdeckung konnte ich nie die Liebe empfinden, die sie teilten. Sie strahlten diese Liebe aus, wunderschön und allumfassend. Dieser Teil von mir würde sich nicht ändern, das wusste ich genau.

Eine andere Möglichkeit bot sich an.

Könnte ich es vortäuschen? Sex mit einem Partner genießen und ein Kind mit jemandem großziehen, den ich respektierte, auch wenn ich ihn nicht lieben konnte?

Nein. Ich hasste Lügen.

Aber vielleicht könnte eine Vereinbarung funktionieren.

Mathe, Skyes Sohn, blieb ruckartig vor mir stehen und zupfte an meinem Rockzipfel. „Isla weint."

„Was ist passiert?", fragte Lochie.

Die ganze Zeit über war er bei mir gewesen, hatte leise mit Pa geplaudert und gegessen.

„Sie ist vorhin nass geworden und sagt jetzt, dass ihr der Kopf weh tut", fügte der kleine Junge hinzu.

Wir folgten ihm aus dem Saal, und meine eigensinnigen Gedanken wurden durch etwas noch Beunruhigenderes ersetzt.

21

Lochie

Meine rasende Lust auf Caitriona verwandelte sich in Besorgnis, als ich mir mein kleines Mädchen ansah.

„Draußen hat es geregnet, und ich bin nass geworden", erklärte Isla, die gerade die Leiter des Etagenbetts im Kinderzimmer im ersten Stock des Castle hinunterstieg.

Auf ihren Wangen liefen Tränen entlang, und meine Brust zog sich zusammen. Sie weinte nur selten.

„Wann hast du draußen gespielt?", fragte Caitriona.

„Nach dem Abendessen. Vor dem Nachtisch.'

Ich sah Caitriona mit hochgehobenen Augenbrauen an, und ihre Stirn legte sich in Falten.

„Gegen sechs, also vor ein paar Stunden", sagte sie. „Isla, ich habe dir doch gesagt, dass du mit Mathe und den anderen im Castle spielen darfst, nicht draußen."

„Ich wollte nur zur Mauer und zurücklaufen. Es hat stark geregnet. Es hat uns gefallen." Isla blieb mit blassem

Gesicht auf der Leiter stehen.

Ich schaute ihr in die Augen. „Soll ich dich tragen?"

Sie nickte und ließ sich auf mich fallen. Ihr kuscheliger Einteiler fühlte sich trocken an.

Doch dann drang die Feuchtigkeit bis zu meiner Schulter durch. „Was hast du darunter an?", fragte ich.

Isla hielt ihr Gesicht verborgen und antwortete nicht. Ich setzte sie auf den Boden ab, und öffnete den Reißverschluss ihres Einhorn-Outfits, sodass ein Wollpullover und Leggings zum Vorschein kamen.

Völlig durchnässt.

„Ach Mist", murmelte ich. „Warst du die ganze Zeit in diesen nassen Klamotten?"

Caitriona hockte sich neben mich, berührte Islas Oberteil und rieb den Stoff zwischen ihren Fingern. „Es tut mir so leid, das wusste ich nicht."

„Ich habe sie vorhin umarmt und es nicht bemerkt. Das Vlies hat es verborgen."

Ich hob meinen Blick zu Skye, Caitrionas Cousine, die ich erst vor fünf Minuten kennengelernt hatte. Sie war uns nach oben gefolgt, ihrem Jungen hinterher. „Hast du etwas, das ich mir für Isla ausleihen kann? Ich muss dafür sorgen, dass sie trocken wird."

„Ich hole etwas von Mathe."

Mit Caitrionas Hilfe entkleidete ich Isla und zog ihr die geliehene Kleidung wieder an. Sie stand unglücklich da, während wir sie auszogen, und hatte die Mundwinkel nach unten gezogen.

Plötzlich zuckte Isla zusammen und erbrach sich auf den Boden.

„Oh Gott." Ich hielt sie fest, damit sie nicht mit dem Gesicht in die Sauerei stürzte.

Skye jaulte auf und eilte zu einer Kommode hinüber, um eine Schachtel Taschentücher zu holen. „Ich mache das schon. Bringt das arme kleine Ding nach Hause ins Bett."

„Danke." Ich drehte mich zu Isla um. „Ich trage dich zum Auto. Tut dein Bauch weh?"

Ihre Unterlippe zitterte, aber sie schüttelte den Kopf.

Skye beobachtete sie besorgt. „Hast du etwas für den Fall, dass sie Fieber bekommt?"

Ich nahm Isla auf die Schulter und stand auf. „Nein. Ich kann an einer Hand abzählen, wie oft sie krank war. Seit sie fünf geworden ist, hat ihr nichts mehr gefehlt."

Caitriona drückte den Arm ihrer Cousine. „Hast du Medizin, die sich Lochinvar ausleihen kann?"

Die zweite Frau holte eine Flasche mit Paracetamol-Sirup hervor und reichte sie ihr. Ich bedankte mich noch einmal, dann nahm ich mein Mädchen in den Arm und ging die Treppe hinunter.

Die Familie und meine Crew-Mitglieder waren überrascht, dass wir gehen mussten, und Cameron runzelte die Stirn, als sein Blick auf die Stelle meiner früheren Verletzung gerichtet war.

Caitriona versuchte sich zu erklären, aber ich war schon zur Tür hinaus, frustriert über mich selbst.

Isla war meine einzige Sorge. Mein Ein und Alles. In meinen Armen döste sie nun, aber ihre Atmung war zu schnell, und mit jedem Einatmen wuchs meine Angst.

Sie könnte Fieber bekommen. Oder eine Lungenentzündung. Das Castle war nicht gerade der wärmste Ort. All die Stunden hatte sie in feuchter Kleidung verbracht.

Caitriona folgte mir zu meinem Auto. „Hier ist die Medizin. Soll ich mitkommen? Kann ich dir helfen? Es tut mir so leid.“

„Nein“, murmelte ich und zwang mich, meine Angst hinunterzuschlucken. „Wir kommen schon klar. Wir sehen uns dann morgen.“

Ich fuhr aus der Parklücke und konzentrierte mich nur auf meine Tochter.

Isla schlief, aber ich konnte nicht schlafen. Ich saß auf dem Boden neben ihrem Bett, die Ellbogen auf den Knien, und prüfte ab und zu ihre Temperatur mit meinem Handrücken.

Mit zunehmender Besorgnis dachte ich an die Vergangenheit, die Gegenwart und die Zukunft.

Die heutige Rettungsaktion war zwar erfolgreich verlaufen, aber ich war gestürzt. Nichts Schlimmes, aber ich war auf den Steinen ausgerutscht und hart gelandet, sodass ich mir die Seite aufgeschürft hatte.

Eine unglücklichere Version dieses Sturzes hätte mich außer Gefecht setzen können. Ein schlimmerer Unfall hätte Isla zu einem Waisenkind machen können. Anderen Rettungskräften war das bereits passiert. Selten, aber das Risiko war da. Ich hatte nichts von meiner Schwester gehört, also wer würde sich um meine Tochter kümmern, wenn ich es nicht konnte?

Caitriona würde es tun, das wusste ich. Zumindest eine Zeit lang. Aber sie kannte nicht die ganze Geschichte darüber, wer wir waren und warum wir tatsächlich untergetaucht waren.

Zudem war ich unhöflich zu ihr gewesen, und es störte mich sehr, dass sie sich Sorgen um uns machen könnte.

Auf dem Bett streckte Isla einen Arm aus und drehte sich um. Ich hatte die Medizin für den Fall aufbewahrt, dass sie Fieber bekommen würde, aber ein kurzer Check bestätigte, dass die Temperatur nicht erhöht war. Sie war auch nicht mehr krank. Diesmal schien sie glimpflich davongekommen zu sein.

Ich seufzte über meinem schlafenden Mädchen. Wenn Isla krank wurde, einen medizinischen Notfall hatte, würden meine tiefsten Geheimnisse ans Licht kommen. Das würde nicht aus freien Stücken geschehen, und ich könnte mit diesem Kontrollverlust nicht umgehen.

Die beiden stärkenden Argumente machten mich noch entschlossener.

Ich konnte nicht allein für sie sorgen. Oder für mich selbst. Das machte mich wahnsinnig.

Ich entspannte mich und verließ leise das Zimmer.

Um drei Uhr morgens fand ich mich vor Caitrionas Tür wieder.

Kaum hatte ich angeklopft, öffnete sich die Tür. Bekleidet mit Leggings und einem langen T-Shirt, warf Caitriona mir einen Blick zu.

„Geht es ihr gut?"

„Aye. Mach dir keine Sorgen."

Sie hielt inne und senkte dann den Kopf. Ein Teil der Besorgnis wich ihr aus dem Gesichtsausdruck.

Entgeistert ergriff ich ihre Hand und zog sie mit mir, wobei ich ihr kaum Zeit ließ, ihre eigene Tür zu schließen und abzuschließen.

Zurück in meiner Hütte, in Islas Zimmer, ging Caitriona an mir vorbei und berührte die Stirn meiner Tochter.

Eine so einfache Handlung, und doch schlug sie Nägel in mein Herz.

Ihre Schultern sanken herab, und sie sah mich an, um ihre eigene Einschätzung zu bestätigen. Ja, Isla ging es gut.

Aber ich war weit davon entfernt.

Ich winkte sie hinaus und in mein Schlafzimmer und gestikulierte, dass sie sich auf mein Bett setzen sollte. Im Lampenlicht strich sich Caitriona ihr loses Haar hinters Ohr, stützte sich auf den Händen ab und beobachtete mich wachsam.

„Ich war unhöflich zu dir", sagte ich.

„Das warst du. Aber ich kann dich verstehen."

„Ich möchte mich dennoch entschuldigen. Isla ist meine ganze Welt. Ich habe heute Abend einen Fehler gemacht ..."

„Indem du mir anvertraut hast, für sie zu sorgen?"

„Nein. Das habe ich nicht gemeint." Am liebsten hätte ich mich neben sie gesetzt und sie in den Arm genommen, aber ich musste ihr etwas mitteilen, und dazu brauchte ich einen rationalen Verstand. Caitriona brachte mein Gehirn in den schönsten Momenten um den Verstand. Ich drückte meine Schultern gegen die Wand und sammelte meinen

Mut.

„Weil ich mich nicht ausreichend um sie gekümmert habe. Für mich ist das seit Jahren das Wichtigste."

Caitriona ließ mich sprechen, als ob sie die Schwere der Worte spüren konnte, die darauf warteten, ausgesprochen zu werden.

„Als ich zum ersten Mal von Islas Existenz erfuhr, war das vier Wochen vor ihrer Geburt."

„Du wusstest nicht, dass deine Frau schwanger war?"

„Liv war damals noch nicht meine Frau. Wir haben drei Wochen später geheiratet, und vier Tage danach kam unser Kind."

„Wo ist sie jetzt? Liv, meine ich."

„Im Gefängnis."

Ich ließ das einen Moment lang auf sie wirken, meine Muskeln angespannt. Caitriona schluckte, wartete aber, bis ich weitersprach.

„Liv war eine Schulfreundin aus Kindertagen. Sie wuchs in einem Dorf in meiner Nähe auf. Arm, wie wir, aber in einer viel schlechteren Familie. Ihr Vater war ein berüchtigter Drogendealer und ein Mistkerl. Ihre älteren Brüder traten in seine Fußstapfen. Gewalt, Bandenkrieg, was auch immer, er brachte es in ihr Zuhause. Auch Liv tat das, wenn auch in einem geringeren Ausmaß. Sie stahl Dinge und brachte sich in Schwierigkeiten. Dann verschwand sie mit siebzehn.. Sie war einundzwanzig, als wir uns wiedertrafen."

Mein Herz pochte und mein Magen verkrampfte sich. Nach der nächsten Information gab es für mich kein Zurück mehr. Caitriona würde alles wissen.

Sie hob den Kopf, Verwirrung in ihren Augen. „Aber du sagtest, sie sei schwanger, als du sie wiedergesehen hast."

„Aye." Ich konnte das Wort kaum herausbringen.

Caitriona erstarrte. „Oh, Lochie. Verdammt! Sagst du, was ich denke, das du sagst?"

„Ich bin nicht Islas leiblicher Vater."

Vor Schreck weiteten sich ihre Augen, bevor sie einen grimmigeren Gesichtsausdruck annahm. „Sie gehört zu dir. In jeder Hinsicht ist dieses Kind deine Tochter."

Mir gefiel die Vehemenz ihres Tonfalls. Er passte zu meinen aufsteigenden Emotionen in mir. „Das ist sie. Rechtlich gesehen, mit meinem Namen auf ihrer Geburtsurkunde. Ihre Mutter hat sich nur mir anvertraut, um sich um ihr Kind zu kümmern, mein Kind, Isla. Ihr leiblicher Vater war ein Abschaum, ein Junge aus einer illegalen Gang. Er wandte sich von Liv ab."

„Die arme Frau. Warum ist sie im Gefängnis?"

„Als sie erfuhr, dass sie schwanger war und ihr Freund sie fallen ließ, machte sie den Fehler, ihre Familie zu kontaktieren. Ihr Vater verlangte, dass sie zurückkam und das Kind wie eine von ihnen aufzog, und sie kehrte zurück. Aber als sie dort ankam, wurde sie als Zustellerin eingesetzt. Lange Stunden hinter dem Steuer, auf dem Weg nach Süden in die großen Städte. Du kannst dir denken, warum."

„Drogentransporte?"

„Aye. Sie importierten aus Europa und legten mit kleinen Booten in abgelegenen Küstenstädten der Highlands an. Dann wurde Liv ihr Kurier – eine zierliche, ängstliche Frau, die niemand verdächtigen würde. Sie war nicht unschuldig, bei weitem nicht, aber es war etwas anderes, das sie dazu brachte, wieder vor ihnen wegzulaufen. Als sie herausfanden, wer der Vater des Kindes war, sprachen sie davon, diese Verbindung zu nutzen. Der Gedanke, dass ihr Neugeborenes zum Spielball der Gangs werden könnte, machte Liv eine Heidenangst. Sie wollte diesen Kreislauf unbedingt durchbrechen."

Caitriona schlug ihre Hände zusammen und ließ mich einfach reden.

„Auf ihrer letzten Mission kam Liv zu mir. Sie ließ das Auto mit den Drogen stehen und floh zum Stützpunkt, wo ich arbeitete, und flehte um Hilfe. Zur gleichen Zeit stürmte die Polizei das Anwesen ihrer Familie. Sie verhafteten ihren Vater und ihre Brüder und stellten einen Haftbefehl gegen Liv aus. Sie hatte große Angst, und ich konnte sie nicht abweisen. Die einzige Möglichkeit für mich, das Sorgerecht für das Kind zu bekommen, war, ihr Ehemann zu werden. Sie tauchte unter, und wir konnten die Hochzeit gerade noch durchziehen. Die Geburt fand in Polizeigewahrsam statt."

Ich hatte mir meine Erklärungen sorgfältig zurechtgelegt, weil ich wusste, dass ich sie eines Tages meiner Tochter vorlegen musste.

„Isla wird in ein paar Tagen sieben Jahre alt. Warum war ihre Mutter so lange im Gefängnis? Sie war doch nicht die Anstifterin."

„Zu diesem Zeitpunkt hatte ich keine Ahnung, wie tief Liv in die Sache verstrickt war. Sie sagte mir, sie würde entlassen werden – ich denke, sie ging sogar davon aus – aber, es sollte nicht sein. Livs Urteil lautete acht Jahre. Sie hatten Beweise für ihre Taten, aber auch für ihre Kontakte zu der anderen Gang. Sie stellten sie als Vermittlerin dar und bewiesen, dass sie am Steuer saß, nachdem sie das verlassene Auto mit einem belastenden Fingerabdruck entdeckt hatten. Dann nahm sie im Gefängnis selbst Drogen und wurde zu einer weiteren Haftstrafe verurteilt. Seit einigen Jahren lässt sie meine Besuche nicht mehr zu."

„Also wurdest du mit dem Baby alleingelassen."

„Aye. Ich dachte, es wäre nur für ein oder zwei Monate, aber es wurde schnell klar, dass das ein Hirngespinst war."

„Und dann hast du dich verliebt."

Ich starrte sie an. Wie leicht sie mich doch verstand.

Cait räusperte sich. „Was wurde aus Livs Familie? Wurden sie auch verurteilt?"

Ein Schauer lief mir über den Rücken. „Ihr Vater ist immer noch im Gefängnis, aber ihre Brüder wurden Anfang dieses Jahres entlassen."

Caitrionas Finger gruben sich in meine Bettdecke, und ich konnte sehen, wie sie die Puzzleteile zusammensetzte. Warum, wir umgezogen waren. Warum, wir hier waren.

„Ist Isla in Gefahr?"

„Liv glaubte das jedenfalls. Obwohl sie uns nicht sehen wollte, hatte sie uns deutlich gewarnt. Sie wollen Isla. Haben Liv bedroht, weil sie ihnen die Kleine vorenthalten hat. Ich vermute, dass sie immer noch versuchen wollen, sie zu benutzen, da sie zu zwei sich feindlich gegenüberstehenden Gangs zugehörig ist."

„Dann bist du auch in Gefahr."

Das spielte keine Rolle, aber ich nickte bestätigend.

„Ich kann nur hoffen, dass sie es aufgeben, nach ihr zu suchen. Sie haben keine Ahnung, dass ich darin verwickelt bin, und ich habe sehr darauf geachtet, dass wir in keiner Weise in öffentlichen Aufzeichnungen auftauchen."

Caitriona ließ ihren Blick zu Boden sinken und stellte ihre nächste Frage so leise, dass ich mich anstrengen musste, um sie über mein eigenes pulsierendes Herz hinweg zu hören.

„Ist Lochinvar Ross überhaupt dein Name?"

„Ja und nein. Ross ist ein Deckname. Lochinvar ist mein Name, aber nicht mein erster. Ich wurde nach meinem Vater Bram benannt, aber meine Familie nannte mich immer Lochie."

„Verrätst du mir deinen richtigen Namen?"

„Bram Lochinvar MacNeill."

Sie hob ihren Blick und wiederholte den Namen. „Warum erzählst du mir das?"

„Ich habe den Kontakt zu meiner Schwester verloren. Da sie im Einsatz ist, kann das passieren, aber ich brauche noch jemanden, der Islas Geschichte kennt. Für den Fall, dass mir etwas zustößt. Oder ihr."

Für einen langen Augenblick suchte Caitriona meinen Blick. Ich konnte ihre Gedanken zu diesem Thema nicht lesen. Von allen Menschen, die ich je getroffen hatte, war Caitriona die besonnenste und ehrlichste. Sie nannte die Dinge beim Namen und ich vertraute ihr.

Erleichterung kam auf und verdrängte meine Angst vor dem erneuten Durchleben der Vergangenheit.

„Ich bin froh, dass du es mir gesagt hast. Ich kann mir

nicht vorstellen, wie schwierig es gewesen sein muss, sich unter diesen Umständen für Isla zu entscheiden."

Es war sowohl schwierig als auch kinderleicht gewesen. „Ich habe mich sofort in das Kind verliebt. Der Rest wurde eine Notwendigkeit."

„Weiß Isla davon?", fragte sie.

Ach, verdammt.

Meine Haut wurde klamm.

„Nein, noch nicht."

„Irgendetwas davon?"

„Nur, dass wir ihren Nachnamen geändert haben und aus Sicherheitsgründen umziehen mussten."

In Caitrionas Augen dämmerte die Erkenntnis. „Du glaubst, ich kann ihr helfen, wegen Scarlet? Weil meine Mutter nicht meine leibliche Mutter ist?" Sie wandte ihren Blick von mir ab. „Sind wir deshalb befreundet?"

„Du denkst, ich benutze dich? Nein. Ich hatte keine Ahnung von deinem Hintergrund, bis wir angefangen haben ... zu tun, was auch immer wir zusammen tun."

Sie sackte in sich zusammen. „Klar. Tut mir leid."

Ich fuhr mir mit den Händen durch die Haare und zerzauste sie, dann gab ich mein kühles Auftreten auf und ließ mich vor Caitriona zu Boden fallen. Ich kniete mich hin und fasste sie an den Schultern. „Du musst dich nicht entschuldigen. Ich habe dich gerade mit meinen jahrelangen Sorgen belastet. Ich habe es auch aus egoistischen Gründen getan. Ich muss dafür sorgen, dass Isla in Sicherheit ist, was bedeutet, dass jemand anderes die Wahrheit kennen muss."

„Ich bin froh, dass du dich mir anvertraut hast. Ich

sorge mich um sie." Sie begegnete meinem Blick.

Ich beugte mich vor und drückte ihr einen Kuss auf die Lippen.

Caitriona umfasste mein Kinn und ihre Finger glitten über meinen Bart. Sie gab ein leises Geräusch des Verlangens von sich, und zwischen uns sprühten die Funken.

Da ich schon immer ein Mann der Tat war, wurde ich sofort von leidenschaftlicher Erregung erfüllt.

Ich stand auf, zog sie mit mir und drängte sie mit dem Rücken an die Wand. Caitriona klammerte sich an mich und während wir uns küssten, hob ich sie an ihren Schenkeln hoch. Sie schlang ihre Beine um meine Taille und drückte mich an sich, und ich drückte mich gegen sie.

Die Leidenschaft explodierte förmlich. Ich atmete schwer. Caitriona riss mir mein T-Shirt vom Leib, und begann dann, meine Jeans aufzuknöpfen.

Ich hielt inne, um sie gewähren zu lassen, und drückte ihr einen Kuss auf den Hals. „Dieses Mal hart und fest."

Ihr kurzes Nicken gab mir grünes Licht.

Ich ließ sie auf ihre Füße sinken und zog ihr die Leggings aus. Darunter war sie nackt, und ich fasste ihr zwischen die Beine, versenkte meine Finger in ihre Erregung und mir war bewusst, dass ich das gewesen war. Ich hatte sie so erregt. Ich würde nie über die Tatsache hinwegkommen, dass sie mich wollte. Sie war nur wegen mir feucht.

Caitriona stöhnte leise auf. Ich wollte sie unbedingt schmecken, aber das konnte nur auf eine Weise geschehen.

Ich legte den Rest meiner Kleidung ab und zog Caitriona die Bluse aus. Dann nahm ich mir einen Moment lang Zeit, um ihre perfekten Brüste zu bewundern, bevor ich sie wieder in meinen Griff nahm. Mein steifer Schwanz verlangte Einlass in ihren zarten Körper.

„Kondom", flüsterte sie.

Fuck. Ich murmelte eine Entschuldigung, griff nach unten, um es aus meiner Jeans zu ziehen. Übergezogen brachte ich mich wieder in Position und legte ihre Beine um meine Taille, dann glitt ich ganz langsam in Caitrionas enge Wärme.

Wir unterdrückten beide ein Stöhnen.

Mein Schwanz pulsierte und wurde noch dicker. Ich zog ihn heraus und stieß dann kräftig zu. Caitriona keuchte und packte mich an den Haaren, um mein Gesicht zu ihrem zu ziehen. Sie küsste mich und verschluckte mein nächstes Stöhnen. Das war zu gut. Zu natürlich und richtig.

Ich beschleunigte das Tempo und bewegte meine Hüften, um sie so zu ficken, wie ich es versprochen hatte. Zuvor hatte ich mit ihr geschlafen, aber das hier war reines animalisches Verlangen, das die Oberhand gewann. Ich hatte in schmerzhaften Erinnerungen herumgestochert und die Bestie in mir geweckt.

Die Erregung verdrängte meinen Verstand. Caitriona zum Orgasmus zu bringen, wurde zu meinem einzigen Ziel.

Ich bewegte mich vor und zurück, um in Fahrt zu kommen. Sie empfing mich und nahm alles, was ich zu geben hatte. Wir unterbrachen unseren feuchten Kuss und ich legte meinen Kopf in ihre Halsbeuge.

Ich stürzte mich auf sie. Immer und immer wieder,

mit zunehmender Kraft. Selbst in meinem erregten Zustand konnte ich spüren, wie sie sich innerlich an mich klammerte. Sie krallte sich in meinen Rücken und trieb mich lautlos an.

In meiner Position, in der ich Caitriona gegen die Wand drückte, konnte ich sie nur ficken, weil ich das unbestreitbare Bedürfnis hatte, dieser Frau alles zu geben. Was auch immer wir füreinander waren, ich hatte heute Abend eine Grenze überschritten, und es gab kein Zurück mehr.

Das wollte ich auch nicht.

Die Veränderung in meinem einsamen Leben hatte etwas in mir ausgelöst, das mir sehr wichtig war.

Eine neue Welle der Lust durchströmte mich, und es prickelte an der Basis meiner Wirbelsäule. Fuck. Ich könnte noch stundenlang weitermachen, wenn Caitriona das wollte, aber ich wollte auch kommen. Und zwar bald.

Ich wurde langsamer, um den Winkel zu ändern, und prüfte Caitrionas Gesichtsausdruck im gedimmten Licht meines Schlafzimmers.

„Hör nicht auf", flehte sie heiser. „Ich komme gleich."

Oh Gott.

Ihre Worte bewirkten, dass ich die Kontrolle verlor, die ich so sorgfältig bewahrt hatte. Jetzt stieß ich mit aller Kraft in sie hinein. Ein Zittern erfasste meine Muskeln und es war nicht genug Luft im Raum, um meine Lungen zu füllen.

„Lochie!" Caitriona krümmte sich in meinen Armen, dann drückte sie sich mich an sich und kam.

Mit kaum unterdrückter Erleichterung gab ich meine

Kontrolle auf und tat es ihr gleich, stieß noch einmal zu und kam dann zum Stillstand. Ich kam in ihr und spritzte den Inhalt meiner Eier in sie. Mein Orgasmus löschte meine Gedanken aus, und ich sog das Gefühl in mich auf. Das absolut süchtig machende Gefühl der Lust. Aye, das war so nötig, so perfekt.

Gemeinsam atmeten wir durch und erholten uns von dem Hochgefühl. Sobald ich wieder klar denken konnte, trug ich Caitriona zu meinem Bett und setzte sie dort ab. Dann entsorgte ich das Kondom, kroch unter die Decke und zog meine Frau wieder in meine Arme.

Sie griff nach mir und drückte mich fest an sich, ihren Kopf auf meiner Brust.

Wir ließen die Welt, das Gute und das Schlechte und alles, was dazwischen lag, an uns vorbeiziehen.

22

Caitriona

„Papa!"

Als Islas Stimme ertönte, richtete ich mich ruckartig auf und war kurzzeitig desorientiert.

Ich war in Lochies Bett, in seiner Hütte.

Nackt.

Die Türklinke senkte sich, und ich holte tief Luft, bevor ich mich wieder hinlegte und mir die Decke über den Kopf schlug.

„Kann ich fernsehen?", fragte das kleine Mädchen munter.

„Aye. Ich komme gleich, um dir Frühstück zu machen", antwortete Lochie mit einem leisen Grollen.

Einen Moment später zog er mir die Decke von Gesicht. Ein amüsiertes Lächeln umspielte seine Lippen. „Morgen."

„Verdammt. Ich wollte nicht bei dir schlafen."

„Ist schon okay. Sie hat es nicht gemerkt."

Er legte seinen Arm um mich und zog mich an seine

Brust. Dann küsste er mich innig.

Benommen blinzelte ich ihn an. „Wow. Guten Morgen.“

Ich bemerkte Lochies breites Grinsen und grinste zurück wie ein Trottel. Nach allem, was er gestern Abend gesagt hatte, kannte ich ihn so viel besser. Und mochte ihn dafür umso mehr.

Bram Lochinvar MacNeill. Beschützer einer Flüchtigen und hingebungsvoller Vater.

„Du redest nach letzter Nacht immer noch mit mir“, sagte er.

„Warum sollte ich das auch nicht?“

Lochie zuckte mit den Schultern. Seine Zuversicht stand auf der Kippe.

„Ich habe eine Frage“, sagte ich.

„Schieß los.“

„Warum hast du Livs Bitte zugestimmt, als sie auftauchte? Es war eine große Bitte von jemanden, den du seit Jahren nicht mehr gesehen hattest.“

Er seufzte. „Ich weiß. Das war es. Aber ich hatte immer so ein schlechtes Gewissen darüber, wie sich unsere Wege damals trennten.“

„War sie deine Freundin?“

„Nein. Sie wollte mich, und ich war ständig beim Militär, also habe ich sie abgewiesen.“ Lochie warf die Laken zurück und klopfte mir auf den Hintern. „Komm schon. Wir müssen dich nicht heimlich rausbringen, bleib doch zum Frühstück?“

Ich nickte langsam. Lochies Schlafzimmer hatte

keine Tür nach draußen wie meins. Hier war die Tür in die Küche und vermutlich verschlossen. Wir erhoben uns aus dem Bett, sammelten unsere Sachen ein und zogen uns an, während wir uns gegenseitig einen Blick zuwarfen. Als wir fertig waren, öffnete Lochie die Tür und spähte hinaus. Er winkte mir, ihm zu folgen, und wir gingen den kurzen Flur entlang.

Im Wohnzimmer hockte Isla mit dem Rücken zu uns auf der Couch.

Ihr Vater ging schweigend an ihr vorbei, und ich ging auf Zehenspitzen näher an die Tür heran.

„Isla, Cait frühstückt mit uns", verkündete er plötzlich.

Der Kopf des kleinen Mädchens drehte sich. Ich erstarrte auf der Stelle.

„Hi, Cait. Kannst du mir vor der Schule die Haare flechten? Papa kann das nicht so gut." Sie starrte mich an und ignorierte den Zeichentrickfilm, der im Hintergrund lief.

„Sehr gerne", antwortete ich.

Lochie griff unauffällig nach meiner Hand und drückte meine Finger. „Ist dir kalt? Nimm meinen Kapuzenpulli vom Stuhl. Ich mache uns Kaffee."

Er verschwand in der Küche, und ich atmete tief durch. Mein dünnes T-Shirt war nicht warm genug für den kühlen Morgen, also schnappte ich mir den Kapuzenpulli und ging kurz ins Bad, bevor ich zu Isla ging.

Mit einem glücklichen Lächeln bot sie mir eine Haarbürste und eine Handvoll Haarbänder an. Ich grinste und teilte ihr dickes, goldenes Haar in drei Teile auf, um sie zu flechten.

„Weißt du, wenn du deine Locken ausbürstest, werden sie nur noch krauser. Meine Cousine Viola hat lockiges Haar, und das habe ich von ihr gelernt."

„Habt ihr euch gegenseitig die Haare gemacht?"

„Manchmal, aber Scarlet, meine Mutter, hat mir jeden Morgen meine Haare gemacht", sagte ich leise. „Ich hatte eine Phase, in der ich mir ausgefallene Frisuren wünschte. Ich brachte Viola dazu, einen Wettbewerb mit mir zu machen, wer die aufwendigste Frisur hat."

„Was hattest du denn für eine?"

„Französische Zöpfe. Ein glatter Dutt mit winzigen eingeflochtenen Zöpfen. Etwa sechs Monate lang haben wir alles Mögliche ausprobiert. Viola ist eher ein burschikoses Mädchen, aber auch extrem wettbewerbsorientiert."

„Kannst du das auch für mich machen?", fragte Isla entschlossen. „Komm jeden Tag zum Frühstück."

Ich holte tief Luft, konzentrierte mich aber auf die anstehende Aufgabe.

Das Ganze war … seltsam. Aber auch schön.

Als ich aufblickte, lehnte Lochie mit einer Schulter an der Küchentür und beobachtete uns.

Ich starrte direkt zurück.

„Papa, kannst du mir einen Toast machen? Ich kann mich nicht bewegen, während Cait mir die Haare macht", unterbrach Isla.

„Mache ich. Caitriona?"

„Toast klingt gut."

Er machte sich an die Arbeit, und wir aßen zusammen an ihrem kleinen Esstisch, während Isla von ihrer neuen Schulfreundin schwärmte, die immer schöne Frisuren hatte.

Viel zu schnell war das Frühstück vorbei, und ich kehrte in meine Hütte zurück, um meinen eigenen Tag zu starten. Ich duschte, zog mich für die Arbeit an und setzte mich rechtzeitig an meinen Laptop, um zu sehen, wie Lochie Isla zur Schule fuhr. Ich winkte und sie winkten zurück, wobei mir Lochie einen vielsagenden Blick zuwarf.

Bereits seit dem Aufwachen hatte ich ein seltsames Gefühl in der Brust.

Vielleicht war es eine intensive Art von Sympathie für die kleine Familie. Ich wollte Lochie bei seinem Problem helfen, Isla über ihre Herkunft aufzuklären.

Das war alles. Ein einfaches Bedürfnis, ein Problem zu lösen.

Ich stützte mein Kinn auf die Hände und mein Blick wurde distanziert, als ich mir Lochies Geschichte ins Gedächtnis rief. Die Gefahr, in die er sich durch seine Freundin brachte, hatte ihn eindeutig zu extremen Handlungen getrieben, aber das war schließlich auch sein Charaktertyp. Und sein Hintergrund mit der Flucht seiner Mutter vor seinem Vater. Er hatte mit keinem Wort erwähnt, dass er es bedauerte, und er liebte seine Tochter über alles und jeden. Sein Beschützerinstinkt war sein Antrieb. Er war in jeder Handlung zu spüren, nicht nur in seinem Job.

Lochie war der perfekte Vater für dieses Kind. Seine Ex-Frau hatte eine gute Wahl getroffen.

Etwa eine halbe Stunde nach Beginn meines Arbeitstages vibrierte mein Handy und ich erhielt eine Nachricht von Lochie. Ich hatte den Namen von Lochinvar Ross zu Lochie geändert, und der Anblick zauberte mir ein Lächeln ins Gesicht.

Lochie: Danke für letzte Nacht. Ich glaube, das habe ich noch nicht gesagt.

Caitriona: Ich sollte mich bei dir bedanken.

Lochie: Wie kann ich ein Augenrollen einfügen? Du weißt, was ich meine.

Ich grinste noch breiter.

Eine weitere Nachricht kam an.

Lochie: Erzählst du mir mehr über deine Probleme bei der Arbeit?

Caitriona: Wenn du das möchtest. Es ist seltsam. Mein Mantel wurde gestohlen, und mein Mittagessen wurde aufgegessen. Ich hatte es als Versehen abgetan, aber die Lunchbox mit den leeren Verpackungen wurde wieder in den Kühlschrank gestellt.

Lochie: Sonst noch etwas?

Caitriona: Meine Emails wurden gehackt. Denke ich. Es wurden mehrere Mails geöffnet, die ich noch nicht gelesen hatte. Der technische Support hat mir gesagt, ich solle mein Passwort ändern, aber es ist wieder passiert.

Lochie: War irgendetwas Persönliches in diesen E-Mails?

Caitriona: Mein Kontakt mit der Kinderwunschklinik, die ich in Anspruch nehmen werde.

Ich tippte die letzte Nachricht, löschte sie und tippte sie dann noch einmal. Es gab keinen Grund, mich komisch dabei zu fühlen, Lochie von meinen Plänen zu erzählen. Er wusste bereits davon, und es war für seine Frage relevant.

Seine Antwort ließ eine Weile auf sich warten.

Lochie: Du verdächtigst deinen Chef, aye? Was hat er getan? Sei bitte genau.

Caitriona: Zuerst war er übermäßig freundlich, dann gab es dieses seltsame Treffen, bei dem er anfing, darüber zu reden, wie gut seine Kinder geraten seien und dass ich mich nicht auf eine Kinderwunschbehandlung einlassen sollte.

Wenn man es so ausdrückt, ist Rupert der Hauptverdächtige schlechthin.

Lochie: Wie hat er sich verhalten, nachdem er mich in deinem Haus gesehen hat?

Caitriona: Er schickte seine Assistentin, um mir zu sagen, dass ich mehr im Büro arbeiten sollte.

Eine weitere Nachricht erschien auf meinem Display, aber von einer Social-Media-Seite. Ich öffnete sie.

Cait, ich bin's, Jude. Ich habe vergessen, mir deine Nummer zu merken, aber Chelle und ich freuen uns auf das Abendessen. Wir sehen uns heute Abend!

Oh Gott, das hatte ich ganz vergessen. Ich wollte sofort eine Absage schicken. Aber andererseits …

Jude war Ruperts Neffe. Ich könnte ihn ausfragen. Ich antwortete mit meiner Adresse.

Dann tippte ich eine weitere Nachricht an Lochie.

Caitriona: Ich werde heute mit seinem Neffen Abendessen, also werde ich versuchen, mehr zu erfahren.

Es kam keine Antwort, und ich verlor mich für eine Weile in E-Mails.

Bis zum Mittag hatte Lochie noch nicht zurückgeschrieben. Ich schaute stirnrunzelnd auf mein Handy und las dann unser Gespräch. Ich hatte ein paar weise Worte von dem Mann erwartet, für den der Schutz von Menschen das A und O ist.

Ich verharrte auf der letzten Nachricht. Ging es um das Abendessen mit einem anderen Mann?

Ich war überrascht und belustigt. Ich hatte noch nie eine Beziehung gehabt, und für diese kurzfristige Beziehung galten vermutlich nicht dieselben Regeln. Aber ich war mir fast sicher, dass der große Bergmann Lochie schmollte.

Grinsend fügte ich eine weitere Nachricht hinzu.

Caitriona: … mit ihm und seiner Verlobten.

Lochies beinahe sofortige Antwort brachte mich zum Lachen.

Lochie: Gut zu wissen. Ich sehe dich, wenn sie weg sind.

*P*unkt neunzehn Uhr dreißig klopfte es an meiner Tür. Ich huschte zur Tür, während ich mir die Hände abtrocknete.

Jude wartete an der Tür. Er war allein.

Er begrüßte mich mit einem schnellen Kuss auf die Wange.

„Hey. Du hast mich ja schnell hergefunden. Wo ist Chelle?" Ich führte ihn herein und schaute auf sein Auto.

„Ähm, etwas unangenehm, aber wir haben uns darüber gestritten, hierher zu kommen, und sie ist zu Hause geblieben. Ich wollte dich nicht im Stich lassen, also bin ich allein gekommen. Ist das eine schlechte Idee?

Ich kann auch wieder gehen." Er gestikulierte mit gerümpfter Nase und verzogenen Lippen in Richtung Tür.

Mit seinem wuscheligen blonden Haar und dem süßen Gesicht hatte ich ihn früher irgendwie niedlich gefunden, aber das hatte sich längst geändert.

„Nein, nein. Ist schon in Ordnung. Es tut mir leid, dass ihr euch gestritten habt." Ich gestikulierte zum Tisch.

Jude setzte sich und ließ seinen Blick durch meine Wohnung schweifen. „Es ist seltsam, wenn man viel reist. Ich glaube, man vergisst gesellschaftliche Gepflogenheiten. Ich nahm an, dass Chelle einverstanden sein würde, aber ich lag falsch. Mein Fehler."

„Wollte sie nicht mitkommen?" Ich schenkte mir ein Glas Wasser aus der gekühlten Flasche ein, die ich bereits geholt hatte.

Jetzt, wo wir nur zu zweit waren, erschien es mir unangemessen, eine Flasche Wein zu holen.

„Jetzt wird es noch unangenehmer. Ich habe einen Riesenfehler gemacht und ihr erzählt, dass wir miteinander geschlafen haben. Äh. Ich will immer ehrlich zu ihr sein, aber in diesem Punkt hätte ich mich wohl zurückhalten sollen."

Unbehagen machte sich in meinem Bauch breit, und ich verschränkte die Arme vor mir. „Es war ja nicht so, dass wir zusammen waren oder so. Vielleicht hättest du ihr sagen sollen, dass da nichts war?"

Jude untersuchte weiter meine Wohnung, bevor er seinen Blick wieder auf mich richtete. „Das habe ich gemacht. Ich muss es wohl falsch ausgedrückt haben."

Wahrscheinlich hätte er gar nicht hierherkommen

sollen, sondern bei seiner Verlobten bleiben sollen, aber es wäre unhöflich von mir, das zu sagen.

„Wir können uns immer noch unterhalten", sagte ich zügig. „Ich serviere das Abendessen und du kannst mir von deinen Reisen erzählen."

Jude war schon immer ein geselliger Mann und ein ausgezeichneter Geschichtenerzähler gewesen. Ich bereitete das Abendessen vor – Spinat-Ricotta-Cannelloni mit einem knackigen Salat – und hörte zu, während er die besten seiner Urlaubsgeschichten erzählte.

Als wir beim Dessert angelangt waren, hatte ich mich etwas entspannt.

„Wie gefällt dir die Arbeit an der Universität?", fragte Jude.

Das war meine Gelegenheit. „Die Arbeit ist in Ordnung, aber ich bin mir nicht sicher, ob ich sagen würde, dass ich vollkommen zufrieden bin."

„Macht mein Onkel dir das Leben schwer? Ich habe ein paar Abende mit ihm verbracht, und er hat mir ziemlich große Neuigkeiten von dir erzählt. Es tut mir leid, dir das sagen zu müssen."

Ich riss die Augen auf. „Das hat er? Das ist ..."

„Äußerst unangemessen und unprofessionell? Ja, das war es. Er verhält sich deswegen irgendwie seltsam."

„Was hat er gesagt?"

Jude strich sich über sein Haar und zersauste es. Er schaute unter seinen Haarsträhnen hervor. „Ähm, das ist etwas heikel. Zuerst sollte ich dir sagen, dass meine Mutter ihn nicht mehr sehen will. Er ist der Bruder meines Vaters, aber selbst nach Vaters Tod wurde Rupert immer noch zu Familienessen eingeladen. Aber Mutter hat damit aufgehört, und sie wollte nicht sagen, warum, nur dass er komisch geworden ist."

„Was hat er über mich gesagt?"

„Dass du ein Kind bekommst, ohne einen Mann zu haben. Er findet das nicht richtig."

Mein Blut kochte. „So eine Frechheit."

„Ich weiß. Das ist einer der Gründe, warum ich hierhergekommen bin. Ich dachte, du müsstest es wissen, und ich wusste nicht, wie ich es ansprechen sollte. Wir haben uns schon lange nicht mehr gesehen, aber wir waren immer gute Freunde gewesen."

Obwohl ich mich über seinen Onkel ärgerte, strahlte die Fürsorge meines Freundes eine gewisse Wärme aus. „Das weiß ich wirklich zu schätzen. Du hast recht, du warst einer meiner engsten Freunde an der Uni."

„Ja, oder? Ich habe von Zeit zu Zeit an dich gedacht und gehofft, dass es dir gut geht. Wenn du über diese Dinge reden willst, bin ich immer noch für dich da."

Er strahlte Anstand aus. Er wartete auf mein Wort.

Mein Handy vibrierte auf dem Tresen. Ich griff danach und starrte auf das Display.

„Scheiße."

„Was ist los?" Jude spähte zu mir rüber.

Ich tippte eine Nachricht.

„Es tut mir so leid. Ich muss unser Essen wohl vorzeitig beenden."

„Oh, wie traurig! Aber das ist schon in Ordnung, ich wollte sowieso gerade gehen. Was ist denn passiert?"

Es klopfte an der Tür, und ich sprang auf, um sie zu öffnen. Lochie wartete auf der anderen Seite, bereits in seinem Overall und sichtlich in Eile.

„Tut mir leid, dass ich störe. Ich könnte sie in den Hangar bringen, aber sie ist schon im Bett und schläft."

Ich drückte seinen Arm. Spätabendliche Einsätze kamen vor, und ich passte gerne auf Isla auf.

„Geh nur. Ist schon gut." Dann murmelte ich etwas, was Jude nicht hören konnte. „Ich warte oben auf dich."

Lochies Blick verfinsterte sich, dann warf er einen Blick über meine Schulter zu meinem Gast. Was immer er sah, ließ den fürsorglichen Blick in seinen Augen verblassen. „Willst du, dass ich warte, bis du abgeschlossen hast?"

„Nein, nein. Ich komme schon zurecht."

Er ging, und ich blieb an der Tür stehen und drehte mich zu Jude um.

Der schockierte Blick meines Freundes blieb an Lochies wegfahrendem Auto hängen. „Oh mein Gott. Wer war das?"

Ich konnte mir ein Kichern nicht verkneifen. „Lochie. Er ist der Leiter der Bergrettung. Ich passe manchmal auf seine Tochter auf, wenn er auf Einsätzen ist."

Jude fächelte sich Luft ins Gesicht. „Gib mir Messer und Gabel. Ich will diese Chemie zum Abendessen."

Ich verdrehte die Augen. „Ja, da könnte was dran sein." Ich war bisher noch nie in der Lage gewesen, auf diese Art und Weise über das Thema zu sprechen, aber es war befreiend. „Er und ich ... wir stehen uns nahe."

„Aber ich dachte – vergiss es. Ich kümmere mich um meine eigenen Angelegenheiten." Jude griff nach seiner

Jacke und wischte sich spöttisch über die Stirn. „Ich hätte nie gedacht, dass ich den Tag erleben würde, an dem du dich in einen Mann verliebst. Gut, ich muss los. Nächstes Mal bei mir?"

„Meinst du, Chelle ist damit einverstanden?"

Er blinzelte mich an, als er schon halb aus der Tür war. „Äh, sicher. Ich werde mit ihr reden. Bis zum nächsten Mal."

Im Nu war Jude fort.

Ich schnappte mir meine Sachen, schloss die Tür ab und ging in Lochies Hütte. Ich musste Entscheidungen über die Arbeit treffen, denn Ruperts Verhalten hatte sich von merkwürdig zu inakzeptabel gesteigert, aber es gab noch mehr zu bedenken. Zu viel. Mein Kopf schmerzte fast von all dem. Ich kuschelte mich auf die Couch, schloss die Augen und mein Gehirn fokussierte sich auf eine einzige Sache. Lochie würde nach Hause kommen und mich mit in sein Bett nehmen.

Ich wünschte mir nichts sehnlicher als das.

23

Lochie

Islas Geburtstag begann mit strahlendem Sonnenschein und ein wenig Schnee, der über die Nacht gefallen war. Sie stürmte bei Tagesanbruch in mein Schlafzimmer und sprang auf mein Bett, wobei ein Knie zu nahe an einer empfindlichen Stelle landete. Ich zog sie in eine Umarmung, während sie vor Lachen quietschte.

Nach unserem Beinahe-Vorfall letzte Woche, als sie beinahe Caitriona und mich zusammen im Bett entdeckt hätte, hatte Caitriona darauf geachtet, nicht mehr in meinem Bett einzuschlafen. Ich war kurz davor, zu verlangen, dass sie in meinen Armen schläft. Ich wollte unsere Beziehung vor den engsten Vertrauten bekannt machen. Aber es würde Isla zu viel bedeuten, wenn sie wüsste, dass wir ein Paar sind. Sie würde es nicht verstehen, wenn es an der Zeit wäre, zu gehen.

Meine Brust schmerzte, und ich drückte meine Tochter fester an mich. „Wieso bist du heute Morgen so aufgekratzt?"

„Papa! Heute ist mein Geburtstag. Ich werde heute

sieben", sagte sie kichernd.

„Nein, das kann nicht stimmen. Ich bin mir sicher, dass du im Sommer geboren wurdest, vielleicht vor fünf Jahren. Aye, so ist es."

„Fünf? Papa!", schimpfte sie, ihre hellblauen Augen weit aufgerissen.

„Ah, vielleicht hast du recht. Mal sehen, ob ich etwas für dich habe. Ab ins Wohnzimmer."

Sie hüpfte auf und davon, und ich folgte ihr und zog mir eine graue Jogginghosen an.

Als Isla aufschrie, grinste ich breit. Gestern Abend hatten Caitriona und ich das Zimmer mit einem Banner und Luftballons dekoriert, zusätzlich zu den wenigen Weihnachtsdekorationen, die Isla gebastelt hatte. Ach verdammt, Caitriona sollte hier sein, um das zu sehen. Sie war diejenige, die das alles auf die Beine gestellt hatte.

Isla schnappte sich einen Luftballon und warf ihn zu mir, dann stürzte sie sich auf das verpackte Geschenk und die Karte auf dem Tisch. „Darf ich es aufmachen?" Dann hielt sie inne. „Kann ich erst Cait holen? Wir werden heute einen Kuchen backen, und ich möchte nicht, dass sie es vergisst."

Ich atmete durch meine Nase ein. Ich bewegte mich auf einem schmalen Grat. Ich könnte sagen, dass es noch zu früh war, oder dass Caitriona vielleicht noch schlief, aber das nützte nichts. Ich wollte sie auch hier haben. „Aye, mach das."

„Ja!" Sie steckte ihre Füße in die Stiefel und war aus der Tür, bevor ich einen Schritt machen konnte, wobei ihr Morgenmantel flatterte. „Cait?" Sie hämmerte an die Tür.

„Herzlichen Glückwunsch zum Geburtstag, Isla",
ertönte Caitrionas warme Stimme.

Mein Herz klopfte.

Oh Gott, ich war am Arsch.

Dann tauchten die beiden an der Tür auf, und Caitrionas hübscher Blick fiel auf mich. Ich hatte mir nicht die
Mühe gemacht, ein Hemd zu tragen, und ihre Aufmerksamkeit verweilte auf meiner Brust.

Ich bewegte meine Schultern, sodass sich meine
Muskeln anspannten, was Caitriona ein Leuchten in die
Augen zauberte.

In nur wenigen Monaten hatte diese Frau Besitz von
meiner taffen Seele ergriffen. Sie war viel klüger als ich,
aber ich vermutete, dass sie keine Ahnung hatte, wie tief
die Bindung zwischen uns gehen konnte. Ihr Angebot war
mutig gewesen, aber es war auch eine Fassade.

Sie wollte mich, und ich wollte sie.

Was für ein schönes Durcheinander wir angerichtet
hatten.

Mit rosa Wangen zog sie die Augenbrauen hoch und
wandte sich dann wieder meiner Tochter zu, die die Tür
geschlossen und ihre Stiefel ausgezogen hatte. „Ich kann
nicht glauben, dass du heute schon sieben Jahre alt wirst.
So ein erwachsenes Mädchen. Hast du dein Geschenk
schon aufgemacht? Willst du noch eins?"

Caitriona hielt eine schwere Tasche hoch, und Isla
hielt sich die Hände vor den Mund. Sie schaute mich an,
um Erlaubnis zu erhalten. Ich neigte den Kopf, und sie
stürzte sich auf Caitrionas Geschenk.

Ein paar Papierschnipsel später holte sie einen Stapel

hübscher Kleidungsstücke hervor. Darauf wartete eine Schachtel mit Haarschmuck. Ich neigte dazu, funktionelle Kleidung für Isla zu kaufen, und ich hatte keine Geduld für die lächerlichen Outfits, die für Mädchen angeboten wurden. Blöde Sprüche auf der Vorderseite, keine Taschen. Ihr Einhorn-Strampler war eine Ausnahme von meiner Regel und wurde nur gekauft, weil sie quengelte.

Caitrionas Sachen trafen einen Nerv, den ich übersehen hatte.

Isla hielt sie der Reihe nach hoch und schwärmte von den Mustern und Farben. Für Mädchen, aber gut verarbeitet und dennoch kindgerecht. Das letzte Stück, ein Kleid, entsprach fast dem Kleid, das ich an Caitriona gesehen hatte.

Die besagte Dame warf mir einen Blick zu und zuckte mit den Schultern. „Als ich erst mal mit dem Einkaufsbummel begann, war ich nicht mehr zu bremsen. Scarlet kam mit mir, und wir haben so viele schöne Sachen gefunden. Ich hoffe, das ist in Ordnung?"

„Ich liebe alles. Danke." Isla umarmte Caitriona fest und antwortete für mich.

Ich ließ ein sanftes Lächeln meine Antwort sein.

Meinem eigenen Geschenk, einer Karaokemaschine, wurde endlich Aufmerksamkeit geschenkt, und es folgte eine weitere Umarmung, bevor ich losgeschickt wurde, um Frühstück zu machen. Isla probierte ihre Kleidungsstücke an und sang in ihr Mikrofon. Da es Wochenende war, hatten wir eine Morgenwanderung geplant, bevor Caitriona und Isla den versprochenen Kuchen backen wollten.

So etwas hatten wir noch nie erlebt – einen einfachen, fröhlichen , familiären Geburtstagsmorgen. Ich konnte das

Gefühlsfeuerwerk in mir kaum ertragen.

Als wir startklar waren, fuhr ich uns zu einem von Caitriona ausgewählten Ort und fand meinen Weg durch die nun vertraute Landschaft, obwohl ich mich in einem Strudel aus brandneuen Gefühlen verlor. Selbst mit meiner Schwester in der Nähe waren Isla und ich immer eine Einheit aus zwei Personen gewesen. Aber meine Tochter schritt voraus, knirschte durch den Schnee, Hand in Hand mit Caitriona, und ich hatte noch nie etwas so sehr gewollt wie das. Noch nie.

Weihnachten war in zwei Wochen. Irgendwie würde Caitriona Teil unserer Pläne sein.

Am Fuße des Wasserfalls, an dem ich die Crew vor einiger Zeit für einen Übungseinsatz trainiert hatte, zeigte Caitriona Isla das, was sie den Einhorn-Pool nannte. Sie warfen Kieselsteine hinein, und Caitriona erzählte Geschichten, die ihr Vater ihr über diesen Ort erzählt hatte.

Wie die magischen Einhörner einen Mann gerettet hatten, der von den versteckten Klippen hoch oben gestürzt war.

Isla saugte alles auf und war so glücklich wie nie zuvor.

Caitrionas Handy vibrierte. Sie starrte stirnrunzelnd auf das Display und tippte dann eine Antwort ein, während Isla auf Erkundungstour loshuschte.

„Alles in Ordnung?", fragte ich.

„Es ist Jude, der Freund, der am Freitag zum Essen bei mir war. Er sagt, er hat etwas über seinen Onkel zu besprechen. Er hat mich gebeten, später nach Inverness zu kommen, um ihn zu treffen."

Ich unterdrückte das Gefühl, ihn nicht zu mögen. Seit ich den Mann in Caitrionas Hütte erblickt hatte, hatte ich ein schlechtes Gefühl. Ich wusste, dass ich überfürsorglich war, und neben Isla stand auch Caitriona ganz oben auf der Liste der Menschen, um die ich mich kümmern musste, aber es ging über pure Eifersucht oder gar Intuition hinaus.

Jude hatte zwar für Caitriona gelächelt, hatte mir aber einen bedeutungsvollen Blick zugeworfen, der herausfordernd und selbstgefällig war. Alle Männer kannten diesen speziellen Blick. Er war unmissverständlich und sagte einen Kampf um die Frau an.

Seine Anfrage löste sich in Luft auf, als Caitriona sich umdrehte, aber den kurze Kontakt hatte seinen Zweck erfüllt.

Er hatte sich mit mir angelegt, der kleine Scheißer.

Ich würde nie versuchen, Caitriona zu kontrollieren oder zu bestimmen, mit wem sie Zeit verbringt. Dennoch stand der Drang, sie vor seinen Absichten zu warnen, stand im Konflikt mit meinem Bedürfnis, unsere Vereinbarung aufrechtzuerhalten. Für sie waren wir nur Freunde, die Sex hatten. Ich hatte keine Rechte, bis sie mir diese gab.

Sie tippte eine Antwort. „Tut mir leid, Kumpel. Heute nicht. Das wird wohl warten müssen."

Sofortige Erleichterung durchströmte mich. Auf der anderen Seite der Schlucht schleppte Isla einen Stock durch den Schnee, mit dem Rücken zu uns, sodass ich mir eine Sekunde Zeit nahm, um Caitriona an der Taille zu packen und zu küssen.

Ihre kalten Lippen erwärmten sich unter meinen.

Caitriona lächelte gegen meinen Mund, bevor sie einen Blick zu Isla warf und zurücktrat. „Wofür war das?"

„Du hast meine Tochter an erste Stelle gesetzt. Danke."

„Immer."

Ihr Handy vibrierte wieder in ihrer Hand. Sie warf einen Blick darauf und grinste. „Ah, sie haben es geschafft. Skye sagte, sie würde mit ihren Kindern und ihrer Nichte Florrie kommen. Sie ist so alt wie Isla. Außerdem ist Skye gut mit der Mutter von einer von Islas Schulfreundinnen befreundet." Sie kaute auf ihrer Lippe. „Ich habe mir überlegt, dass wir den Kuchen nach dem Backen ins Castle bringen und eine Teeparty veranstalten könnten. Skye organisiert, dass das andere Mädchen ebenfalls kommt. Das wird Isla gefallen. Scarlet wird auch da sein. Ich könnte vielleicht die Tatsache einfließen lassen, dass sie nicht meine leibliche Mutter ist. Den Grundstein legen."

Akutes Glück und Sehnsucht schnürten mir die Kehle zu. So sehr, dass ich für einen Moment nicht sprechen konnte. Ich hielt Caitrionas Blick fest, bis ich wieder Herr meiner Sinne war. „Aye. Die Idee gefällt mir."

Sie sah mich an, und in ihrem Blick mischte sich Neugierde mit etwas, das ich nicht identifizieren konnte.

Mein Bergrettungstelefon ertönte mit seinem schrillen Ton.

Caitriona und ich zuckten beide zusammen.

Gott, was für ein Timing.

Ich riss mich aus meiner Träumerei los und nahm den Anruf entgegen. Innerhalb von dreißig Sekunden hatte mein Gehirn umgeschaltet und Adrenalin schoss durch mich hindurch.

„Ich habe einen Notruf erhalten", sagte ich.

„Nein!"

„Isla", brüllte ich. „Wir gehen zurück zum Auto."

Caitrionas Lächeln wurde schwächer, und sie folgte meinen langen Schritten, wobei sie eine Hand ausstreckte, um Islas Hand zu fassen. „Es tut mir leid. Ich kann das nicht glauben. Was ist passiert?"

„Kletterer sind an einer Felswand gefangen. Zwei Frauen, beide haben sich Verletzungen zugezogen, als der Hauptkletterer abstürzte. Einer Frau ist es gelungen, an ihr Handy zu kommen, und es scheint, als seien sie halb erfroren und hingen an ihren Kletterseilen."

„Gott." Caitriona betrachtete das Wetter. Wir hatten unseren Spaziergang früher gemacht, weil heute Nachmittag ein Sturm aufziehen würde. „Pass auf dich auf."

„Immer", versicherte ich ihr und fuhr los.

Bei den Hütten angekommen, war ich mehr als dankbar, dass ich Caitriona hatte, die sich um Isla kümmerte, und setzte sie mit der Bitte ab, ein Stück Geburtstagskuchen aufzubewahren, bevor ich mich auf den Weg zum Hangar machte. Unter solchen Wetterbedingungen bräuchten wir einen Großeinsatz, und die Leute warteten bereits. Ich hatte Cameron und Max als Vorauskommando losgeschickt und eine zwölfköpfige Besatzung in drei Autos mobilisiert, mit Kletter- und medizinischer Evakuierungsausrüstung an Bord. Der örtliche Rettungsdienst wurde alarmiert, um die Verletzten aufzunehmen, sobald wir sie geborgen hatten.

Da ich alles koordinieren musste, setzte ich mich auf

den Rücksitz des ersten Geländewagens.

Der Mann auf dem Sitz neben mir war ein bekanntes Gesicht. Alasdair war Caitrionas Vater und ein hilfsbereites Mitglied meiner Crew vor Ort. Er hatte sich die Zeit genommen, mir zu erklären, dass er unter schwerer Legasthenie litt, was bedeutete, dass das Lesen von Karten und schriftlichen Anweisungen ein Problem darstellte. Aus der Sicht der Besatzung bedeutete dies nur, das Bewusstsein für denjenigen zu erhöhen, mit dem er zusammenarbeitete. Sein ausgezeichnetes Gedächtnis verschaffte ihm jedoch einen Vorteil, und er kannte die Gegend und die Landschaft auf den Zentimeter genau.

Ich gab der Besatzung oft ausführliche schriftliche Einsatzberichte, hatte mich aber ein- oder zweimal mit Alasdair getroffen, um sie mündlich zu besprechen. Ich mochte den Mann sehr und respektierte seine Meinung. Sein bereitwilliges Lächeln und seine lockere Art erinnerten mich so sehr an Caitriona, dass ich ins Grübeln kam.

Ich nickte ihm zu. „Alasdair, erzähl mir von dem Klettergebiet."

„Ich sagte doch, du sollst mich Ally nennen." Er kratzte sich an seiner bärtigen Wange und seine Fingerspitzen streiften eine tiefe Narbe. „Kein typischer Ort, an dem man im Winter Kletterer findet. Es ist ein langer Weg nach oben, und auf dem ungeschützten Felsgrat ist es verdammt kalt. Heute war ein schlechter Tag, um diesen Aufstieg zu wagen."

In der Regel waren wir bemüht, die Menschen, die wir retteten, nicht zu verurteilen. Die Leute kletterten auf Berge, weil sie dort waren. An jedem beliebigen Wochenende zog es Zehntausende in die schottischen Berge.

Es war leicht, sich zu verirren oder zu verletzen, und die Betroffenen machten selten zweimal denselben Fehler. Aber ich konnte mir ein zustimmendes Lächeln nicht verkneifen.

Wir fuhren weiter, überquerten eine Schlucht und fuhren weiter bergauf. Unter den Reifen des Autos wurde der Schnee immer tiefer, und über uns zogen dicke Wolken auf. Mein Funkgerät piepte.

Max' Stimme ertönte über das Funkgerät. „Wir sind am Fuße des Anstiegs. Es ist verdammt eisig hier oben. Keiner von uns kann jemanden sehen."

Ich studierte die ausgedruckte Karte. „Ich wiederhole, ihr habt die Vermissten noch nicht gefunden, over?"

„Verstanden. Hier oben ist kein Mensch außer uns. Wir können die ganze Felswand überblicken. Da ist niemand."

„Irgendwelche Anzeichen von Kletterausrüstung?"

„Nein. Cameron suchte nach Fußabdrücken im Schnee und konnte keine finden. Keine Seile, Steigeisen, nichts."

„Wo genau seid ihr?"

Er übermittelte ihre Position.

Ich wiederholte es für Alasdair und die anderen Insassen des Wagens. Dem ersten Bericht zufolge hätten die Frauen direkt über unserem Vorauskommando sein müssen.

Wir fuhren zur Crew und kamen eine Stunde später zum selben Resultat.

Es gab keine Spur von den vermissten Frauen.

„Die Bergsteigerinnen haben sich wohl geirrt", meinte

einer der Männer.

Mist, das machte die Sache für uns noch hundertmal schwieriger.

Ein kurzer Anruf bei der Basis ermöglichte es uns nicht direkt mit den Frauen zu sprechen. Es gab keine Antwort auf die Anrufe, die wir an sie gerichtet hatten.

Das konnte nur eines bedeuten.

Unsere ernsthafte, aber zielgerichtete Rettungsaktion war nun eine Jagd und ein Wettlauf ums Überleben.

***

Stunden vergingen, und frischer Schnee peitschte mir gegen die Wangen, begleitet von einem fiesen Dezemberwind. Ich ging zurück zum Jeep, meine Gedanken kreisten, und der Sturm versuchte, mich von den Füßen zu reißen.

Von unserem ursprünglichen Standort aus hatte ich Cameron und Max abgezogen, um mit mir und Alasdair zusammenzuarbeiten, hatte unsere Mannschaft in Suchtrupps eingeteilt und zusätzliche Mitglieder angefordert. Dann hatten wir uns auf eine Liste mit den bekanntesten Felswänden konzentriert, die wir absuchen wollten.

Alles vergeblich.

In einer weiteren Stunde würden wir das Tageslicht verlieren. Das sich verschlechternde Wetter hatte die Landschaft bereits verdunkelt, Schneeverwehungen verdeckten Orientierungspunkte.

Ich hatte noch nie so schlechte Bedingungen erlebt, aber ich kannte die Konsequenzen.

Wenn wir die Bergsteigerinnen nicht bald fanden, riskierten sie ihr Leben, falls das nicht schon geschehen war. Mein Herz wurde schwer. Menschen starben auf dem Berg. Bei der Royal Air Force hatte ich schon einige Leichenbergungen geleitet, und es war schrecklich.

Ich stieg im selben Moment in den Jeep, als Alasdair auf der anderen Seite einstieg. Cameron und Max gesellten sich zu uns.

„Scheiße. Scheiß auf diese Verfolgungsjagd." Max nahm seinen Helm ab und verstreute Schnee, sein Blick finster vor Enttäuschung.

Ich hatte dasselbe Gefühl, versuchte aber, es nicht zu zeigen.

Alasdair atmete tief Luft ein. „Ein weiterer Fehlschlag. Wir haben die Liste mit den bekanntesten Felswänden abgehakt. Was nun?"

Ich streifte meine Handschuhe ab. „Cameron, melde dich bei der Basis, um zu sehen, ob es irgendwelche Neuigkeiten gibt."

Er brummte zustimmend und setzte sich ans Funkgerät, während ich einen heißen Kaffee von Alasdair entgegennahm. „Wir brauchen die Tonaufzeichnung dieses Notrufs"

Normalerweise hätte inzwischen jemand aus meiner Crew den Anruf abgehört oder die Abschrift gelesen, aber wir waren noch nicht dazu gekommen.

Wir machten alle eine kurze Pause, dann ertönte mein Funkgerät und die Stimme forderte meine Aufmerksamkeit. Ich antwortete Wasp, dem Leiter meines zweiten Teams.

„Schnee hat sich angesammelt, dreißig Zentimeter oder mehr in der letzten Stunde. Wir müssen uns in tiefere

Lagen begeben, bevor die Straße unpassierbar wird, over“, rief er ins Funkgerät.

„Verstanden. Macht das“, antwortete ich ohne zu zögern, wobei meine Beunruhigung wuchs.

In dem Moment, in dem ein Besatzungsmitglied in Gefahr geriet, verschoben sich meine Prioritäten. Wir würden mit allen Mitteln um die Rettung eines Menschenlebens kämpfen, aber ich musste die Sicherheit der freiwilligen Helfer im Auge behalten.

Noch mehr Menschen zu verlieren, war keine Option.

Eine Minute später ging eine weitere Meldung ein – das dritte Team zog sich vom Berg zurück.

Ich bestätigte die Meldung und griff mir mit meinen noch kalten Fingern ins Haar. „Scheiße.“

„Wir haben die Tonaufnahme des Notrufs“, verkündete Cameron.

Wir vier beugten uns vor, um sie anzuhören.

Eine angespannte Frauenstimme erfüllte das Auto. „Wir brauchen die Bergrettung. Schickt sie dringend. Wir waren klettern, und meine Freundin ist gestürzt. Sie hängt an einem Seil. Ich glaube, sie ist ohnmächtig. Felsen haben meinen Arm getroffen, und ich kann mich nicht bewegen.“

„Klingt nach einer Engländerin“, murmelte Alasdair. „Ich versuche, ihren Akzent zu erkennen.“

Die Anruferin sprach weiter mit dem Disponenten über den Unfallort.

„Coire an Loch. Wir sind über das Wasser gepaddelt und dann hierher gewandert. Es war ein Fehler. Wir sind erschöpft. Bitte helfen Sie uns!“

Die Anruferin legte auf, und wir vier wurden still.

„Sagt mir, was ihr denkt", forderte ich.

„Sie hat den Ort sofort und exakt angegeben", sagte Cameron.

„Es besteht die Möglichkeit, dass sie selbst abgestiegen sind und sich nicht gemeldet haben." Alasdairs Stimme füllte sich bei seinen eigenen Worten mit Zweifel.

Ich verzog die Lippen. Es war nicht ungewöhnlich, dass eine Gruppe selbst den Abstieg fand, aber selten, dass sie die Suchaktion nicht abbrachen, sobald sie wieder in Sicherheit waren.

„Das war ein Streich", sagte Max langsam.

Wir alle drei drehten uns zu ihm um.

Alasdair, sein Vater, runzelte die Stirn. „Wie kommst du darauf?"

„Sie sagte, sie sind rübergepaddelt und dann gewandert. Das nächste größere Gewässer ist zwei Stunden zu Fuß entfernt und wahrscheinlich an den Ufern vereist. Die Meldung kam um elf Uhr rein, aye? Kein vernünftiger Mensch würde sich die heutigen Wetterprognosen ansehen, vor Sonnenaufgang mit dem Kanu aufbrechen, durch das Eis paddeln und dann zu diesem Aufstieg wandern. Es wäre unmöglich gewesen, zum Ausgangspunkt zurückzukehren."

Der Wind brauste und brachte das Auto zum Schwanken, um seinen Standpunkt zu unterstreichen.

Ich ließ mir diese Aussage durch den Kopf gehen. So wie Menschen, die sich selbst retten, kamen auch Scherzanrufe vor, aber ich hatte in all den Monaten, in denen ich die Leitung hatte, noch nie einen erhalten. In den wenigen Fällen, die ich bisher mitbekommen hatte,

hatte die Leitstelle den Betrug erkannt, bevor jemand nach ihnen gesucht hatte. Teenager waren die häufigsten Täter, und es waren immer männliche Anrufer

„Scheiße", murmelte Cameron. „Je mehr ich darüber nachdenke, desto mehr Sinn ergibt es. Und das würde auch erklären, warum wir heute keinen einzigen Kletterverein mit Mitgliedern antreffen konnten. Niemand sonst hat das Risiko auf sich genommen. Wie viele Wanderer haben wir gesehen?"

„Höchstens eine Handvoll, und keinen, der sich in die höheren Lagen wagt", antwortete Alasdair.

Ich war verunsichert, denn ich musste eine Entscheidung treffen, und ganz gleich, wer auf die Idee gekommen war, die Verantwortung lag bei mir.

Wenn diese beiden Frauen sich an eine Felswand klammerten und ich sie ihrem Schicksal überließ, war ich für den Verlust ihres Lebens verantwortlich. Wenn sie überhaupt noch am Leben waren.

Wenn sie überhaupt existierten.

Nach einer kurzen Aufforderung an eine andere Mannschaft, das Seeufer zu überprüfen, wandte ich mich an meine Männer. „Gibt es noch einen Ort, an dem wir es versuchen können? Irgendeine brauchbare Eingebung?"

Auf dem Fahrersitz stellte Cameron die Scheibenwischer ein, um den Schnee zur Seite zu wischen, und blickte dann zum Horizont. „Es gibt keine Spur, die deutlicher wäre als den Ort, den sie genannt hat. Machst du die Meldung?"

Das musste ich. Es gab keinen konkreten Ort, an den man suchen konnte, keine neue Spur. Nichts, was es rechtfertigen würde, die mir unterstellten Männer zu erschöpfen.

In diesem Moment ließ der Sturm den schweren Jeep mit einer eisigen Böe erzittern. Das Auto wackelte, und der Schnee versperrte uns die Sicht.

„Scheiße. Wir müssen hier verschwinden", murmelte Cameron. „Sag es, Lochinvar."

Vor Frustration biss ich die Zähne zusammen. Ich hatte keine andere Wahl. „Fahr uns runter."

Die Scheinwerfer und die Flutlichter waren in der Dunkelheit nahezu nutzlos, daher ließ Cameron den Wagen den Weg entlang rollen, den wir zuvor hochgefahren waren. Doch durch den Neuschnee war weder die Straße noch die Fahrspur gut zu erkennen.

Über Funk teilte ich meine Entscheidung mit, und die anderen Teams, die zum Hangar zurückkehren würden, antworteten mit Erleichterung.

Langsam fuhren wir weiter, bis Cameron anhielt und den Motor im Leerlauf laufen ließ. Ich hob meinen Blick und sah, wie er uns anstarrte.

„Unsere Fahrspuren sind verschwunden. Ich kann nicht sehen, wo wir entlangfahren sollen. Dieser Bergrücken hat zerklüftete Felsen, die eine Schlucht umgeben, welche nun durch den Schnee verdeckt wurde. Wenn ich darüberfahre, versinken wir."

Wir alle schauten hinaus. Der Himmel und das Land waren inzwischen eine einzige weiße Unschärfe. Der Schnee prasselte schneller auf die Windschutzscheibe, als die Scheibenwischer ihn wegwischen konnten.

Mein Puls beschleunigte sich und das ausgeschüttete Adrenalin des Tages flammte wieder auf. Hier draußen festzustecken, würde für uns alle große Gefahr bedeuten. Wir mussten einen Weg nach Hause finden. Ich schnappte mir meine Handschuhe und zog sie an, dann öffnete ich die Autotür. „Ich gehe voraus."

„Ich komme mit." Alasdair schnallte seinen Helm an und stieg auf der anderen Seite aus.

Die eisige Luft saugte mir den Atem aus der Lunge.

Gegen den Sturm bahnte ich mir einen Weg zum vorderen Teil des Wagens. Alasdair drehte sich zu mir um, und wir stapften durch den Schnee. Die Kälte bahnte sich ihren Weg durch meine Isolierschichten und die kleinen unbedeckten Hautpartien in meinem Gesicht.

„Scheiße!" Ich stolperte.

Alasdair fing mich auf und hielt mich fest, bis ich mein Gleichgewicht wiedergefunden hatte. Unter meinen Füßen sorgten rutschige Felsen für schlechten Halt. Wir hatten kaum fünfzig Meter zurückgelegt, und ich konnte unseren Ausgangspunkt nicht mehr sehen.

Es gab keine Chance, einen Weg nach Hause zu finden.

„Zurück zum Auto", brüllte ich, und der Wind schnitt meine Worte ab.

Alasdair nickte, und wir hielten uns aneinander fest und wandten uns den hellen Lichtern des Jeeps zu.

Wir näherten uns stolpernd. Draußen wartete Max, der sich im Scheinwerferlicht abzeichnete.

Die Wucht des Windes warf mich zu Boden. An meiner Seite sank Alasdair mit einem Schrei in den Schnee.

„Vorsichtig, Papa." Max taumelte vorwärts.

Die Böschung, auf der er stand, rutschte unter seinen

Füßen weg. Ein Loch tat sich im Hang auf und versenkte den Schnee. Und den Mann.

In einem Wimpernschlag war Max verschwunden.

„Scheiße!", brüllte ich.

Alasdair erhob sich wie ein Besessener und stürmte durch den Schnee.

Ich folgte ihm. Eiskugeln prallten auf unsere Helme. Vor uns kletterte Cameron aus dem Jeep.

Wir näherten uns der Stelle, an der Max verschwunden war. Cameron hatte Recht gehabt – die Schlucht, um die er sich Sorgen gemacht hatte, befand sich direkt unter uns. Obwohl der Jeep auf festerem Fels stand, balancierte er nur wenige Meter vom Abgrund entfernt.

Wir hätten alle hinunterstürzen können.

Stattdessen war dieses Schicksal nur einem zuteilgeworden.

Alasdair lehnte sich vor, einen Arm zurück, damit ich ihn halten konnte. Er spähte hinüber.

„Ich sehe ihn. Max, ich komme. Beweg dich nicht!", rief er und drehte sich zu mir um. „Ich klettere jetzt runter."

„Halt dich fest", brüllte ich. „Wir werden dich hochziehen."

Er hielt inne und hob den Kopf. Sein verbissener Gesichtsausdruck zeigte Widerstand. Ich verstand ihn – wenn es Isla gewesen wäre, hätte ich mich kopfüber hinabgestürzt. Ich verstand auch, wie nahe sich diese Männer standen. Nicht nur die unmittelbaren Familienmitglieder, sondern die ganze Mannschaft würde füreinander durchs Feuer gehen.

Aber wir waren nicht mehr nur auf dem Berg gefangen, sondern brauchten nun auch einen technischen Rettungseinsatz. Ich musste eine ruhige Hand bewahren.

Cameron trat an meiner Seite, und ich reagierte mit einem Ruck.

„Max, Max, melde dich, over", sprach ich ins Funkgerät.

„Aye, am Leben. Nicht verletzt."

Seine Antwort beruhigte mich ein wenig.

„Kannst du dir ein Gurtzeug anlegen, damit wir dich hochziehen können?", fragte ich.

Eine Pause folgte. Das Heulen des Windes brachte uns dazu, uns zum Funkgerät vorzulehnen.

„Ich bin ein klein wenig verletzt."

„Scheiße. Ich werde absteigen." Cameron öffnete seinen Rucksack und holte ein Gurtzeug und Seile heraus. „Keine Widerrede. Ich bin beweglicher als ihr beide. Helft mir."

Ich meldete den Vorfall über Funk, während ein versteinerter Alasdair Cameron mit seinem Gurt half. Die Antwort der Basis war zu erwarten gewesen, ließ mir aber dennoch einen Schauer über den Rücken laufen.

Ich hatte die anderen Teams wegen des Sturms vom Berg weggeschickt. Niemand war in der Nähe, der uns bei der Bergung hätte helfen können.

Wir waren auf uns allein gestellt.

Kurzerhand überprüfte ich die Stabilität des Jeeps und genehmigte den Einsatz der Seilwinde. Egal wie stark Cameron war, wir würden die Zugkraft brauchen, um beide Männer aus der Tiefe zu ziehen.

Dann ließ sich der junge Teamleiter in die klaffende Schlucht hinab.

Er verschwand aus dem Blickfeld und ließ sich nach unten gleiten. Max' Vater führte ihn, sein Blick war wie gefesselt, seine Aufmerksamkeit fixiert. Ich beobachtete die Winde und wartete auf das Signal, dass Cameron sein Ziel erreicht hatte.

Nach einer gefühlten Ewigkeit ertönte mein Funkgerät.

„Sichern, over."

Ich stoppte das Abseilen und wartete. Um uns herum sank die Temperatur, und das Wetter verschlechterte sich weiter. Nach einigen Minuten meldete sich Camerons Stimme wieder.

„Hochziehen. Macht langsam. Max' Arm ist wahrscheinlich gebrochen, over."

An der Kante ballte Alasdair seine Fäuste, offensichtlich verzweifelt.

„Ganz ruhig", murmelte ich ihm zu, nicht dass er mich hören konnte, und aktivierte die Seilwinde.

Durch ein paar kleine Umdrehung des Seils erschien Max in Sichtweite. Sein Vater unterstützte ihn und hob ihn dann hoch. Der jüngere Mann umklammerte seinen linken Arm und sein Gang war unsicher. Er ließ sich auf den Boden sinken, und wir machten ihn so vorsichtig wie möglich los und holten Cameron zurück.

Der zweite Aufzug ging leichter, und zwanzig Minuten nach dem Unfall standen wir alle vier wieder auf festem Boden.

Während Alasdair Max stützte, packten wir zusammen und kehrten zum Jeep zurück.

Innerlich zitterte ich bis in die Knochen. „Gute Arbeit, Leute. Max, sprich mit mir."

Sein Vater nahm Max' Helm ab und untersuchte sein Gesicht.

„Mir geht's gut. Der Arm ist im Arsch. Ich kann ihn nicht heben."

Als er uns alle ansah, zeigte sich, dass er Schmerzen hatte, auch wenn er es nicht zugeben würde. Seine Dankbarkeit zeigte sich auch und ich spürte sie bis in die Knochen.

„Wir kriegen dich schon wieder hin. Hier." Ich gab dem Jungen Schmerztabletten.

Er schluckte sie und schloss die Augen.

Wir alle atmeten tief durch.

Nach einer Minute war ich wieder Herr meiner Sinne und überlegte, was ich als Nächstes tun sollte. „Cameron, wie viel Benzin haben wir noch?"

„Ein Drittel des Tanks."

Wir würden jeden Tropfen brauchen, um uns warm zu halten. Das Auto war bereits eingefroren. „Lass den Motor an. Wir lassen ihn jede Stunde kurz laufen, um warm zu bleiben, und wir drei können uns abwechseln, um den Auspuff vom Schnee zu befreien. Wir warten ab, bis der Sturm nachlässt."

„Ich will ja kein Schwarzmaler sein, aber die Vorhersage ist, dass es schlimmer wird. Selbst wenn es nachlässt, können wir nicht mehr runterfahren", gab Max zu bedenken.

Er hatte Recht. „Das können wir nicht. Aber sobald

wir draußen aufrecht stehen können, können wir ein flaches Stück Boden finden und die Leuchtraketen abfeuern."

Alle drei Männer verstummten und begriffen, was das bedeutete.

Es gab keine Möglichkeit, aus eigener Kraft von diesem Berg hinunterzukommen.

Ich sammelte mein Funkgerät ein und zwang mich, den nächsten Schritt ruhig anzugehen. Ich hatte nicht nur mein Team in Gefahr gebracht, sondern würde auch noch eine weitere Mannschaft herbeirufen müssen, um uns zu retten. Was als eilige Rettung zweier Seelen begonnen hatte, betraf nun uns.

„MRT zwei-eins-null an Basis, over."

„Verstanden, MRT zwei-eins-null. Wie ist euer Status?"

Ich holte tief Luft und schloss die Augen. „MRT-Unfallopfer gerettet, alle stabil. Bereitet einen Heli für die Bergung vor, wenn möglich. Wir werden Hilfe brauchen, um nach Hause zu kommen."

Falls sich der Sturm legen würde, bevor uns der Treibstoff ausging.

Mein ohnehin schon kalter Körper fröstelte. Wir hatten Notrationen, Unterschlupf und Kommunikationsmittel. Es gab keinen Grund zu verzweifeln.

Ich könnte mir Sorgen machen, dass der Geburtstag von Isla, den Caitriona so besonders gemacht hatte, ruiniert war, weil ihr Vater nicht nach Hause kam.

Aber es war ein anderer Gedanke, der meine müden Muskeln unter Spannung setzte. Meine aufkommenden

Gefühle für Caitriona waren keine Kleinigkeit. Ich konnte nicht so tun, als wären sie harmlos oder schwach. Sie wurden immer heftiger, bis es nur noch ein denkbares Resultat gab.

Sie war den ganzen Tag in meinen Gedanken. Ihr Profil vor Augen. Ihre sanfte Berührung war eine Sucht und die sichere Landung, nach der ich mich sehnte.

Ich war dabei, mich in diese Frau zu verlieben.

Wie sehr ich mich auch davor verstecken mochte, wenn es darauf ankam, war sie die einzige Wahrheit, die ich kannte.

Jetzt musste ich nur noch überleben, um ihr diese Tatsache mitzuteilen.

24

Caitriona

Händeringend schritt ich durch die große Halle von Castle McRae und strich mit meinen Fingern die Linien der Steinplatten entlang.

Mein Vater, mein Bruder Cameron und Lochinvar waren auf einem Berg gefangen. Das Wetter hatte sich nicht gebessert, und es war keine Rettung für sie in Sicht.

Max war verletzt.

Sie waren alle in Gefahr.

Große Angst kontrollierte meine Schritte. Ein furchtbarer Schmerz quälte mich in der Brust und der damit verbundene Druck machte mir zu schaffen.

„Caitriona?" Ma kam zu mir und nahm meine Arme, um meine Bewegungen zu stoppen. „Komm, setz dich einen Moment. Du bist ganz blass."

„Ich werde immer panischer."

Sie musterte meine Gesichtszüge und führte mich zu einem Stuhl. Vor Stunden, bevor sich die Situation verschlimmert hatte, hatten Mama und ich Isla ins Bett gebracht. Ich wusste schon, was ich zu sagen hatte, und erzählte, dass Scarlet technisch gesehen meine Stiefmutter war, aber dass Familie nicht durch Blut definiert wurde.

Das kleine Mädchen hatte es gelassen hingenommen. Sie hatte mich angestarrt, als wollte sie mich etwas fragen, aber sie hatte sich damit begnügt, mich daran zu erinnern, dass ihr Vater das Stück Geburtstagskuchen brauchen würde, wenn er endlich nach Hause käme. Sie schlief schnell ein, entspannt durch die beruhigenden Worte über die baldige Rückkehr ihres Papas.

Ich konnte diesen Worten keinen Glauben mehr schenken.

Ich hatte ihre Hand gehalten und meine aufsteigende Angst tief in mir versteckt.

Jetzt kam sie zum Vorschein.

Es war zu lange her. Der gefährliche Abend war zu einer bitteren Nacht geworden. Unter diesen Bedingungen wurde es unmöglich, zu überleben.

Was wäre, wenn Lochinvar nie mehr nach Hause käme?

Dabei hatten wir trotz des Rettungseinsatzes einen so schönen Tag gehabt. Doch je später es wurde, desto mehr wuchs meine Verzweiflung.

Mama murmelte etwas von Tee kochen und verschwand in der Küche.

Ich schaute mich im Zimmer um. Meine Tanten, Mathilda und Taylor, saßen zusammen und unterhielten sich leise. Maddock, der in den Winterferien zu Hause war, wartete in einer Ecke in einem Sessel, wortlos, aber dennoch anwesend. Onkel Callum war in den Hangar gegangen, und ein paar andere schwirrten hin und her.

Scarlet kam mit einer dampfenden Tasse zurück und machte es sich neben mir gemütlich. „Hier. Trink das."

„Warum bin ich die Einzige, die ausflippt?"

Mutter legte den Kopf schief. „Worüber genau machst du dir Sorgen? Um deinen Bruder?"

„Um alle von ihnen. Dass sie es nicht vom Berg schaffen."

„Um Max mache ich mir auch Sorgen, aber vor allem, weil ich weiß, dass es mit seinem Gipsarm und ohne Beschäftigung ein Albtraum für ihn sein wird. Was den Rest betrifft ... Dein Vater steckte in den letzten Jahren zweimal über Nacht witterungsbedingt fest. Das kommt vor, und sie sind für diese Bedingungen gerüstet. Die Frage ist, wann, nicht ob, sie nach Hause kommen. Sieh dir Taylor an. Du weißt, wie sehr sie deinen Cousin Cameron schätzt, und sie kommt damit klar. Es wird ihnen gut gehen."

Scham überkam mich. Ehrlich gesagt, hatte ich kaum an Max und Vater gedacht. Ich wusste irgendwie, dass sie sicher sein würden.

Ich hielt die Hände hoch und starrte darauf, wie sie zitterten. „Ich weiß. Ich verstehe nicht, warum ich so reagiere."

„Ach nein?" Ma nahm meine Hand in ihre und ließ die Wärme in sie zurückfließen. „Ich will ja nicht neugierig sein, aber läuft da etwas zwischen dir und Lochinvar?"

Ich schluckte einen Kloß im Hals hinunter, da ich keine Antwort parat hatte. Ich wollte meiner Mutter gegenüber nicht zugeben, dass ich eine reine Sexbeziehung hatte, aber war das wirklich alles?

„Ja", sagte ich mit leiser Stimme. „Ich glaube aber nicht, dass ich beschreiben kann, was genau."

„Du magst ihn."

„Ja."

In ihr sanftes Lächeln mischte sich Verständnis. „Gut."

Es war nicht gut. Es war schrecklich. Als Teenager hatte ich hier an Ort und Stelle meine Cousins und Cousinen belächelt, wenn sie sich verliebten oder von ihren Schwärmereien sprachen. Ich hatte gute Miene zum bösen Spiel gemacht, und mit der Zeit war diese Maske Realität geworden. Jetzt hasste ich mich selbst.

Ich konnte keine Gefühle für Lochinvar entwickeln. Was für ein tragisches Fiasko machte das aus mir? Er würde bald abreisen, und selbst wenn er einen Weg finden würde, zu bleiben, was für eine halbherzige Beziehung könnte ich ihm bieten?

Ich, die Frau, die sich nie verlieben konnte.

Ich war eine Lachnummer.

Und dann war da noch der Blick, den Isla mir zugeworfen hatte. Ich war mir fast sicher, dass sie mich fragen wollte, ob ich ihre Mutter sein könnte. Wenn sie das getan hätte ...

Gott, ich hatte etwas Schreckliches getan.

Ich hatte sie an mich herangelassen. Sie ermutigt, mir zu vertrauen und sich auf mich zu verlassen. Wenn sie mich mochte, hatte ich ihr wehgetan, einem Kind, einer Unschuldigen. Sie würde nicht so leicht über mich hinwegkommen wie ihr Vater.

Mein Handy vibrierte in meiner Tasche. Ich überprüfte das Display.

Viola: Ich komme gerade vom heutigen Konzert zurück. Oh Mann, das war so lustig. Leo hat den ganzen Saal dazu gebracht, unserer Tochter ein Ständchen zu singen. Aber ich habe schlechte Nachrichten. Wir werden es zu Weihnachten nicht nach Hause schaffen. Leos Auftritte liegen dicht beieinander, und die Tour macht es unmöglich. Kannst du zu mir kommen? Vielleicht nimmst du dir diese Woche ein paar Tage frei? Wir sind am Donnerstag in Berlin, also wäre es nur eine kurze Reise. Ich vermisse dich so sehr!

Sie hatte offensichtlich noch nichts vom Rettungseinsatz gehört. Wie konnten andere Menschen ihr Leben weiterführen, während das hier passierte? Aber ihr Angebot sickerte in mein Bewusstsein. Es wäre der perfekte Ausgleich für meinen anderen bevorstehenden Termin in der Zukunft.

Heute früh hatte ich meine E-Mails gecheckt und eine Nachricht von der Kinderwunschklinik erhalten. Meine Anfrage nach einer Terminabsage war erfolgreich gewesen. Und schließlich hatte ich einen Termin, am Donnerstagmorgen. Aber die Freude darüber hatte mich nicht berührt, zu sehr war ich mit Isla beschäftigt gewesen und dann mit der zunehmenden Sorge um ihren Vater.

Das normale Leben konnte nicht weitergehen, solange das nicht geklärt war.

Ich konnte kaum noch atmen.

Auf der anderen Seite des Flurs läutete Mathildas Festnetztelefon. Sie nahm ab, wobei sie sich das andere Ohr mit dem Finger zuhielt.

Ich stand auf und hielt mich an Mas Arm fest. Mein Herz pochte.

Meine Tante hörte aufmerksam zu, dann senkte sie die Schultern und atmete aus. „Gott sei Dank. Sie kommen nach Hause. Der letzte Mann wurde mit der Winde in den Hubschrauber gezogen und sie sind vom Berg herunter. Sie sind in Sicherheit."

Erleichtertes Seufzen ertönten in der großen Halle. Maddock sprang auf und stürmte hinaus.

Ich stieß ein kleines, schmerzhaftes Keuchen aus und sank auf meinen Platz. Ma sagte etwas, das ich wegen des rauschenden Blutes in meinen Ohren nicht verstand.

So konnte es nicht weitergehen. Dieses Chaos, in das ich mich hineingeritten hatte, würde allen Beteiligten nur schaden.

Es musste aufhören.

25

Lochie

Mir war kalt bis auf die Knochen, trotz meiner warmen Hütte und dem Gewicht von Isla, die sich an mich schmiegte. In den frühen Morgenstunden hatte ich endlich das Castle erreicht, wo sie laut Caitrionas Nachricht auf mich gewartet hatten. Caitriona war genauso erschöpft wie ich gewesen, und wir hatten kaum miteinander gesprochen.

Sie war nicht mit zu mir nach Hause gekommen und hatte ihr eigenes Bett dem meinen vorgezogen.

Der Vorfall, ihr verletzter Bruder und das Risiko für ihre Familie hatten sie aufgewühlt.

Sie hatte sich auch Sorgen um mich gemacht. Das erkannte ich. Nicht anhand ihrer Lippen, sondern an den Blicken, die ihre Mutter uns zuwarf. An ihrem Gesichtsausdruck, als ihr Vater mich fest umarmte und darauf bestand, dass ich ihn Ally nannte.

Ein Schmerz überkam meine Brust. Vorsichtig löste ich den Griff meiner Tochter und machte mich auf den Weg ins Bad. Auf dem Rückweg heulte draußen ein Motor

auf, und ich spähte aus dem Fenster, um die roten Rück-
leuchten von Caitrionas Auto auf der Straße verschwinden
zu sehen.

Ach, verdammt. Sie musste einen frühen Termin
haben.

Ich suchte mein Handy, aber es gab keine neue Nachricht.

*Lochie: Es tut mir leid, dass ich dir Sorgen bereitet habe.
Ruf mich an, wenn du kannst.*

Dann blieb mir nichts anderes übrig, als meinen Tag
anzugehen.

Nachdem ich Isla in die Schule gebracht hatte, rief ich
Cameron an. In der Nacht hatte mich die Polizei benach-
richtigt und mich veranlasst, jetzt wo sich der Sturm gelegt
hatte, von weiteren Suchaktionen abzusehen.

Ich musste meine Gedanken mit dem Mann teilen.
Er gab mir die Adresse von Braithar, dem zweiten McRae
Castle, und ich fuhr hin.

Er empfing mich an der Tür und sein müder Blick erwiderte den meinen. „Wir fahren nicht mehr hinaus. Kann
ich davon ausgehen, dass Max Recht hatte?“

Ich folgte ihm hinein und betrachtete die prächtige
Eingangshalle mit ihrer verschnörkelten Treppe.

Cameron bemerkte meinen Blick und zuckte mit
den Schultern. „Hier wohnt Gordain. Ich arbeite eng mit
ihm zusammen und bin oft hier, wenn die Familie weg ist.
Ella, die Hausherrin, ist im Moment auch abwesend und
begleitet sie dann auf ihrer Tour, also wäre das Haus leer.“

„Du hast kein eigenes Haus?“

„Ich habe mich noch nicht darum gekümmert. Da

ich hier wohnen kann, fühle ich mich meinen Eltern nicht verpflichtet."

Aus irgendeinem Grund überraschte mich das. Dass Caitriona ihr eigenes Zuhause hatte und Cameron nicht.

Er führte mich in einen Speisesaal, und wir nahmen Platz.

„Die Polizei hat die Telefonnummer zurückverfolgt", sagte ich und kam damit direkt zur Sache. „Es war eine neue Nummer, die gerade erst vergeben wurde und zu einem nicht registrierten Telefon gehört. Sie können die Nummer nicht mehr zurückverfolgen."

Er holte tief Luft. „Es wird immer mysteriöser."

„Die Polizei glaubt, dass es ein Betrugsanruf war. Max' Intuition erwies sich als goldrichtig."

Cameron grummelte und strich sich über sein dunkelblondes Haar. „Was für eine Verschwendung. Zwanzig Rettungskräfte, ein Verletzter. Die Zeit, der Treibstoff, der verdammte Hubschrauber-Einsatz."

Meine eigene Frustration kochte hoch. „Die Sache ist die, dass es sich nicht so anfühlte wie andere Scherzanrufe, die der Dienst bisher hatte. Ich habe genug darüber gelesen, um den Unterschied zu erkennen."

„Ich weiß. Das dachte ich auch. Die Stimme klang so authentisch."

Ein weiterer Mann betrat den Raum. Max, sein Arm in einem Gips. Er ließ sich in einen Stuhl fallen, sein kastanienbraunes Haar war zerzaust und er hatte einen Bluterguss auf der Wange.

„Er ist heute um fünf Uhr morgens so aufgetaucht", erklärte Cameron. Er hob das Kinn und sah seinen Cousin an. „Willst du jetzt das blaue Auge erklären? Das hattest du nach dem Sturz noch nicht."

„Hatte ich nicht vor." Max richtete seine Aufmerksamkeit auf mich und schien sich nicht weiter für seine Tortur zu schämen. „Ich habe gehört, was du gesagt hast. Dieses Gespräch war gestellt. Davon bin ich überzeugt. Die Person hat mit den Worten nicht gezögert, sich nicht wiederholt und ist nicht ins Straucheln geraten. Es war alles klar und präzise." Er machte eine Pause, um zu überzeugen. „Es war einstudiert."

Ich dachte darüber nach. „Höchstwahrscheinlich hast du recht. Max, du hast gestern Abend große Einsicht und Reife gezeigt. Du hast gute Instinkte, weit mehr als ein Neunzehnjähriger haben sollte. Ich bin stolz darauf, dich in meinem Team zu haben."

Seine bleiche Haut errötete, aber er hielt meinem Blick stand und nahm das Kompliment an.

„Und du, Cameron." Ich warf einen Blick auf den anderen jungen Mann. „Es war ein großer Akt der Tapferkeit, Max zu helfen. Ich bin auch stolz auf dich."

Er winkte ab, wobei er den Kopf leicht neigte, um mir zu zeigen, dass er zu schätzen wusste, was ich für Max tat. Ich wusste bereits, dass sie gut zusammenarbeiteten und dass der Einsatz ein gutes Training war. Was auch immer Max für andere Probleme hatte, er blühte im Dienst auf.

„Ich werde den Einsatzbericht vorbereiten müssen. Ich nehme jetzt den Bericht über den ersten Einsatz auf, Cameron, und werde dann zum Hangar zurückkehren. Max, dein Bericht kann warten, bis du dich besser fühlst."

„Mir geht's gut. Mach kein Theater um mich."

Wir machten uns an die Arbeit, und Cameron versorgte uns mit Bacon-Sandwiches, wenn wir Hunger verspürten. Am Ende des Tages hatte ich meine volle Arbeitszeit im Castle abgeleistet, und die Pause hatte mir neue Kraft gegeben.

Bis meine dritte Nachricht an Caitriona endlich eine Antwort erhielt.

Caitriona: Ich bin heute Abend bei meinen Eltern.

Ich rief sie an, aber sie nahm nicht ab.

Am nächsten Tag passierte das Gleiche. Ich war zu beschäftigt, um vor ihrer Tür zu stehen, aber es war unübersehbar, dass sie mir aus dem Weg ging.

Ich vermisste sie. Isla vermisste sie.

Am Mittwochabend hatte ich genug vom Warten.

Um zehn Uhr kehrte sie zurück, fuhr in ihre Parklücke und eilte zu ihrer Tür. Ich trat aus dem Schatten und mein Herz klopfte wie wild.

„Caitriona.“

Sie schreckte zurück und ließ beinahe ihre Schlüssel fallen. „Lochinvar.“

Nachdem ich sie gebeten hatte meinen Spitznamen zu verwenden, traf mich dieser Ausrutscher hart. „Wir müssen reden“, brachte ich hervor.

Sie neigte den Kopf und atmete tief aus. Ihr Atem gefror in der kühlen Nachtluft. „Vermutlich, aber ich bin müde und brauche Schlaf. Ich habe morgen früh einen Termin und fahre dann zum Flughafen.“

„Zum Flughafen? Wo willst du denn hin?“

„Nach Berlin. Ich nehme mir ein paar Tage frei. Es ist schwierig auf der Arbeit, seit ich darum gebeten habe, von

Rupert weg versetzt zu werden, und außerdem wird der Termin sehr intensiv werden. Ich brauche eine Auszeit."

Auch von mir. Ich verstand die Worte, die sie nicht ausgesprochen hatte, verstanden. Ich strich mir durch die Haare. „Was ist das für ein Termin?"

„Tests in der Kinderwunschklinik und die Vereinbarung eines Behandlungsplans."

Verdammt. Ich starrte sie an, und alle möglichen Antworten strömten aus meinem verdammten Mund. Ich sollte ihr sagen, wie sehr ich sie in den Arm nehmen wollte oder wie sehr mein Herz ihr gehörte, aber alles, was ich herausbrachte, war ein einziges „Tu's nicht".

„Was soll ich nicht tun? Den Termin wahrnehmen, auf den ich seit Monaten warte?"

„Verlass mich nicht." Ich hatte keine vernünftige Begründung. Keine vernünftigen Gedanken. Nur den erdrückenden und sofortigen Entschluss, dass ich an ihren Plänen teilhaben wollte.

Ich hatte ein Kind großgezogen, das ich nicht gezeugt hatte, und im Laufe der Jahre hatte ich darüber nachgedacht, wie sehr mir der Teil der Schwangerschaft entgangen war. Die Hoffnung, die Sorgen und die Aufregung. Ich hatte unter äußerst schwierigen Umständen eine Tochter gewonnen und hatte keine Gelegenheit gehabt, darüber nachzudenken. Bisher hatte ich nicht daran gedacht, meine Familie zu erweitern. Dazu war ich noch nicht in der Lage gewesen.

Die Lage hatte sich geändert.

Wenn Caitriona sich für mich entschied, ergab das ein völlig neues Bild.

Ich wollte sie so sehr. Die Gedanken daran wurden immer stärker, bis sie schließlich real wurden. Es lag noch ein langer Weg vor mir, um das Leben, mit dem ich mich arrangiert hatte, zu ändern, aber der Gedanke war da. Vor allem, wenn ich jetzt ihre Worte hörte.

Ich zwang meinen Verstand dazu, sich zu sammeln. „Sag mir, was zwischen uns nicht stimmt, und ich werde es in Ordnung bringen. Habe ich dich verschreckt, weil ich auf dem Berg festsaß? Das tut mir leid. Lauf deswegen nicht vor mir weg."

„Ich laufe nicht weg. Wir sind nicht ... ich meine, es gibt nichts, wovor ich weglaufen kann."

„Doch, das gibt es."

Ich ergriff ihre Hand. Dann legte ich sie auf mein Herz.

Caitriona zerrte daran, aber ich hielt sie in dieser Position.

„Da ist es. Es schlägt gleichmäßig und für dich."

Sie riss ihre Hand aus meiner und trat zurück. „Nein. Sag das nicht. Das kannst du nicht."

„Warum nicht? Weil ich dir eine Heidenangst einjage? Das tust du mir auch. Das ist kein Grund, wegzulaufen."

„Ich laufe nicht weg."

„Du wirst in ein Flugzeug steigen."

Unsere Auseinandersetzung nahm an Intensität zu, und ich stand ihr gegenüber, unfähig, die steigende Spannung in mir zu stoppen. Die Spannung überwältigte mich und verdrängte jede Logik. Mein ruhiges Temperament verflüchtigte sich. „Geh nicht."

„Nimm nicht an, dass zwischen uns mehr ist, als das,

was wir vereinbart haben."

Ihre Zurechtweisung traf mich so hart, dass ich Sterne sah.

Ich nahm all meine Kräfte zusammen und sagte die dümmsten Worte meines Lebens, realisierte das zu spät und sprach sie dennoch aus. „Falsch. Ich sage es dir nur ungern, aber du bist von mir besessen. Du kannst dich verstecken, so viel du willst, aber das macht es nicht weniger wahr."

„Besessen?"

„Aye. Besessen."

Mein Bergrettungshandy schrillte.

Ah, verdammt. Verdammt!

Jedes verdammte Mal.

Ich schloss für einen Moment die Augen, meine Gesichtszüge hart. „Ich muss rangehen, aber sprich bitte mit mir, wenn ich zurück bin. Geh nicht weg, ohne es zu versuchen. Ich flehe dich an, Caitriona."

Ihr Blick verfinsterte sich und zeigte einen nicht zu übersehenden Schock.

„Ich werde auf Isla aufpassen", flüsterte sie.

Das war nicht genug.

Ich verringerte den Abstand zwischen uns und drückte ihr einen Kuss auf die Lippen.

Caitriona keuchte, und ich küsste sie leidenschaftlich und verzweifelt. Währenddessen schrillte der Alarm meines Telefons. Während mein Herz zersplitterte und auseinanderbrach.

Es blieb mir nichts anderes übrig, als zu gehen.

Caitriona sah mir hinterher, die Anspannung in ihren Gesichtszügen, die Verwirrung nur allzu deutlich.

Ich bin auch von dir besessen, hätte ich sagen sollen. Aber diese Worte kamen mir erst Stunden später in den Sinn, als ich auf dem kalten, gefrorenen Berghang das Gespräch erneut durchging.

Eine ganze Weile lang verachtete ich meinen Job und alles, was mich von Caitrionas Seite riss.

Eine Gruppe von Wanderern hatte sich verirrt und war unterkühlt und konnte trotz der klaren Nacht nicht zu ihren Autos zurückkehren. Ich stellte zwei Teams zusammen und machte mich auf den Weg in die Berge.

Bis zum Morgengrauen hatten wir keine verlorenen Seelen gefunden.

Hatten keine verlassenen Autos aufgefunden. Keine Rückrufe oder Nachrichten auf dem Anrufbeantworter. Die gleiche Frustration wie beim Scherzanruf vom Sonntag kam auf.

Ich kam nach Hause und fand eine leere Hütte vor. Isla war in der Schule abgeliefert worden und ein Zettel lag auf meinem Tisch.

Caitriona war wirklich und wahrhaftig weg.

26

Cait's Stalker

Wo, oh wo bist du hin, mein Schatz?
Ich schritt durch das geräumige Wohnzimmer des Hauses, während das Geräusch der spielenden Kinder im Obergeschoss meine Sinne irritierte.

Ich hasste es. Hasste es. Hasste es.

Nicht an der Universität.

Keine Erklärung.

Nicht in ihrer Hütte.

Ich hatte sie den ganzen Tag beobachtet, hatte mich tief in den Hügeln versteckt, halb erfroren im Schnee. Mein Schlafsack war aus dem Versteck gestohlen worden und mein Gehirn wurde von Verzweiflung angetrieben.

Wenigstens war sie nicht mit dem schwerfälligen Trampeltier von Nachbar zusammen. Er war mit seiner Göre gekommen und gegangen, stirnrunzelnd, als hätte ihn die Welt beleidigt. Er hatte viel Zeit bei Rettungsaktionen verbracht. Ich musste lachen, als ich sah, wie er durch die Gegend stürmte und seinen Truppen Befehle erteilte.

Es war leicht, ihn abzulenken. Schon bald würde ich mich gründlicher mit ihm befassen.

Später.

Eine Nacht in der Kälte hatte seine Einstellung nicht geändert. Heftigere Stürme waren zu erwarten, und es war nur eine Frage der Zeit, bis er einen Fehler machte und in einem solchen verschwand.

Cait würde ihn nicht vermissen. Dafür würde ich sorgen.

Sie würde sich mit interessanteren Dingen beschäftigen können.

Zum fünfzigsten Mal schnappte ich mir mein Handy und ging meine Liste ihrer Kontakte durch, überprüfte ihre Social-Media-Profile. Sie postete selten etwas, diese verdammte Schlampe. Wusste sie nicht, wie besorgt ich sein würde?

Düstere Stimmung machte sich in meinem Kopf breit.

Cait würde dafür bezahlen. Wenn ich sie nicht finden konnte, dann würde jemand anderes dafür büßen. Ihre Mutter vielleicht, die singend und ohne auf die Umgebung zu achten die Hauptstraße in die Siedlung hinein- und wieder herausfuhr.

Oder das kleine Mädchen, das sie so sehr zu mögen schien.

Mit der Zeit würde sie lernen, sich mir nicht zu widersetzen. Ich sollte in allen Dingen an erster Stelle stehen.

Ich war zu nett gewesen.

Cait würde es auf die harte Tour lernen müssen.

27

Lochie

Meine Besprechung mit dem Rettungsteam und den leitenden Einsatzkräften ging zu Ende und die Frustration stand allen ins Gesicht geschrieben. Unser polizeilicher Verbindungsbeamter klopfte mir auf die Schulter und murmelte eine höfliche Ermutigung, bevor er den Hangar verließ.

Wir hatten mittlerweile drei fingierte Einsätze gehabt, einen gestern Abend und einen heute Morgen, zusätzlich zu dem vom Sonntag. Alle mit unterschiedlichen Anrufern, an unterschiedlichen Orten, und alle hatten Stunden unserer Zeit vergeudet.

Das Fehlen eines Musters machte es schwieriger, die Täter aufzuspüren. In dieser Woche hatten wir zwischendurch auch echte Rettungsaktionen erlebt – die dafür sorgten, dass wir nicht verrückt wurden – aber die Schlussfolgerung der Besprechung war mir nicht ausführlich genug.

Das war kein Zufall.

Das Rettungsteam war Ziel der Aktion, aye, aber wer

leitete dieses Team? Ich. Ein untergetauchter Mann. Ich konnte das nicht als Zufall abtun.

Die Anwesenden gingen, und ich rückte die Stühle zurecht, weil ich nichts Produktiveres zu tun hatte. Ich sollte losgehen, um Isla vom Castle abholen, aber ich wusste, was sie mich fragen würden, und ich hasste es, sie zu enttäuschen. Sie hatte nach der Schule geweint, als ich ihr gesagt hatte, dass Caitriona nicht zu Hause war. Caitriona hatte ihr gesagt, dass sie ein paar Tage weg sein würde, aber Isla wollte wissen, wann sie zurückkommen würde. Das wollte ich auch, aber da ich keinen Kontakt zu ihr hatte, wusste ich es nicht.

Wusste nicht, ob sie mich überhaupt wollte.

Seit sie weg war, war ich mürrisch und völlig unglücklich.

Jemand räusperte sich. Ich drehte mich um und sah einen Mann an der Tür.

Ally, Caitrionas Vater.

Er war bei der Besprechung dabei gewesen, aber ich hatte gedacht, er wäre schon weg.

„Hast du einen Moment Zeit?", fragte er.

Ich seufzte, nickte aber. „Irgendwelche Gedanken zu dem Problem?"

„Aye, aber nicht den Einsatz betreffend."

„Wie geht's Max?"

„Genervt davon, dass du ihm verboten hast, hier aufzutauchen, bis er wieder vollständig genesen ist. Aber ich bin nicht deswegen hier." Er hielt meinem Blick stand, der ihn nicht herausforderte, sondern sorgfältig betrachtete. „Ich möchte mit dir über Caitriona sprechen."

Ah, verdammt. Sie hatte ihn gebeten, mich abzuservieren. Erschöpft ließ ich mich auf einen Stuhl fallen und hob eine Hand. „Schieß los."

„Meine Frau hat mir von euch beiden erzählt ..." Er hielt sich an der Stuhllehne fest, und Falten zogen sich über seine Stirn. Einen Moment lang sagte er nichts, dann formulierte der sonst so fröhliche Mann seine Worte mit besonderer Sorgfalt: „Meine Tochter ist mein Ein und Alles."

Ich wusste, dass sie sich nahestanden. Ihr Vater kam oft bei ihr zu Hause vorbei, und ihre Augen strahlten, wenn sie ihn sah. Auch bei Isla kannte ich dieses Gefühl.

Er fuhr fort, während ich innerlich zusammensackte.

„Hat sie dir etwas über ihre Herkunft erzählt?"

„Ein wenig über ihre leibliche Mutter."

Er geriet etwas aus dem Konzept. „Das wundert mich. Sie spricht nie über Kaylee. Eine ihrer Verwandten glaubt, das sei der Grund, warum sie sich von Beziehungen abgewandt hat. Die fehlende Verbindung."

Ich hatte keine Ahnung, was ich sagen sollte. Wie sie gesagt hatte, hatte Caitriona sich mir gegenüber zu nichts verpflichtet, außer zum Sex, und mich dann weggestoßen, als wir uns zu nahekamen. Ich hatte es noch schlimmer gemacht.

Sein Blick verfinsterte sich. „Liegt dir etwas an ihr?"

Es hatte keinen Sinn, es zu verbergen. „Weit über jede Vernunft hinaus."

„Das habe ich mir schon gedacht." Er sprang beschwingt auf und machte sich auf den Weg zum Ausgang.

„Warte. Willst du mich nicht warnen oder so?"

„Nein. Ich kann dir keinen Rat geben. Es sei denn, Caitriona sagt mir etwas anderes. Ihre Mutter und ich mussten nur wissen, in welche Richtung wir sie beraten sollen."

Ich strich mir mit den Händen über mein Haar und war plötzlich weit entfernt davon, imposanter Chef der Bergrettung zu sein. Ich war ein junger Mann, der ganz bescheiden, um das Wort von jemandem mit mehr Erfahrung bat.

„Ally, warte bitte."

Er legte den Kopf schief und wartete, während ich über meine Worte nachdachte.

„Ich habe noch nie jemanden so geliebt, abgesehen von Isla, meiner Schwester und meiner Mutter. Das ist etwas ganz anderes."

Ally grinste. „Gut zu wissen. Das erklärt eine Menge. Ich werde dir keine konkreten Ratschläge zu meiner Tochter geben, aber ich kann dich nicht vollkommen hängen lassen. Hier sind ein paar allgemeine Gedanken. Was hast du einer Frau zu bieten, Lochinvar? Das ist keine Antwort, die ich brauche, aber sie vielleicht."

„Ally, bitte", sagte ich, meilenweit in meinen Gedanken versunken.

Er klopfte an den Türrahmen und schenkte mir ein weiteres fröhliches Grinsen. „Lochie. Wir sehen uns in den Bergen."

Eine Viertelstunde lang blieb ich auf meinem Platz sitzen und dachte über seine Worte nach. Ich hatte Caitriona nichts geboten, außer meinen Körper zu benutzen.

Gott, alles, was sie wusste, war, dass ich gehen würde – ich hatte ihr gesagt, dass wir sofort gehen würden, wenn es nötig wäre.

Wenn sie mich wollte, war das eine neue Welt. Eine, in der ich mich nicht verstecken musste.

Das bedeutete, die Gefahr zu beseitigen.

Meine militärische Ausbildung hatte mich die Taktik gelehrt, Wertvolles zu verstecken. Isla vor denen zu verstecken, die ihr schaden wollten. Ausweichen statt Konfrontation mit einer unbekannten Macht.

Ich hatte die Chancen genutzt.

Doch Angriff ist die beste Verteidigung. Jeder Soldat wusste das.

Ich sprang auf und schnappte mir meine Schlüssel und mein Handy. Ich hatte etwas zu planen, und zwar sofort.

*N*ach dem Abendessen rief ich Mathilda im Castle McRae an, um Vorkehrungen für Isla zu treffen und sicherzustellen, dass meine Tochter morgen nach der Schule im Castle konnte, falls ich nicht rechtzeitig zurück sein würde. Dann ging es weiter nach Braithar, um Cameron zu besuchen.

Er empfing uns mit seiner Hündin im Schlepptau.

Isla quietschte vor Freude, stürzte sich auf das Tier und streichelte ihre die Ohren. Sie hatte Ellie schon mehrmals im Hangar getroffen und liebte sie abgöttisch. Wenn mein Plan aufging und wir uns niederließen, würde ich ihr einen Welpen schenken.

Camerons lächelte. „Kommt herein, wenn wir wollt.“

Wir traten ein und folgten ihm in den Aufenthaltsraum, wo Max mit gebrochenem Arm auf der Brust auf einer Couch vor einem großen Fernseher im Pausenmodus lümmelte.

Ich betrachtete das Bild genauer und erkannte die Frau. „Das ist das Mädchen auf dem Bildschirmschoner deines Handys.“

Isla spähte um mich herum. „Ihr Name ist Elise. Sie ist ein Filmstar. Sie ist so hübsch.“

Max verdrehte die Augen. „Cameron ist in sie verknallt, seit er ein Teenager war. Was meinst du, woher Ellie ihren Namen hat?“

Isla brach in schallendes Gelächter aus.

Max grinste. „Erwähne den Namen ihres Freundes und schau, wie er reagiert.“

Zu meiner großen Belustigung wurde Cameron, der kühle und ruhige stellvertretende Leiter, weitaus reifer als seine Altersgenossen und normalerweise stoisch, rot.

„Halt die Klappe.“ Er warf Max einen finsteren Blick zu und nahm dann die Fernbedienung in die Hand, um den Fernseher auszuschalten. „Brauchst du mich für etwas, Lochinvar?“

Ich hörte auf, ihn zu ärgern, zog ihn beiseite und ließ meine Tochter mit Ellie spielen, während Max den beiden einen Ball zum Spielen suchte.

„Ich muss morgen früh aufbrechen und bin eventuell über Nacht weg. Ich kann Isla nicht mitnehmen, also wird Mathilda sie von der Schule abholen und sich um sie kümmern.“

Ich stand dank dieses Jobs auf eigenen Beinen. Ich vertraute der Familie McRae durch und durch und wusste, dass sie sich um Isla kümmern würden. Mathilda hatte nicht einmal gezögert.

„Du brauchst mich, um die Bergrettung zu leiten“, fasste Cameron zusammen.

„Du hast es erfasst. Du hast die Erfahrung, um die Teams zu leiten. Ich gebe die Nachricht gleich morgen früh raus, damit sie deine Stimme in der Leitung erwarten können. Wir halten mittlerweile nach Scherzanrufen Ausschau, also sollten wir besser in der Lage sein, mit ihnen umzugehen.

Nicht zuletzt deshalb, weil ich vermutete, dass sie aufhören könnten, wenn ich nicht da war.

Er nickte langsam. „Das kann ich machen.“

„Aye, das kannst du.“

„Brauchst du Hilfe bei deiner Aufgabe?“, fragte er.

Ich hielt inne. Soweit er wusste, war ich gerade womöglich dabei, in letzter Minute Weihnachtseinkäufe zu erledigen. Aber sein aufmerksamer Gesichtsausdruck verriet mir, dass er mehr sah, als ich bereit war zu sagen, und dass er wahrscheinlich die aufsteigende Energie in mir wahrgenommen hatte.

Das Angebot tat mir im Herzen weh. Niemand konnte mir dabei helfen, ich war auf mich allein gestellt.

Ich drückte seine Schulter. „Nein, gerade nicht, aber ich bin dankbar für das Angebot. Isla? Wir gehen jetzt. Gib dem Hund eine Umarmung.“

„Viel Glück.“ Cameron lehnte sich an den steinernen

Eingang und sah zu, wie wir wegfuhren.

Ich würde diesen Jungen vermissen, wenn wir gehen müssten. Ich würde noch viel mehr vermissen.

Umso wichtiger war es, dass mein Vorhaben gelang.

Früh am nächsten Morgen gab ich meiner Tochter am Schuleingang einen Abschiedskuss, verließ das McRae-Anwesen und fuhr nach Süden. Um zehn Uhr überquerte ich die Grenze nach England und fuhr dann weiter. Liv war im HMP Low Newton in der Grafschaft Durham inhaftiert. Online hatte ich ein Treffen beantragt, und zu meinem Entsetzen war es genehmigt worden. Der Termin war für den Nachmittag angesetzt, sodass ich vorher noch Zeit totzuschlagen musste.

Nicht wörtlich.

Wahrscheinlich.

Ich fuhr weiter auf der A1 bis nach Newcastle und parkte dann an einer belebten Straße im Stadtteil Byker, gegenüber eines Pubs.

Einem Pub, von dem ich wusste, dass er früher Danny, Livs ältestem Bruder, gehört hatte.

Ohne einen Plan zu haben, der über Observation hinausging, saß ich im Auto und starrte das Pub an. Es gab nur ein paar Raucher zu sehen, die an der Tür verweilten. Der Regen prasselte auf die Windschutzscheibe. Die Raucher gingen in die Kneipe. Nach einer Stunde hatte ich noch kein Anzeichen des Besitzers gesehen und überlegte, ob ich hineingehen sollte.

Damit würde ich sein Territorium betreten, ohne Rückendeckung. Es gab keinen Grund, warum er mich wiedererkennen sollte – ich hatte niemanden aus der Familie gesehen, seit ich siebzehn war, und Liv hatte geschworen, ihnen nie zu sagen, dass ich Isla hatte. Aber wenn sie schlau gewesen wären und unsere Heiratsurkunde gefunden hätten, hätten sie mich aufspüren können.

Ich hatte die Idee verworfen, da sie es noch nicht getan hatten, aber mein Gesicht jetzt zu zeigen, könnte all das ändern.

Ich würde die Beute sein, nicht der Jäger.

Aye, das war eine schlechte Idee. Im Moment musste ich mich auf Beobachtung beschränken.

Ich ignorierte mein stumm geschaltetes Handy, denn der fehlende Kontakt zu Caitriona machte mir zu schaffen, und schaltete das Wegwerfhandy ein, mit dem ich meine Schwester immer kontaktierte. Ich rief mein improvisiertes E-Mail-Konto auf, ohne auf eine Antwort zu hoffen.

Zwei Nachrichten warteten auf mich, beide von Blair.

Ich öffnete sie nacheinander und überflog den Inhalt. Sie entschuldigte sich für die Funkstille und verwies auf ihre Mission – an einem heißen Ort, wo alles versucht hatte, sie zu töten.

Am Ende fragte sie nach einem Update über Isla.

Ich schrieb schnell eine Antwort, dann fügte ich absichtlich etwas hinzu.

Lochie: Wir sind glücklich, aber ich kann so nicht mehr leben. Meine Tochter hat etwas Besseres verdient. Ein Zuhause. Eine Familie jenseits von mir. Ich ergreife Maßnahmen, um in die Offensive zu gehen.

Bleib sicher – L

Ich schickte die Nachricht ab, lehnte mich zurück und tippte mit dem Daumen auf das Lenkrad. In der knappen Stunde, die mir zur Verfügung stand, würde ich bis zu meinem Besuch im Gefängnis hierbleiben, dann würde ich wahrscheinlich zur Abendschicht zurückkehren. Sobald ich den fraglichen Mann gesehen und hoffentlich sein Nummernschild oder andere Details in Erfahrung gebracht hatte, würde ich nach Norden fahren, wieder über die Grenze, und mich auf den Weg zu Livs Elternhaus machen, wo, wie ich glaubte, noch ihre Mutter lebte.

Ich hatte einen Plan gefasst und wollte das Wegwerfhandy gerade ausschalten, als es in meiner Hand klingelte.

Der Anruf war auf dem Display als ‚Anonym‘ gekennzeichnet. Ich nahm den Anruf entgegen.

„Lochie? Was ist dein Plan?", donnerte Blairs Stimme. „Wer gibt dir Rückendeckung?"

„Hallo auch an dich. Begrenzter Plan. Keine Rückendeckung", gab ich zu.

„Was zum Teufel tust du dann gerade?"

„Ich habe keine andere Wahl."

„Einen Scheiß hast du. Erkläre es mir."

Es war Monate her, dass wir das letzte Mal miteinander gesprochen hatten, aber als Mustersoldat war ihr Rat genau das, was ich brauchte.

Ich teilte ihr meine Gedanken mit, und die Empörung meiner Schwester hallte in der Leitung wider. „Halt dich verdammt noch mal zurück. Sammle dich. Sobald dich jemand erkennt, bist du waffenmäßig unterlegen. Auf welche Ressourcen kannst du zurückgreifen?"

Ich grummelte vor mich hin. Mit Ressourcen meinte
sie Menschen. Vorzugsweise ausgebildete und bewaffnete.

Wenn ich Livs gefährliche Verwandte wirklich ausschalten wollte, sollten das meine Hauptanliegen sein. Aber
im Gegensatz zu Blair war ich nie blutrünstig gewesen und
zog in fast allen Bereichen meines Lebens die Verteidigung
dem Angriff vor.

Cameron hatte mich gefragt, ob ich Hilfe brauchte,
und ich wusste, wie bereitwillig die McRae-Männer
füreinander einstehen würden. Vielleicht sogar für mich,
wenn ich darum bat.

„Keine. Ich habe Dutzende von Männern und Frauen
unter meiner Kontrolle, einer Handvoll würde ich mein
Leben anvertrauen. Es gibt keinen, dessen Leben ich zu
riskieren bereit wäre."

„Dann ist die Mission ein Reinfall, bevor sie über-
haupt begonnen hat. Mach keine halben Sachen. Geh
nach Hause, denk noch mal nach, sammle Informationen.
Das kann ich auch auf meiner Seite tun, jetzt wo ich etwas
Zeit habe. Ich kenne Leute, die das für dich tun können.
Es ist besser für dein Mädchen, wenn wir diese Option in
Betracht ziehen, als dass du in Stücke geschnitten wirst."

Ich konnte mir das gefährliche Lächeln meiner
Schwester vorstellen.

„Scheiße. Ich dachte, du wärst tot", stieß ich hervor.

Blair lachte auf. „Kannst du dir vorstellen, dass mich
irgendetwas verletzen könnte? Papa hat es versucht und ist
gescheitert. Ich habe ein gusseisernes Fell. Du darfst nicht
weich werden."

Wir verabredeten uns zu einem weiteren Gespräch, und als wir aufgelegt hatten, lockerte sich etwas in mir. Ich würde den Termin im Gefängnis trotzdem wahrnehmen, aber mit Vorsichtsmaßnahmen, um auf Nummer sicher zu gehen. Ich brauchte eine ausgereifte Strategie. Und Menschen an meiner Seite.

Mein privates Telefon surrte mit einer eingehenden Nachricht.

Cameron: Ich bin´s. Alles in Ordnung?

Ich antwortete dem jungen Mann und ein Lächeln umspielte meine Lippen.

Lochie: Aye. Ich atme noch. Danke, dass du dich sorgst. Alles in Ordnung bei dir?

Cameron: Keine Anrufe. Ich glaube, in Gordains Büro wurde eingebrochen. Es wurde nichts gestohlen, aber auf dem Boden lag ein Zettel mit deinem Namen drauf. Eine Referenz von deinem alten Job.

Oh, Scheiße.

Dann wusste er, dass Ross mein Deckname war. Und das wusste auch jemand anderes.

Lochie: Irgendeine Idee, wer eingebrochen ist?

Cameron: Nein. Es könnte ein Fehler gewesen sein und jemand hat die Tür offengelassen.

Er hatte mich nicht auf meiner Namensänderung angesprochen, und das wusste ich verdammt nochmal zu schätzen.

Eine neue Nachricht erreichte mich.

Cameron: Halt mich auf dem Laufenden. Melde dich einfach, wenn du kannst. Das Angebot für Hilfe steht immer noch zur Verfügung.

Ich schickte eine schnelle Zustimmung zurück und war mehr als dankbar, dass es Menschen gab, die sich um mich sorgten.

Dann tippte ich mit schmerzendem Herzen, was ich Caitriona persönlich hätte sagen sollen.

Lochie: Falls ich beim Schreien nicht deutlich genug war: Ich bin auch von dir besessen. Bitte komm zu mir zurück.

28

Caitriona

Ein eisiger Wind fegte über die Berliner *Straße des 17. Juni*, und Viola kuschelte sich an mich, wobei die mit Kunstpelz gefütterte Kapuze ihres Mantels ihr Gesicht halb verdeckte und die Polsterung ihren Babybauch kaschierte. In diskretem Abstand schlenderte ihr Sicherheitsbeamter umher und musterte die anderen eingehüllten Passanten auf Anzeichen von verrückten Fans.

Es war nicht wahrscheinlich, dass sie erkannt wurde, zumal ihr Superstar-Ehemann Leo bei einer Probe war und nicht bei uns. Auf jeden Fall machte es Spaß, mit einem Gefolge durch die Stadt zu fahren und ein warmes Auto zur Verfügung zu haben, wenn meine Cousine müde wurde.

Sie ging heute mit ihrer Krücke, also hatten wir es langsam angehen lassen.

Der Kampf mit den Elementen hatte es mir ermöglicht, meine Gedanken von all meinen Sorgen zu distanzieren. Bis zu einem gewissen Grad. Ein Aspekt verblasste nie – Lochie und

hatte, bevor ich gegangen war. Warum war ich weggelaufen?

Doch eine Sache durfte ich mir nicht erlauben. Ihn
und Isla zu verletzen, indem ich so tat, als könnte ich alles
sein, was sie brauchten.

Doch das schreckliche, zerreißende Gefühl in meiner
Brust hatte sich nicht verändert.

„Hier." Viola zeigte auf das Wahrzeichen vor uns.
„Das Brandenburger Tor."

Nach einem Vormittag voller Entdeckungen und
einem Brunch in einem Café hatten wir es zu dem prächti-
gen Torbogen geschafft.

„Es ist das Symbol des wiedervereinigten Deutsch-
lands", las Viola von ihrem Handy ab und gab mir dann
eine kurze Geschichtsstunde.

Meine Gedanken schweiften ab. Der gestrige Tag war
seltsam gewesen. Ich hatte meinen Termin wahrgenommen, aber als ich wieder herausgekommen war, hatte ich
auf der anderen Straßenseite niemand anderen als Jeremy
gesehen, den Bruder einer Freundin. Anfangs hatte ich ihn
verdächtigt, meine Tür beschmiert zu haben, nachdem ich
ihn abgewiesen hatte. Sollte er nicht in England sein? Er
hatte mich nicht angesehen, aber ich war völlig verängstigt
davongeeilt.

Dann war ich in ein Flugzeug gestiegen und war seither ständig unterwegs.

Ich brauchte den Abstand, damit ich nicht das Gefühl
hatte, verrückt zu werden.

Die Gig-Industrie arbeitete ununterbrochen, und Leo
wurde von Pontius zu Pilatus geschickt. Meine Paranoia

hatte nachgelassen, als ich Viola Gesellschaft leistete, aber später am heutigen Tag würde ihre Mutter zu uns stoßen, nachdem sie ihre Arbeit mit ihrem Orchester beendet hatte. Ich konnte mich hier nicht ewig verstecken.

Ein Klingelton ertönte. Viola kramte in ihren Taschen und begutachtete dann das Display ihres Handys. „Es ist Leo." Sie nahm den Anruf entgegen und verschränkte ihren Arm mit meinem, während sie zuhörte. „Warte einen Moment."

Sie schaute mich an. „Was dagegen, wenn wir zum Stadion gehen? Leo hat einen Song ausgearbeitet, den er uns vorspielen will."

„Los geht's."

Sie grinste und steckte das Handy weg.

Wahrscheinlich war Viola müde, und ich konnte mir vorstellen, dass ihr treusorgender Ehemann sich Sorgen machte, weil sie so lange auf den Beinen war. Das war mir auch schon durch den Kopf gegangen.

In zwei Minuten saßen wir im Auto mit Chauffeur und waren auf dem Weg zu der riesigen Arena. Gestern Abend waren wir im selben Stadion bei Leos Auftritt gewesen, und die ausverkaufte Menge war im Rockstar-Fieber gewesen.

Durch die Sicherheitskontrolle gelangten wir in das riesige Areal, in dessen Mitte sich die Bühne befand.

Leo jubelte und sprang von der Bühne, um seine Frau in die Arme zu schließen. Er hielt ihr Kinn und küsste sie, und ich sah lächelnd weg. Er grüßte mich und zog uns mit sich zur Bühne, wo er eine Gitarre in die Hand nahm.

„Ein neuer Song", sagte er in ein Mikrofon, viel leiser

als es heute Abend der Fall sein würde.

Wir hörten zu, ebenso wie viele der umherstehenden Crewmitglieder.

Wie immer griff ich in Leos Texten Phrasen auf, die ich leicht mit Vi in Verbindung bringen konnte. Leo hatte Lieder über sie geschrieben, seit sie Teenager waren, schon lange bevor sie ein Paar wurden.

Auch lange bevor sie realistischerweise hatten wissen können, dass sie verliebt waren.

Hm.

Ich hörte seinen Worten aufmerksam zu.

Mit einer beschwingten Melodie sang Leo darüber, wie jeder Grad von Liebe, den er empfand, ihn zerriss. Sein Inneres zerfetzte. Sein Herz zerbrach und neu aufbaute. Alles in Etappen, bis er sich so sehr verändert hatte, dass er nie wieder zurückkonnte.

Ohne es zu wissen, beschrieben Leos Worte den Schmerz in meiner Brust.

Er fuhr fort und meine Erkenntnis festigte sich.

Meine Gefühle hatten sich sukzessive entwickelt, bis zu der Nacht, in der Lochinvar verschwunden war, als sie unerträglich wurden. Mich lähmten.

Ich hatte gedacht, es sei der Schmerz über das, was ich nicht haben konnte, bestehend aus Bedauern und Unzufriedenheit. Aber vielleicht stand es auch für Veränderung.

Hatte ich mich völlig geirrt?

Leo beendete das Lied unter großem Beifall und begann dann ein anderes Lied, eine schwermütige Ballade.

Viola drückt meine Finger, bevor sie über die Bühne schritt und sich ihrem Mann anschloss. Ich setzte mich in die erste Reihe und ließ die Musik und die Ereignisse der letzten Monate auf mich wirken.

Zu den Klängen von Leos romantischer Melodie dachte ich über mein Leben nach.

Tatsache: Ich war definitiv nicht asexuell. Ich liebte Sex mit Lochie.

Diese Einschätzung war leicht zu treffen. Als nächstes die Sache mit den Gefühlen.

Aye, die hatte ich auch. Neu, und hell und allumfassend. Sie erschreckten mich zu Tode.

Meine natürliche Reaktion war, mich vor der Ehrlichkeit zu drücken. In allen anderen Bereichen meines Lebens verlangte ich sie, aber starke Emotionen hatte ich bisher gemieden wie die Pest.

Eine Person landete auf dem Sitz neben mir.

Ich drehte mich um und erkannte den großen, muskulösen Mann in einem schwarzen, engen T-Shirt vage als einen von Gordains Mitarbeitern. Ich erinnerte mich daran, wie er den verrückten Fan von Leos Probe in Inverness abgeführt hatte. Er hatte die Frau über seine Schulter geworfen und mir damit eine nette Fantasie geliefert, die ich mit Lochie ausprobieren wollte.

„Craig." Er reichte mir die Hand. „Bist du eine Freundin von Leos Frau?"

„Ich bin Cait, und ja, das kann man so sagen." Ich schüttelte seine Hand, um höflich zu sein.

„Schon lange hier?", fragte er. Als ich antwortete, ließ er seinen Blick über mich schweifen. Seine Pupillen weiteten sich, und dann erzählte er mir eine Geschichte über die Tour.

Während er sprach, legte Craig mit einer geübten Bewegung einen Arm auf die Rückseite meines Sitzes.

„Willst du nach dem Konzert backstage mit mir abhängen? Ich besorge dir einen Zutrittsausweis."

Es amüsierte mich, dass ich zum ersten Mal einen an mir interessierten Mann abweisen wollte, weil ich einen anderen hatte. Nicht, weil ich nicht interessiert war. Nicht, weil ich keine Beziehungen wollte.

Behutsam entfernte ich seinen verrutschten Arm und gab ihm ein Schulterzucken. „Ich bin nur hier, um meine Familie zu sehen. Tut mir leid, aber ich muss einen Anruf tätigen. Würdest du bitte … ?"

Craig lächelte reumütig, richtete sich aber auf und ging davon.

Kurzfristig energiegeladen griff ich nach meinem Handy und rief meinen Vater an. „Papa, das klingt jetzt vielleicht etwas willkürlich, aber ich muss dich etwas fragen."

„Schieß los", sagte er.

„Soweit ich mich zurückerinnern kann, hat Tante Georgia mir gesagt, dass ich anders bin, aufgrund dessen was meine leibliche Mutter getan hat. Sie sagte, dass ich mir dessen bewusst sein muss, damit ich mich selbst verstehe."

Papa grummelte, aber ich fuhr fort.

„Du weißt, dass ich mich nie für Beziehungen interessiert habe. Georgia sagte, ich hätte Probleme damit, mich von Menschen abhängig zu machen. Dass die erste unterbrochene Verbindung mein ganzes Leben beeinflusst und so viel Schaden angerichtet hat. Aber was, wenn sie sich geirrt hat?"

Da schien sich nicht mehr zurückhalten zu können und lachte laut los. „Natürlich hat sie sich geirrt. Als ich dich das erste Mal traf, warst du einen Monat alt und so hübsch. Wir hatten nie ein Problem mit Bindung. Genauso wenig bei deiner Mutter, deinen Brüdern, deinen Cousins und allen anderen, die dir etwas bedeuten. Georgia gibt ihren Kummer über den Verlust von Kaylee an dich weiter. Jedes Mal, wenn sie dich sieht, durchlebt sie es erneut, und die Frau sitzt in der Vergangenheit fest. Das fällt auf sie zurück, nicht auf dich."

„Es könnte allerdings etwas Wahres dran sein. Ich glaube, ich trage Trauer um Kaylee mit mir herum. Nicht nur die Tatsache, dass ich sie nie gekannt habe, sondern auch Mitleid. Sie hat ihr Leben und die Möglichkeit, ihr Baby kennenzulernen, verloren. Es ist so furchtbar traurig."

„Das ist es. Sie war eine wundervolle Frau. Sie hätte dich sehr geliebt."

Ich bewunderte meinen Vater. Er sagte es, wie es war, ohne zu versuchen, die Gefühle zu rationalisieren oder herunterzuspielen.

Meine nächste Aussage brachte ich kaum hervor. „Ich bin mir ziemlich sicher, dass die Trauer darin resultiert hat, dass ich mein Herz geschützt habe."

Er hielt inne. „Davon bin ich nicht überzeugt. Ich habe einfach angenommen, dass du jemanden Besonderes finden musst. Gibt es etwas, das du mir sagen willst?"

Ich lachte. „Tu nicht so, als wärst du überrascht, aber

ich habe etwas mit Lochinvar.“

„Scarlet hat es mir erzählt. Er passt gut zu dir.“

Wärme breitete sich in meinen Adern aus. Papa hatte mich immer ermutigt, offen zu sagen, wie ich die Welt fand, also gab es wenig, was er nicht über mich wusste.

„Glaubst du das wirklich?“

„Er ist fleißig, bescheiden, hartnäckig und ein toller Vater. Willst du ihn behalten?“

„Ich...“

„Ich werde mit deinem Onkel über seine Arbeit sprechen“, fuhr Papa fort. „Wenn Lochinvar hierbleiben soll, kann er nicht mit einem befristeten Vertrag bleiben. Überlass das mir.“

„Und wenn er nicht bleiben will?“, stotterte ich.

„Warum fragst du ihn nicht? Ah, deine Mutter braucht mich. Ich muss los.“

Mein Vater legte auf und ließ mich ratlos zurück.

Eine Nachricht erschien auf meinem Display. Mein Puls beschleunigte sich.

Lochie: Falls ich beim Schreien nicht deutlich genug war: Ich bin auch von dir besessen. Bitte komm zurück zu mir.

Oh Gott.

Leos zweites Lied endete, und ein Bühnenarbeiter trat mit Fragen an ihn heran. Viola kehrte zu mir zurück, mit einem glückseligen Gesichtsausdruck.

„Du siehst glücklich aus“, kommentiert sie.

„Bin ich auch. Oder ich könnte es sein. Ich habe ein wenig in mich hineingehorcht.“

„Was hast du entdeckt?“

„Ich glaube, ich bin in Lochie verliebt.“

Viola klappte die Kinnlade herunter. „Heiliger Strohsack. Ich dachte, du würdest sagen, dass du dich verlieben wirst. Komm her.“ Sie umarmte mich mit ihrem Babybauch zwischen uns.

Ich kicherte beschwingt, obwohl mir von der Offenbarung noch immer der Kopf schwirrte. Zuzugeben, wie ich fühlte, war nur ein kleiner Teil des Puzzles. „Ich war verängstigt. Das bin ich immer noch. Er könnte jederzeit gehen.“

„Vielleicht auch nicht.“

Aufregung machte sich breit.

Gordain schritt auf uns zu, stirnrunzelnd und die Lippen aufeinandergepresst. „Dein Vater“, er deutete auf mich, „hat mir gerade gesagt, dass ich die Bergrettung schlecht führe und dass die gesamte Mannschaft kündigen wird, wenn ich wieder übernehme.“

Ich brach in Gelächter aus.

„Ich nehme an, das ist ein unsubtiler Hinweis darauf, dass ich Lochinvars Amtszeit verlängern soll?“

Meine Heiterkeit ließ nach und ich wurde ernster. „Ist das denn möglich?“

Sein Stirnrunzeln vertiefte sich noch mehr. „Ich habe es bereits in Betracht gezogen. Es wird weitere Touren geben, und ich kann die Zeit nicht aufbringen, die die Bergrettung in Anspruch nimmt. Ich bin mir aber nicht sicher, ob er etwas Dauerhaftes sucht, deshalb haben wir das noch nicht besprochen.“

Ich ergriff die Hand meines Onkels. „Frag ihn. Bitte.“

Er legte den Kopf schief und begutachtete mich, wie

er es sonst mit einer besonders randalierenden Menschenmenge tat. Dann nickte er einmal, nahm sein Telefon und
tätigte einen Anruf.

„Anrufbeantworter", sagte er zu uns und räusperte
sich dann. „Lochinvar, ich muss mit dir reden. Wenn du
bereit bist, möchte ich, dass du die Leitung des Bergrettungsdienstes weiterhin übernimmst. Ruf mich zurück
und lass uns eine dauerhafte Lösung finden."

Ich nahm mein eigenes Telefon und tippte Lochie
eine Antwort.

*Caitriona: Ich werde morgen zu Hause sein. Dann können
wir reden. Du hattest mit allem recht.*

Ich umarmte mich selbst und stapfte durch einen
Sumpf, der einerseits aus Glück und andererseits aus
ängstlicher Verzweiflung bestand. Alles, was ich jetzt tun
konnte, war warten.

29

Lochie

Meine Ex-Frau ging durch den nüchternen Besuchsraum des Gefängnisses. Sie war abgemagert und zuckte zusammen, als sie sich in den Sitz sinken ließ.

Ihr Blick verharrte auf dem Tisch.

Das letzte Mal hatte ich sie vor einigen Jahren gesehen, als sie erst seit kurzem im Gefängnis gewesen war. Der Unterschied zwischen meiner energischen Freundin und dieser Frau erschreckte mich, und ich konnte nicht anders, als sie anzustarren. Das Gefängnis hatte Liv zugesetzt. Ich erkannte sie kaum wieder.

„Hast du Geld?", fragte sie. „Du darfst mir zwanzig Pfund geben."

„Das habe ich bereits mit dem Büro organisiert", murmelte ich. „Es ist schön, dich zu sehen."

Sie wippte mit dem Kopf und sah mich immer noch nicht an. „Ich bin jetzt allein."

Es dauerte eine Sekunde, bis ich begriff, was sie meinte. Die Vorstellung, im Gefängnis zu sitzen, war mir völlig fremd, auch wenn ich hin und wieder daran gedacht hatte. „Deine eigene Zelle? Das ist gut.“

Liv zuckte mit den Schultern.

„Unserem Mädchen geht es gut“, sagte ich schnell, denn ich wusste, dass es wehtun würde.

Ich hatte es Caitriona nicht gesagt, aber Liv hatte Isla bei der Geburt abgelehnt und sich geweigert, sie zu behalten. Damals hatte ich es gehasst, aber ich verstand es auch.

Livs Leben war von Anfang an bis heute eine Tragödie. Isla war nur ein weiterer Teil davon. Ich hatte Bilder und Neuigkeiten geschickt, aber Liv hatte nie eine einzige Frage gestellt.

Das gab mir einen noch größeren Grund, Isla zu lieben, wie niemand sonst es tat.

Sie antwortete nicht, also machte ich weiter.

„Deine Brüder sind aus dem Knast raus. Ich muss wissen, ob sie hinter uns her sind.“

Endlich hob Liv ihren Kopf. „Sie waren noch nie hier. Selbst wenn sie es versuchen, würde ich sie nicht sehen wollen.“

„Ich muss wissen, inwieweit sie eine Bedrohung für Isla darstellen.“

Liv runzelte die Stirn, dann zuckte sie mit den Schultern. „Das kann ich nicht sagen.“

„Schreiben sie dir? E-Mail? Telefon?“

„Nein.“

„Was ist mit ihrem leiblichen Vater?“

„Du bist ihr Vater. Keiner außer dir wollte sie haben.“

Verzweifelt grub ich mir die Finger in mein Haar. Das

brachte mich nicht weiter. Wenigstens wusste ich, dass Liv nicht kontaktiert worden war, aber das half mir nicht herauszufinden, ob sie hinter uns her waren.

„Als du zu mir kamst, schwanger und verängstigt, sagtest du, sie würden dir das Kind wegnehmen. Du hast mich in Angst und Schrecken versetzt, was ihre Sicherheit angeht.“

Ein Lächeln umspielte Livs Mund. „Ich wette, du hast Berge versetzt, um dich um sie zu kümmern. Kein Mann hätte mehr getan. Hast du eine Frau? Eine Mutter für sie?“

„Nein.“ Es wäre unhöflich zu sagen, dass ich eine bestimmte Frau für diese Rolle wollte.

„Besorg dir eine. Beruhige dich und hör mit dieser Panik auf. Du hast es immer schon auf die Spitze getrieben.“ Sie stand auf, die Hände auf dem Tisch. „Ich bin müde. Ich habe noch etwas zu erledigen. Bist du sicher, dass du das Geld dagelassen hast?“

Ich sprang auf. „Das habe ich. Warte.“

Sie bewegte sich weiter durch die Sitze. „Komm nicht wieder her.“

Eine Wache öffnete die Tür, um sie hinauszulassen. Ich konnte nichts weiter tun, als sie gehen zu sehen.

Außerhalb des Besucherraums holte ich mein Handy und meine Schlüssel aus dem Gefängnisschrank. Eine Textnachricht von Caitriona wartete auf mich. Oh Gott, schon der Anblick ihres Namens half mir aus dem Tief dieses Besuchs. Dann erwärmten mich ihre Worte noch mehr. Sie sagte, ich hätte mit allem recht gehabt und sie würde morgen wiederkommen. Scheiße, ich konnte es gar nicht mehr abwarten.

Ein verpasster Anruf und eine Nachricht auf dem Anrufbeantworter warteten ebenfalls auf mich, von Gordain.

Ich hörte sie mir an, als ich zum Auto ging.

Er bot mir an, die Leitung des Rettungsdienstes dauerhaft zu übernehmen.

Ich legte auf, ließ mich in meinen Sitz gleiten und starrte ins Leere. Ich war von extremer Angst über Livs Familie zu … was übergegangen? Verwirrung, auf jeden Fall.

Hatte sie meine Beschützerinstinkte benutzt, um ihr Kind zu schützen?

War sie überhaupt in Gefahr gewesen, oder hatte sie nur mit mir gespielt, wie sie es so gut konnte? Die Flucht meiner Mutter vor meinem Vater in meiner Kindheit war kein Geheimnis. Schon in der Schule war ich als Beschützer aufgefallen.

Liv hatte mich als Teenager geliebt. Sie hatte zwar nicht viel gesagt, aber ich hatte es in dem Moment gewusst, als ich ihr mitgeteilt hatte, dass ich mich bei der Royal Air Force verpflichten würde. Nicht lange danach war sie verschwunden gewesen.

Nun drohte ihr immer noch eine lange Gefängnisstrafe. Ich hatte mich erkundigt, wie es um ihre Strafe bestellt war, und sie hatte noch Jahre zu verbüßen.

Ich ging alles durch, was ich wusste. Ich hatte Liv ohne zu zögern bei mir aufgenommen. Ich hatte sie geheiratet, um dem Kind meinen Namen und meinen Schutz zu geben. Ich hatte Isla auf einem Militärstützpunkt großgezogen und sie dann sofort umgesiedelt, als ich um ihre Sicherheit gefürchtet hatte.

War das alles umsonst gewesen?

Nein. Ich würde nie etwas bereuen, was mit Isla zu tun hatte.

Wenn uns niemand verfolgte ... bedeutete das so viel. Aber ich konnte mich nicht darauf verlassen, bis ich diese Worte von Livs Familie gehört hatte.

Ich fuhr eine Stunde nach Norden und nahm dann auf einem Rastplatz das Wegwerfhandy in die Hand, um eine E-Mail an Blair zu schreiben.

Als ich anfing zu tippen, wurde eine Mail von ihr geladen.

Lochie, jemand hat in deiner alten Basis herumgeschnüffelt. Ein unbekannter Mann. Sei auf der Hut.

Dann schrillte mein privates Telefon mit einem eingehenden Anruf.

Islas Schule.

Mein Herz klopfte, als ich ranging.

„Mr. Ross", sagte die freundliche Stimme. „Ich rufe Sie an, um die heutigen Abholmodalitäten für Isla zu überprüfen. Es wartet jemand darauf, sie nach Hause zu bringen, aber die Person steht nicht auf Ihrer Liste."

Ich rieb mir die Augen. „Das sollte sie aber. Mathilda McRae, aye?"

„Es ist ein Gentleman, daher der Anruf. Es stehen nur Cait und Mathilda auf der Liste. Er hat das Passwort nicht."

Mein Blut gefror. „Wer bitte?"

„Ein Mr. McRae. Ich muss zugeben, dass ich diesen jungen Mann nicht kenne, obwohl ich dachte, dass ich bereits alle McRae-Männer kenne.“

In meinem Kopf ertönte eine Warnung, und mir wurde ganz flau im Magen. „Vorname?“

Die Empfangsdame der Schule legte ihre Hand auf den Hörer und stellte die Frage.

Die schwache Stimme des Mannes drang zu mir durch. Er hatte einen schottischen Akzent, aber irgendetwas stimmte nicht ganz.

„Er sagt, er sei Ed McRae“, antwortete die Frau.

Das Blut in meinen Adern gefror. Es gab niemanden mit diesem Namen auf dem Anwesen. Caitriona hatte mir alle ihre Verwandten aufgezählt. Sie hatte keinen Ed oder Edward erwähnt.

„Wie sieht er aus?“

„Anfang zwanzig, hübsch. Wie bitte? Warten Sie einen Moment.“ Sie ging dazu über, sich an den Fremden zu wenden.

Ein dumpfer Schlag ertönte. Dann ein Schrei.

Angst stieg in mir auf, und ich schlug mit der flachen Hand auf das Lenkrad. „Lassen Sie sie nicht mit ihm mitgehen. Was auch immer Sie tun, Isla kann nicht mit dieser Person mitgehen.“

Nach einem Moment meldete sich die Frau wieder in der Leitung. Ihre Stimme zitterte. „Er hat sich gegen die Tür geworfen.“

„Was? Folgen Sie ihm.“

„Nein, nein. Die Tür hat gehalten. Er ist weg, er hat sich aus dem Staub gemacht. Wer ist er? Was soll ich tun?“

Weg hieß nicht verschwunden. Vielleicht suchte er

die anderen Ausgänge auf oder suchte nach einem Fenster, das er einschlagen konnte. Verflucht! „Rufen Sie die Polizei an. Bringen Sie Isla in Sicherheit. Ich treffe Vorkehrungen und rufe Sie zurück."

Ich legte auf, geriet in Panik und suchte in meinem Kopf nach einer Lösung. Ein Fremder war bei der Schule meiner Tochter. Er hatte einen falschen Namen benutzt.

Ich rief Cameron an und sprach, bevor er mich überhaupt begrüßt hatte. „Ich brauche deine Hilfe. Isla ist in Gefahr."

„Sag mir, was ich tun soll."

Ich erklärte ihm die Situation, wobei meine verdammte Stimme zitterte. „Du musst mit Mathilda zur Schule fahren, um meine Tochter abzuholen, dann bringst du sie zum Anwesen und bleibst bei ihr, bis ich da bin. Ich bin noch Stunden entfernt, aber ich komme."

„Bin gleich unterwegs. Bleib dran, ich bin bei Ally." Cameron erklärte ihm das Problem in kurzen Sätzen und meldete sich dann wieder. „Ally ruft gerade Mathilda an. Callum ist zu Hause. Er wird sie zum Anwesen bringen und wir treffen sie. Überlass das uns."

Ich war erleichtert, aber was für ein Zeitpunkt, um mich auf meine neuen Freunde zu verlassen.

Vor fünf Minuten war ich noch selbstgefällig gewesen, aber jetzt konnte ich nur noch einen möglichen Entführungsversuch sehen.

Mein Handy summte, als ich den Motor startete, und ich nahm den Anruf über den Lautsprecher entgegen, als ich aus der Raststätte fuhr.

Gordains Stimme meldete sich in der anderen Leitung. „Lochinvar. Hast du meine Nachricht erhalten?"

„Ich kann jetzt nicht reden", bellte ich.

„Gut, ruf mich zurück und sag mir, ob du den Job willst."

Fuck. Das konnte ich nicht. Nicht, wenn ein direkter Angriff im Gange war. Wie ein Gummiband schnappte ich sofort wieder nach meinem ursprünglichen Plan.

„Ich kann nicht. Ich muss meine Tochter abholen und heute Abend abreisen. Ich werde später mit dir über meine Ablösung sprechen."

„Lochinvar", setzte er an.

Ich legte auf und konzentrierte mich ganz darauf, nach Hause zu fahren.

Wir hatten keine andere Wahl mehr. Sobald ich angekommen war und Isla in Sicherheit gebracht hatte, mussten wir diesen Ort verlassen.

30

Caitriona

Im Flugzeug zerfranste ich den Saum meines Rocks. Der Flug war endlos und meine Geduld am Ende.

Jemand hatte versucht, Isla zu entführen.

Lochie, der auf meine Anrufe nicht reagiert hatte, musste verzweifelt sein.

Ich krümmte meine Finger, verschränkte sie und testete meine Kraft. Meine einzige Hoffnung war, dass er nicht weg war, bevor ich nach Hause kam. *Bitte, Lochie. Warte auf mich.*

Wir landeten, und ich war auf dem ganzen Weg durch die Ankunftshalle panisch, bis ich mein Auto auf dem abgelegenen Parkplatz erreichte. Dann fuhr ich in die pechschwarze Nacht und machte mich auf den Weg nach Hause, hinaus in die Landschaft von Inverness.

Als ich bei den Hütten ankam, war Lochies Auto weg.

Keiner machte die Tür auf.

„Scheiße." Ich schnappte mir mein Handy und rief

ihn an, obwohl ich wenig Hoffnung hatte, eine Antwort zu bekommen.

Ringsherum starrten mich die Hänge und das Tal an. Ich hatte das starke Gefühl, beobachtet zu werden.

Dann wurde der Anruf angenommen.

„Caitriona." Lochies tiefe Stimme war so leise, dass man sie kaum hören konnte.

„Wo bist du?", hauchte ich.

„Castle McRae. Wo bist du?"

Ich lief zurück zum Auto. „Bin in zehn Minuten da."

Ich fuhr schnell und geriet auf dem Eis, das sich unter dem Schnee gebildet hatte, ins Schleudern. Schließlich erreichte ich endlich das Castle.

Mein Onkel schloss die riesige Eingangstür in der Regel über Nacht ab. Nicht aus Angst, dass jemand hereinkam, sondern aus Gewohnheit. Ich stand draußen und zögerte, bevor ich anklopfte.

Fast lautlos öffnete sie sich.

Lochie wartete auf der anderen Seite. Im orangefarbenen Licht des riesigen, ständig brennenden Feuers in der großen Halle starrte er auf mich herab, mit dunklen Augen und schwer lesbarer Miene. Dann deutete er mit dem Kopf an, dass ich reinkommen sollte.

Das tat ich auch und verschränkte meine Arme vor mir, weil ich mich nicht auf diesen Mann stürzen konnte. Soweit ich wusste, hatte er schon gepackt und war bereit, am nächsten Morgen abzureisen.

Ich hatte ihn weggestoßen. Die Schuld daran lag bei mir selbst.

Lochie schloss die Tür und ging zur Treppe, wobei ein Blick zurück mir zeigte, dass ich ihm folgen sollte. Wir schlichen durch das stille Castle, die erste Treppe hinauf und zu einem Gästezimmer.

Lochie trat ein, und ich folgte ihm.

Isla schlief auf einem Bett, ihre goldenen Locken auf dem Kissen verteilt. Ich hielt mir die Hände vor den Mund, um mein Schluchzen zu verbergen, und ging, ohne nachzudenken, direkt zu ihr und kletterte auf die Matratze. Sie schmiegte sich an meinen Körper, und ich drückte das kleine Mädchen an mich.

Ich streichelte ihr Haar und flüsterte ihrer schlafenden Gestalt zu, dass ich wieder zu Hause war.

Eine meiner Ängste war verschwunden. Sie war hier und es ging ihr gut. Niemand sonst hatte sie. Isla war in Sicherheit.

Lochie stand auf der anderen Seite des Zimmers und ließ mir meinen Moment.

Schließlich beruhigte sich mein verängstigtes Herz und ich küsste Islas Stirn und trat zurück.

Sie brauchte Ruhe, und ich musste mit ihrem Vater reden.

Mit seinem ausgestreckten Arm deutete Lochie auf den Flur. Meine Erleichterung schwand und wurde durch Übelkeit ersetzt, aber ich tat, wie mir geheißen, und verließ den Raum. Draußen folgte ich ihm zu zwei Sesseln an einem Fenster am Ende des Korridors.

Der Halbmond war unser einziges Licht, aber das war mehr als genug, um mich hier und jetzt abzuweisen zu lassen.

„Ich habe mir solche Sorgen gemacht", sagte ich leise. „Ma hat mich angerufen. Ich habe gleich den ersten Flug genommen."

„Ich weiß. Sie sagte es mir, als ich völlig wahnsinnig hier ankam."

Tränen füllten meine Augen.

Ich liebe diesen Mann. So sehr, dass ich es nicht mehr unterdrücken konnte. Ich hatte dieses Ausmaß an Gefühlen für unmöglich gehalten, und jetzt wünschte ich es mir, denn nichts konnte so sehr schmerzen, wie Lochie zu verlieren.

„Wann reist ihr ab?" Ich zwang mich, die Frage trotz zugeschnürter Kehle auszusprechen.

Der stolze, störrische Lochie beobachtete mich nur und suchte sicherlich nach einem Weg, mich saft zu verlassen.

„Ich nahm an, du wärst schon weg", fuhr ich fort. „Dich hier zu sehen ..."

„Mich hier zu sehen, was?", sagte er in einem gefährlichen Tonfall. „Beende diesen Satz."

Aber ich konnte es nicht. Es würden keine weiteren Worte kommen.

Er wartete einen Moment, dann rutschte Lochie auf dem Boden zwischen unseren Stühlen auf die Knie und hielt meine Arme in seinem festen Griff fest.

„Mich hier zu sehen, hat dir Hoffnung gegeben? Tut dir weh? Oder beides? Sag es mir, bevor ich wahnsinnig werde."

Instinktiv versuchte ich mich davor zu drücken und mein Gesicht zu verbergen, aber das konnte ich nicht tun.

Er musste mich sehen, er musste alles wissen. Ich hielt seinem Blick stand.

„All diese Dinge. Der Gedanke, dich zu verlieren, macht mir eine Heidenangst."

Auf seinen Gesichtszügen zeichnete sich Zufriedenheit ab, die sich mit anderen, stärkeren Gefühlen vermischte. Sein Griff um mich wurde fester. „Warum?"

„Weil ich mich in dich verliebt habe."

Lochie taumelte, als ob ihm durch mein Eingeständnis schwindelig geworden wäre. Dann zog er mich von meinem Stuhl und gegen seinen Körper. „Verdammt, danke dafür."

Er küsste mich, intensiv und ohne seine übliche Kontrolle. Ich klammerte mich an ihn, gab dem Ausbruch der Leidenschaft nach und versuchte, einen Weg zu finden, die Kontrolle zu übernehmen, damit ich ihm genau zeigen konnte, was ich entdeckt hatte.

Eine Tür öffnete sich im Flur, und Licht strahlte auf den Boden. Meine Mutter kam aus einem Schlafzimmer. Sie blinzelte uns zu, und Lochie stellte mich auf die Beine und stellte sich neben mich.

„Du hast es hergeschafft", sagte sie.

Ich hielt Lochinvars Hand in meiner, ging auf sie zu und umarmte sie einarmig und zitternd. „Was machst du denn hier?"

„Dein Vater und ich haben uns heute Abend um Isla gekümmert, dann haben wir hier übernachtet. Wir wollten sie beide nicht aus den Augen lassen." Sie zeigte auf das Zimmer des kleinen Mädchens. „Ich werde auf dem Sessel in ihrem Zimmer schlafen. Nebenan ist noch ein Zimmer frei.“

Ohne auf weitere Worte zu warten, ließ uns meine Mutter allein.

Lochie ergriff meine Hand und zog mich in das leere Schlafzimmer. Er verschloss die Tür und drehte sich zu mir um.

Ich hielt eine Hand hoch. „Wenn du morgen abreisen willst, nimm mich mit.“

„Nein.“

Er drückte mich an sich, aber die Angst, die ich bei seinen Worten empfinden sollte, blieb aus. „Warum?“

„Ich hatte immer vor zu gehen. Wenn eine Bedrohung für Isla auftauchen würde, würde ich unsere Sachen packen und wir würden verschwinden. Diese Bedrohung ist heute eingetreten, also sollte ich eigentlich weg sein. Aber das bin ich nicht. Ich will nirgendwo hingehen. Wir sind hier glücklich. In den Stunden bevor das passiert ist, habe ich nach einer Lösung gesucht, damit wir uns endlich niederlassen können.“

Oh Gott. Ich schluckte schwer und schloss kurz die Augen, aber ich musste das hören. Ihn sehen.

„Als ich dann nach dem Anruf von der Schule zurückfuhr und vor lauter Sorge den Verstand verlor, bekam ich eine Flut von Zusicherungen von deinen Verwandten. Cameron, Max, deine Eltern. Alle haben abwechselnd auf Isla aufgepasst. Sie sagten, sie würden weitermachen, bis der Schuldige gefasst sei. Sogar mitten in meinem schlimmsten Albtraum hatte ich ein Fünkchen Zuversicht, und das ermöglichte es mir, meinen Kopf wieder auf den Boden der Tatsachen zu bringen. Bis zu dem Punkt, an dem ich festgestellt hatte, dass ich dich brauchte. Caitriona, solange ich dich habe, ist dies mein Zuhause. Was auch immer das Problem ist, ich stehe auf und kämpfe."

Die Emotionen kochten hoch und überströmten mich, und meine Stimme klang wie ein verzweifeltes Quietschen. „Aber du hast das Jobangebot von Gordain abgelehnt."

„Ich wusste kaum, was ich sagte. Ich werde ihn morgen anrufen. Gibt es sonst noch etwas, worüber du reden möchtest, oder kann ich uns ausziehen und mich in dir vergraben? Ich werde noch verrückt."

Ich hatte meinen Mantel bereits auf einen Stuhl in Islas Zimmer fallen lassen, sodass es nur eine Frage von Sekunden war, bis ich meinen Pullover und meinen BH abgelegt hatte. Und schon war Lochie mit den Händen an meiner Taille und streifte mir Jeans und Unterwäsche ab. Er streichelte mich und nahm meinen Hintern in die Hand, bevor er sich beeilte, sich seiner eigenen Kleidung zu entledigen, während er mich im schwachen Licht des Zimmers bewunderte.

Er hielt inne, um sein Portemonnaie aus der Tasche zu holen, dann holte er ein Kondom heraus und rollte es über seinen bereits harten Schwanz.

Mühelos hob er mich hoch, und ich schlang meine Beine um seine Taille. Meine nackten Brüste waren gegen seine Brust gedrückt und ich spürte seinen harten Schwanz an mir. Er drückte mich mit dem Rücken an eine Wand, und unsere Münder trafen sich zu einem perfekt synchronisierten Kuss.

Das Gefühl akuter Beunruhigung, das mich tagelang, wochenlang, vielleicht sogar monatelang ergriffen hatte, verflog. Lochie brachte meine Sinne auf Hochtouren. Ich hatte noch nie einen Mann getroffen, der mich so inspirierte. Seine Stärke, seine Entschlossenheit, wie er zu mir passte.

Wir waren wie füreinander geschaffen.

Ich wollte nie wieder von ihm getrennt sein.

Unser Kuss ging weiter, und unsere Körper näherten sich einander. Lochie wippte mit seinen Hüften gegen mich. Ich griff zwischen unsere Körper und passte meine Position an, bis ich seinen Schwanz an meinen Eingang positionierte hatte.

Dann, langsam, füllte er mich aus und glitt in mich hinein.

„Scheiße, Caitriona", murmelte er. „Sag es mir noch einmal."

„Ich liebe dich."

Er zog ihn wieder heraus und drang dann erneut in mich ein. Ich unterdrückte ein Stöhnen und war mir vage bewusst, dass ich in Hörweite der Familie war.

Lochinvar stieß erneut mit seinen Hüften in mich, dann beugte er sich vor, um meinen Hals und Nacken zu küssen. Er drückte mich mit seinen Hüften an die Wand und berührte meine Brüste.

„Ich habe dich so sehr vermisst. Geh nie wieder irgendwo hin", knurrte er.

Ich unterdrückte mein Lachen an seiner Schulter und atmete seinen Geruch ein, den maskulinen Duft des Mannes, den ich über alles in der Welt liebte. „Abgemacht."

Lochie änderte seine Bewegungen und erhöhte das Tempo. Seine Hand wanderte zwischen meine Beine, seine Finger glitten über meinen Kitzler. Dann drehte er sich abrupt um und trug mich zum Bett.

Auf dem Rücken liegend, starrte ich zu ihm auf.

Lochies glorreich gefährlicher Blick war auf mich gerichtet, und die Wirkung auf mich war erregend. Jetzt, da er den Zugang hatte, den er wollte, drückte er seine Finger auf meine Klitoris und rieb sie im Takt seiner Stöße. Dann beugte er sich vor und widmete sich meinen Brustwarzen, saugte erst an der einen, dann an der anderen, bis sie hart wurden.

Seine Hände streichelten meine Haut. Seine Liebe weckte mein Gehirn.

Lochie kannte meinen Körper so gut. Innerhalb von Minuten beschleunigte sich mein Atem, und ich hielt mir die Hand vor den Mund, um mein Stöhnen zu unterdrücken. Hitze kochte in mir und steigerte die Intensität, bis ich es nicht mehr aushalten konnte. Es gab keinen Grund, die Sache in die Länge zu ziehen. Wir hatten eine Verbindung auf der tiefsten Ebene, die Liebende haben können. Ich bewegte meine Hüften im Takt mit seinen und zuckte, mein Orgasmus unbeschwert und freudig.

Funken sprühten in meinen Adern. Angst und Zweifel wurden von einem Rausch der Liebe abgelöst.

Innerlich pochte ich um seinen Schwanz, ohne an etwas anderes als an die Lust zu denken.

Lochie vergrub sein Gesicht in meinem Nacken und drückte meinen willigen Körper unter seine riesige Gestalt. Er stieß einmal, zweimal zu, dann kam er, und sein Schwanz pulsierte in mir.

Er hielt mich so fest.

„Meine Liebe, meine einzige Liebe", murmelte er auf meine Haut. „Hast du eine Ahnung, was du mit mir machst? Wie verrückt ich nach dir bin?"

Das wusste ich, denn mir ging es gleich. Ich zog ihn so nah an mich heran, wie ich konnte, und flüsterte ihm dasselbe zu.

Dann holte uns beide die Erschöpfung ein. Isla war in Sicherheit, wir waren zusammen und lagen einander in den Armen. Es gab keinen Ort, an dem ich lieber gewesen wäre.

*E*ine putzmuntere Isla stürmte in aller Frühe durch die Schlafzimmertür. Diesmal machte ich keine Anstalten, mich zu verstecken. Im T-Shirt von Lochie griff ich nach ihr und drückte sie an mich.

Sie hockte auf der Decke und strahlte. „Du bist wieder da!"

„Ich habe euch beide zu sehr vermisst, um lange wegzubleiben", antwortete ich.

Lochies Arm, der um meine Schulter lag, spannte sich an.

„Hast du gut geschlafen?", fragte er seine Tochter.

„Aye. Scarlet macht mir jetzt Frühstück. Kommt ihr runter?"

Ich lächelte, als ich hörte, wie schottisch sie sich schon anhörte, und wie natürlich es sich anfühlte, mit ihr aufzuwachen.

„Gleich", antwortete er leise. „Geh schon mal vor."

„Okay." Sie sprang auf und war im Nu verschwunden, wobei sie die Schlafzimmertür hinter sich zu machte.

Lochie stützte sich auf einen Ellbogen und blickte auf mich herab.

„Weiß sie, was gestern passiert ist?", fragte ich.

„Nein, und ich möchte nicht, dass sie es herausfindet."

„Einverstanden." Ich erschauderte. „Hier ist sie sicher. Meine Eltern werden sie mit Adleraugen bewachen."

Wir sahen uns beide einen langen Moment lang an.

Er strich mir mit dem Daumen über die Wange. „Ich habe so viele Fehler bei dir gemacht."

„Hast du nicht."

„Doch, das habe ich. Ich hätte dir von Anfang an sagen sollen, dass ich dich mag."

„Ich wäre wahrscheinlich ganz weit weggelaufen. Ich hatte keine Ahnung, was ich fühlte, bis ich wegging."

Lochie's sorgfältiger Blick enthüllte starke Gefühle. „Wie hast du das erkannt?"

„Es brach mir das Herz, nicht an deiner Seite zu sein. Der Schmerz darüber hat alles in den Schatten gestellt. Ich glaube, ich kann nur Liebe empfinden, wenn ich meine bessere Hälfte gefunden habe. Du bist alles für mich. Es tut mir nur leid, dass ich es dir nicht früher sagen konnte."

Er beugte sich vor und küsste mich. Sobald sich unsere Lippen berührten, verlor ich mich in ihm. Alles, was ich fühlte, war Lochies Liebe, die meine eigene zum Leben erweckte. Seine Lippen überzeugen meine, dass dies etwas Gutes ist.

Nicht, dass ich die Ermutigung gebraucht hätte.

Ich löste mich von ihm und streichelte ihm die Wange. Dann sah ich ihm direkt in die Augen. „Ich liebe dich."

Lochies Blick glühte.

Er sprang vom Bett auf und ging zur Tür, wobei seine Boxershorts eine Erektion zeigten. Er verschloss die Tür und drehte sich wieder zu mir um, zielstrebig und fieberhaft in seinen Bewegungen.

„Hast du ein Kondom in deiner Handtasche? Ich habe keins mehr hier."

Ich nickte und deutete auf meine Tasche auf dem Boden. Lochie fand das Kondom und zog es über sein steifes Glied.

Ich warf die Decke zurück und hieß ihn auf meinem Körper willkommen. Lochie ließ sich in der Wiege meiner Hüften nieder und stieß langsam in mich hinein.

Ich war feucht und so willig, dass ich nach Luft schnappte, als ich spürte, wie sein großer Schwanz mich erfüllte.

„Ich brauche dich", sagte er mit angespannter Stimme.

„Ich brauche dich auch."

Ich grub meinen Finger in sein Haar und zog seinen Mund zu einem weiteren Kuss auf meinen. Wir bewegten uns gemeinsam, und verbanden uns wieder.

Ich hätte das nie für möglich gehalten, aber ich war in einer äußerst glücklichen Beziehung, und ich hatte vor, alles zu tun, um Lochie zu zeigen, wie viel er mir bedeutete.

Sein großes Herz. Seine hingebungsvolle Art. Sein

Beschützerinstinkt. Das alles machte ihn zu einer seltenen Art von Mann.

Der einzige Mann, der mein kühles Herz hatte erwecken können.

Er hatte Recht gehabt, dass ich besessen war. Diese extreme Emotion hatte meine schlummernden Gefühle geweckt, und ich wollte nie wieder zurück.

In kürzester Zeit keuchte ich und klammerte mich an Lochies kräftige Schultern. Er stieß in mich hinein, steigerte sein Tempo und konzentrierte sich ausschließlich auf mein Vergnügen.

Dann, mit einer Welle der Leidenschaft, zitterte ich und kam. Lichter schimmerten in meinem Sichtfeld, und mein Herz strahlte vor Liebe.

Bald darauf verstummte er und stöhnte, als er seinen eigenen Höhepunkt erreichte. Dann ließ er sich auf mich fallen und atmete schwer. Er umarmte mich fest.

„Ich liebe dich auch. Immer. Mit jeder Minute, die vergeht, noch etwas mehr", flüsterte er in mein Ohr.

Geräusche am Gang führten dazu, dass wir uns voneinander entfernten, obwohl ich ihn noch länger halten wollte. Ich wollte noch viel mehr sagen, jenseits der Liebe, und mich auf unbekanntes Terrain begeben.

Aber die Welt wartete nicht, und nach einer schnellen Dusche waren wir bereit, die Treppe hinunterzugehen.

„Deine Familie hat sich gestern für mich eingesetzt", sagte Lochie vor dem Gästezimmer. „Ich schulde ihnen eine Erklärung und muss mir überlegen, was ich als Nächstes tun soll."

„Wir müssen das", korrigierte ich ihn.

Ein Lächeln umspielte seinen Lippen. „Wir? Verdammt, Caitriona. Es ist so viel passiert, dass ich nicht mehr weiß, wo oben und unten ist. Ich habe gestern mit Blair gesprochen, und ich war in Livs Gefängnis. Ich musste wissen, ob ihre Familie hinter den Scherzanrufen steckt. Ich glaube mittlerweile, dass einer ihrer Brüder der Mann in Islas Schule war."

Ich schlug die Hände über dem Kopf zusammen und verdrängte den Schauer der Angst. „Wir brauchen einen Kriegsrat, und jeder hier wird sich darum reißen, dabei zu sein. Du bist Teil der Familie. Und Isla auch. Du kannst das nicht mehr alleine bewältigen."

Er hielt inne und küsste mich. Trotz unseres höchst zufriedenstellenden Starts in den Tag war sein Verlangen nach mir noch nicht gestillt. Ich lächelte gegen seine Lippen und führte ihn vorwärts.

Oben auf der Treppe angekommen, betrachtete ich die Leute unten in der großen Halle. Mathilda und Callum, meine Tante und mein Onkel, saßen am Feuer und unterhielten sich. Pa ging umher, und Wasp, sein Zwillingsbruder, hielt mit ihm Schritt. Aus dem Esszimmer ertönte das Lachen von Isla, gefolgt von dem meiner Mutter.

„Hallo, alle zusammen." Ich winkte und ging die Treppe zusammen mit Lochie hinunter. „Nach dem, was gestern passiert ist, brauchen wir eure Hilfe."

Paund Onkel Wasp wirbelten herum und waren sofort bereit. Callum und Mathilda warteten.

Lochie stand aufrecht an meiner Seite. „Cait hat soeben den Begriff Kriegsrat verwendet. Das ist richtig, denn ich befinde mich mitten in einer Schlacht und brauche eine Strategie. Und Hände, die mir helfen."

Alle Familienmitglieder nickten und wollten wie auch ich Lochie zur Seite stehen.

Das war der Grund, warum ich es liebte, eine McRae zu sein, und jetzt konnte ich das mit dem Mann teilen, den ich liebte.

Pa trat vor. „Dann schwingt eure Ärsche hier runter. Der Speck ist gebraten und der Kaffee ist fertig. Tankt Energie auf, nennt uns eure Fakten, und dann sehen wir uns den Schlachtplan an."

31

Lochie

Unter den Dachsparren des großen Saals des Castles betrachteten mich mehrere McRaes, darunter auch Gordain per Live-Videoanruf. Um uns herum funkelten Weihnachtsdekorationen, deren Fröhlichkeit im Widerspruch zu der Szene stand, die sich abspielte.

Ernste Mienen.

Grimmige Energie.

Unser Kriegsrat hatte begonnen.

Caitrionas Mutter hatte Isla mit nach oben genommen, um mit einer Kiste voller Kostüme zu spielen, die Mathilda für ihre Enkel aufbewahrte. Caitriona selbst saß auf dem Stuhl neben mir. An meiner Seite, wo ich sie mir immer gewünscht hatte.

Dieses Gespräch konnte nicht früh genug kommen.

Cameron atmete schwer und ließ sich auf einem Stuhl nieder. Er war als Letzter eingetroffen und hatte an die verschlossene Eingangstür gehämmert. Die Müdigkeit war ihm in seinen Augen anzusehen. Gestern Abend, eine Weile, nachdem ich zum Anwesen zurückgekehrt war, hatte er einen Einsatz gehabt – einen echten Einsatz – bei dem er stundenlang in der Nacht einem Ehepaar vom Berg geholfen hatte.

Ich hatte mir die Einzelheiten durchgelesen, während ich mein Speck-Sandwich aß, und war mehr als beeindruckt von dem, was ich gelesen hatte. Cameron war ein geborener Anführer, und die sorgfältige Art und Weise, wie er mich jetzt visuell überprüfte und dann zu Caitriona überging, zeigte mir seine angeborenen Fähigkeiten.

Ich nickte ihm kurz zu und erntete dafür ein Lächeln.

„Wie ihr wisst", begann ich, „hat sich gestern ein Unbekannter der Grundschule genähert und versucht, meine Tochter zu entführen."

Ein neuer Schreck überkam die Familie. Caitriona versteifte sich, griff nach meiner Hand und drückte meine Finger. Ich versuchte, beruhigende Worte zu finden, aber die Unterstützung und die gemeinsamen Gefühle bestärkten mich nur in meiner Entschlossenheit.

„Bevor wir hierhergezogen sind, lebten Isla und ich auf einem Militärstützpunkt in England. Ihre Mutter, meine Ex-Frau, stammt aus einer berüchtigten Verbrecherfamilie. Als Isla geboren wurde, warnte mich ihre Mutter, dass ihre Familie das Kind haben wolle und ihr etwas antun könnte. Sie sagte mir, ich müsse extreme Maßnahmen ergreifen, um sie von ihnen fernzuhalten."

Ich schluckte und warf einen Blick auf die Treppe. Scarlet würde dafür sorgen, dass Isla außer Hörweite blieb. Ich hatte dafür gesorgt, dass Isla nie etwas von den Sorgen erfuhr, die ihr Leben begleiteten.

„Es steckt mehr dahinter, als ich erklären kann, aber Liv, meine Ex-Frau, glaubte, sie würden versuchen, Isla gegen eine rivalisierende Familie einzusetzen. Oder sie würden sie zumindest für ihre eigenen Zwecke benutzen. Sieben Jahre lang habe ich sie von ihnen ferngehalten und sie schließlich hierhergebracht, als Livs zwei Brüder aus dem Gefängnis entlassen wurden."

Gordain räusperte sich über das Videogespräch. „Haben sie eine konkrete Drohung ausgesprochen?"

„Negativ. Ich weiß nur, dass sie unterwegs sind und dass jemand in meiner alten Basis herumgeschnüffelt hat, um mich zu finden. Dann sind da noch die gefälschten Rettungsanrufe, der Einbruch und der gestrige Vorfall. Ich glaube, dass es einen Zusammenhang gibt, aber es besteht auch die Möglichkeit, dass es nicht so ist."

Ich erinnerte mich daran, wie Liv sich mir gegenüber verhalten hatte. Wie ich mich gefragt hatte, ob sie mich nur ausgenutzt hatte, damit ich mich um ihre Tochter kümmerte, als sie es nicht konnte.

Mitfühlende Gesichter betrachteten mich, kein Urteil oder Hinweise darauf, dass meine Reaktionen übertrieben waren.

Ich vermutete, dass jeder der Anwesenden ähnlich gehandelt hätte.

Cameron hob eine Hand. „Wir werden jeden Moment eine Videoüberwachung des Entführungsversuchs haben. Die Schule musste sie der Polizei zur Verfügung stellen. Sie konnten es uns nicht direkt geben."

Ich atmete ein. „Gut. Die Beschreibung, die mir die Empfangsdame gab, reichte nicht aus, um einen der beiden Brüder zu identifizieren oder auszuschließen."

Cait lehnte sich vor. „Es besteht auch die Möglichkeit, dass das mit mir zu tun hat."

Alle Aufmerksamkeit richtete sich auf sie.

„Warum?", fragte ihr Vater.

Bleich kaute Cait auf ihrer Lippe herum. „Ihr wisst alle, dass vor einigen Monaten jemand vor meiner Hütte war und ein Wort an meine Tür geschrieben hat. In der Folgezeit gab es eine Reihe weiterer seltsamer Vorfälle."

Cait zählte ein Ereignis nach dem anderen auf, solche, die ich bereits kannte, und andere, von denen ich nichts gewusst hatte. Mit jedem Ereignis wuchs meine Wut.

Jemand war ihr gefolgt.

Hatte ihre E-Mails gehackt.

Hatte sie bestohlen.

Hatte sie verängstigt.

Ihre Wangen erröteten. „Ich dachte nicht, dass es einen Zusammenhang gibt. Ich dachte, dass die Farbe an meiner Tür von einem Typ war, den ich mal zurückgewiesen habe. Ein Mann, den ich kürzlich getroffen habe, obwohl ich mir jetzt nicht mehr sicher bin, ob er es gewesen sein konnte. Die E-Mails könnten eine IT-Panne gewesen sein. Rupert, mein Chef, hat sich seltsam benommen, also denke ich jetzt, dass er hinter allem stecken könnte."

Ihr Vater verzog das Gesicht. „Er hat es nicht nur auf dich, sondern auch auf Lochie und Isla abgesehen?"

Sie ließ ihr Gesicht in die Hände sinken. „Was, wenn das so ist? Könnte er so wahnsinnig sein, dass er jemandem, den ich liebe, wehtut, weil er mich nicht haben kann? Was ist, wenn das alles meine Schuld ist?"

„Nein", sagten mehrere Stimmen.

Ich zog sie zu mir heran und umarmte sie, wobei mich

ihre öffentliche Stellungnahme sehr berührte. Sie liebte mich. Ich würde sie niemals dazu bringen, die Entscheidung zu bereuen. „Ist es nicht. Übernimm niemals die Verantwortung für das Verhalten eines anderen.“

Gordains Stimme ertönte wieder. „Dann gibt es zwei mögliche Verdächtige, wobei man die Brüder in einen Topf werfen kann, da sie gemeinsam profitieren. Man muss in Betracht ziehen, dass es sich bei den Vorfällen um eine Kombination dieser getrennt agierenden Akteure handeln könnte.“

„Stimmt“, räumte ich ein.

„Die Notrufe ...“ Max erhob sich von seinem Sitz und richtete seinen großen Körper auf. Bisher hatte er schweigend zugehört, auf der gegenüberliegenden Seite des Raumes von seinem Zwillingsbruder. Er betastete seinen eingegipsten Arm. „Ich habe sie nacheinander abgehört und versucht herauszufinden, ob es sich um eine Person oder um mehrere handelt.“

„Waren nicht zwei von ihnen weiblich?“, fragte sein Vater.

„Aye, wenn es sich also nur um einen Spieler handelt, muss die Person sehr gut darin sein, die Stimme zu verstellen. Darauf habe ich geachtet.“

Cait sah ihn an. „Ein Spieler im Sinne von einem Schauspieler?“

Seine Augen funkelten. „Ganz genau. Und ich bin mir ziemlich sicher, dass ich in zwei der Anrufe einen Hauch eines Birmingham-Akzents herausgehört habe.“

Cait wurde noch blasser und ihre Fingerspitzen flatterten über ihre Lippen.

„Was ist los?", fragte ich.

Ein dumpfer Schlag gegen die schwere Eichentür ertönte in der großen Halle.

Callum und Ally schossen hoch und stürmten hinüber. Sie schoben die Eisenschlösser zurück und öffneten die Tür, sodass auf der anderen Seite ein Offizier in Uniform erschien.

Mathildas Blick verharrte auf ihrer Nichte. Auch ihre beiden Brüder starrten sie an.

„Dein Freund von der Uni, der dich hier besucht hat, kam aus Birmingham", sagte Mathilda langsam. „Du hast ihn mitgenommen, um ihm das Castle zu zeigen. Er war charmant. Überaus charmant."

„Und ein Schauspielstudent", fügte Max hinzu.

Die Polizistin beäugte uns und machte einen Scherz über die Menge der Leute, die sich wegen des Vorfalls versammelt hatten. Keiner lachte. Sie reichte Cameron ein iPad, zeigte dann darauf und ging. Cameron schloss die Tür und brachte das Tablet zu mir.

Alle anderen drängten sich um mich, und ich drückte auf ‚Play'.

Die farbige Szene zeigte den Empfangsbereich der Schule. An einer Wand hingen die Regenbogenbilder der Kinder. Die Empfangsdame an der Rezeption blickte auf, und ein Paar Stiefel erschien in der Glastür am oberen Rand des Bildschirms.

Sie musste die Person hereingebeten haben, aber das Rauschen des Blutes in meinen Ohren verdrängte den Ton.

Die Tür schwang auf. Der Mann trat ein.

Jung. Mit einer Wollmütze und einem dicken Mantel. Nur ein kleiner Teil seiner Gesichtszüge war zu sehen.

Cait wich zurück, als wäre sie verletzt worden.

Ich wusste, warum. Ich hatte ihn auch erkannt.

Alle warteten auf sie.

„Jude", sagte sie mit einem Atemzug. „Er hat versucht, Isla zu entführen. Mein Freund Jude – ein Schauspielstudent aus Birmingham. Ruperts Neffe"

32

Cait's Stalker

Verbitterte Wut kochte in mir hoch und ließ meine Selbstbeherrschung schwinden.

Wie konnte sie es wagen?

Nicht nur, dass sie sich versteckt hat und mir den Rücken zugewandt hat, sie war auch noch zu *ihm* zurückgekehrt. Blieb bei *ihm*. Versteckte sich in diesem verdammten Castle.

Sie hatten Glück, dass ich das Castle nicht über Nacht abgefackelt hatte.

Ich hatte es weiß Gott wie sehr gewollt.

Ich schnallte mir meinen Messergürtel um und schob das Messer in die Lederscheide. Das scharfkantige Jagdmesser schimmerte im Morgenlicht, ehe es sicher in der Scheide steckte. In der leeren Hütte stand ich auf, holte meine andere, vermutlich wichtigere Waffe und überprüfte sie.

Das große Fenster ohne Vorhänge spiegelte mein Ebenbild zurück, und ich grinste und posierte. Ganz wie Rambo.

Aber meine Heiterkeit war nur von kurzer Dauer.

Wut stieg in mir auf und überkam mich wie eine Welle.

Ich konnte das nicht länger ertragen. Ich war so geduldig gewesen und hatte vorgehabt, einen sanfteren Weg zu wählen, aber das war vorbei.

Sie hatte das getan. Jetzt würde sie den Preis für die Taten zahlen, zu denen sie mich gezwungen hatte.

Ich verstaute die Schrotflinte, nahm mein Handy in die Hand, räusperte mich und blickte hinaus auf die Highlands.

Es zog eine dichte Wolkendecke auf, der Schnee fiel bereits in kleinen Flocken, die sich zu einer dicken Schneedecke verdichteten.

Der Anruf wurde verbunden, das Signal war schwach.

„Hallo?", sagte ich, meine Stimme, die einer älteren Frau in perfekter Tonlage. „Hilfe. Ich brauche Hilfe. Bitte. Ich bin auf Mhic Raith. Auf der Ostseite, gleich hinter Hill House. Mein Mann ist gestürzt, und ich habe versucht, zu unserem Auto zu gelangen, aber ich habe mich verirrt. Es ist so kalt hier draußen."

Der Sachbearbeiter fing wieder mit seinem üblichen Geschwätz an, aber ich legte auf.

Es war Zeit zu gehen.

Mit Elan bereitete ich den Sprengstoff vor und stellte meine Falle auf – es war wirklich erstaunlich, was man alles online kaufen konnte. Ich streifte mir den zu engen Mantel über und machte mich auf den Weg, um zu tun, was ich schon vor Monaten hätte tun sollen.

Heute würde ich mir nehmen, was mir rechtmäßig

gehörte.

33

Caitriona

„Er ist ein toter Mann." Lochie hielt das Tablet hoch, das Display eingefroren auf dem Gesicht meines verrückten Bekannten.

Verzweiflung durchströmte mich, und ich wandte mich von den Aufnahmen ab. Ich hasste den Anblick meines ehemaligen Freundes, der die Empfangsdame anlächelte, als hätte er nicht vor, Isla zu entführen.

Was zum Teufel tat er da?

Rupert muss ihn gezwungen haben.

Oder war das alles seine Idee?

„Jude hat mir in den letzten Tagen einige Male geschrieben", sagte ich. „Nur freundliche Nachrichten, um sich nach mir zu erkundigen. Ich habe nicht geantwortet, weil ich zu beschäftigt war, um mich um irgendeinen Freund zu kümmern, den ich kaum kenne."

Lochies Blick verfinsterte sich. „Lies uns die Nachrichten vor."

Ich griff nach meinem Handy. „Mittwoch: *Morgen*

Abendessen? Chelle tut es wirklich leid, dass sie sich komisch benommen hat. Donnerstag: Ich schätze, du schaffst es heute Abend nicht? Ist nicht schlimm. Was hast du denn vor? Freitag: Stimmt etwas nicht? Es hat mir so viel Spaß gemacht, mich wieder mit dir zu treffen. Hat es dir gefallen? Dann ein paar Stunden später: Wo bist du, Caitriona?"

Ich senkte das Handy und stellte fest, dass die Blicke des ganzen Raumes auf mich gerichtet waren.

„Deutliche Eskalation. Er hat jeden Tag an dich gedacht", bemerkte Gordain während des Videos. „Er hat aber die Ruhe bewahrt. Keine offensichtlichen Anzeichen von Stalking gezeigt."

Lochie schüttelte nur den Kopf. „Wir haben unseren Verdächtigen."

„Das kann nicht alles er gewesen sein. Er war weg, auf Reisen", sagte ich schnell, während ich in Gedanken alles durchging, was ich über Jude wusste.

„Cait", sagte Gordain. „Du sagtest, du verdächtigst seinen Onkel. Welchen Grund sollte Jude haben, dem Mann zu helfen?"

„Ein Kind zu entführen? Keinen, den ich wüsste. Ich muss nachdenken."

Lochie hielt meinem Blick stand, seine Gesichtszüge verkrampft. „Alles, woran du dich jetzt erinnern kannst, wird uns helfen. Alles, was er zu dir gesagt hat. Woher weißt du, dass er auf Reisen war?"

Ich blinzelte, ging jedes Wort durch, das von Judes Lippen gekommen war. „Er hat es mir gesagt. Nein, wartet, ich habe seine Bilder auf seinem Social-Media-Profil gesehen."

„War er darauf zu sehen?"

„Ich kann mich nicht erinnern. Ich werde nachsehen."

Ich suchte nach Jude. Aber auf beiden Social-Media-Kanälen, auf denen wir befreundet waren, waren seine Konten nicht mehr aufrufbar. Ich bekam eine Gänsehaut. „Er hat seine Konten gelöscht. Aber wartet, er hat eine Verlobte. Chelle. Sie war mit ihm unterwegs."

Ich suchte nach ihrem Namen und fand ihr Profil.

„Irgendwelche exotischen Orte in ihrem Feed?", fragte Lochie.

Ich scrollte durch Chelles Profil und blätterte Monate zurück. „Keine. Und keine Bilder mit Jude. Aber ich habe ihren Arbeitsplatz gefunden."

Ich wählte das elegante Café in Manchester aus, dessen Telefonnummer auf der Seite angegeben war. Es war gerade mal 8 Uhr morgens, aber sie würden sicher geöffnet haben. Ich wählte die Nummer und hoffte.

Nach ein paar Mal klingeln meldete sich eine Stimme. „Dock House. Hier ist Chelle. Wie kann ich Ihnen helfen?"

Mein Herzschlag geriet ins Stocken. „Chelle? Ich heiße Cait McRae, wir kennen uns von der Uni."

„Cait? Oh, sicher. Wie lange ist das schon her. Wie geht es dir?"

Ich öffnete den Mund und versuchte, die seltsame Frage zu formulieren, die ich stellen musste.

Soweit Jude mir erzählt hatte, waren sie verlobt und besuchten gemeinsam Inverness, bevor sie sich in der Heimatstadt ihrer Eltern, nahe der schottischen Grenze, ein eigenes Haus kaufen würden. Beim Abendessen hatte er gelächelt und nette Geschichten über ihre Romanze erzählt.

Ohne auch nur ein Wort von Chelle zu hören, wusste ich, dass das alles gelogen war.

Chelle sprach weiter. „Es ist so lustig, dass du angerufen hast. Dein Freund war vor ein oder zwei Wochen hier und hat dich erwähnt."

„Mein Freund?"

„Jude Gaskill?"

Oh, verdammt.

Ich umklammerte das Handy fester und stellte es auf Lautsprecher. „Chelle, hör zu, das ist wirklich wichtig. Jude ist nicht mein Freund. Gestern hat er versucht, die Tochter meines richtigen Freundes zu entführen. Es ist wirklich wichtig, dass du mir sagst, was er dir gesagt hat."

„Oh mein Gott!" Die Verbindung knackte. „Er hat versucht, ein kleines Mädchen zu entführen?"

„Ja. Die Polizei hat uns Aufnahmen gezeigt, und das war er. Scheiße, das wird sich schrecklich anhören, aber ich habe mich kürzlich mit ihm getroffen, und er hat mir erzählt, dass ihr beide verlobt seid."

Chelle schnappte keuchend nach Luft. Es dauerte einen Moment, bis wieder etwas sagte und die Hintergrundgeräusche des Cafés wurden leiser, als wäre sie in ein Büro gegangen. „Okay, okay. So ein Mist. Er kaufte einen Kaffee und blieb etwa eine Stunde, um mit mir zu plaudern. Er war charmant und witzig, und er fragte, was ich seit der Uni gemacht hatte. Er wollte ein Foto mit mir machen. Um es dir zu zeigen."

„Welcher Tag war das?"

Sie brummte, aufgeregt, dann gab sie mir eine Antwort – der Tag, bevor er mir bei der Arbeit über den Weg gelaufen war.

„Hat er sonst noch etwas gesagt, etwa wo er wohnt oder was er macht?"

Ihre Stimme zitterte. „Er sagte, er wohne bei dir in den Highlands."

Ich holte tief Luft, um mich zu beruhigen. Der Schock über die Enthüllung ließ nach, und ich konnte wieder klar denken.

„Danke, Chelle. Wir werden jetzt versuchen, ihn zu finden, aber ich brauche deine private Telefonnummer, damit die Polizei dich bei Bedarf anrufen kann."

Ich deutete mit dem Kopf von Max zur Tür, und er sprang auf und verstand, was ich meinte. Wir brauchten diese Polizistin wieder hier drin.

„Was immer du brauchst."

Sie ratterte die Telefonnummer herunter, und ich notierte sie auf einem Notizblock auf einem Beistelltisch.

„Pass auf dich auf. Geh heute Abend nicht allein nach Hause", warnte ich sie. „Ich bin mir ziemlich sicher, dass er hinter mir her ist, aber er hat dich da auch mit reingezogen."

„Gott. Pass auf dich auf. Schreib mir, wenn etwas passiert." Sie unterbrach sich. „Geht es deinem kleinen Mädchen gut?"

Irgendetwas setzte sich in meinem Kopf in Bewegung und machte Isla zur Meinigen. Ich hatte mir solche Sorgen gemacht, dass sie mich lieben könnte, aber ich liebte sie bereits so sehr. Ja, sie war die Meine. „Ja. Sie ist bei uns.

Nochmals vielen Dank."

Wir legten auf. Cameron informierte die Polizeibeamtin, die sich dann an mich wandte.

Ich hatte alle Punkte auf der Hand abgezählt und fasste alles zusammen, woran ich während des Anrufs gedacht hatte.

„Jude war ein Freund von der Uni. Er hat mich nach mehreren Jahren wieder ‚gefunden' und mir ein falsches Leben vorgespielt, damit ich mich bei ihm wohlfühle. Das Reisen, die Verlobte, alles Lügen. Ich habe ihn zum Abendessen eingeladen und ihm dort gesagt, dass ich mich mit Lochie treffe. Dann habe ich ihn ignoriert, während ich weg war, was dazu führte, dass er versuchte, jemanden zu verletzen, den ich liebte. Sieht das jemand anders?"

Meine Zusammenfassung löste zustimmendes Gemurmel aus.

Gordain nickte. „Er könnte also für die Vorfälle bei deiner Arbeit verantwortlich sein. Es ist weniger klar, ob er in Lochinvars altem Stützpunkt herumgeschnüffelt hat, aber wenn er in der Nähe ist, könnte er die Person sein, die in mein Büro eingebrochen ist und die Unterlagen über den Stützpunkt gefunden hat. Wir wissen, dass er in England war, da er in das Café der anderen Frau ging, aber er wusste nichts von Lochinvar bis zu deinem Abendessen."

Lochie schwieg, dann schlug er sich mit der Faust in die Hand. „Er ist hier. Da bin ich mir sicher. Die Scherzanrufe haben aufgehört, als ich weg war. Er beobachtet uns. Es passt alles zusammen."

Sein Bergrettungstelefon klingelte mit einem schrillen Ton.

Wir richteten alle unsere Blicke auf das Telefon.

Max grinste teuflisch. „Genau nach Plan."

Lochie nahm den Anruf entgegen und legte auf. „Ein älteres Paar hat sich hinter Hill House verirrt. Die Zentrale konnte nicht feststellen, ob es sich um einen Scherz handelt." Er ließ seinen Blick durch den Raum schweifen und musterte alle Mitglieder der Bergrettung. „Ich glaube, das ist jetzt eine Jagd, keine Rettung. Ich kann euch nicht bitten, mit mir aufzustehen ..."

„Einen Scheiß kannst du", bellte Cameron.

„Das soll wohl ein Scherz sein", sagte Pa zur gleichen Zeit.

Mehrere andere Mitglieder meiner Familie meldeten sich mit ihrer eigenen Bereitschaft zu helfen.

Lochie atmete schwer. „Na schön. Wir gehen zusammen."

Die versammelten Personen begannen sofort zu reden. Ich packte Lochie am Arm.

„Ich werde ihn anrufen. Wenn er hier ist, kann ich ihn vielleicht überreden, herzukommen." Ich richtete meinen Blick auf die Polizeibeamtin. „Haben wir genug, um Jude zu verhaften?"

Die Frau hob ihr Kinn. „Ich kann ihn mit aufs Revier nehmen. Eine einstweilige Verfügung ist möglich, aber für den Rest brauchen wir mehr Beweise als diese Beschuldigungen."

Ich nickte und drückte die Taste, um Jude anzurufen, und stellte das Telefon auf Lautsprecher. Alle verstummten. Der Anruf klingelte und klingelte, wurde aber schließlich nicht angenommen.

„Nächster Versuch, Rupert. Vielleicht hat er mehr Informationen über seinen Neffen." Ich wählte diese Nummer.

Lochie sah genau zu, als ich wählte.

Jemand hob ab.

„Rupert?", fragte ich.

„Cait, tja, ich bin schockiert. Ich denke, du hast dich in deiner Nachricht auf der Arbeit klar ausgedrückt", antwortete er.

„Hör mal – "

„Nein. Ich glaube, das werde ich nicht. Es gibt keinen Grund für uns, das weiter zu diskutieren."

„Warte – "

Er legte auf.

Mist. Ich wählte erneut. Keine Antwort.

Die Polizistin notierte die Nummer und versuchte es selbst, wobei sie über den Besetztton die Stirn runzelte.

Ich grübelte. „Er schmollt", sagte ich zu Lochie. „Oh Gott. Ich habe darum gebeten, dass mir ein neuer Vorgesetzter zugeteilt wird, und Rupert ist ziemlich emotional. Aber er ist immer noch unsere beste Chance auf Informationen."

Ich sammelte meine Kräfte, denn ich wusste, dass das, was ich als Nächstes sagen würde, nicht gut ankommen würde.

„Ich werde zu ihm fahren und ihn besuchen. Er wohnt auf dieser Seite von Inverness. Ich kann in vierzig Minuten dort sein."

Lochie biss die Zähne zusammen, ein sichtbarer

innerer Kampf spielte sich ab. Er wollte mir sagen, dass ich zu Hause bleiben sollte.

„Was, wenn wir uns irren?", stieß er hervor. „Was ist, wenn dieser Rupert genauso schlimm ist? Oder was, wenn Jude dort ist und wartet? Du kannst nicht allein in sein Haus gehen."

Ein gutes Argument, auch wenn im Hintergrund von Ruperts Gespräch das Geräusch von spielenden Kindern zu hören gewesen war. Das Risiko schien gering. Ich gestikulierte quer durch den Raum. „Ich nehme Max als Bodyguard mit. Mit einem gebrochenen Arm kann er sowieso nicht auf den Berg gehen, aber mit dem linken Arm kann er einen Schlag austeilen. Reicht das?"

Dann kam meine Welt langsam zum Stillstand, als mich die Realität einholte.

„Du wirst da rausgehen und ihn finden. Ihn jagen. Aber er jagt auch dich", sagte ich. „Was ist, wenn er versucht, dir wehzutun? Bleib hier und pass auf Isla auf, während meine Familie rausgeht. Er hat es auf keinen von ihnen abgesehen."

Er lächelte sanft. „Glaubst du wirklich, dass ich das hier aussitzen würde? Dieses Stück Scheiße hat versucht, meine Tochter zu entführen." Er beugte sich vor und drückte seine Stirn an meine. „Er will dich. Es gibt nichts, was ich nicht tun würde, um die zu schützen, die ich liebe. Verstehst du das?"

Ich zog ihn an mich und warf meine Arme um ihn, wobei meine aufgestaute Empörung über Jude in Sorge um Lochie umschlug.

„Ich habe Angst. Wir wissen nicht, zu was er im Stande ist."

„Er weiß auch nicht, was ich zu tun bereit bin. Fahrt zu Rupert. Hol dir von dem Mann, was du kannst. Fahr nach Hause und pass auf dich auf. Ich bin im Handumdrehen wieder bei dir."

Ich klammerte mich an ihn. „Ich liebe dich."

Lochie küsste mich. „Ich werde zu dir zurückkommen. Ich schwöre es. Mein Herz gehört dir."

Mit einem schnellen, kräftigen Kuss war er fort.

Ein mürrischer Max begleitete mich auf der Fahrt in die Stadt. Er hatte versucht zu diskutieren, dass sein Zwilling mich mitnehmen sollte, so wie die beiden alles ausdiskutieren, aber dieses Mal hatte er verloren.

Es war mir egal, wer hier war, solange ich dazu beitragen konnte, Jude zu finden. Draußen in den Bergen wäre ich eher eine Gefahr als eine Hilfe, vor allem bei dem Schnee, der unaufhörlich fiel. Aber ich konnte nicht zu Hause sitzen und nichts tun.

Wir kamen bei Ruperts Haus an. Ich wusste, wo er wohnte, weil er mit dem protzigen Haus geprahlt hatte, das die Familie seiner Frau ihnen gekauft hatte. Das zweistöckige Haus lag an der Straße nach Culloden Moor, eingebettet in einen eigenen gepflegten Garten.

Ich raste die Straße hinunter und trat auf die Bremse, bevor ich aus dem Auto sprang. Max folgte mir.

Als wir uns näherten, öffnete sich die Haustür, und eine Frau stand im Türrahmen. In ihrem Rücken huschten Kinder durch den Flur.

Sie starrte uns an, ihre Hand vor ihrem offenen Mund, und ihr Blick sprang von Max zu mir. „Kann ich Ihnen helfen?"

„Ich muss mit Rupert sprechen. Ist er zu Hause?"

„Wer sind Sie?"

„Cait. Ich arbeite mit ihm. Es ist sehr wichtig."

Die Frau, seine Frau, wie ich annahm, kniff die Augen zusammen, aber bevor sie etwas sagen konnte, fügte ich den Grund für meine Anfrage hinzu.

„Es geht um Jude."

Was auch immer sie hätte sagen wollen, verpuffte, und sie konzentrierte sich und reichte mir die Hand. „Folgen Sie mir."

Wir traten in das Haus. Die Frau führte uns in die Küche.

Rupert saß am Tisch, trug eine Brille und konzentrierte sich auf seinen Laptop-Bildschirm. Als wir eintraten, blickte er auf, dann formten seine Lippen eine flache Linie. „Cait. Ich dachte, ich hätte dir gesagt, dass ich dir nichts mehr zu sagen habe."

„Sie sind hier, um mit dir über deinen Neffen zu sprechen", schnauzte die Frau, drehte sich weg und schloss die Küchentür.

Ruperts Lippen kräuselten sich. „Jude? Was hat er getan?"

Ich ging zum Tisch und klammerte mich an die Rückenlehne eines Stuhls, der vor Energie fast vibrierte. „Ich muss wissen, wo er ist."

„Ich fürchte, da kann ich dir nicht helfen. Wir haben ihn vor einigen Tagen gebeten, auszuziehen."

„Er hat hier gewohnt?“

Langsam neigte Rupert den Kopf. In seinem Gesichtsausdruck zeichnete sich Interesse ab. „Ich sehe es euren Gesichtern an, dass etwas nicht in Ordnung ist. Erzählt es mir.“

Ich wiederholte schnell, was von dem Zeitpunkt an, zu dem Jude mir über den Weg gelaufen war, bis gestern passiert war, einschließlich der Lügen, die er erzählt hatte, und des Entführungsversuchs.

Rupert verzog das Gesicht. „Ich habe versucht, dich zu warnen.“

„Was, wann?“

„In meinem Büro. Ich habe dir gesagt, wie wichtig es ist, darauf zu achten, wer dein Kind erzieht. Mein Bruder war rücksichtslos. Er schlief mit jeder, die ihn haben wollte, und Jude war das Ergebnis. Ich habe allerdings nie verstanden, warum der Junge so an dir interessiert war. Er hat ständig nach dir gefragt, und er hatte Bilder von dir auf seinem Handy. Ich habe mit Jill darüber gesprochen, und sie sagte, ich solle mir keine Sorgen machen.“

„Bilder? Warte, Jill? Du und deine Assistentin habt davon gewusst?“

„Jude hat viel Zeit in meinem Büro verbracht. Jill bemerkte ein ... merkwürdiges Verhalten und schlug vor, dass ich es dir sage. Nicht dass sie dich besonders gut findet. Sie war nicht damit einverstanden, dass ich dich für diesen Job einstelle. Sie sagte, du wärst zu jung und würdest nur Ärger machen.“

Ich widerstand dem Drang, meine Handfläche gegen seinen Kopf zu schlagen. „Willst du mich verarschen?“

„Ich wollte dir an jenem Tag in meinem Büro einen Hinweis bezüglich Jude geben, aber du hast dich aus dem Staub gemacht." Er schniefte beleidigt.

Ich holte tief Luft und mein Herz klopfte wie wild. Im Geiste ließ ich das Treffen mit Rupert Revue passieren, bei dem ich ihn für widerlich gehalten hatte. Rasende Wut durchströmte mich. „Du wusstest, dass Jude von mir besessen war, aber du hast es mir nicht direkt gesagt? Stattdessen hast du mich belehrt, den Vater meines Kindes mit Bedacht auszuwählen, während das Ganze immer weiter eskalierte. Bei der Arbeit waren so viele Dinge passiert, und ich verdächtigte jeden, aber es war alles er. Er hackte meine E-Mails, bestahl mich, verwüstete meine Hütte. Rupert, er hat versucht, die Tochter meines Freundes zu entführen. Verstehst du, was hier passiert? Was, wenn er es geschafft hätte, mit ihr abzuhauen?"

Max ging auf Rupert zu, bis er ihm gegenüberstand. Bis jetzt hatte er geschwiegen, aber jetzt schimmerte Wut und Bedrohung in seinen Augen auf. Er hielt die Hand seines unverletzten Arms hoch und zählte an den Fingern ab. „Wo arbeitet er? Wer sind seine Freunde? Weißt du, wohin er gegangen ist? Warum hast du ihn rausgeworfen?"

Ruperts Wangen zitterten. „Er arbeitet halbtags in einem Jagdhaus, oder zumindest hat er das getan. Ich habe keine Ahnung, wo er ist, und ich kenne keinen seiner Freunde."

„Ein Jagdhaus? Er hat Zugang zu Gewehren?" Max' Stimme klang todernst.

Mein Körper spannte sich noch mehr an. Oh nein.

„Ich weiß es nicht. Er ist ein seltsamer Junge. Meine Frau hat ihn rausgeschmissen, nachdem sie ihn dabei erwischt hat, wie er sich nackt auf einem Frauenmantel liegend selbst befriedigte."

Mir wurde schlecht und ich wich zurück. *Mein lila Mantel!*

Rupert stotterte. „Ich bin sicher, er würde niemandem etwas antun."

„Er ist kein Junge. Er ist ein gefährlicher Mann, der von meiner Schwester besessen ist. Wovon du wusstest und es niemandem erzählt hast." Max lehnte sich vor und hielt jede Bewegung fest. „Wenn wegen diesem Arschloch jemandem irgendetwas zustößt, werde ich, und jedes andere Mitglied meiner Familie, dich dafür verantwortlich machen."

Dann packte er meine Hand und zerrte mich aus dem Haus.

Am Auto angekommen, zog ich meine Schlüssel heraus, aber meine Finger zitterten.

Max' Blick wurde noch wütender. „Steig ein. Ruf Lochinvar an. Sie müssen über die Waffen Bescheid wissen. Wenn Jude bewaffnet ist, ist das ein ganz neues Spiel."

Ich rief Lochie an, und mein Herz schlug mir fast bis zum Hals.

Wir waren weniger als eine Stunde entfernt, aber alles hätte passieren können. Jude könnte genau dieses Szenario geplant haben.

Was, wenn sein Entführungsversuch kein Fehlschlag, sondern eine Falle gewesen wäre?

Eine Täuschung, um mich nach Hause zu locken?

Der Anruf wurde unterbrochen, die Verbindung konnte nicht hergestellt werden, und meine Angst erreichte ihren Höhepunkt.

Was war mit dem Mann passiert, den ich liebe?

34

Lochie

Im Hangar hatte sich ein komplettes Rettungsteam eingefunden, das ausgerüstet war, sich in Gruppen unterhielt und bereit war, loszulegen.

Die Kameradschaft war groß. Energie lag in der Luft, so stark, dass ich sie schmecken konnte.

Die Polizei hatte die Zeit genutzt, um zu bestätigen, dass es sich bei dem Anruf um einen Telefonstreich handelte, nachdem sie die Rufnummer des Anrufers überprüft hatte und die Leitung nicht zurückverfolgen konnte. Aber die Polizeibeamtin hatte sich auch mit Jude beschäftigt.

Er war bereits wegen Belästigung von Frauen vorbestraft.

Die Frauen hatten sich geweigert, die Einzelheiten preiszugeben, aber eines war klar: Jude Gaskill hatte auf diese Situation hingearbeitet.

Das hatte ich auch. Ich hatte die Fähigkeiten und die Ausbildung, und ich würde nicht eher ruhen, bis wir ihn gefasst hatten.

Es gab nichts, was uns daran hinderte, aufzubrechen.

Dennoch hatte ich noch nicht den Befehl zum Aufbruch gegeben.

Seit dem Notruf, hatten wir uns nur am Stützpunkt versammelt – ein ungewöhnlicher Vorgang, vor allem bei den schwierigen Wetterverhältnissen, die sich von Minute zu Minute verschlechterten. An jedem anderen Tag wären wir bereits draußen auf dem Berg gewesen, in Sichtweite und auf der Suche. Unser Ziel war es, innerhalb von sechs Minuten zu reagieren – Arbeit ablegen, das Essen beiseitestellen, aus dem Bett springen, was auch immer zu tun war.

Aber ich hatte die Männer und Frauen unter meinem Kommando zurückgehalten.

Es war mehr als nur eine Vermutung, was mich dazu veranlasst hatte, die Reißleine zu ziehen.

Wenn Jude da draußen auf uns wartete, würden wir ihm nicht in die Hände spielen. Er hatte das heutige Spiel mit seinem Scherzanruf begonnen, aber ich hatte die Absicht, das Spiel zu gewinnen.

Wenn wir den Hangar nicht verlassen würden, müsste er einen anderen Zug machen oder am Berghang sterben.

Cameron wartete an meiner Seite. „Was ist sein Plan? Stärke demonstrieren oder ein zweiter Anruf?"

„Ein Anruf. Er ist ein Feigling."

„Derselbe Ort oder ein neuer?"

Ich strich mir über den Bart. „Nein, sicher nicht. Er hat Hill House genannt, was darauf schließen lässt, dass er diesen Ort im Visier hat, oder etwas auf dem Weg dorthin.“

„Dort haben wir auch den Schlafsack gefunden. Seiner?“

„Zweifelsohne. Wenn du dich also in der Nähe auf die Lauer legen würdest, würdest du dafür einen hohen oder einen niedrigen Standort wählen?“

Cameron dachte darüber nach und verschränkte die Arme hinter dem Kopf. Sein roter Overall saß eng an den kräftigen Schultern des jungen Mannes. „Hoch gelegen, mit guter Sicht auf das Ziel. Bodendecker bieten Tarnmöglichkeiten. Außerdem sind zahlreiche Fluchtmöglichkeiten vorhanden. Jeder, der sich nähert, würde es langsam angehen lassen, aber irgendwann müssten wir uns dem Gebäude nähern. Er würde wissen, dass wir als Gruppe kommen und nicht einzeln.“

Eine gute Analyse. Ich ging zu der Übersichtskarte mit Hill House und scannte die Umgebung. „Gib dein Bestes.“

Die Crewmitglieder sahen zu.

Cameron deutete auf einen von Bäumen gesäumten Hügel neben dem Haus, etwa hundert Meter entfernt. „Hier liegt er auf der Lauer. Sein eigentliches Ziel ist Caitriona. Aber um an sie heranzukommen, muss er zuerst an uns allen vorbeikommen. Du bist sein größtes Ziel, denn du hast, was er will. Sein Problem ist, einen Mann deiner Größe auszuschalten. Ich kann nicht glauben, dass er so dumm ist, einen direkten Kampf zu provozieren, selbst wenn er dich allein erwischt. Entweder hat er eine Schusswaffe oder er hat eine Falle gestellt.“

Sein Vater, Wasp, ächzte zustimmend. „Oder beides.“

Wir hatten ein Team auf dem Castle, angeführt von

Callum, und ein weiteres, das darauf wartete, Caitrionas Auto zurück auf das Anwesen zu bringen. Wir waren einsatzbereit, und es gab keine Chance, dass dieses Arschloch gewinnen konnte.

Trotzdem konnte ich erst dann zur Ruhe kommen, wenn dieser Kampf vorbei war.

Mein Handy summte, und es wurde still in der Gruppe. Ich hielt es hoch. „Privat. Ruhe bewahren."

Sie murmelten wieder vor sich hin, und ich antwortete Caitriona.

„Wo bist du?", fragte ich direkt.

„Fast zurück im Castle McRae. Ich habe es nicht geschafft, dich zu erreichen. Ich war so besorgt."

„Ich habe auch versucht, dich anzurufen. Die Anrufe kommen nicht durch. Tut mir leid, mein Schatz. Das Handysignal ist schwach."

Sie atmete aus. „Gott sei Dank geht es dir gut. Max flucht darüber, dass er sein Rettungsfunkgerät nicht bei sich hat. Hör zu, ich muss dir erzählen, was wir von Rupert erfahren haben. Jude hat Zugang zu Waffen. Er hat für ein Jagdhaus gearbeitet."

„Waffen", wiederholte ich für die Leute um mich herum. „Weiß Rupert, ob er welche genommen hat, was für welche, oder ob er eine Ausbildung hatte?"

„Max hat gefragt, aber Rupert wusste es nicht. Er kannte auch den Namen der Jagdhütte nicht. Da ich weiß, dass Jude lügt, ist es vielleicht nicht die Wahrheit, aber es ist besser, auf der Hut zu sein."

Ich murmelte zustimmend. „Hat der Onkel noch etwas Nützliches verraten?"

„Er wusste, dass Jude übermäßig an mir interessiert war. Das Arschloch wusste es und hat nichts gesagt."

„Arschloch. Hör zu, wir haben einen Wagen, der euch abholt, und ein Team, das im Castle auf euch wartet. Fahrt dorthin, passt auf euch auf und umarme Isla von mir."

„Ein Team? Ich habe keins gesehen. Wir mussten einen Umweg machen, weil die Straße zum See blockiert ist. Zwei Autos wurden zurückgelassen aufgefunden. So wie es aussah, ist jemand verunglückt und der Schnee hat sich um die Autos herum aufgetürmt. Wir kommen stattdessen über die Berge."

Mein Herz erstarrte. „Welche Route, Caitriona?"

„Über Mhic Raith. Warum?"

Die Straße, die nach Hill House abzweigte. Sie war nur eine kurze Fahrt von dem Ort entfernt, an dem wir Jude vermuteten.

„Hör zu", befahl ich. „Ihr müsst umdrehen – "

Eine Explosion dröhnte, die gleichzeitig im Hangar und über die Leitung zu hören war. Die Männer und Frauen im Einsatzraum starrten sich gegenseitig an und eilten dann zum Ausgang des Hangars.

Ich lief ihnen hinterher. „Caitriona? Kannst du mich hören?"

„Aye", sagte sie mit leiser Stimme. „In unserer Nähe ist gerade etwas explodiert. Verdammt! Der Schnee!"

„Was ist damit?" Ich klammerte mein Handy fest und drängte mich durch meine Crew zur Tür. Der Hangar lag seitlich an der zerklüfteten Bergspitze von Mhic Raith. Hill House lag an einem Hang in der anderen Richtung, aber die Straße schlängelte sich daran vorbei und führte zurück zum Castle.

Es schneite ununterbrochen. Kaum eine Sichtweite von mehr als ein paar hundert Metern.

Dann, mitten im Getümmel, stieg eine dunkle Rauchwolke vom Berg auf.

„Caitriona! Verschwindet von dort", forderte ich. „Kannst du mich hören?"

Ich wiederholte mich und achtete auf das leise Rauschen, das darauf hindeutete, dass die Verbindung noch vorhanden war. Dann brach der Anruf ab.

Verzweifelt wählte ich erneut.

Ally stand vor mir, Maddock neben ihm. „War das meine Tochter? Wo sind sie?"

Mit tauben Lippen presste ich die Worte hervor. „Die Straße zum See war gesperrt. Sie haben den Weg über die Berge genommen."

Alle in Hörweite drehten sich um und starrten auf den Berg, der nun wieder unsichtbar war.

Caitriona war dort oben. Max auch.

Und Jude, der dort auf der Lauer lag.

Mein erster langer Schritt knirschte durch den Schnee und ließ mich in Richtung des Berges gehen, angetrieben von einer unsichtbaren Kraft, der ich mich nicht entziehen konnte. Ich wusste nur, dass ich zu ihr musste. Ein Ziehen an meinem Rucksack ließ mich innehalten.

Cameron umrundete mich und drückte meine Schultern. „Du wirst doch nicht einfach in den Sturm laufen. Ich weiß, dass du mehr Verstand in deinem Kopf hast." Er hob einen Arm und brüllte. „Zurück ins Gebäude. In eure Teams."

Er ergriff meinen Arm und zog mich mit sich.

Ich musste die Führung übernehmen, musste die Leute organisieren, die meine Frau retten konnten.

Ich konzentrierte mich nur auf diesen letzten Gedanken und lief der Mannschaft hinterher, um sie im Hangar zu versammeln. Alle hatten Ausrüstung, Landkarten und Rettungskenntnisse. Aber nur wenige waren beim Militär gewesen. Dies könnte ein Ablenkungsmanöver sein oder ein direkter Angriff.

„Hört zu", brüllte ich. „Caitriona und Max McRae sind auf der Straße bei Hill House. Sie haben ein Auto, waren aber in der Nähe der Explosion." Die letzten Worte von Caitriona kamen mir in den Sinn. *Der Schnee.* Meine Panik nahm überhand. „Es ist möglich, dass sie verschüttet wurden, wenn die Explosion eine Lawine ausgelöst hat. Unser vorrangiges Ziel ist es jetzt, ihnen von dem Berg runterzuhelfen. Ich glaube, dass Jude Gaskill die Explosion ausgelöst hat. Er könnte auch bewaffnet sein. Wir wissen, dass er Caitriona will." Meine Stimme klang angestrengt, und ich räusperte mich. „Das Risiko ist jetzt größer. Für uns alle. Wenn ihr nicht mitgehen wollt, ist das kein Problem."

Keine einzige Person rührte sich.

Mein ohnehin schon pochendes Herz schlug noch heftiger. „Gut. Teamleiter, zu mir. Macht euch alle bereit zum Aufbruch."

Nach der Besprechung stiegen wir in die Autos und fuhren los. Verstecken und Abwarten hin oder her. Wir waren in der Überzahl, und wir alle sorgten uns um die beiden Seelen in Gefahr.

Ich würde Caitriona nach Hause bringen. Es gab

keine andere Möglichkeit.

35

Caitriona

„Mach den Motor aus.“

Auf Max' raschen Befehl hin stellte ich ruckartig mein Auto ab. Das Geräusch verstummte und wurde durch Stille ersetzt.

Ringsherum drückte blauer und schmutzig-weißer Schnee auf die Scheiben, schwer und erdrückend. Äste, Schlamm und Tannennadeln mischten sich darunter und schlossen uns in der Dunkelheit ein.

Eine Lawine war auf uns zugerast und hatte uns fast von der Straße gefegt.

Max löste seinen Sicherheitsgurt, und ich tat dasselbe.

„Heilige Scheiße“, murmelte er.

Ich suchte die Fenster nach Tageslicht ab. „Wir sind begraben.“

„Ach was, Sherlock.“

Ich schlug auf seinen unverletzten Arm. „Wir müssen hier raus.“

„Technisch gesehen, sollten wir im Auto bleiben und auf die Rettung warten. Lochinvar weiß, wo wir sind. Versuch ihn anzurufen."

Wir hatten miteinander gesprochen, ehe sich das Unglück ereignet hatte. Gott, er muss sich Sorgen machen. Ich kramte mein Telefon hervor, das neben meinen Füßen gelandet war. „Kein Empfang."

Max drückte auf sein Display. „Bei mir auch."

Ich versuchte trotzdem, den Anruf zu tätigen. Das scheiterte. Eine Textnachricht scheiterte ebenfalls.

„Sie wissen, wo wir sind. Sie werden uns holen kommen", sagte Max.

Mein Magen verkrampfte sich vor Panik. „Machst du Witze? Ich kann nicht hier rumsitzen, während ein Wahnsinniger auf das Anwesen losgelassen wird. Vergiss es, Max. Es gab eine Explosion. Irgendetwas passiert in diesem Moment."

Selbst in der Dunkelheit leuchteten die Augen meines Bruders auf, und sein Versuch, eine vernünftige Entscheidung zu treffen, verpuffte. „Aye, scheiß drauf. Wir können hier nicht sitzen bleiben."

Er zerrte an seinem Türgriff und drückte dann gegen die Autotür, wobei er vor Schmerz zusammenzuckte.

Sie rührte sich nicht.

Ich versuchte es bei meiner mit demselben Ergebnis, schaltete dann die Zündung wieder ein, um zu prüfen, dass die Verriegelung nicht aktiviert war. Immer noch vergeblich. Unsere Ausgänge waren durch das Gewicht der Lawine blockiert.

Wir saßen in der Falle.

Max kletterte zwischen den Sitzen hindurch und versuchte, die hinteren Türen zu öffnen. Er trat dagegen und brachte das Auto dadurch beinahe zum Wackeln, aber es war vergeblich. „Ja, so wird das nichts."

„Ich werde die Fenster herunterlassen. Vielleicht können wir uns einen Weg nach draußen graben."

„Hast du einen Spaten?"

„Warum sollte ich einen Spaten in meinem Auto haben?"

„Nun, wir können unsere Hände nicht benutzen." In der Dunkelheit fuhr er sich frustriert mit den Fingern durch die Haare. „Außerdem riskieren wir, uns den Arsch abzufrieren, wenn wir nicht durchkommen."

„Wir schaffen das schon. Wie schlimm kann es schon sein?"

„Unterkühlung? Ziemlich grenzwertig, es sei denn, man ist gern tot."

Ich warf ihm einen bösen Blick zu. Irgendwann waren meine nervigen kleinen Brüder erwachsen geworden, und Max war jetzt ein Mann. Ich sah in ihm immer noch nichts anderes als eine Nervensäge.

Er warf mir einen vielsagenden Blick zu. „Was ist mit anderen Vorräten? Ersatzkleidung, Wasser, Energieriegel, Treibstoff?"

„Nein, nein, und nein."

„Ernsthaft? Wir leben in den verdammten Highlands. Der Winter kommt. Du solltest eine Grundausstattung für Notfälle bei dir haben."

„Ich fahre nie die abgelegeneren Straßen. Das Schlimmste, was mir je passiert ist, war, dass ich unten am

See warten musste, nachdem ich auf dem Eis ins Schleudern geraten war und ein Reifen geplatzt war. Ma holte mich ab und Isobel schleppte mein Auto ab.“

Heute hatten zwei Autos dieselbe Strecke blockiert, sodass wir die Richtung ändern mussten.

Ich hob eine Hand, um die Bemerkung meines Bruders zu unterbinden. „Könnte das Absicht gewesen sein? Der Unfall? Er war der Grund dafür, dass wir in diese Richtung fahren mussten.“

Er lehnte sich mit konzentriertem Blick in seinem Sitz zurück. „Und dann war da noch die Explosion. Eine Lawine kann man nicht planen, aber sie würde Aufmerksamkeit erregen. Menschen in Panik versetzen…“

Wir verstummten beide. Das Geräusch der Explosion hatte mir Angst eingejagt, und das Gefühl hielt an.

„Was könnte explodiert sein? Ein Auto?“, fragte ich.

„Wir sind direkt unterhalb der Zufahrtsstraße nach Hill House. Der Ort ist zwar nicht an das Stromnetz angeschlossen, aber er hat dieselbetriebene Generatoren.“

„Verdammt. Das war auf keinen Fall ein Unfall. Ich würde jedes Geld darauf wetten, dass Jude dahintersteckt.“

„Stimmt. Damit sind wir leichte Beute.“

Wir saßen in der Falle.

Oh Gott, das war ein großer Fehler.

„Wir müssen hier raus.“ Frustriert schlug ich gegen die Tür. „Ich werde einen Tunnel graben. Es ist unsere einzige Möglichkeit.“ Auch wenn ich mir dabei die Finger erfrieren würden.

Max leuchtete mit der Taschenlampe seines Handys im Auto herum und blickte an die Decke. Dann griff er nach etwas, das ich nicht sehen konnte. In Windeseile schob er die Abdeckung der Luke zurück.

Tageslicht strömte herein.

„Warum zum Teufel hast du nicht gesagt, dass du eine Dachluke hast?" Er prüfte die Befestigungselemente.

„In den vier Jahren, in denen ich dieses Auto besitze, habe ich das Ding nie geöffnet. Verdammt!"

Mein Bruder schlug gegen die Luke und öffnete sie einen läppischen Zentimeter, wobei die Scharniere eine weitere Bewegung verhinderten. Der Schnee auf dem Dach erzitterte. „Weißt du, wenn du besser auf dein Auto aufpassen würdest, anstatt überall hin zu rasen, hättest du gewusst, dass die Luke hier ist."

Argh. „Ich fahre nicht zu schnell. Geh aus dem Weg, ich werde das Ding einschlagen."

„Der Schnee wird nachgeben."

„Unsere Chancen stehen besser, uns da durchzugraben, als das Fenster einzuschlagen."

Max verzog das Gesicht und klaute meine Idee. Mit einer Bewegung, die eines Akrobaten würdig war, drehte er sich und schlug einen Schuh in die Scheibe.

Die Scheibe sprang aus den Halterungen.

Frische Luft und nur ein paar Schneereste drangen in das Auto.

„Ja!", jubelte ich.

Max steckte seinen Kopf hinaus und duckte sich wieder ins Innere. „Sieht gut aus. Wir werden in einem Schneehaufen landen – er ist sehr dicht um das Auto herum – aber die Straße vor uns ist sichtbar. Schnapp dir, was du brauchst, und dann nichts wie weg von hier."

Das musste ich mir nicht zweimal sagen lassen. Max reichte mir meine Winterjacke vom Rücksitz, und ich zog sie an, dann warf ich mir die Tasche über die Schulter. Auf dem Sitz stehend, stieg ich durch den schmalen Spalt aus dem Auto und ließ mich auf das verschneite Dach fallen.

Mein Bruder kletterte hinter mir her, und wir saßen einen Moment lang nebeneinander.

Der Sturm hatte an Intensität nachgelassen, aber eine dichte Wolkendecke bedeckte uns mit neuen Schneeflocken. Zu unserer Rechten grenzt ein weites Schneefeld an den Berg, dessen Rand von der Lawine erfasst wurde. Auf der linken Seite ging der Berg in einen knarzenden Wald über.

Selbst mit meinem beschissenen Orientierungssinn wusste ich, dass uns der Weg vor uns nach Hause führen würde. Ein langer Weg, aber besser als in einer Metallbox in einem Schneetreiben zu sitzen.

„Wenn das Arschloch irgendwo hier draußen ist, mit Waffen ausgestattet und total durchgeknallt, müssen wir uns beeilen und außer Sichtweite bleiben“, brummte Max. „Durch den Wald wäre der direkteste und sicherste Weg, aber es ist kein leichter Fußweg.“

„Wir sollten auf der Straße bleiben“, argumentierte ich. „Wir dürfen uns nicht verlaufen, und wenn uns jemand sucht, wird er auf diesem Weg kommen.“

„Ich würde mich nie verlaufen“, knurrte Max, aber er stimmte mir trotzdem zu.

Mit seinem Mantel, der ihn wie ein Umhang umschloss, weil sein Gipsverband das Schließen des Reißverschlusses nicht ermöglicht, stellte er sich in den aufgewühlten Schnee neben dem Auto. Seine Stiefel sanken ein, aber er konnte sich bewegen.

Ich hüpfte ihm hinterher und setzte meine Füße in seine Fußstapfen.

Vorsichtig umrundeten wir das Auto. Abgesehen von dem Loch im Dach war nichts von ihm zu sehen.

Es blieb uns nichts anderes übrig, als weiter zu stapfen. Mein Bruder war verletzt – nicht, dass er es zugeben würde, aber ich merkte es an seinem Verhalten – aber er marschierte weiter. Am Rande des Lawinengebietes fanden wir die Straße, die immer noch schneebedeckt war, aber deutliche Reifenspuren zeigte. Wir folgten ihr und bewegten uns so schnell wie möglich auf dem gefährlichen Boden.

Hundert Meter weiter kamen wir an eine Kreuzung. Ich zog meine Kapuze hoch, um mich vor der Kälte zu schützen und sog einen Atemzug der gefrorenen Luft ein.

„Glaubst du, dass die Explosion von dort kam?", fragte ich Max.

„Aye, geh weiter."

Irgendwo hier draußen war die Bergrettung auf der Jagd nach Jude. Lochie hatte das unter Kontrolle, und ich wusste, dass er Erfolg haben würde. Alles, was ich tun musste, war, ihm aus dem Weg zu gehen und in Sicherheit zu bleiben. Isla war mit Mutter im Castle, und ich wollte das kleine Mädchen unbedingt sehen.

Wir könnten eine Familie sein – ich wusste, dass sie mich schon vor meiner Abreise darum hatte bitten wollen. Ihr Vater und ich kamen nie dazu, darüber zu sprechen, wie es weitergehen sollte. Er wollte bleiben, und seine Probleme könnten lösbar sein, falls sie überhaupt existierten. Mein Stalker könnte für alles, was passiert war, verantwortlich sein. Je mehr ich darüber nachdachte, desto wahrscheinlicher wurde es.

Jude war das einzige Hindernis zwischen mir und einer Zukunft, die ich nie für möglich gehalten hätte.

Bergauf blitzte eine kräftige Farbe zwischen den Bäumen hervor. Ich blinzelte, dann hielt ich meinen Bruder auf.

„Hast du das gesehen?"

Er nickte kurz und streckte eine Hand aus, als wolle er mich zurückhalten.

Ich starrte in die Ferne und erhaschte wieder einen kurzen Blick auf die Farbe. Violett, ein leuchtender und ungewöhnlicher Farbton, der im Gegensatz zu dem kahlen Weiß und Grau des Berghangs geradezu leuchtete. Aus der Entfernung konnte ich nicht erkennen, ob der Gegenstand von einem Menschen getragen wurde oder an einem Baum hing.

Dann dämmerte mir die Erkenntnis. War das …?

„Das ist mein Mantel", stotterte ich. „Diese Farbe … Mama hat mir einen Mantel in genau diesem Farbton geschenkt. Er wurde mir vor Monaten bei der Arbeit gestohlen."

Dann bewegte sich das Objekt, und eine Person war zu erkennen. Die Person trug eine weiße Sturmhaube, die ihr Gesicht bedeckte, und bewegte sich entschlossen in meinem verdammten Mantel.

Ich konzentrierte mich auf das, was er trug.

Der Mann verließ den Schutz der Bäume und kam auf uns zu.

Max und ich erstarrten und hoben langsam unsere

Arme.

Es war Jude, und er hatte eine Waffe direkt auf mein-
en Bruder gerichtet.

36

Jude

Freude durchströmte meinen Körper, und mein Herz war so leicht wie seit Jahren nicht mehr. Mit einem dramatischen Schwung riss ich meine Maskierung ab und strahlte Cait an. „Ich bin's."

Sie starrte auf die Waffe, dann schritt sie vor den Mann an ihrer Seite – ihr Bruder, den ich erkannte, obwohl er nicht mehr der mageren Teenager war, den ich einst gekannt hatte.

Ich trat näher und tanzte fast vor Glück. „Nein, Schätzchen. Keine Angst, ich werde ihn nicht erschießen. Jedenfalls nicht, wenn er sich benimmt. Ich bin so froh, dass du es aus dem Auto geschafft hast. Du hast ja keine Ahnung, wie besorgt ich war."

Cait schluckte und räusperte sich mit zierlicher Kehle. „Du hast die Lawine ausgelöst, die uns begraben hat."

„Ja, das habe ich durch mein Fernglas gesehen, aber das wollte ich nicht. Ich wollte nur, dass du vorbeikommst, um zu sehen, was es mit dem Knall auf sich hat." Ich breitete die Arme aus und schwang die Flinte. „Was du auch getan hast! Du schlaues Ding."

Beide duckten sich, als die Waffe in ihre Richtung sauste, also richtete ich sie noch einmal auf den großen Rotschopf und räusperte mich. „Wir müssen nur noch ein paar Dinge klären, dann können wir aufbrechen."

„Wohin aufbrechen?"

All der Hass, die Wut und die Verbitterung schmolzen dahin. Es hätte nicht besser laufen können, wenn ich es geplant hätte. Cait war hier, und wir waren zusammen.

Ich hatte die perfekte Unterkunft für sie. Früher hatte ich in ihrer Hütte wohnen wollen, aber da gab es zu viele neugierige Leute. Zu viele Ablenkungen. In dem großen Haus meines Onkels würde sie, sobald er und seine schreckliche Familie aus dem Weg waren, nie wieder von irgendjemandem belästigt werden.

„Das wirst du sehen, wenn wir dort sind." Ich grinste wieder und zuckte mit den Schultern. Dann gestikulierte ich mit der Waffe den Berg hinauf. „Nun geht los. Ich will, dass man euch auf dem Hügel gut sehen kann."

Caits Bruder sah mich mit finsterem Blick an. Ich starrte zurück.

Der Hass kehrte blitzschnell zurück.

„Macht schon, oder er verliert sein verdammtes Gesicht," schnauzte ich.

Sie bewegten sich langsam, und ich folgte ihnen, wobei ich auf der Hut sein musste. Unten in der Schlucht wuselten winzige roten Flecken der Bergretter herum wie kopflose Hühner. Wie Spinnmilben, die darauf warten, zerquetscht zu werden.

Ich interessierte mich nur für einen von ihnen.

Er war das Problem.

Der Unmensch, den Cait zwischen ihre Beine gelassen hatte. Erstickende, lähmende Wut ließ meine positiven Gefühle schwinden. Ich hatte mich so sehr bemüht, Caits Vergehen, ihre Affäre mit diesem Mann, zu verzeihen. Aber ich fürchtete sowohl um ihren Verstand als auch um meinen.

Es gab nur eine Lösung, und jetzt hatte ich alle Möglichkeiten.

Ich führte meine wahre Liebe durch den Schnee und lockte unsere Beute auf die Jagd.

Mit der Zeit würde sie ihn vergessen.

Mit der Zeit würde sie nur noch an mich denken.

Endlich gehörte Cait mir.

37

Lochie

In mehreren Gruppen bewegten sich meine Teams über den Berghang und suchten vergeblich nach Caitrionas Fahrzeug. Es war eine Falle, das wussten wir alle, deshalb wählte ich die bestmögliche Strategie.

Zwei Teams umrundeten den Berg, um sich von der anderen Seite zu nähern, auf Skiern oder Schneemobilen, um das Gelände zu sichern. Eine andere Gruppe blieb im Castle, um Isla zu schützen. Das Auto, das ich zu Cait geschickt hatte, würde Verstärkung bringen, aber wir waren weit von ihnen entfernt.

Ich konnte sie hier nicht zurücklassen.

Ich hatte mich entschieden, direkt in die Höhle des Löwen zu gehen. Cameron und ich hatten die östliche Route genommen, Wasp, Ally und Maddock die westliche. Keiner von uns hatte gezögert.

Cameron streckte einen Arm aus, hielt mich fest und zeigte nach vorne. Vor uns endete die Straße in einer dicken Schneedecke. Ich fuhr an den Rand und hielt an.

„Eine Lawine", hauchte ich.

Dann stieg ich aus dem Auto und lief auf die Schneeschicht.

Cameron folgte mir und scannte unsere Umgebung. „Halte dich bedeckt", warnte er.

„Wenn sie da drunter sind, müssen wir sie rausholen", erwiderte ich.

Er stimmte zu, und ich suchte weiter, mit einem Anflug von Verzweiflung. Skifahrer trugen manchmal Lawinensuchgeräte, die uns eine Orientierungshilfe boten, um sie zu finden. Aber Caitriona hatte so etwas sicher nicht.

Wie viel Zeit war seit der Explosion vergangen? Unter dem Schnee zählte jede Minute. Sie könnte ersticken. Verzweiflung überkam mich.

Ich wollte nach ihr rufen, den Berg hinunterschreien, bis sie zurückrief. Aber das Risiko war zu groß.

Cameron hob eine Hand und kniete sich hin. „Fußabdrücke."

Mein Herz machte einen Sprung, und ich begutachtete seinen Fund. „Du hast recht. Zwei deutliche Spuren, aye? Es müssen ihre sein."

„Ich glaube schon. Es ist schwer, bei dem frischen Schneefall sicher zu sein. Ich glaube nicht, dass sie schon lange da sind."

Dann entdeckte ich ein Loch im Boden, dessen Form in der Natur nicht vorkommt. Ein Autofenster? Ich ging hinüber und spähte hinunter. „Mein Gott, das ist Caitrionas Auto."

Ich befand mich direkt darüber.

Panik und Angst stiegen in mir auf. Sie steckte unter dem Schnee fest. Ach du Scheiße.

Cameron gesellte sich zu mir und senkte seinen Blick nach unten. „Es ist kein Blut zu sehen und keine Schäden. Wir wissen, dass sie rausgekommen sind. Atme, Mann."

Kein Blut. Kein Blut.

„Aber sie waren da drin. Sie hätte sterben können."

Ich hätte am liebsten geheult vor Sorge, aber wir mussten weiterfahren. Sie war entkommen, Max auch, also konnten sie nicht weit sein. Es sei denn …

„Wir hätten sie auf der Straße sehen müssen", stieß ich hervor. „Warum zum Teufel waren sie nicht auf der Straße?"

Camerons Gesichtsausdruck verzog sich. Er meldete den Fund in sein Funkgerät und rief das zweite Team zu uns. „Wenn sie nicht den offensichtlichen Weg nach Hause genommen haben, gibt es einen guten Grund. Los geht's. Zurück zu den Fußspuren. Wir werden versuchen, ihnen zu folgen."

Wir liefen über den verdichteten Schnee zurück und suchten den Boden ab. Alle paar Meter waren einzelne Abdrücke in der zerklüfteten Schneedecke zu sehen, und wir verfolgten sie bis zum Auto.

Cameron zögerte vor dem Jeep. „Ich fahre, du führst."

„Geht klar." Es wäre leichtsinnig, unser Auto früher als notwendig aufzugeben.

Ich lief weiter, joggte den Weg zurück, den wir gekommen waren, und hielt an, um zu prüfen, ob die schwachen Abdrücke noch vorhanden waren. An der Abzweigung nach Hill House – einem Weg, an dem wir vorbeigekommen waren, den wir aber ignoriert hatten – häuften sich die Fußabdrücke.

Sie verliefen entlang der steilen Straßen aufwärts.

Ich gestikulierte zum Auto, meine Kehle wie zugeschnürt.

Cameron lehnte sich aus dem Fenster. „Warum sollten sie dort hinaufgehen?"

„Keine Ahnung."

Ich ging noch ein paar Schritte weiter und suchte die dunklen Bäume auf der einen Seite und den Bergrücken auf der anderen Seite ab. Das Haus war noch nicht in Sichtweite, aber wir befanden uns fast genau an der Stelle, die Cameron als Ziel von Jude vermutet hatte.

Das eisige Wetter hatte nichts mit dem Schauer zu tun, der mir den Rücken hinunterlief.

„Sie würden nur aus zwei Gründen in diese Richtung gehen. Schutz, wenn sie verzweifelt sind, vorausgesetzt, es ist noch etwas von dem Haus übrig. Oder weil sie dazu gezwungen wurden."

Mit einem ersten Nicken stieg Cameron aus und gesellte sich zu mir, und wir gingen weiter.

Im selben Moment entdeckten wir beide das, was ich nicht hatte sehen wollen.

Ein drittes Paar von Abdrücken.

Bis jetzt waren wir zwei unterschiedlich großen Stiefeln gefolgt; großen, klumpigen, die Max gehörten, und zierlicheren Wanderstiefeln, die nur Caitriona gehören konnten.

Die dritten Abdrücke waren etwas dazwischen, und die Spuren führten in den Wald.

„Das ist er. Das muss er sein." Ich kämpfte gegen den Drang an, auf die Knie zu fallen. „Es ist Jude. Sie sind mit ihm gegangen. Warum zum Teufel würden sie das tun?"

„Sie wurden dazu gezwungen", sagte Cameron mit Nachdruck. „Lochinvar, er hat eine Waffe. Er muss eine haben, sonst wären Max und Cait geflohen. Wir müssen die Taktik ändern. Ich muss dafür sorgen, dass die anderen Rettungskräfte sie nicht direkt angreifen."

„Er wird sie verletzen", stieß ich hervor.

„Das könnte er. Ich muss es den Teams sagen."

Ich hob meinen Kopf soweit an, dass ich ihm Anerkennung zollte, und konzentrierte mich dann auf meine Gedanken, während er mit dem Rettungsteam sprach. Wieder hatte sich das Spiel geändert. Jude hatte Caitriona, und Max. Selbst in diesem Horror-Szenario konnte ich die grundlegenden Informationen überprüfen. Wir hatten keinen Schuss gehört, und es war weder Blut noch ein bewusstloser Max in Sicht. Und die Schritte gingen weiter. Er hatte sie irgendwohin geführt, aber zusammen.

Das war zu unseren Gunsten.

Mein Funkgerät piepte. „Bitte kommen", sagte ich.

„Sag mir nicht, ich soll mich zurückhalten", platzte Maddock in die Leitung. „Das sind meine Schwester und mein verdammter Zwillingsbruder. Wir sind auf dem Weg zu euch."

Wir brauchten sie, aber wir brauchten auch einen klaren Kopf. Gott weiß, dass meiner schon im Arsch war.

„Fahrt bis zu unserem Jeep und geht dann mit äußerster Vorsicht vor", befahl ich. „Ich meine es verdammt ernst. Haltet euch bedeckt. Wir müssen zu Fuß weiter – die Abdrücke führen weg in Richtung der Hügel. Sobald ihr uns seht, rührt ihr euch nicht mehr vom Fleck. Wir dürfen den Kerl nicht verschrecken.“

Es folgte eine Pause, dann meldete sich Wasps Stimme wieder. „Verstanden. Wir werden zurückhaltend sein. Passt auf euch auf, ihr beiden.“

Meine Sicherheit bedeutete mir im Moment einen Scheißdreck. Ich war nicht in Gefahr, und ich würde mich vor Cameron werfen, wenn es sein müsste. Alles, was zählte, war, Caitriona zurückzubekommen.

Mit diesem Gedanken im Hinterkopf folgte ich ihrer Spur.

38

Caitriona

Ich hatte von einer Taktik bei Entführungsszenarien gelesen, bei der sich Frauen mit ihren Angreifern anfreundeten, um ihre Sicherheit zu gewährleisten. Es hatte etwas damit zu tun, dass man eine Verbindung auf menschlicher Ebene herstellte und es dadurch unwahrscheinlicher machte, dass der Täter einem etwas antun würde.

Ich sollte mit Jude flirten und mich auf seine Fantasiewelt einlassen.

Aber ich war nie gut darin gewesen, etwas vorzutäuschen.

Stattdessen warf ich ihm einen hasserfüllten Blick über die Schulter zu. Mein Körper war von unserem langen Spaziergang durch den Schnee wie erstarrt. An meiner Seite bewegte sich Max ungelenk, sein Gesicht angespannt. Ohne die Möglichkeit, den Reißverschluss seines Mantels zu schließen, musste ihm eiskalt sein.

Wenigstens hatte der Sturm nachgelassen. Obwohl ein eisiger Wind über uns hinwegfegte, hatte es aufgehört zu schneien, und die Wolken hatten sich so weit aufgelockert, dass hier und da die Sonne durchkam.

Die Helligkeit auf dem kristallklaren, weißen Hügel blendete mich.

Hinter uns plapperte Jude fröhlich vor sich hin. Er klang wie immer, wenn er zum Abendessen kam, und erzählte lustige Geschichten von der Universität und von Dingen, über die er sich Gedanken machte.

Er war verrückt.

Auf eine gefährliche Art und Weise.

Wir verließen den Bergrücken und umrundeten einen Ausläufer, wobei wir die unter uns liegende Schlucht und den in der Ferne sichtbaren Flugzeughangar immer im Blick behielten. Da meine Jacke dunkelblau und die von Max schwarz war, wären wir nichts weiter als Punkte auf dem Hügel gewesen. Jude jedoch stach in dem gestohlenen Mantel hervor.

Eine Erinnerung ließ mich aufschrecken, dann wurde mir übel. Sein Onkel hätte gesagt, sie hätten ihn rausgeschmissen, nachdem sie ihn beim Masturbieren auf einem Damenmantel gefunden hatten.

Zweifellos meiner.

Dieser Mann war durchgeknallt. Gefährlich und unberechenbar.

Das Allerletzte, was ich wollte, war eine Konfrontation mit Lochie auf dem Hügel. Jude hatte eine Waffe. Es konnte nur ein Ende geben.

Angst stieg in mir auf.

„Wir müssen demnächst anhalten", flüsterte ich Max zu.

„Das wollte ich auch gerade sagen", erwiderte er.

„Was?", rief Jude. „Ich kann dich von hier aus nicht hören. Sprich lauter, mein Schatz."

Mein Bruder warf mir einen Blick zu und nickte unmerklich. Er riss die Augen weit auf und deutete mit einer subtilen Geste nach vorn. Hinter uns verdeckte das glatte Weiß den rauen, felsigen Boden.

Was war dort? Ich hatte nichts bemerkt, obwohl ich mir auf Anhieb zusammenreimen konnte, dass wir nicht weit von den Klippen über dem Einhorn-Pool entfernt waren. Das war ein langer Weg nach unten. Vielleicht ein Sammelpunkt für das Rettungsteam?

Es war genug, um Max neugierig zu machen, aber ich wollte nicht, dass die Mannschaft uns fand. Wenn sie das taten, wäre Lochie in Gefahr.

„Nichts zu sagen? Macht nichts", fuhr Jude fort. „Ich habe so viel mit dir zu teilen. Nicht mit dir, hässlicher Bruder. Halt dir die Ohren zu. Cait, erinnerst du dich an unser erstes Mal?"

Ein mulmiges Gefühl umklammerte meinen Magen.

„Ich habe keine Minute davon vergessen. Ich habe alles niedergeschrieben, was du getan hast, damit es im Laufe der Zeit nicht in Vergessenheit gerät. Du und ich waren von diesem Moment an füreinander bestimmt. Dein weiches Haar, so schön auf meinen Laken. Dein schöner, geschmeidiger Körper."

Igitt. Ich unterdrückte einen Würgereiz.

„Verdammt noch mal", murmelte Max.

„Das habe ich gehört. Ich habe dir doch gesagt, du sollst nicht zuhören." Judes Tonfall wechselte von fröhlich zu beunruhigt. „Jetzt bleib stehen. Bleib sofort stehen.“

Wir hielten an und drehten uns um. Absichtlich trat ich wieder vor meinen Bruder, wobei meine Stiefel an dem toten Heidekraut unter dem Schnee hängen blieben.

„Tu das nicht“, flüsterte Max.

Es gab keine Chance, dass ich auf ihn hören würde. Jude wollte mich. Ergo würde er mich wahrscheinlich nicht erschießen. Aber er würde meinem Bruder wehtun.

Jude starrte uns verwirrt an, seine Wangen von der Kälte gerötet und seine Augen viel zu grell.

Ich wollte ihn anschreien. Trotz der Kälte kochte mein Blut. Das Problem war, dass ich seinen Plan nicht kannte. Ging es ihm darum, Lochie in Sichtweite zu bringen, damit er ihn erschießen konnte? Oder wollte er mich irgendwo hinführen, um mich in eine Falle zu locken? Wenn ja, warum hatte er Max mitgebracht?

Verdammt.

Jude hatte nicht damit gerechnet, dass wir unmittelbar vor seinem Versteck auftauchen würden. Er hatte die Explosion ausgelöst und dann gewartet. Er hatte vor, Lochie von einer versteckten Position aus zu erschießen.

Er plapperte weiter, und ich starrte auf die Waffe, die auf Max gerichtet war. Ich wusste wenig über Waffen, aber ich hatte sie bei dem Jäger gesehen, der die Hirschherde auf dem Anwesen betreute. Cameron weigerte sich, Tiere zu erschießen, also musste eine andere Person hinzugezogen werden, wenn ein Hirsch verletzt war oder erlegt werden musste.

Jude hatte eine Schrotflinte in der Hand, kein Gewehr. Aus der Ferne war diese unwirksam, die Schrotpatronen trafen alles, was in Reichweite war.

Wusste Jude das? War das seine Absicht? Er würde mehr Menschen verletzen, wenn sie auf ihn zukämen, aber das Risiko, sie zu töten, war gering.

Es sei denn, er hatte die Absicht, aus der Nähe zu schießen.

Ich trat näher an meinen Bruder heran, sodass mein Körper mehr von seinem bedeckte. Auf dem langen Weg hierher hatte ich versucht, direkt hinter ihm zu bleiben, um die Chance zu verringern, dass Jude eine freie Schussbahn hatte.

„Hier ist gut genug." Jude strich sein wuscheliges blondes Haar zurück und zeigte auf Max. „Du, geh den Hügel rauf."

„Nein", schnauzte ich.

Jude rollte mit den Augen. „Doch."

„Er wird mich nicht verlassen."

Jude zog die Mundwinkel nach unten. „*Ich* werde dich nicht verlassen. Er verpisst sich jetzt. Mach schon, Rotschopf. Ab mit dir. Mach einen langen Spaziergang von einer kurzen Klippe."

Hinter Jude's Rücken, über dem Kamm des Hügels, fiel mir eine Bewegung auf.

Max' Hand drückte unmerklich mein Schulterblatt. Er hatte es auch gesehen.

Jude hatte es nicht gesehen.

Ich öffnete meinen Mund, um ihn abzulenken. „Es ist kalt, ich friere, und ich will nicht mehr länger hier draußen sein. Ich habe Angst, weil du eine Waffe auf meinen Bruder gerichtet hast. Warum sind wir hier? Was willst du von mir?“

Die Waffe in Judes Hand zitterte. „Ich bin hier, weil du es so willst. Du hast dich für mich entschieden.“

„Wovon redest du?“

Ich wollte ihn dazu bringen, sich mit mir zu streiten und sich allein auf mich zu konzentrieren.

„Du willst mich, Cait. Du hast mich gefragt, ob ich mit dir schlafen will und hast mich verführt. Und seither – “

„Der Sex mit dir war nur ein Experiment, und zwar ein fehlgeschlagenes.“

Die beiden Gestalten kamen immer näher.

Jude wischte sich mit dem Arm, in dem er die Waffe hielt, über die Nase und schwenkte dabei die Waffe. „Nein. So war es nicht. Du hast mich geliebt und mich verführt. Dann hast du darauf gewartet, dass ich erkenne, was wir gemeinsam hatten. Jetzt weiß ich es. Ich habe das alles durchschaut.“

„Du bist total verrückt“, zischte ich.

Ich verschränkte meine Hände hinter dem Rücken und zeigte auf den Boden, um Max zu signalisieren, dass er sich auf den Boden legen sollte. Wenn er das tat, konnte ich mich auf Jude zubewegen und ihn provozieren, bis ich ihn erreichte und mir die Waffe schnappen konnte.

Dann konnte er niemanden mehr erschießen.

Schon gar nicht Max oder die Leute, die sich langsam näherten.

Niemand, den ich liebte, würde sterben.

„Was ist mit deinen Emails? Du hast Nachrichten für mich verfasst. Du willst ein Baby. Zuerst dachte ich, es sei, weil du allein warst und mich bestrafen wolltest, aber dann ergab es endlich einen Sinn. Du hast immer noch auf mich gewartet, über all diese Jahre hinweg. Du wolltest keinen anderen und ich musste das nur erkennen. Ich werde der Vater deiner Babys. Es tut mir leid, dass ich dich habe warten lassen."

Max packte mich an der Jacke, als ich einen Schritt machte. Er hielt mich zurück, und ich wehrte mich gegen seine Hand.

„Was machst du mit ihr? Lass sie in Ruhe", schrie Jude und seine Stimme wurde schrill. „Fass sie nicht an."

„Auf den Boden", sagte ich zu meinem Bruder.

„Beweg dich nicht", knirschte Max unter seinem Atem.

Ich konnte meinen Blick nicht von Jude abwenden. Trotzdem warf ich einen kurzen Blick auf die heranschleichenden Männer.

Lochie.

Cameron.

Mein Herz schmerzte, und ich hielt meine Reaktion zurück, das Aufflammen von Angst und Liebe und allem, was dazwischen lag.

In fünfzehn Metern Entfernung manövrierten sie sich ich ihren roten Bergrettungsanzügen über den Hügel, um direkt hinter Jude zu sein, Cameron etwas näher. Lochie machte eine Art Geste. Ich konnte sie nicht verstehen.

Max drückte mich an sich und beugte seinen Kopf an mein Ohr. „Wir schaffen das, Cait. Keine Widerrede. Wenn ich *los* sage, laufen wir weg."

Weglaufen? Ich konnte nicht weglaufen. Doch wenn

Max Lochie verstanden hatte, hatten sie einen Plan.

Ich vertraute Lochie. Ich vertraute Max und Cameron.

Ich konnte nicht zulassen, dass einer von ihnen in meinem Namen verletzt wurde.

Jude hob die Waffe und blickte in den auf uns gerichteten Gewehrlauf. „Kein Gerede zwischen euch oder ich schieße. Ich meine es ernst. Ich war geduldig, aber unsere Zeit ist um. Cait, sag dem Mann, er soll verschwinden."

„Wie wolltest du mich nach all dem hier finden?", fragte ich.

Unsere Lebensretter waren zehn Meter von uns entfernt.

„Ich meine, du hast dich hier draußen versteckt und mich beobachtet – "

„Auf dich gewartet", korrigierte Jude.

„Du hat das Haus in die Luft gejagt und dann ... was?"

Jude runzelte die Stirn und starrte immer durch das Gewehr. „Willst du einen Liebesbeweis? Na schön. Ich wollte dich von deinem Haus abholen. Du brauchst dort nicht mehr zu wohnen. Ich habe einen Ort, an dem wir zusammenwohnen können."

„Wo?"

„Bei Onkel Rupert. Wir sollten es jetzt eigentlich unser Haus nennen. Die Kinderzimmer sind schon eingerichtet, es wird also ganz einfach sein, dort zu leben. Nur du und ich."

Mir lief es eiskalt den Rücken hinunter. Ich konnte mir nur vorstellen, was er mit Rupert und seiner Frau vorhatte. Ihren reizenden Kindern.

Max' Hand zupfte warnend an meiner Jacke.

Er wollte, dass wir fliehen. Aber wohin? Ich unterdrückte den Drang, einen Blick nach hinten auf die weißen, steilen Hänge zu werfen. Wenn wir weglaufen würden, bestünde die Gefahr, dass wir stolpern, aber dann wäre Max wenigstens keine aufrechte Zielscheibe mehr.

Dann könnten sich Lochie und Cameron um Jude kümmern.

Ich schluckte. Ich hasste beide Optionen.

Aber die Qual der Wahl war im Moment ein Luxus, und Vertrauen schlug meinen Willen.

„Los", sagte Max.

Unisono drehten wir uns um und liefen los.

Nachdem ich langsam durch den Schnee bergauf gestapft war, waren meine Beine so steif geworden, dass sie schmerzten. Das Laufen tat weh. Unter den Füßen mischten sich Felsen mit abgestorbenen Pflanzen, die unter dem Schnee verborgen waren. Jeder Schritt barg die Gefahr einer Verletzung.

Max zog mich am Arm, aber ich hielt durch und schritt mit ihm weiter den Hang hinauf. Mein Herz pochte laut und mein Atem verließ mich in Form von Nebelschwaden.

„Hey!", rief Jude. „Wartet – "

Seine Worte wurden durch einen Schrei des Schmerzes unterbrochen.

Ich drehte mich um, während ich mich weiterbewegte. Cameron kämpfte mit Jude und warf ihn um. Die beiden Männer rangen um die Waffe. Ein paar Meter entfernt, bewegte sich Lochie auf sie zu.

Sie hatten ihn gefasst.

Ich hielt an.

„Geh, Cait", forderte Max und packte meine Hand.

Ein Schuss löste sich. Das Geräusch hallte durch die Berge, kaum gedämpft durch den Schnee.

„Fuck!" Max ließ sich auf den gefrorenen Boden fallen und riss mich mit sich.

Fast blind ging ich auf die Knie und drehte mich um.

Der Schnee hinter den Männern färbte sich rot.

„Cameron!", brüllte Lochie.

Mein Cousin krümmte sich auf dem Boden, das Gesicht verzogen. Er heulte vor lauter Schmerz auf.

Oh nein. Nein!

Selbst von unserer Position, konnte ich Camerons zerfetzten Overall erkennen und das Blut, das ihm aus der Schulter floss.

Jude kam auf die Beine, sein Mund stand vor Schreck offen. „Du Idiot", brüllte er und hob erneut die Waffe.

Doch Lochie stürzte sich auf ihn, schnappte sich die Waffe und riss sie Jude aus den Händen. Mit einem Brüllen zog er die Waffe zurück und schlug Jude mit dem Griff auf den Kopf.

Jude schrie auf und fasste sich an die verletzte Stelle. Er fiel zurück und starrte Lochie an, der schützend über Camerons Körper stand.

Dann, ohne Pause, drehte sich Jude um und sprintete los.

Direkt auf uns zu.

Max stellte sich vor mich und ging in eine Kampfhaltung. Aber Jude kam nicht annähernd an uns heran. Mit langen Schritten holte Lochie ihn ein. Er schnappte ihn am Kragen und schleuderte ihn zu Boden. Schlug ihm mit der Faust ins Gesicht.

Erst dann bemerkte ich die Felsklippe.

Ich wusste, dass wir uns in der Nähe des Einhorn-Pools befanden und damit auch in der Nähe der Schlucht in den Hängen. Ich erinnerte mich vage daran, dass Lochie davon gesprochen hatte, dass er seine Leute dort trainiert hatte, für den Fall, dass Wanderer die zerklüftete, verborgene Schlucht nicht bemerkten und hinunterstürzten.

Deshalb hatte Max mich den Berg hinaufgeschleppt – um von der Felskante wegzukommen, die man erst sehen konnte, wenn man auf ihr stand.

Jude schrie auf und bespuckte ihn. Er trat nach Lochie, der ihn erneut traf, was seine Knochen knacken ließ.

„Wir müssen Cam helfen", sagte Max.

Das mussten wir, aber ich konnte Lochie nicht im Stich lassen.

Nur dass Cameron blutete. Vielleicht lag er sogar im Sterben.

Mit einem Ruck bewegte ich mich auf meinen Cousin zu.

„Ich wusste, du würdest kommen", schrie Jude. „Ich habe auf dich gewartet."

„Halt die Klappe", brüllte Lochie.

„Du wolltest mir Cait wegnehmen. Sie gehört mir. Ich liebe sie und sie liebt mich. Ihr Herz gehört mir. Mir. Nicht dir."

„Du spinnst doch. Unsere Herzen gehören einander."

Es war wahr. Ich wollte nur Lochie und sein wunderschönes, großes Herz, warm und mit Liebe zu mir erfüllt.

Jude zückte ein Messer unter dem lila Mantel hervor. Ein Schrei blieb mir in der Kehle stecken, aber ich unterdrückte ihn und hielt mir die Hände vor den Mund, während ich mich auf die Füße stellte. Max stürmte auf Cameron zu, aber ich erstarrte.

Lochie wich nach rechts aus, und Jude holte zum Angriff aus. Dann duckte er sich und griff nach Judes Arm. Jude ließ sich fallen und zog Lochie zu Boden.

Der Boden unter ihren Füßen verschob sich. Schnee knirschte. Felsen bröckelten.

Im Fallen hob Jude das Messer und führte es in einem Bogen nach unten. Direkt in Lochies Brust.

Dann verschwanden beide Männer über die Kante des Wasserfalls.

39

Caitriona

Mein Schrei durchdrang die Luft, und meine Muskeln spannten sich an. Ich rannte die kurze Strecke bis zu dem Felsvorsprung über dem Wasserfall. Verzweiflung nagte an mir, und ich starrte in den gefrorenen Abgrund.

Unten auf den Felsen lag Jude mit allen vieren von sich gestreckt da, regungslos, und mit nicht sehenden Augen den Wassertropfen ausgesetzt, die ihn bespritzten.

Tot, hoffte ich.

Wo war Lochie? Ich schluchzte und suchte nach ihm. Hätte er den Sturz überleben können, wenn er auf das Wasser aufgeschlagen war? Es war nicht tief, aber die zerklüfteten Felsen waren tückisch.

„Lochie!", schrie ich.

Schneeklumpen stürzten in die Tiefe und die Felskanten der Schlucht stürzten nach unten.

Ich konnte mich nicht wegbewegen. Da war nichts. Keine Spur von dem riesigen Bergmann.

Ich kroch, lehnte mich zu weit vor. Ich musste ihn finden. Ich musste es.

Max trat an meine Seite und eine Hand hielt meinen Arm fest. Blut. Er war blutüberströmt. Mein Bruder schaute sich ruckartig um.

„Wo zum Teufel ist er hin?"

„Er ist gefallen", krächzte ich. „Ich kann ihn nicht sehen."

„Nein", fluchte Max. „Scheiße. Cameron blutet stark, ein Schuss in die Schulter. Wir müssen ihnen beiden helfen. Ich habe die Bergrettung alarmiert, aber wir müssen schnell handeln."

Was logischerweise bedeutete, dem Mann zu helfen, den wir sehen konnten, nicht dem, der vermisst wurde.

„Ich kann Lochie nicht allein lassen", stieß ich hervor.

„Caitriona", rief er wütend, aber zugleich angestrengt.

Ich keuchte und spähte weiter hinunter, wobei ich meinen Bruder als Stütze benutzte. Etwas weiter unten hielten sich Lochies Finger an der schlammigen Felswand fest.

Oh Gott, er war am Leben.

Er lag nur wenige Meter unter uns, aber in einem schrecklich schlechten Winkel unter dem Felsvorsprung. Ich konnte nur einen Teil von ihm sehen, aber ich wusste, dass er sich in einer misslichen Lage befand.

„Er ist hier", sagte ich. „Er ist nicht hinuntergestürzt."

Die Erde unter Lochies Stiefeln bröckelte und fiel den dunklen Hang hinunter.

Max knurrte und zerrte mich zurück, dann nahm

ich meine Position wieder ein, um Lochie zu sehen. „Wir holen dich raus. Wie ist dein Halt an der Felswand?"

„Schlecht. Und dann ist da noch das …", erwiderte Lochie.

Max wurde bei dem, was er sah, bleich. Er schluckte. „Das wird schon wieder." Er wich zurück und zwang sich, sich auf mich zu konzentrieren. „Seile, Cait."

„Was hat er gesagt? Was ist das Problem?"

„Seile, sagte ich. Hol die Rucksäcke."

Ein Aufprall ertönte, und wir zuckten beide zusammen.

Max packte meinen Mantel und zog mich hoch. „Ich muss mich abseilen, um ihn zu retten. Ich werde deine Hilfe brauchen. Wir können nicht warten, bis die anderen hier sind."

„Aber dein Arm."

„Ich kann uns beide stützen, bis Hilfe eintrifft."

Ich presste meine zitternden Fingerspitzen an meine Lippen und nickte einmal. Ich konnte Lochies Gewicht nicht halten. Wenn ich es versuchte, würden wir beide fallen. Wenn er schwer verletzt wäre …

Nein, so durfte ich nicht denken. Ich ging bergab, wo zwei Rucksäcke im Schnee warteten, in der Nähe von Cameron, der sich auf dem Boden zusammengerollt hatte. Er atmete, und seine Augen waren offen.

Aber die Menge an Blut … .sein zerrissener Overall offenbarte die Verletzung seiner Schulter. Ich sah ein Verband aus irgendeinem Material, den Max hastig angebracht hatte.

„Es wird alles gut", sagte ich zu meinem Cousin und

zwang mich, den Schrecken zu überwinden. „Die Leute sind auf dem Weg, hörst du?"

„Wo ist Lochie?", fragte er.

„Über dem Klippenrand." Ich konnte nicht lügen, und mir versagte die Stimme. „Wir werden runterklettern und ihn holen. Du bleibst einfach ruhig, okay?"

„Verdammte Scheiße. Geht, wartet nicht auf mich", befahl Cameron.

Mit den beiden Taschen in den Armen rannte ich halb stolpernd zurück zum Vorsprung. Max durchsuchte sie und holte ein aufgerolltes Seil und einen Klettergurt heraus.

Aber mit seinem gebrochenen Arm hatte er keine Chance, hinunterzuklettern oder Lochie hochzuziehen.

„Du wirst dir das Genick brechen", sagte ich. „Es gibt nur eine Möglichkeit. Ich gehe."

„Nein", argumentierte Max. „Meinem Arm geht es gut. Ich kann mein eigenes Gewicht halten. Und seins auch."

Ein schmerzhaftes Einatmen ließ uns beide umherblicken. Cameron taumelte zu uns, setzte sich auf den Boden und fasste sich an die Schulter.

„Anker", stieß er hervor. „Benutzt mein Gewicht."

„Wirf das Seil", rief Lochie. „Es ist gleich so weit. Wirf es jetzt."

Max befestigte den Gurt und brachte sich in eine Position, in der er Lochie sehen konnte. Er fluchte, dann wickelte er ein Stück ab und reichte mir das Ende. „Lass nicht los. Setz dich zu Cameron. Er soll sich an dir festhalten", befahl er.

Ich folgte dem Befehl. Cameron verankerte mich,

seine Atmung war zu schnell, sein Schmerzpegel zweifellos unfassbar hoch.

Der Geruch seines Blutes erfüllte die Luft.

Max warf das Seil.

Fast augenblicklich ruckte das Seil, rüttelte an mir und Cameron und verletzte mir die Hand, wo das Seil sich an meiner Haut rieb. Lochie stieß einen gequälten Schrei aus, und ich konnte nur auf Max' Gesichtsausdruck starren. Was auch immer er bekämpfte, es zeigte nur seine Entschlossenheit.

Lochie würde das überleben. Er musste das. Wir würden ihn retten.

Mein Bruder klammerte sich an die Felswand und lehnte sich so weit wie möglich vor. „Großartig. Das machst du super. Wegkicken. Aye, jetzt höher. Noch einen Meter und ich bin bei dir." Er warf einen Blick zu uns. „Haltet die Spannung aufrecht. Zieht auf mein Kommando."

Ich spannte meine Muskeln an. Das Gewicht von Lochie zu ziehen, schien unmöglich, aber wir mussten es schaffen.

„Zieht", brüllte Max.

Wir drei stemmten uns dagegen. Cameron stöhnte vor Schmerz, stützte sich aber auf seine Fersen und lehnte sich zurück. Ich tat dasselbe und stellte mich auf, um die Belastung auszuhalten.

„Noch einmal", brüllte Max.

Wir zerrten und zogen das Seil einige Zentimeter durch den Schnee.

„Noch einmal", wiederholte Max, dessen Kehle sich

zuschnürte.

Meine ganze Energie floss in diese Rettungsaktion. Meine ruinierten Hände, meine Stiefel, die sich in den Berghang bohrten. Jeder Zentimeter meines Körpers und meiner Seele kämpften um Lochies Rettung. Er war mein Herz, meine einzige große Liebe. Ich konnte ihn nicht verlieren.

Max stoppte uns, schwer atmend. „Noch einmal, dann müsst ihr beide es alleine schaffen. Cam, wie geht es dir?"

„Gut", keuchte unser Cousin. „Heben wir den schweren Scheißer hoch."

Max gab ein schmerzerfülltes Lachen von sich und gab die Anweisung zu ziehen. Dann löste er vorsichtig seinen Griff um das Seil.

Cameron und ich stützten uns ab, so gut wir konnten. Aber Blut floss über meine Hände, und mein Griff wurde glitschig. Auch Cameron verlor an Kraft, und seine Schulter blutete von Sekunde zu Sekunde schlimmer.

Doch Lochie war fast oben. Wir durften ihn jetzt nicht im Stich lassen.

Max sagte etwas Leises zu dem Mann auf der Felswand. Unabhängig davon, was er antwortete, machte sich mein Bruder noch mehr Sorgen. Er presste die Lippen aufeinander und ließ sich dann mit einem kurzen Blick in unsere Richtung über den Rand der Klippe hinunter.

„Was zum Teufel macht er da?", keuchte Cameron.

„Keinen Schimmer."

Max' Oberkörper blieb in Sichtweite, seine Arme umklammerten einen Felsen, und sein Gips war ihm ein Hindernis. Ich stellte mir vor, dass er Lochie auf irgendeine Weise Hilfestellung gab oder seinen Körper zum Festhalten bot. Ich hatte keine Ahnung.

Ein Hubschrauber kam zu uns. Aus der Tiefe kamen Schreie. Die ganze Aktion hatte sich innerhalb von Minuten abgespielt und war innerhalb von wenigen Sekunden zu einer tödlichen Gefahr geworden.

Beeilt euch, befahl ich den anderen, die uns zu Hilfe kamen, gedanklich.

„Klettere über mich", knurrte Max. „Benutze mich, um über den Vorsprung zu kommen. Schwing dich herum, damit du nicht an der Brust schleifst, während du hochgezogen wirst. Aye, genau so."

Seine Brust. Wo Jude ihn gestochen hatte? Gott, es musste schlimm sein.

Der Granit unter Max' Armen knackte. Weitere Felsen purzelten. Mein Bruder schrie, sein Halt ließ nach.

„Zieht jetzt", rief er in völliger Verzweiflung. „Der Vorsprung ist gleich weg. Zieht!"

Ich stieß einen Schrei der Verzweiflung aus und stemmte mich mit aller Kraft dagegen. Cameron stieß einen gequälten Schmerzensschrei aus, unterstützte mich aber, da er trotz seiner lähmenden Verletzung immer noch stärker war als ich.

Lochie kämpfte sich bis zur Kante, sein blutverschmiertes Gesicht in Sichtweite.

Die Katastrophe war eingetreten.

Max' Befestigung versagte. Der Fels brach in Stücke und stürzte in die Tiefe. Max griff nach dem Seil, sein Gewicht war viel zu schwer für Cameron und mich. Wir waren kurz davor, sie beide zu verlieren.

Aber weitere Hände landeten neben unseren.

Wo unsere Kraft versagte, kam neue durch rettende Hände hinzu.

Die Stimmen des Rettungsteams erfüllten die Luft.

Wie in einer Art Traumsequenz sah ich zu, wie Maddock und Wasp Max in Sicherheit brachten und ihn etwas schnaufend auf dem Boden zurückließen. Dann packten sie Lochie, der nur halb in seinem Gurtzeug steckte, und zogen ihn hoch, wobei sie mit vorsichtigen Befehlen kommunizierten und die Sorge in ihren Gesichtern deutlich zu erkennen war.

Hinter uns landete der Hubschrauber, und weitere Rufe und Stimmen kämpften gegeneinander an.

Cameron und ich brachen zusammen, dann kam sein Vater zu uns und übernahm die Versorgung seines Sohnes.

Ich konnte Lochie nur anstarren.

Den Mann, den ich geliebt und fast verloren hatte und vielleicht immer noch verlieren würde.

Judes Messer ragte ihm aus der Brust, durch seinen Overall hindurch, das Rot seines Blutes dunkel und heimtückisch.

Er hatte ihm direkt ins Herz gestochen.

*D*ie nächsten Stunden waren von einem zu schnellen Herzschlag geprägt.

Poch. Poch. Poch.

Das Rettungsteam kümmerte sich um Lochie und

brachte ihn in den Hubschrauber, mit mir, Cameron und Max an seiner Seite. Sie brachten uns in ein städtisches Krankenhaus, welches, wusste ich nicht genau.

Poch. Poch.

Chirurgen versorgten Lochie und entfernten das Böse, das Jude in sein Herz gestochen hatte. *Atme weiter, atme weiter für mich,* flehte ich.

Eine Krankenschwester verband mir meine Hände. Max wurde wegen kleinerer Verletzungen behandelt und sein Arm, den er sich beim Versuch, Lochies Gewicht zu halten, erneut gebrochen hatte, wurde wieder eingerenkt.

Cameron musste sich einem Eingriff unterziehen, um die Schrotkugeln entfernen und seine Wunden zunähen zu lassen.

Ich wollte, dass es ihnen allen gut ging, aber ich konnte mich nicht vom Wartezimmer losreißen, von dem Ort, an dem der Arzt mich finden und mir sagen würde, dass Lochie okay sein wird.

Nichts anderes war wichtig.

Meine Eltern riefen an, Isla war in ihrer Obhut. Sie hatten ihr gesagt, dass Lochie verletzt war, aber dass die Ärzte ihn wieder hinbekommen würden. Ich sprach mit ihr, wiederholte die Worte und sagte ihr, dass wir beide bald zu Hause sein würden.

Oh Gott, bitte lass das wahr sein.

Nachdem Stunden vergangen waren, hatte ich immer noch nichts gehört. Jemand drückte mir eine Tasse Kaffee in die bandagierten Hände. Man bot mir Essen an, aber ich konnte nichts essen. Dann kam Ma, und ich brach in ihren Armen in Tränen aus.

Poch.

„Ist die Familie von Bram MacNeill hier?", rief eine Stimme.

Ich sprang ruckartig von den Plastiksitzen auf. „Das bin ich."

Die Ärztin stand direkt vor mir. „Mrs MacNeill? Ich bin Claire White, die Chirurgin von Bram. Ihr Mann hat eine ziemliche Tortur hinter sich."

Ich brachte es nicht über mich, sie zu korrigieren oder Mutter über die Namensänderung aufzuklären.

„Geht es ihm gut?", fragte ich mit zittriger Stimme.

„Die Verletzung hinterließ eine blutende Wunde im rechten Ventrikel. Es war eine schwierige Operation."

„Seine ..." Ich hatte keine Ahnung, was das alles zu bedeuten hatte. „Ist er noch am Leben?"

Der Arzt lächelte. „In der Tat. Wir hatten Glück, dass das Messer nicht mehr Schaden angerichtet hat. Die Operation war ein Erfolg. Er sollte bald wach sein und Sie sehen können."

Ich bekam Angst, holte schnaufend und schluchzend Luft und ließ mich dann auf meine Mutter fallen. Sie hielt mich fest und streichelte mein Haar, während ich weinte. Schwach nahm ich wahr, wie sie der Ärztin Fragen stellte und sich höflich von ihr verabschiedete. Dann führte sie mich zu meinem Stuhl und setzte mich hin.

Vor mir auf den Fersen, hob meine Mutter mein durchnässtes Gesicht zu sich. „Er war verletzt, aber er wurde verarztet. Gebrochene Rippen vom Sturz, Schnittwunden, Prellungen und Beulen – das wird alles heilen. Und sein Herz funktioniert wieder einwandfrei."

„Ich könnte es nicht ertragen", zitterte ich. „Wenn er es nicht geschafft hätte ...“

„Ich weiß, mein Schatz. Ich weiß.“

Ma hielt mich fest, bis die Polizei zu uns kam, um meine Aussage aufzunehmen. Sie erwähnten die Bergung von Judes Leiche, aber das wollte ich nicht wissen.

Vor Monaten hatte ich Lochie gesagt, wie gefährlich Besessenheit sein kann. Aber ich hatte nur Halbwissen gehabt. Die Gefahr lag im Träger des Gefühls, nicht in dem Gefühl selbst. Ich liebte Lochie mit jedem Quäntchen meines Seins, war besessen von ihm, bis es kein Zurück mehr gab. Und ihm ging es gleich mit mir.

Von nun an würde kein Tag mehr vergehen, an dem ich ihm nicht meine Liebe gestehen würde.

Den Kampf um Lochies Herz konnte nur ich gewinnen.

40

Lochie

Ich erwachte mit schmerzender Brust, und mein Körper schmerzte bei jeder kleinsten Bewegung. Wo zum Teufel war ich? Weiße Laken, ein nerviger Signalton, Schläuche, die meine Haut durchbohren.

Caitriona, in einem breiten Stuhl, das Gesicht in den Händen, weiße Verbände um die Handflächen.

Verdammt. Das war ein Krankenhaus.

„Caitriona?", krächzte ich, dann versuchte ich es noch einmal.

Ich hätte mir nicht die Mühe machen müssen. Sie hatte es gehört und war aufgesprungen. Mit Freude in ihren Gesichtszügen betrachtete sie meinen Gesichtsausdruck, und Tränen schossen ihr in die Augen.

„Oh Gott, du bist wach."

„Cameron, Max, geht es ihnen gut?"

Sie lachte fröhlich und wischte sich über die Augen. „Cam wurde operiert, genau wie du, aber Max lungert hier herum und wartet darauf, dich zu sehen."

„Wie lange war ich bewusstlos?“

„Seit gestern. Sie haben dich sediert, damit sie dein Herz überwachen können. Aber dein Arzt hat gesagt, dass du dich wieder vollständig erholen wirst. Weißt du noch, was passiert ist?“

Ich durchforstete meine Erinnerungen und spürte die große Angst, die ich gehabt hatte, als ich gesehen hatte, wie dieser Scheißkerl Jude eine Waffe auf die Frau richtete, die ich liebte. „Ja, ich erinnere mich. Ist er tot?“

„Das ist er. Genickbruch durch den Sturz.“

„Gott sei Dank.“

Caitrionas Lippen kräuselten sich zu einem halben Lächeln. „Mir geht es genauso. Die Polizei war schon da. Ich habe bereits meine Aussage gemacht. Judes Onkel hat auch eine Nachricht hinterlassen, eine Art Entschuldigung, also müssen sie auch zu ihm gegangen sein. Was mich betrifft, möchte ich keine Sekunde damit verschwenden, an ihn zu denken.“

Sie ließ ihren Blick über mich gleiten, die Emotionen zum Greifen nahe.

„Gott, Lochie“, sagte Caitriona. „Ich dachte, ich hätte dich verloren. Als ich dich fallen sah ...“

Sie schluchzte und wischte sich eine verirrte Träne weg.

Heirate mich, wollte ich sagen.

Ein voreiliger Gedanke. Wenn ich ihr einen Antrag machen würde, dann auf einem Knie, nicht auf dem Rücken liegend. Ich hatte keine Ahnung, ob meine Frau überhaupt heiraten wollte, aber ich würde es herausfinden, und wenn sie mich haben wollte, würde ich sie für immer zu meiner machen.

„Ich werde dich nie verlassen. Nichts kann mich dazu zwingen. Ich liebe dich." Ich zog sie zu einem Kuss heran. „Für immer und ewig."

Der Arzt kam und trennte uns vorerst. Nach Tests und Untersuchungen erfuhr ich die Geschichte meiner Operation in mehr Einzelheiten, als mir lieb war. Sie hatten mein Herz für Caitriona in Ordnung gebracht. Das war alles, was mich interessierte.

Der Arzt verließ den Raum und ermutigte mich zu schlafen, aber das brauchte ich nicht.

Ich wollte nur meine Frau im Arm halten und wissen, dass es ihr gut ging.

Nach einer Stunde öffnete sich die Tür, und eine Krankenschwester trat ein. „Ihre Tochter ist hier, Mr. Mac-Neill. Ich wollte nachsehen, ob Sie wach sind."

„Aye, bitte, bringen Sie sie herein."

Mit Scarlet und Ally im Schlepptau kam Isla wie ein Wirbelwind ins Zimmer und stürzte sich auf mich. Meine Nähte zogen, und etwas tat weh, aber ich hielt meine Tochter fest.

„Geht es dir gut?", fragte sie.

„Jetzt, wo du hier bist, schon." Ich hielt sie fest und begrüßte Caitrionas Eltern.

„Cait hat gesagt, du bist ein Held", hauchte Isla.

Ich hob eine Hand, um auf den Mann zu deuten, der in der Tür erschien.

„Nein, das ist dieser junge Mann."

Max lehnte am Rahmen, sein Gesicht zerkratzt und

sein Arm in einem neuen Gips.

„Was sollte der Sch – ich meine, was zum Teufel", korrigierte ich mich, weil ich an Isla dachte, „was sollte das, als du von der Klippe hingst? Du hättest sterben können."

„Und den Zorn von Cait riskieren, weil ich dich losgelassen habe?", erwiderte er mit seinem typischen neckischen Lächeln. „Leichte Entscheidung. Ich muss sagen, wenn du nicht doppelt so viel wiegen würdest wie ich, wäre es um einiges einfacher gewesen."

Ich schnaubte, und er grinste noch breiter, während er den Kopf schüttelte.

Es klopfte an der Tür, und die Krankenschwester kam wieder herein. Sie untersuchte die Maschinen, die mein Herz und andere Werte überwachten, und grinste uns alle an. „Es ist schön, Ihre Familie um Sie versammelt zu sehen."

Meine Familie.

Das war sie. Die McRaes und Caitriona waren meine Familie geworden. Ich hatte bei ihnen ein Zuhause gefunden und für mich und Isla einen Platz in ihrer Welt geschaffen. Ich schaute zwischen ihren lächelnden Gesichtern hin und her Isla wurde von Scarlet nach draußen begleitet, die sich bei ihr so wohl fühlte, als wäre sie ihre Großmutter. Caitriona schnappte sich einen Stift, um auf Max' neuen Gips zu unterschreiben.

Aye, meine Familie.

Ich würde alles tun, um sie zu behalten.

*N*ach ein paar Tagen mit guten Werten durfte

ich am ersten Weihnachtstag nach Hause. Caitriona und Isla holten mich ab, und wir fuhren gemeinsam nach Hause.

An der Tür zu meiner Hütte angekommen, hüpfte Isla hinein, und ich hielt meine Frau an der Tür zurück.

„Bleib bei uns", bat ich.

Oder vielleicht befahl ich es.

Ich wollte, dass sie bei uns wohnt, für immer, aber zunächst würden wir es langsam angehen.

Sie blinzelte mich an, dann nickte sie prompt. „Okay."

Damit war das entschieden.

Es dauerte ein paar Tage, bis ich wieder richtig auf den Beinen war, und Caitrionas Eltern nahmen Isla zum Weihnachtsessen und zu einer Party mit, aber ich kam schnell wieder zu Kräften. Ich hatte vor, mich mit dem Team zu treffen, mich zu zeigen und mich zu bedanken.

Wir hatten eine Kommandozentrale wiederaufzubauen. Außerdem war eine Nachbesprechung fällig, über die Falschmeldungen und wie sich alles entwickelt hatte.

Eine Person hatte nicht auf meine Anrufe reagiert.

„Ich kann Cameron nicht erreichen", erklärte ich Caitriona.

Am Esstisch sitzend, im hellen Wintersonnenlicht, biss sie auf ihrer Lippe herum. „Er ist immer noch im Krankenhaus. Er wollte dich nicht beunruhigen und bat mich, nichts zu sagen."

Immer noch? Aber es war schon fast eine Woche her. Max war jeden Tag bei mir gewesen. Es gab eine ganze Reihe von Ärzten und Besuchen. Wie konnte ich den fehlenden Kontakt zu meiner rechten Hand übersehen?

„Warum?"

Sie schluckte. „Weitere Operationen. Die Schusswunde hat mehr Schaden angerichtet, als zunächst angenommen."

„Wird er wieder gesund werden?"

„Irgendwann schon, hoffen sie."

Ihr Handy klingelte. Sie sah stirnrunzelnd auf den Bildschirm und begab sich in unser Schlafzimmer, um das Telefonat anzunehmen.

Ich rief Wasp an. „Ich habe gerade erst von Cameron gehört. Wie geht es ihm? Gib mir alle Neuigkeiten."

Wasp kam gleich zur Sache. „Er wird für eine Weile außer Gefecht gesetzt sein. Er kann seinen Arm nicht benutzen, bis seine Schulter vollständig geheilt ist."

„Er ist nach dieser Nachricht bestimmt durchgedreht. Ich habe versucht, ihn anzurufen."

Wasp seufzte. „Mein Sohn ist nicht der Typ, der stillsitzt. Er ist jetzt dazu gezwungen, und das wird noch eine Weile so bleiben."

Ich murmelte, wie leid es mir für ihn tat und dass ich ihn bald besuchen wollte, wenn er es mir erlaubte. Wir verabschiedeten uns, und ich krallte meine Fingernägel in die Sofakante.

Ein paar Tage lang im Bett liegen zu müssen, hatte mir eine neue Perspektive gegeben. Wie Cameron saß ich selten lange genug still, um das Leben zu reflektieren. Ich verließ mich lieber auf meinen Instinkt und mein Bauchgefühl.

Wenn sich der junge Mann beruflich Veränderung wünschte, was bei den schweren Schäden an seinem Arm durchaus möglich war, würde ich etwas für ihn finden, das ihn aktiv hielt.

Dann waren da noch meine Probleme. Da das Krankenhaus mich unter meinem alten Namen und nicht unter meinem angenommenen Namen registriert hatte, war ich wieder auf der Landkarte zu finden, falls jemand nach mir suchte.

Das mit der Familie von Liv war noch nicht geklärt.

Ich traute keinem von ihnen. Ich konnte sie nicht in Islas Nähe lassen. Aber ich war mir nicht sicher, ob sie uns überhaupt noch verfolgten.

Mein Telefon surrte mit einer eingehenden Nachricht.

Blair: Bin in einer Woche zu Hause. Ich komme euch besuchen.

Meine Schwester würde nach Hause kommen? Und ... sie hatte eine Nachricht an meine private Nummer geschickt?

Mein Telefon surrte erneut.

Blair: Fröhliche verspätete Weihnachten. Ich bringe ein Geschenk für meine Nichte mit.

Ich schickte eine Antwort zurück und richtete dann meinen Blick auf Caitriona. Sie setzte sich zu mir auf das Sofa.

„Meine Schwester hat mir eine Nachricht geschickt. Bis jetzt hatten wir nur über ein nicht rückverfolgbares Handy Kontakt."

„Sie hat ein Handy angerufen, das in deinem Auto lag. Ich habe ihr alles erzählt, was passiert ist. Sie hatte erwartet, dass du dich meldest und nahm an, du wärst abtrünnig geworden und hättest dich verletzt."

Oh Gott, in all dem Drama hatte ich nicht daran gedacht, Blair eine Nachricht zu schicken. Außerdem hatte ich das Wegwerf-Handy angelassen. Was für ein Schlamassel.

Ich strich mir über den Bart. „Sie wird bald hier sein."

„Ich kann es kaum erwarten, sie kennenzulernen."

Caitriona starrte mich an, so hübsch. Aber in ihren Augen schimmerte Traurigkeit.

„Was ist denn los?", fragte ich vorsichtig. „Ist etwas passiert?"

„Dieser Anruf gerade ... es war die Kinderwunschklinik. Sie haben versucht, mich wegen meiner Testergebnisse zu erreichen." Sie schluckte und sah weg. „Ich war so besorgt über das, was sie sagen würden, aber seit über einer Woche habe ich nicht mehr daran gedacht. Man hat mir grünes Licht für eine Schwangerschaft gegeben, aber man hat mich vorgewarnt, dass es einige Zeit dauern könnte. Sie sagte, es könne teuer werden und ich solle vielleicht andere Möglichkeiten in Betracht ziehen, falls ich welche hätte."

Mein schmerzendes Herz schlug wie wild. „Kann ich deine andere Option sein?"

Caitriona richtete ihren Blick wieder auf mich und eine Verzweiflung stieg in ihr auf. „Ich will das. Ich will dich. Aber willst du überhaupt noch mehr Kinder?"

Ich griff nach ihr und zog sie in meine Arme, wobei ich die stechenden Schmerzen ignorierte, die meine wärmsten Gedanken an diese Frau begleiteten. Sie litt zunehmend. Ich wollte sie mit Worten besänftigen, aber es gab etwas, das ich zuerst tun musste.

Isla hatte ein Mitspracherecht, und ich wollte, dass sie auch Teil unseres Plans war.

„Aye, das will ich. Kannst du auf ein Gegenangebot von mir warten?", fragte ich leise.

Caitriona versteifte sich, dann beruhigte sie sich.

Einen Moment lang hielten wir uns einfach nur aneinander fest.

Schließlich sprach sie ein einziges Wort aus, von dem ich wusste, dass es so viel mehr bedeutete.

„Ja."

Blair kam mitten in der Nacht mit einem geliehenen Auto und einem Militärrucksack an. Ich stürzte aus der Hüttentür und umarmte meine braungebrannte und irgendwie stärker wirkende Schwester.

Wir waren keine Familie, in der man sich umarmt, aber sie ließ mich trotzdem gewähren. Für einen Moment.

„Wie geht's dem Herz?"

„Es schlägt noch."

Sie nickte kurz, und das war's dann auch schon, Sorge ausgedrückt und Schluss.

Ich führte sie hinein, und Caitriona gesellte sich zu uns. Ich stellte meine übernächtigte Liebste und meine unbezwingbare einzige lebende Verwandte einander vor.

Caitriona presste ihre Hände zusammen. „Ich bin so froh, dass du hier bist. Isla schläft noch, aber sie wird sich freuen, dich morgen früh zu sehen. Ich habe heute Abend Hühnereintopf gekocht und dir eine Portion zur Seite gestellt. Soll ich sie aufwärmen? Wir haben auch ein Bett in meiner Hütte nebenan vorbereitet, damit du deinen eigenen Platz hast."

Blair sah Caitriona an und grinste mich dann an.

Ich wusste genau, dass sie dachte, ich hätte die perfekte Person für mich gefunden. Und sie hatte Recht.

Blair richtete sich ein und erfreute Isla am nächsten Morgen.

Aber so sehr sie ihre Nichte auch sehen wollte, meine Schwester hatte das gleiche Ziel vor Augen wie ich.

Zwei Tage später machten Blair und ich uns auf den Weg in unsere alte Heimatstadt Torridon. Livs Familie besaß dort noch ein Haus, und Blairs Kontakte hatten uns mitgeteilt, dass beide Brüder und Livs Mutter dort lebten.

Mit etwas Glück würden sie alle zu Hause sein.

Wir hatten eine Mission und erreichten das abgelegene Haus an der Küste. Rundherum waren Meer und Berge in herrlichen Wintersonnenschein gebettet.

Blair war bewaffnet. Unter unseren Oberteilen schützten uns Schutzwesten.

Aber das war eine Vorsichtsmaßnahme.

Die Nachforschungen meiner Schwester hatten ein anderes Bild ergeben als erwartet. Es sah nicht mehr so aus, als würden sie ein Drogenimportgeschäft betreiben. Wie auch Liv waren ihre Brüder im Gefängnis drogensüchtig geworden. Der ältere, Danny, hatte nach Beendigung seiner Haftstrafe einen Entzug gemacht. Er arbeitet jetzt ehrenamtlich als Seelsorger und opferte seine Zeit, um Jugendliche in Schwierigkeiten zu betreuen.

Am Ende der kurzen Straße ließ ich den Motor im Leerlauf laufen. „Weißt du, jahrelang hatte ich Angst davor, diese Leute wieder zu treffen. Ich habe mit Cait darüber gesprochen, und wir haben es mit meiner Kindheit in Verbindung gebracht."

Blair seufzte. „Wie dich Papas Missbrauch bis zum Äußersten überfürsorglich gemacht hat? Aye. Das ist auch der Grund, warum ich kämpfe. Es hat keinen Sinn, sich mit diesem Scheiß aufzuhalten, Bruder. Diese Fähigkeiten beschützen mich, und sie ermöglichten es dir, deine Frau zu beschützen. Reiß dich zusammen. Wir gehen jetzt rein."

Ich näherte mich dem Haus mit einem neuen Vorsatz, den ich mir für diesen Tag vorgenommen hatte.

Nachdem ich klopfte, erschien Danny. Er lächelte und blickte zwischen uns hin und her. „Kann ich Ihnen helfen? Es ist selten, dass wir hier Fremde zu Besuch haben."

„Bram MacNeill", sagte ich vorsichtig.

Blair blieb stumm.

Dannys Lächeln hielt an, dann flackerte eine Erkenntnis in ihm auf.

„Bram? Ja, natürlich! Und Blair, nicht wahr? Ich hätte euch nicht erkannt. Es ist schon so lange her. Kommt rein."

Er gewährte uns Einlass, und wir betraten ein ruhiges und aufgeräumtes Haus.

In einem bequemen Sessel döste eine ältere Frau. Livs Mutter.

„Mama?", rief Danny. „Erinnerst du dich an Bram und Blair?"

Die ältere Frau wachte ruckartig auf und musterte

uns. „Aye! Verzeiht mir. Herzlich willkommen.“

Einfach so hatte ich Livs Familie wiedergetroffen. Sie hätten nicht veränderter sein können.

Danny kochte Tee und erzählte uns von seiner Arbeit als Seelsorger. Seine Mutter rief den jüngeren Bruder herbei, einen ruhigen Jungen, der einen Drogenentzug machte.

Als Blair den Namen ihres Vaters erwähnte, zeigten alle Familienmitglieder den gleichen Ausdruck von Abscheu.

„Nur über meine Leiche wird mein Ex-Mann dieses Haus betreten.“ Livs Mutter verschränkte ihre Arme. „Es ist mein Haus. Es gehörte meiner Mutter vor mir. Bei der Scheidung wurde es auch mir zugesprochen. Ich bereue nicht, ihn geheiratet zu haben, weil er mir meine Kinder geschenkt hat, aber im Namen dieses Mannes kann ich den Gedanken an Daniel Senior nicht ertragen.“

Ihre Hände zitterten. Danny umarmte sie und beruhigte sie.

„Deine Tochter, Liv“, sagte ich langsam. „Ich habe sie vor ein paar Wochen im Gefängnis gesehen.“

„Sie hat zugelassen, dass du sie besuchst?“, fragte Danny. „Die Ärmste will uns nicht sehen. Irgendwann werden wir sie nach Hause holen, wenn sie es will.“

Ich blickte zu meiner Schwester, denn jetzt war die Stunde der Wahrheit gekommen. Ich konnte entweder verschwinden, ohne Isla zu erwähnen, oder ich konnte das Risiko eingehen und in ihrem Namen eine Verbindung herstellen.

Ich hatte sie ihr ganzes kurzes Leben lang beschützt,

aber damit war jetzt Schluss. Isla hatte etwas Besseres verdient.

„Liv hat eine Tochter. Meine Tochter. Ihr Name ist Isla. Wollt ihr ein Foto sehen?"

Und einfach so hatte ich eine Brücke hergestellt.

Als wir gingen, hatte ich Bilder für meine Tochter bekommen – eine Idee, die ich von Caitriona übernommen hatte, die ein Album von der Familie ihrer leiblichen Mutter hatte machen lassen – und das Versprechen, sie eines Tages den Verwandten ihrer leiblichen Mutter vorzustellen.

Ich hatte unsere Adresse für mich behalten, weil ich mehr Zeit brauchte, um mich auf weitere Schritte einzulassen, aber der Tag fühlte sich bedeutsam an.

Ich hatte noch größere Schritte vor mir.

In unserem warmen Auto, hoch oben auf dem Berg und mit Blick auf das McRae Anwesen, saß Isla an meiner Seite und teilte ihren Karotten-Snack mit mir. Heute waren wir nur zu zweit, Blair war zur Arbeit zurückgekehrt. Heute Morgen hatte Caitriona Islas Haar zu einem hübschen Zopf geflochten, und ich betrachtete mein Mädchen, das so erwachsen geworden war.

Ich musste schlucken, um nicht von einem Gefühlsausbruch überrollt zu werden. „Bist du hier glücklich?"

Isla drehte sich ruckartig um. „Aye, Papa. Sag nicht, dass wir weggehen."

„Nein, aber es gibt etwas, das ich dir sagen muss.

Über uns, und wie es weitergeht."

Sie hörte mit großen Augen zu.

Ich griff nach dem Fotoalbum, das ich gemacht hatte. Auf den vorderen Seiten waren Bilder von Liv und ihren Verwandten, dann von mir und Isla als Baby, und noch mehr Bilder aus ihrer Kindheit. Am Ende hatte ich ein paar Seiten frei gelassen, um weitere Familienfotos hinzuzufügen, sobald wir welche gemacht hatten und falls wir jemals mehr über ihren leiblichen Vater herausfinden würden, aber das Wesentliche war da.

Meine Hände zitterten, als ich ihr das Buch weiterreichte und die erste Seite aufschlug.

„Du bist jetzt alt genug, um alles über deine Herkunft zu wissen, auch über deine leiblichen Eltern." Ich zwang mich, die Worte ruhig und deutlich auszusprechen. „Der Name deiner Mutter ist Olivia. Sie war meine Freundin und wurde von einem Freund schwanger, bat aber mich, ihr Kind großzuziehen So wurde ich dein Vater, wenn auch nur in meinem Herzen, und nicht über meine Gene."

Ich hatte mir darüber den Kopf zerbrochen, aber es war mein Fehler gewesen, es nicht von Anfang an zu sagen, also hatte ich das Leiden verdient.

Isla nickte zustimmend und blätterte die Seiten um. „Wo ist Olivia jetzt?"

„Im Gefängnis. Ihre Familie würde dich gerne eines Tages kennenlernen. Ich kenne sie noch von früher."

„Sind sie nett?"

„Aye, und sie werden dich lieben."

„Muss ich sie denn kennenlernen?"

„Nein, nur wenn du willst. Die Entscheidung wird

immer bei dir liegen."

Sie verzog die Lippen, sagte aber nichts weiter.

Ich machte trotz meines aufgewühlten Gemüts weiter, denn ich musste mich klar ausdrücken. Sie hatte in der Schule etwas über Genetik gelernt, also wusste ich, dass sie die Grundlagen kannte. „Ich bin dein Vater, und das werde ich immer sein, aber nicht genetisch. Verstehst du das?"

Isla erstarrte, dann richtete sie ihre großen blauen Augen auf mich. In ihren Händen hielt sie die letzten Seiten des Buches, die leeren Seiten, unsere ungeschriebene Geschichte von jetzt an. „Kann Cait meine Mama sein?"

Ich hatte mit einer Vielzahl von Reaktionen auf meine Aussage gerechnet, aber nicht damit. Ich starrte vor mich hin, meine Kehle war wie zugeschnürt und ich fand keine Worte dafür.

„Können wir sie fragen? Bitte, Papa. Ich möchte für immer hierbleiben. Du liebst Cait, das hast du ihr gesagt. Bitte, kannst du sie heiraten?"

Sie hatte alles ohne mit der Wimper zu zucken akzeptiert und dann entschieden, wie sie es haben wollte. Die Babyfrage konnte warten, aber ich wusste, dass sie sich darüber freuen würde.

„Aye, das können wir. Willst du mir bei meinem Antrag helfen?"

Isla quietschte und sprang von ihrem Sitz auf, um mich zu umarmen. Ich drückte sie fest an mich und die Angst wurde von einer solchen Erleichterung überschattet, dass mir schwindelig wurde.

Jedes Jahr würde ich Isla ihre Geschichte erzählen,

wie Ally es mit der jungen Caitriona getan hatte. Ich würde sicherstellen, dass sie die Fakten kannte und die Möglichkeit hatte, Fragen zu stellen. Der schwierigste Teil war geschafft, und ich war von nun an ein Mann, der von seinen selbst auferlegten Fesseln befreit war.

Während Isla mir Ideen zurief, musste ich einen neuen Plan ausarbeiten Einen, bei dem Caitriona für immer die Meine wurde. Die Unsere. Wir würden eine glückliche Familie sein.

41

Caitriona

Isla saß im Auto neben mir und zappelte, spielte mit den Sicherheitsgurten und trommelte mit den Händen auf ihren Beinen herum. Wir hatten Casey einen Besuch abgestattet, Lochie hatte sich mit seinem Rettungsteam getroffen, und nun waren wir auf dem Weg zurück zu uns zum Abendessen.

Unser familiärer Lebensstil war schnell gefunden.

Ende Dezember hatte Casey ihr Baby zur Welt gebracht, und wir hatten sie mehrmals besucht, ihnen Essen gebracht und die kleine, einen Monat alte Callie geknuddelt.

Das machte mich grüblerischer als je zuvor, aber der verzweifelte Drang, den ich als alleinstehende Frau gehabt hatte, war durch ein sanfteres Bedürfnis ersetzt worden. Ich wollte zuerst ein wenig Zeit mit Lochie und Isla verbringen. Vor fast sechs Monaten waren sie in die Hütte nebenan eingezogen, und ich hatte mich in beide verliebt, von ganzem Herzen.

Lochie hatte mich gebeten, auf eine wichtige Frage zu

warten.

Was immer er mir anbot, ich würde ja sagen.

Wir hielten vor der Hütte an, und Isla löste ihren Gurt und schoss aus dem Auto. Sie kam an meine Seite und öffnete meine Tür, bevor ich den Griff erreichen konnte.

„Beeil dich“, forderte sie.

„Wozu die Eile?“, fragte ich.

Isla machte ein schräges Geräusch und nahm meine Hand. Den ganzen Nachmittag hatte sie auf die Uhr geschaut.

Ein ängstlicher Gedanke setzte sich in meinem Kopf fest.

Das war der Moment also. Oder etwa nicht?

Ich spähte durch die Luft des dunklen, frostigen Januarabends. In der Hütte leuchteten Kerzen.

„Oh Gott“, sagte ich.

Isla lachte und zerrte an mir. Sie hämmerte an die Hüttentür, öffnete sie und stürmte hinein.

Direkt an die Seite ihres Vaters.

In einem schicken Hemd kniete Lochie auf dem Boden und wartete auf mich. In seiner Hand hielt er eine kleine Schachtel. Ringsherum leuchteten weitere Kerzen und warfen warmes Licht auf die Blumen auf dem Tisch und meinen gutaussehenden Mann. Ich hatte noch nie eine schönere Szene erlebt.

Ich schloss die Tür und lehnte mich mit hämmerndem Herz dagegen.

Isla strahlte uns beide an und räusperte sich. „Papa möchte dich etwas fragen. Für uns beide.“

Tränen stiegen mir in die Augen, und ich wischte sie weg, um keine Sekunde zu verpassen.

Lochie lächelte und winkte mich näher heran, dann öffnete er die kleine Schachtel und enthüllte einen goldenen Ring, der mit drei Diamanten besetzt war. Schlicht, schön und perfekt.

„Caitriona, vom ersten Moment an, als ich dich sah, wusste ich, dass du außergewöhnlich bist. Du hast zwei verlorene Seelen in dein Herz aufgenommen und uns ein Zuhause gegeben. Wir beide lieben dich. Wir wollen beide, dass du bleibst. Heirate mich, bitte. Werde meine Frau und Islas Mutter. Mach uns zur glücklichsten Familie, die je gelebt hat."

„Sag ja!" Isla jubelte. „Bitte, bitte, bitte."

Mein Herz schwoll an, voller Liebe, mehr als ich mir je hätte vorstellen können. „Gott, ja! Natürlich werde ich das. Ich liebe euch beide auch."

Ich sank in Lochies Umarmung und zog Isla mit hinein. Sie drückte uns fest an sich und tanzte dann vor lauter Freude im Wohnzimmer herum.

Lochie starrte mich an. Er nahm den Ring aus der Schachtel und steckte ihn mir an den Finger. Dann küsste er mich.

„Igitt", schrie Isla.

Ich liebte sie so sehr, aber im Moment hatte ich nur Augen für ihren Vater, und mein Verlangen nach ihm wuchs. Später, wenn sein – nein, *unser* – kleines Mädchen schlief, würde ich ihm zeigen, wie viel mir das bedeutete.

Lochie küsste mich noch einmal sanft, dann stand er auf und schaute aus dem Fenster.

„Gut", sagte er zu Isla. „Nimm deine Tasche."

Ich blickte zwischen den beiden hin und her. „Wohin gehen wir?"

Draußen ertönte eine Hupe, und Lochie grinste.

„Das ist deine Mutter. Isla übernachtet heute bei ihnen."

Oh.

Mein Puls beschleunigte sich, und ich umarmte Isla, dann winkte ich Mutter von der Tür aus zu. Sie strahlte, kam aber nicht herein, sondern ließ Isla in ihr Auto steigen.

Gott sei Dank, denn ich hatte einen riesigen Mann, den ich zu Boden werfen wollte. Dem ich meine Liebe beweisen wollte.

Aber Lochie hatte seine eigene Idee. Kaum hatte er die Tür geschlossen, drehte er sich um, packte mich und warf mich über seine Schulter.

Ich verschluckte mich an einem Lachen, denn der auf den Kopf gestellte Flur zeigte mir, wo er mich hinbrachte. Dann landete ich auf unserem Bett und hob meinen Blick, um zu sehen, wie Lochie sich das Hemd auszog und dabei die Knöpfe öffnete.

„Wow, da hat es jemand eilig." Ich strahlte.

„Zieh dich aus", befahl er.

Ich erschauderte bei seinem rauen Ton und zog mich in Sekundenschnelle aus. Dann kniete er auf dem Bett zwischen meinen Beinen und bedeckte meinen Körper mit seinem. Sein Schwanz war bereits hart und pochte gegen meine Mitte.

Nackt.

Im letzten Monat hatten wir jede Nacht miteinander geschlafen, aber keiner von uns hatte über Verhütung gesprochen. Oder darüber, sie abzusetzen. Ich wusste, dass er mir eine Chance geben wollte, mich an den Gedanken zu gewöhnen, dass wir eine Familie werden.

Ich war bereits so voller Liebe.

Lochie küsste mich und unsere Worte fielen unseren Lippen und der Leidenschaft zum Opfer, die wie ein Waldbrand über uns hereinbrach. Ein Kuss folgte dem anderen und bald umklammerten wir uns gegenseitig mit wachsendem Verlangen und Bedürfnis. Seine nackte Haut streifte meine.

Mein Inneres war glatt und feucht, bereit für ihn.

Dann wurde Lochie langsamer und drückte seine Stirn an meine Wange. „Verlobte", murmelte er.

Ich gluckste und holte tief Luft. „Gefällt dir das?"

„Ehefrau wäre besser. Darf ich dich jetzt schön nennen?"

Ich brach in ein Lachen aus. Vor Monaten hatte ich ihn gebeten, es nicht zu tun, aber die Dinge hatten sich geändert.

„Aye", murmelte ich. „Können wir bald heiraten?"

„Wann immer du willst, meine schöne Frau. Ich muss dich etwas fragen." Er blickte zwischen uns hinunter, auf seinen Schwanz, der so nahe an meinem Eingang befand.

„Keine Kondome mehr", kam ich ihm zuvor. „Ich habe schon dich und Isla. Du hast mir alles gegeben, was ich jemals brauchen könnte. Aber wenn wir auch noch ein Baby hätten ..."

Ungehemmt stieß Lochie in mich und füllte mich aus.

Die Stimulation war so gut. Ich stöhnte auf, und er legte seinen Kopf auf meine Schulter, hielt kurz inne, bevor er seinen Schwanz aus mir gleiten ließ und erneut in mich hineinstieß.

„Das wird perfekt sein", sagte er. „Du bist perfekt. Mein Ein und Alles."

Eine Zeit lang waren das die letzten Worte, die wir wechselten. Da das Haus leer war, nutzten wir unsere Privatsphäre, liebten uns und nahmen uns Zeit, um uns gegenseitig zu zeigen, wie sehr. Es war schon spät, als wir vom Bett unter die Dusche und wieder zurück in die Küche gingen, um etwas zu essen.

Herrlich wund, schmiegte ich meine Arme um Lochies T-Shirt, das ich für mich beansprucht hatte, und sah zu, wie er das Essen, das er zubereitet hatte, aufwärmte und servierte.

Morgen würden wir Isla überraschen und ihr einen Welpen schenken. Eines Tages würden wir unsere Familie hoffentlich noch mehr erweitern.

Ich hatte nie mit ihm gerechnet, aber Lochie war wirklich meine zweite Hälfte. So lange war ich allein gewesen und hatte mich für glücklich gehalten.

Wie weit ich gekommen war.

Mein Glück war ein mürrischer, knurrender Bergmann, der für mich bestimmt war und mir ganz und gar gehörte.

Und ich, Caitriona McRae, war regelrecht von ihm besessen.

EPILOG

Ich lehnte mich an die warme Motorhaube meines Autos, ohne dass ich auch nur den geringsten Hauch von Entspannung spüren konnte. Anspannung und Stress quälten mich, und ich brummte vor mich hin, während ich den Sonnenuntergang von meinem Aussichtspunkt auf dem Berg beobachtete. Es waren Monate vergangen, seitdem ich angeschossen worden war. Durch mehrere Operationen waren die Schrotkugeln entfernt worden, die letzte erst vor ein paar Wochen. Mit Physiotherapie würde ich zu meinem alten Selbst und zu meinem Job zurückkehren können.

Ich brauchte diese körperliche Anstrengung wie die Luft zum Atmen.

Was beschissen schwer war, solange ich meine Kräfte nicht einsetzen konnte.

Inzwischen verlor ich den Verstand. Ich konnte nicht arbeiten. Konnte nicht schlafen. Ich kam mir dumm vor, weil ich mich in die Schusslinie dieses Arschlochs begeben hatte.

Lochie erlaubte mir, bei der Ausbildung und der Verwaltung der Bergrettung mitzuhelfen, aber er lehnte meine Bitte ab, an Einsätzen teilnehmen zu dürfen. Ich vermisste es. Den harten Körpereinsatz.

Die Wahrheit? Ich war gestresst, ausgelaugt und ernsthaft gelangweilt.

Eine gefährliche Gefühlskombination für einen Mann wie mich.

Ich bemühte mich, äußerlich ruhig zu bleiben und die wilde Seite in mir nicht zu zeigen, aber der innerliche Kampf wurde immer härter. Schon bald würde ich die Fassung völlig verlieren.

Unten in der späten Frühlingsheide gab Ellie ein *Wuff* von sich, und Sekunden später klingelte mein Handy aus dem Inneren des Führerhauses. Ich sprang hinunter, ignorierte den Schmerz des Rucks und griff nach dem Gerät.

Leo, stand auf dem Display. Mein Lieblingsrockstar und der Ehemann von Viola, meiner Cousine. Ich hatte viel Zeit mit dem Paar verbracht. Ich hatte für Violas Vater gearbeitet und oft in ihrem Castle gewohnt, wenn sie auf Tournee waren.

Jetzt waren sie zu Hause. Vi sollte in ein paar Wochen entbinden, sie würden also noch eine Weile hier sein. Mit einem Grinsen im Gesicht nahm ich den Anruf entgegen.

„Cam, ich muss dich um einen Gefallen bitten", sagte Leo.

„Gott, egal was. Schick mich an die Arbeit."

„Es kommt jemand und wir auf dem Anwesen bleiben. Wir sind befreundet. Die Person muss heute Abend vom Flughafen abgeholt werden. Viola hat Schmerzen, und ich will sie nicht allein lassen. Kannst du mir helfen?“

„Kein Problem. Gib mir seinen Namen und die Flugzeit, und ich hole ihn ab.“

„Sie“, korrigierte Leo. „Jetzt wird es kompliziert. Mein Gast ist Elise. Du kennst den Filmstar? Sie hat in einem meiner Musikvideos mitgespielt und braucht eine Auszeit, um sich um den ganzen Scheiß zu kümmern, der gerade passiert. Ich meinte zu ihr, *wo ginge das besser als in den Highlands?* Ich habe ihr eine Hütte organisiert, aber es könnte Probleme geben, sie sicher hierher zu bringen.“

Ich brummte interessiert vor mich hin, aber meine Gedanken waren abwesend, drehten sich. Leo wusste es nicht, aber als junger Teenager war ich unsterblich in Elise verknallt gewesen.

Sie war aus vielen Gründen berüchtigt.

Sie war so verdammt hübsch, dass es mir die Sprache verschlug.

In meinen dunkelsten Momenten, als ich mich von meinen Verletzungen erholt hatte, hatte mir ihr hübsches Gesicht als Ablenkung gedient. Ich hatte ihre Filme zu oft gesehen, war in meinen eigenen Gedanken versunken und hatte in meiner Fantasie einen Ausweg aus der Realität gefunden.

Sogar meine verdammte Hündin war nach ihr benannt. Ich griff nach Ellies Fell, und sie hechelte glücklich und sprang ins Auto.

Aye, ich kannte Elise als berühmte Persönlichkeit, aber ich war nicht so dumm, mir einzubilden, ich wüsste etwas über die reale Person.

Dann holten mich Leos Worte ein. „Was meinst du

mit Problemen, sie hierher zu bekommen?"

„Sie wird von der Presse gejagt. Wenn sie sie finden und ihr zum Anwesen folgen, wird es ihr noch schlechter gehen."

Meine Wachsamkeit stieg und Adrenalin durchflutete mein unterbeanspruchtes System. „Werden sie das Auto verfolgen?"

„Ich hoffe nicht. Lass dich nicht auf eine Verfolgung ein."

Leo ergänzte die restlichen Details. In ein paar Stunden würde sie in Inverness landen. Ich würde der Frau gegenüberstehen, die ich mir schon so oft vorgestellt hatte.

Ich legte auf, und mein Herz klopfte wie wild.

Endlich hatte ich eine Aufgabe. Eine dunkle Nacht, Straßen, die ich genau kannte, aye, ich war der richtige Mann für diese Aufgabe. Ich musste nur meine langjährige Verliebtheit überwinden, bevor ich die Frau meiner Träume traf, und mich dann darauf vorbereiten, sie vor denen zu retten, die sie jagten.

*E*lise

Ich wurde verfolgt. Trotz meiner Verkleidung – ohne Entourage und mit einem billigen Flugticket an einem Ort, an dem mich niemand vermuten würde –spürte ich die Aufmerksamkeit, die mir entgegengebracht wurde, heiß und aufdringlich.

Erdrückend, wo ich schon kaum noch atmen konnte.

Ich warf einen Blick über meine Schulter, wobei ich meine hochgezogene Kapuze und meine Reisetasche benutzte, um mein Gesicht zu verdecken.

Weiter hinten in der Warteschlange starrte mich eine Gestalt direkt an.

Scheiße. Verflucht!

Ein Fotograf, da war ich mir sicher. Oder war ich paranoid? Das war möglich. Ich schlurfte vorwärts, als sich die Schlange vorwärtsbewegte, und die Angst lief mir kalt den Rücken hinunter.

Gleich nachdem ich aus dem Flugzeug gestiegen war, hatte ich Leos Nachricht gelesen, dass sein Freund mich abholen würde. Obwohl er ein Foto des Mannes und des Autokennzeichens geschickt hatte, durchflutete Panik meinen ohnehin schon verkorksten Körper.

Fremde verfolgten mich. Ein Fremder würde mich abholen.

Ich war ein Wrack. Das Tageslicht machte mir Angst. Das Leben machte mir verdammt viel Angst. Nach allem, was auf dem Filmset passiert war …

Nein. Ich konnte nicht daran denken.

Diese kurze Auszeit sollte mir helfen, doch die Angst war mein neuer bester Freund.

„Miss?" Eine Stimme rief mich nach vorne zum Fenster der Passkontrolle.

Mit zitternden Fingern überreichte ich meinen Pass.

Die Frau zeigte keine Reaktion auf meinen Namen oder mein Gesicht und winkte mich nur durch. Mein Herzschlag beschleunigte sich.

Das war meine Chance.

Die Person, die mir irgendwie auf meinem Flug gefolgt war, stand immer noch in der Warteschlange. Ich hatte außer meiner Tasche kein weiteres Gepäck, also konnte ich gehen.

Sobald ich das Drehkreuz hinter mir gelassen hatte, rannte ich los.

Im Sprint umrundete ich die Absperrungen und joggte durch den Flughafen, wobei meine Beine nach dem langen Flug über den Atlantik noch wackelig waren. Die dunkle Nacht draußen rief mich, und ich stürmte aus dem Ausgang und sog den ersten Atemzug kühler schottischer Luft ein.

Aber ich bewegte mich zu schnell. Meine Füße hatten nicht rechtzeitig angehalten.

Ich stolperte direkt auf die Straße.

Direkt in den Weg eines großen Geländewagens.

Die großen blauen Augen des Fahrers – der Mann von dem Foto, das Leo geschickt hatte – waren das Letzte, was ich sah. Dann wurde alles schwarz.

Ende.

Bestelle die aufregende und herzergreifende Romanze von Cameron und Elise hier.

Um eine Bonusszene zu lesen, in der Cait und Lochie gute Neuigkeiten erfahren, klicke auf diesen Link.

https://dl.bookfunnel.com/sgbrsxhlye

Hinweis: Beim Download der Bonusszenen wirst du in meine Newsletter-Liste aufgenommen. Du wirst dann per E-Mail über weitere übersetzte Bücher informiert, sobald diese veröffentlicht werden.

DANKSAGUNG

Liebe Leser,

ich freue mich, dass du dich für Besessen: Wild Mountain Scots (Band 1) entschieden hast. Ich hoffe, du hast es genossen, Cait zu begleiten bei Ihrem Erwachen und ihrer Reise in ein anderes Leben als das, das sie sich vorgestellt hat.

Cait ist seit ihrer Einführung als Neugeborene in meiner Marry the Scot-Reihe eine meiner Lieblingsfiguren. Sie zu ihrem Happy End mit Lochie zu bringen, war ein Ziel, das es zu erreichen galt.

Ich möchte klarstellen, dass Georgias Ansicht, Cait sei in irgendeiner Weise unvollkommen, weil sie keine Beziehung wollte, furchtbar veraltet ist. Alle Formen von Familie, in deren Mittelpunkt Liebe und gegenseitiger Respekt stehen, sind gleichwertig.

Das Szenario, das ich für den schottischen Bergrettungsdienst verwendet habe, ist fiktiv, obwohl es wahr ist, dass die RAF ihre Such- und Rettungsfunktion aufgegeben hat und Teile der Aufgabe von zivilen Auftragnehmern übernommen wurden. Ich habe unendlichen Respekt vor den Männern und Frauen, die sich freiwillig melden, um unter allen möglichen Bedingungen Seelen zu retten. Es sind selten glamouröse Hubschrauberrettungen. Ihre harte Arbeit verdient Anerkennung.

Ich darf verraten, dass es vier weitere Bücher in dieser Reihe gibt, jeweils eines für Cameron, Maddock und Max (plus ein letztes für einen Neuzugang im Anwesen).

Mein Dank gilt wie immer meinen besten Freundinnen beim Schreiben, Zoe Ashwood und Elle Thorpe, ohne die ich keine Karriere hätte.

Liz Parker, meine Assistentin, hat die wenig beneidenswerte Aufgabe, mich zu organisieren. Sie leistet großartige Arbeit, und ich bewundere ihre Fähigkeiten. Vielen Dank, Liz!

Umschlagdesign: Elle von Images for Authors.

Lektorat: Emmy Ellis von StudioENP.

Umschlagfotografie: Regina Wamba reginawamba.com.

Umschlagmodell: Steven Christensen.

Beta-Reader Shellie, Sara und Elle, ihr seid spitze! Es hat so viel Spaß gemacht, eure witzigen Ratschläge während des Überarbeitungsprozesses zu lesen.

Eine große Umarmung geht an meine ARC- und Street-Team-Mitglieder. Eure Rezensionen und Beiträge machen mich so glücklich. Ich schätze diese Beiträge sehr (und drucke sie oft für meine Pinnwand aus).

Und nicht zuletzt danke an Lisa H., die die Aufgabe übernommen hat, diese Geschichte zu übersetzen. Ich bin so glücklich, dass Cait und Lochie eine neue Leserschaft finden können.

Liebe Grüße!

Jolie x

ÜBER DIE AUTORIN

Jolie Vines ist eine Liebesromanautorin mit über zwanzig veröffentlichten Büchern. Sie lebt mit ihrem Mann und ihrem kleinen Sohn im Südwesten von England.

Willst du Jolie kontaktieren? Schau in ihrer Facebook-Lesergruppe vorbei.

Oder schreib ihr eine Nachricht an jolie at jolievines dot com. Sie freut sich, von ihren Lesern zu hören.

Willst du sofort über Neuerscheinungen informiert werden? Klicke hier, um ihren Newsletter zu abonnieren. https://www.jolievines.com/deutsch